MARCUS IMBSWEILER

Glücksspiele

HOHER PULS Katinka Glück ist eine der deutschen Langlaufhoffnungen für die Olympischen Spiele 2012 in London. Nach dreijähriger Babypause gelang ihr 2011 ein fulminantes Comeback auf der Marathonstrecke. Mitten in der Vorbereitung auf Olympia legt man der Läuferin jedoch anonym einen Startverzicht nahe. Schon bald kommt es zu versteckten Drohungen und Einschüchterungsversuchen. Steckt die Konkurrenz hinter diesen Machenschaften? Privatermittler Max Koller wird zum Schutz der Athletin eingeschaltet. Was für ihn mehr Bewegung bedeutet, als ihm lieb sein kann: Er begleitet Katinka zu Sponsorenterminen und Testwettkämpfen in ganz Deutschland, lässt sie auch beim täglichen Training nicht aus den Augen. Gleichzeitig erfährt er viel über die Hintergründe des Laufsports, von Dopingpraktiken über Wettbetrug bis zu den Einmischungsversuchen der Politik. Und dann geschieht auch noch ein Mord …

Marcus Imbsweiler, geboren 1967 in Saarbrücken, lebt seit 1990 in Heidelberg. Er studierte Germanistik und Musikwissenschaft und arbeitet seit 1997 als freier Musikredakteur und Autor. Mit »Bergfriedhof« startete 2007 seine Krimiserie um den Heidelberger Privatermittler Max Koller. 2011 erschien »Die Erstürmung des Himmels«, ein historischer Roman über Franz Liszt. Imbsweiler ist leidenschaftlicher Läufer, dem unterwegs die besten Einfälle kommen. »Glücksspiele« ist Max Kollers sechster Fall.

Bisherige Veröffentlichungen im Gmeiner-Verlag:
Schlossblick (2012)
Die Erstürmung des Himmels (2011)
Himmelreich und Höllental (2011, als Peter Paradeiser)
Butenschön (2010)
Altstadtfest (2009)
Schlussakt (2008)
Bergfriedhof (2007)

MARCUS IMBSWEILER

Glücksspiele

Kollers sechster Fall

GMEINER *Original*

Besuchen Sie uns im Internet:
www.gmeiner-verlag.de

Im Ehnried 5, 88605 Meßkirch
Telefon 07575/2095-0
info@gmeiner-verlag.de

1. Auflage 2012

Lektorat: Claudia Senghaas, Kirchardt
Herstellung: Julia Franze
Umschlaggestaltung: U.O.R.G. Lutz Eberle, Stuttgart,
unter Verwendung eines Fotos von: © bofotolux – Fotolia.com
Druck: GGP Media GmbH, Pößneck
Printed in Germany
ISBN 978-3-8392-1311-7

Personen und Handlung sind frei erfunden.
Ähnlichkeiten mit lebenden oder toten Personen
sind rein zufällig und nicht beabsichtigt.

1

»Herrschaftszeiten!«

Der Mann, der das sagte, saß rechts von mir.

Ich tat, als hätte ich nichts gehört.

»Eine Augenweide, diese Frau, nicht wahr?«

Jetzt blinzelte ich.

Aber ganz vorsichtig! Der Satz war in meine Richtung gesprochen worden, eine von diesen inhaltsleeren Bemerkungen, mit denen Gespräche beginnen. Ich hatte keine Lust auf ein Gespräch. Wir waren in Karlsruhe, und in Karlsruhe ödete mich alles an: die Stadt, mein Auftrag, die Gesichter der Athleten, die Stimme des Hallensprechers, sogar der Geruch nach Bockwurst, obwohl ich sonst nichts gegen Bockwurst habe. Von irgendwo zog es. Aber das Schlimmste waren die Plastiksitze mit ihrem Dauerquietschen.

»Nicht wahr …?«, hallte es in meinem Ohr nach.

Ich ließ ein unentschiedenes Brummen hören.

»Ihren Laufstil meine ich nicht«, fuhr mein Nachbar fort. »Den können Sie vergessen. Sie fällt sogar ein wenig ins Hohlkreuz, wenn sie läuft. Aber die Power in ihren Beinen! Da kann ihr keine das Wasser reichen. In ganz Deutschland nicht!«

Ich gähnte. War noch nicht einmal Absicht, dieses Gähnen, aber wenn der Typ es als Zeichen für meine Gesprächsunwilligkeit verstand, umso besser.

Tat er nicht.

»Frequenz, Schrittlänge, Fußabdruck«, leierte er herunter. »Da ist sie eine Klasse für sich, die Katinka. So was kann man nicht trainieren, höchstens bis zu einem gewissen Grad. Das hat man, oder man hat es nicht.« Nach dieser Bemerkung fuhr er sich über das Kinn. Ich hörte, wie es unter seinen Fingern knisterte.

Unten auf der Kunststoffbahn spulte Katinka ihre Runden ab. 15 sollten es am Ende sein, wenn ich richtig gerechnet hatte. Ein Einladungsrennen über 3000 Meter. Sie lief in einer größeren Gruppe, aber schon fielen hinten die Ersten ab, bemitleidenswerte Jugendliche, bei denen die Haut über den Hüftknochen spannte. Einzelne Anfeuerungsrufe gellten durch die Halle, ein paar Leute klatschten.

»Sie hat's wirklich drauf«, murmelte der Mann rechts von mir.

Murmel du nur. Wäre ich nicht zu faul gewesen, hätte ich mir längst etwas zu essen geholt. Außer der Bockwurst gab es Fritten und Käsebrötchen und Laugenstangen. Und eine Art Salat, wir befanden uns schließlich bei einer Laufveranstaltung.

»Sind Sie ihr Trainer?«, kam es von der Seite.

Sofort schnellte mein Kopf herum. Herrschaftszeiten! Was war denn das für eine Frage! Wahrscheinlich gab es in der gesamten Europahalle keinen einzigen Menschen, die dicke Bockwurstverkäuferin einmal ausgenommen, der weniger Ähnlichkeiten mit einem Leichtathletiktrainer hatte als ich. Warum fläzte ich mich wohl so gelangweilt auf den Plastikschalen herum? Desinteresse, dein Name ist Koller!

Mir lag bereits eine entsprechende Antwort auf der Zunge, als ich das Grinsen des Fragestellers bemerkte. Den Ansatz nur eines Grinsens: schmale Lippen, in den Mundwinkeln Spott und ein Hauch von Überlegenheit. Schau an, der Kerl wusste ganz genau, dass ich nicht Katinkas Trainer war! Er wusste es, der Schuft, und wollte mich bloß aus der Reserve locken.

»Ich bin ihr Mentaltrainer«, erwiderte ich, ohne mit

der Wimper zu zucken. Was du kannst, kann ich schon lange! »Schnelle Beine sind angeboren, da gebe ich Ihnen recht. Aber die Power im Kopf, die erfordert Training. Hartes, intensives Training. Seit ich mit Katinka arbeite, hat sie einen Gehirnmuskel wie der Bizeps von Schwarzenegger.«

Sein Grinsen wurde breiter. Es reichte jetzt über das ganze Gesicht, wobei dieses Gesicht ziemlich schmal war, so weit kam er mit seinem Grinsen also nicht. Hoch oben auf seinem langgezogenen Schädel stoppelte blondes Haar, die faltige Haut leuchtete in Mittelmeerurlaubsbraun. Anfang März, wohlgemerkt. Und da war noch etwas, eine Besonderheit, die mir auffiel, ohne dass ich sie auf Anhieb hätte benennen können. Irgendwie sah der Typ seltsam aus.

»Sie wird also gewinnen?«, sagte er und nickte in Richtung Laufbahn. Er kaute die Worte regelrecht durch, bevor er sie, immer noch grinsend, in die Freiheit entließ.

»Nö.«

»Nein?«

»Dann gäbe es ja nichts mehr zu tun für mich. Außerdem hat sie einen scheiß Laufstil, sagen die Experten.«

Das entlockte ihm ein Lachen, wenn auch nur ein kleines. Anschließend wandte er seine Aufmerksamkeit wieder dem Rennen zu. Eine Weile herrschte Stille zwischen uns. Unten hatten die Läuferinnen die Hälfte der Strecke hinter sich gebracht, der Rundenzähler drehte auf 7. Katinka, die noch ganz locker wirkte, hielt sich stets an dritter, vierter Position. Einmal kam sie ins Stolpern und bedachte eine ihrer Konkurrentinnen mit einem giftigen Blick. Die Gruppe um sie herum wurde immer kleiner. Der Hallensprecher verkündete ihre Namen: zwei Polinnen, je eine aus Tschechien und den Niederlanden, drei Deutsche.

Noch sechs Runden.

Neben mir vernahm ich ein Rascheln. Obwohl die Europahalle gut geheizt war, hatte der Mann seinen Mantel nicht abgelegt. Ich schielte nach rechts und sah, wie er in seinen Taschen kramte. Als Erstes kam ein Bonbon zum Vorschein, das er ohne Eile aus seiner Hülle befreite. Bonbon einwerfen, die Verpackung zurück in die Tasche. Das Nächste war ein Stift, der ebenfalls wieder eingesteckt wurde. Zuletzt hielt er einen weißen Briefumschlag in der Hand.

Beziehungsweise im Handschuh. Denn genau das trug der Kerl, trotz der Wärme. Dünne, schwarze Laufhandschuhe.

»Das Rennen geht nun in seine entscheidende Phase«, tönte es aus dem Lautsprecher. Auf der Rundenanzeige erschien eine 4. 800 Meter vor dem Ziel bestand Katinkas Gruppe nur noch aus den drei Osteuropäerinnen und ihr selbst. Ihre beiden Landsfrauen waren deutlich zurückgefallen, die Holländerin kämpfte verzweifelt um den Anschluss. Katinka dagegen schien mühelos mit den anderen Schritt halten zu können.

»Sie ist eine Vorzeigeathletin«, kam es von rechts. »In jeder Beziehung. Und sie hat einen knackigen Hintern, finden Sie nicht?«

Anstatt zu antworten, zog ich eine Grimasse. Mit Verachtung in allen vier Himmelsrichtungen. Der Kerl würde schon kapieren, was ich von seinem Geschwätz hielt.

Eine Frage allerdings blieb, die entscheidende Frage: Was, um alles in der Welt, wollte er von mir?

»Ehrlich, ich bin ein Fan von Katinka.« Er zwinkerte mir zu. »Auch wenn sie dieses Rennen hier nicht gewinnt, wie die Experten sagen.«

Erst sein Zwinkern brachte mir zu Bewusstsein, was ich an der Erscheinung des Mannes so seltsam fand. Er hatte keine Brauen. Bloß einen schwachen Flaum blonder Härchen über den Augenhöhlen, der von der sattbraunen Haut regelrecht verschluckt wurde. Warum war mir das nicht gleich aufgefallen? Nun, es war mir aufgefallen, aber nicht als konkrete Tatsache, sondern als vages Gefühl, dass mit meinem Nachbarn irgendwas nicht stimmte. Weder auf den ersten noch auf den zweiten Blick.

»Worum geht es?«, fuhr ich ihn an. »Wollen Sie ein Autogramm von ihr? Ein Foto, ihre Privatnummer? Dann sind Sie bei mir an der falschen Adresse. Für solche Kinkerlitzchen bin ich nicht zuständig.«

»Auch nicht als Mentaltrainer?«, grinste er.

Ich starrte ihn an. Sein Blick, blass und stechend gleichzeitig, hatte etwas Stalkerartiges. Vielleicht stand er tagelang vor den Häusern gut aussehender Frauen und glotzte durch die Fensterscheiben. Vielleicht rührte daher seine Bräune, und vielleicht hatte er seine Brauen verloren, weil er sich ständig ein Fernglas gegen Joch- und Stirnbein drückte.

Ja, vielleicht war der Blonde unser Mann.

Weil diese Gedanken ziemlich unkontrolliert durch meinen Kopf flipperten, fiel mir keine gescheite Erwiderung ein. Was hätte ich auch sagen sollen? Sein Grinsen machte mich madig. Unter meinem Hintern quietschten die maroden Plastiksitze. Unter seinem auch. Dabei hatte Katinka den Unbekannten, der ihr angeblich auflauerte, ganz anders beschrieben: breit, schwer, ein eher dunkler Typ. Der hier konnte es nicht sein. Höchstens in Verkleidung. Aber warum suchte er dann den Kontakt zu mir, während eines Rennens?

»Ist das die Vorentscheidung?«, brüllte der Hallensprecher.

Automatisch wandten wir uns dem Geschehen auf der Bahn zu. In der vorletzten Runde hatten sich die beiden Polinnen etwas abgesetzt. Ihre Schrittfrequenz war einfach höher als die der anderen. Katinka und die Tschechin schienen das Tempo ebenfalls forciert zu haben, doch der Abstand vergrößerte sich. Alle übrigen Läuferinnen spielten keine Rolle mehr und wurden überrundet.

»Da, schau an«, kommentierte der Blonde seelenruhig.

Ich biss die Lippen zusammen. Plötzlich wollte ich, dass Katinka das Rennen gewänne. Dabei war sie chancenlos, sie hatte es mir vorher erklärt. Die Konkurrenz bestand aus pfeilschnellen Mittelstrecklerinnen, die ihr, der Marathonläuferin, im Endspurt klar überlegen waren. Sicher, die Mädels aus der Region würden Katinkas Tempo nicht lange mitgehen können, dazu war es zu hoch, die Krzysztyna und die Tatjana aber hätten kein Problem damit. Mitlaufen, im Windschatten halten und am Ende den Turbo zünden – das war die Taktik der anderen. Katinka hatte keinen Turbo. Sie war der Diesel unter den Läufermaschinen, ideal für 42,2 Kilometer auf Asphalt.

»Na los«, presste ich zwischen den Zähnen hervor. »Das schaffst du!«

Doch sie schaffte es nicht. Die beiden Polinnen legten noch einmal einen Zahn zu und machten den Sieg unter sich aus. Krzysztyna vor Tatjana, oder umgekehrt. Eine halbe Runde vor dem Ziel mogelte sich auch noch die kleine Tschechin an Katinka vorbei und feierte ihren dritten Platz ausgelassen. Katinka lächelte trotzdem, winkte beidhändig, gratulierte der Konkurrenz. Ihre Bubifrisur ließ sie viel frischer aussehen als die anderen.

Der Mann neben mir hatte sich erhoben. Erst jetzt fiel mir auf, wie groß er war. Mit seinen langen Beinen machte er einen Storchenschritt über unsere Sitzreihe und ging. Jedenfalls dachte ich, er würde gehen. Dann aber spürte ich eine Hand auf meiner Schulter und hörte seine Stimme an meinem Ohr.

»Richten Sie ihr etwas aus, junger Mann«, raunte er. »Sagen Sie ihr, dass Olympia ohne sie stattfinden wird.«

Ich war so verdattert über diesen Satz, dass ich ihn weder kommentieren konnte, noch zu sonst einer Reaktion fähig war. Ich starrte bloß geradeaus ins weite Oval der Europahalle.

»Verstanden? Katinka Glück wird nicht an den Olympischen Spielen teilnehmen. Sagen Sie ihr, dass es besser so ist. Mit guten Wünschen von Freunden. Hier, geben Sie ihr das.«

Der Briefumschlag, den er die ganze Zeit in der Hand gehalten hatte, fiel in meinen Schoß. Ich glotzte auf den Umschlag, als enthalte er etwas Explosives, und rührte mich nicht. Erst nach ein paar Sekunden schnappte ich ihn mir, sprang auf und drehte mich um.

Oben, am höchsten Punkt der Halle, verschwand eben der helle Mantel des Blonden hinter einem Grüppchen von Besuchern. Hastig drängte ich mich an meinen Nachbarn vorbei, erreichte die Treppe und eilte sie empor. Auf halber Höhe rannte ich gegen einen beleibten Kerl mit Tasche, der im falschen Moment einen Schritt zur Seite gemacht hatte.

»Sorry«, sagte ich und wäre fast gefallen, weil der Dicke das Gleichgewicht verloren hatte und sich verzweifelt an mir festklammerte. Bis ich mich befreit und ihn umrundet hatte, verstrichen wertvolle Sekunden.

Auf der obersten Stufe angekommen, war kein heller Mantel mehr zu sehen. Ich stürmte durch sämtliche Etagen des Gebäudes, schaute in Gänge, hinter Ecken, fragte einen vom Personal – nichts. Der Typ blieb unauffindbar. Ein simpler Überrumpelungseffekt nur, aber der hatte ihm genügt, um zu türmen.

Unverrichteter Dinge kehrte ich an meinen Platz zurück. Es quietschte jämmerlich, als ich mich niederließ. Unten stand Katinka, eine Wasserflasche in der Hand. Sie hatte sich etwas übergezogen und würde gleich zu mir nach oben kommen.

Sollte ich ihr überhaupt von dem Unbekannten erzählen?

Der Umschlag war nicht verschlossen. Er enthielt vier Flugtickets für die Seychellen, ausgestellt auf Katinka, ihren Mann und die beiden Kinder. Dazu das Prospekt eines schicken Sea Resort mit All-Inclusive-Paket. Als Datum für den Abflug war der 27. Juli 2012 eingetragen.

Am 27. Juli sollten die Olympischen Sommerspiele in London beginnen.

2

Der Startschuss zur Rettung des deutschen Spitzensports fiel vier Wochen vor den Karlsruher Ereignissen in Mannheim, und als er fiel, dröhnte mir der Schädel.

»Grippe?«, fragte Dr. Eichelscheid mitfühlend.

Ich nickte.

»Meine Sekretärin soll Ihnen einen Erkältungstee machen«, schnarrte Herr Harboth und begann, auf dem Display seiner beeindruckenden Multifunktionsanlage herumzufingern.

»Tee?«, krächzte ich entsetzt.

»Oder wünschen Sie etwas anderes?«

»Danke, Tee ist schon ... Aber bitte mit zwei Aspirin, wenn möglich. Pro Tasse.«

»Bei mir gehen Grippeattacken auch immer mit Kopfweh einher«, bestätigte Dr. Eichelscheid. »Verheerend ist das!«

Ich zog die Nase hoch und hustete vernehmlich. Nur so zur Sicherheit.

Nachdem Harboth meine Wünsche durchgegeben hatte, trommelte er ein letztes Mal auf dem Display herum. Eigentlich seltsam, dass die Apparatur nicht imstande war, Tee zu servieren. Stattdessen musste eine Sekretärin daran glauben. Beziehungsweise ich, denn ich hasste Tee. Aber Grippe war die einzige Möglichkeit, meine beiden Gastgeber von der wahren Ursache meiner Kopfschmerzen abzulenken.

»Haben Sie gut hierher gefunden?«, erkundigte sich Dr. Eichelscheid. Er war wirklich sehr besorgt um mich. »Mit den Parkplätzen ist es um diese Zeit in der Innenstadt schwierig.«

»Mein Rad steht direkt vor dem Haus.«

»Ihr Rad?« Na, da rissen sie aber die Augen auf, die beiden Herren. Eichelscheid formte passenderweise auch seinen Mund zu einem großen O, während Harboth ein beeindruckend reinweißes Gebiss entblößte. So unterschiedlich wie ihre Reaktionen waren sie auch vom Typ her: Eichelscheid ein gemütlicher Älterer mit Brille und nussbraunem Haarkranz, Harboth straff und energisch, ein Mann, der zur Not durch die Wand ging, wenn diese die schlechteren Argumente hatte.

»Ihr Rad?«, wiederholte Dr. Eichelscheid. »Aber Herr Koller, Sie hätten doch ein Taxi nehmen können! Wenn Sie auch noch so vergrippt sind.«

»Ich habe frische Luft gebraucht«, brummte ich, und das stimmte ja auch. Nur durch viel, viel Bewegung ließen sich die Folgen des gestrigen Gelages lindern. »Kommen wir nun zur Sache?«

»Sehr richtig.« Harboth zeigte mit einem Finger auf mich. »Ganz Ihrer Meinung.«

»Aber natürlich«, nickte der andere.

Seufzend rieb ich mir die Augen. Harboths Finger hatte mitten auf meine Stirn gezielt, und sofort wurden die Schmerzen stärker. Zwei Aspirin waren das Mindeste, um mich meinen Zustand ertragen zu lassen. Draußen schneite es. Die kurze Fahrt vom Mannheimer Hauptbahnhof in die Innenstadt hatte mir gutgetan, aber hier, im überheizten Büro der Metropolregion, mit seinem Geruch nach Teppichbodenkleber und künstlicher Frische, war der Effekt schon wieder verflogen.

»Also«, begann Dr. Eichelscheid, »dass es sich um einen Auftrag aus dem Bereich Personenschutz handelt, wissen Sie bereits. Wobei ich betonen möchte: Personenschutz im weitesten Sinne, im allerweitesten sogar. Die betreffende Person wird weder bedroht noch verfolgt, noch gibt es Anlass zu der Sorge, jemand wolle ihr etwas zuleide tun. Überhaupt keinen Anlass.« Er legte die Fingerspitzen zusammen und sah mich über seine Brille hinweg an. Die bekümmerte Miene, die er dazu aufsetzte, sprach seinen Worten allerdings Hohn. Vielleicht konnte der nette Dr. Eichelscheid nicht anders, als sich Sorgen zu machen.

»Und um wen geht es nun?«

Er drehte sich um und zeigte auf die Wand hinter sich. »Um Katinka Glück. Sie werden ihren Namen aus der Presse kennen.«

An der Wand des Büros hing ein breites Hochglanzposter, das eine Reihe von Hochglanzpersönlichkeiten zeigte. Sie hatten Gardemaß, waren schlank und muskulös und durchtrainiert. Jedenfalls die meisten. Ein Beinamputierter war auch dabei, und in der Mitte präsentierte ein gebürtiger Österreicher, seines Zeichens stärkster Mann der Welt, stolz seine gewaltige Körpermasse.

»Verstehe«, grinste ich. Für meine Erheiterung war nicht der Koloss mit dem Bundesadler auf der Brust verantwortlich, sondern Harboths Sekretärin, die im selben Moment das Büro betrat. Durch eine Tür, die sich direkt neben dem Plakat befand. Über den Athleten prangte in großen Buchstaben: »Weltklasse aus der Region«, aber dass die Tee bringende Vorzimmerdame bestenfalls für Mittelklasse stand, sah man auf den ersten Blick. Nein, das war kein Chauvinismus, das war das Resultat meiner kühlen, unbestechlichen Beobachtungsgabe. Wer die Teetasse überschwappen lässt, dass beiderseits die Aspirin C-Hüllen durchnässen, wird von der Ratingagentur Koller gnadenlos herabgestuft. Auf das berühmte Ramschniveau.

»Hach, das tut jetzt gut!« Mit einem Stoßseufzer nahm ich das Getränk entgegen. »Diese Grippe bringt mich noch um.«

»Wohl bekomm's!« Ein zähnebleckendes Lächeln, von dem ich nur hoffen konnte, dass es nicht ironisch gemeint war, untermalte Harboths Aussage.

Auch Dr. Eichelscheid nickte mir aufmunternd zu. »Sie wissen, um wen es sich bei Frau Glück handelt?« Seine Frage war natürlich keine Frage, sondern die Feststellung einer Selbstverständlichkeit, auf die es nur eine Antwort gab.

»Logisch«, sagte ich und pustete in die Teetasse. »Eine Sportlerin. Eine Weltklassesportlerin. Eine Weltklassesportlerin aus unserer Region, stimmt's?«

»Allerdings«, freute er sich. In dem Blick, den er Harboth zuwarf, schwang Stolz mit. »Man darf es mit Fug und Recht einen Glücksfall nennen, wenn eine international renommierte Leichtathletin wie Katinka Glück Werbung für unsere hiesigen Niederlassungen macht. Weltklasse aus der Region: Das gilt für sie ebenso wie für die Deutsche Bank.«

Aha, deshalb also der Stolz in seinem Blick. Und wie gut, dass er das mit der Bank erwähnt hatte. Denn auch nach zehnminütigem Palaver wollte mir nicht einleuchten, dass sich die Finanzmacht aus Frankfurt von einem Gemütsbolzen wie Dr. Eichelscheid vertreten ließ, während tough guy Harboth für die Belange der Provinz stand. Umgekehrt wäre eher ein Schuh daraus geworden: wenn Eichelscheid einen auf Heimatfritzen gemacht und Harboth den Investmentbanker gegeben hätte.

Aber sah ich vielleicht aus wie ein erfolgreicher Privatermittler?

»Ein Glücks-Fall«, murmelte ich, löste die beiden Brausetabletten Aspirin aus ihrer Umhüllung und ließ sie in die Tasse gleiten. Heftiges Sprudeln begleitete ihren Untergang. Wie Erkältungstee mit Aspirin wohl schmeckte? Ich wusste ja nicht einmal, wie er ohne schmeckte!

»Frau Glück«, ergriff Harboth das Wort, »gehört zu denjenigen Sportlern, die sich zu ihrer Region bekennen. Was man beileibe nicht von allen sagen kann, die hier an den Olympiastützpunkten trainieren. Wenn es um Sponsorentermine oder Charityveranstaltungen geht, bei denen prominente Gesichter gefragt sind, kann man immer auf sie zählen.«

Ich probierte einen Schluck Tee. Schien ja eine windschnittige Person zu sein, diese Katinka Glück. Immer Gewehr bei Fuß, wenn der Ausrüster rief. Kein Sportlerball ohne ihre austrainierten Beine.

Und der Tee? Der schmeckte vor allem eins: heiß.

»Letzten Herbst hat sie sich für London qualifiziert«, ergänzte Eichelscheid. »Eine 2:29 in Berlin bei suboptimalen Bedingungen.«

»Das ist nicht ganz richtig.« Harboth ließ mal wieder sein Gebiss durch das Büro leuchten. »Sie hat die Qualifikationsnorm geschafft. Ob sie nominiert wird, ist noch offen.«

»Natürlich wird sie. Wer sonst?«

»Die Konkurrenz ist ungewöhnlich groß in diesem Jahr.«

Der Banker winkte nur ab.

»Wenn sie so toll ist«, warf ich ein, »warum wird sie dann bedroht?«

»Frau Glück wird nicht bedroht«, schüttelte Dr. Eichelscheid den Kopf.

»Aber ich soll sie beschützen.«

»Sie sollen in ihrer Nähe sein. Aufpassen, die Augen offenhalten. Mehr nicht.«

Mehr nicht. Es gab Tage, an denen zählte das Augenoffenhalten zu den größten Herausforderungen der Menschheit. Heute zum Beispiel. Noch einmal am Tee genippt. In Form von Brausetabletten soll Aspirin ja schneller helfen.

»In den letzten Monaten«, fuhr Dr. Eichelscheid fort, »gab es ein paar Vorfälle im sportlichen Umfeld von Frau Glück, die Spuren hinterließen. Interne Querelen im DLV, die Frage, welche Betreuer und Ärzte für die Kaderathleten zuständig sein sollen und so weiter. Unsere Katinka Glück ist kein Kind von Traurigkeit, sie sprach die Probleme offen an, hielt mit Kritik am Verband nicht hinterm Berg und bekam prompt Gegenwind.«

Also doch nicht so windschnittig, schoss es mir durch den wehen Schädel.

»Streit um ihren Trainer gab es auch. Alles nichts Ungewöhnliches, von außen betrachtet, aber Sie wissen ja, wie Spitzensportler sind.«

»Sensibel«, half Harboth. »Übersensibel.«

Mein Blick fiel auf den dicken Gewichtheber, der 2008 in Peking Olympiagold gestemmt hatte. Wusste ich, ob so einer sensibel war?

»Man muss das verstehen.« Fürs Verstehen war natürlich der Gemütliche zuständig. »Sportler haben nur ihren Körper als Kapital. Und das auch nur eine begrenzte Zeit lang. Jede kleine Verletzung, jede hartnäckige Erkältung kann sofort einen Verdienstausfall nach sich ziehen. Während der normale Arbeitnehmer …«

»Aber hier ging es doch gar nicht um Verletzungen«, fiel ich ihm ins Wort. »Oder habe ich etwas überhört?«

»Das Umfeld muss stimmen, Herr Koller. Nur dann bringt der Sportler seine Leistung. Wenn Bezugspersonen wegfallen, verschiebt sich das gesamte Koordinatensystem.« Mit seinen zarten Händen zeigte mir Eichelscheid an, wie es war, wenn sich so ein System verschob.

»Und dann«, ergänzte Harboth, »kam der Stalker.«

»Der Stalker?«

»Letzte Woche schlich ein Mann um das Haus der Glücks. Abends, Katinka hat ihn entdeckt. Sie war allein mit den Kindern und bekam es mit der Angst zu tun.«

»Kein Wunder«, nickte Eichelscheid.

»Was wollte der Mann?«, fragte ich.

Harboth zuckte die Achseln. »Niemand weiß es. Herumlungern, in die Fenster schauen. Auf das Grundstück wagte er sich nicht, verschwand aber erst nach geraumer Zeit. So die Aussage von Frau Glück. Wer er war, ob nun ein Spanner, ein Fan oder ein Exhibitionist – wir können nur raten.« Er lehnte sich zurück. »Das Haus der Familie ist das letzte in einer Baureihe, direkt am Wald. Man kann sich ihm also ohne Aufsehen nähern.«

»Hat sie Anzeige erstattet?«

»Sicher. Aber was bringt das? Der Mann tat ja nichts, außer herumzulungern.«

Ich überlegte. Ein wenig am Kopf kratzen, den Tee in der Tasse kreisen lassen. Es sollte zumindest so aussehen, als überlegte ich.

»Und warum sitzen wir dann hier? Ich meine, kam der Mann wieder? Gibt es konkretere Anhaltspunkte, dass die Frau in Gefahr ist?«

Zwei Männer, zweimal Kopfschütteln. »Er kam nicht wieder«, antwortete Dr. Eichelscheid, »und wir sehen auch keinen Grund, warum er das tun sollte. Objektiv betrachtet besteht kein Anlass zur Besorgnis. Aber Frau Glück macht sich Sorgen, und allein darauf kommt es an. Wir als Sponsoren sehen uns in der Pflicht, ihr eine störungsfreie Vorbereitung auf die Spiele zu ermöglichen.«

»Sie beide?«

»Ja. Sie hat Verträge mit meiner Bank und mit der Metropolregion. Katinka Glück ist das Gesicht unserer aktuellen Werbekampagne hier im Rhein-Neckar-Raum. Im April eröffnen wir eine neue Niederlassung in Heidelberg.«

»Wir können uns schlecht nachsagen lassen, wir hätten eine unserer Vorzeigeathletinnen im Stich gelassen«, schnarrte Harboth. »Spitzenleistungen entstehen nur unter optimalen Bedingungen, und die möchten wir unseren Leuten bieten.«

»Verstehe. Meine Rolle wäre also die eines Aufpassers. Sieben Tage in der Woche, rund um die Uhr?«

»Aber nein«, wehrte Dr. Eichelscheid amüsiert ab. »Wo denken Sie hin? Ein Kindermädchen braucht sie nicht, unsere Frau Glück. Zu Hause ist in der Regel ihr Mann da, und die wichtigsten Trainingseinheiten absolviert sie in der Gruppe. Es geht um die Zeiten, in denen sie allein ist: wenn sie zu Wettkämpfen fährt oder ihre langen Läufe macht.«

»Aber gerade bei Wettkämpfen ist man doch nicht allein. Eher das Gegenteil!«

»Sie sprechen von den Rennen selbst? Das schon, ja.

Denken Sie aber auch an das Vorher und Nachher: an die Anreise, die Fahrten zum Hotel, zum jeweiligen Veranstaltungsort, das Training in einer fremden Stadt …« Wie von Mitleid übermannt, seufzte Eichelscheid auf. »Spitzensport kann ein einsames Geschäft sein.«

»Die meisten Athleten«, sagte Harboth, »sind mit einem Manager oder einer anderen Bezugsperson unterwegs. Bei der Glück war das früher auch der Fall, aber inzwischen …« Seine Mundwinkel schnellten auseinander. »In manchen Dingen hat sie ihre eigenen Vorstellungen, unsere liebe Katinka.«

Innerlich stöhnte ich auf. Wenn mir der Metropolmister noch einmal seine Reißzähne zeigte, würde ich die Flucht ergreifen. Harboths Zahnarzt kam wohl günstig an Bleichmittel.

»Ja«, sagte ich. »Frauen sind manchmal so. Männer auch. Wie war das mit den langen Läufen?«

»Lange Läufe?«, stutzte Dr. Eichelscheid. Dann nickte er. »Richtig. Beim Marathontraining stehen natürlich auch Einheiten von zwei oder mehr Stunden auf dem Programm. Frau Glück läuft bevorzugt im Wald, und das sollte sie in nächster Zeit nicht ohne Begleitung tun.«

»Wenn ich 100 Meter am Stück renne, kriege ich einen Herzinfarkt.«

»Sprachen Sie nicht eben von einem Fahrrad?«

»Ach so, ja.« Ich kratzte mich am Kopf. »Das wäre möglich.«

»Sehr gut«, nickte Harboth und rückte demonstrativ seine Schreibtischuhr zurecht. »Dann lassen Sie uns zusammenfassen …«

»Gern. Aber könnte ich vorher noch mal so einen Grippetee bekommen? Mit Brausetabletten?«

Er nickte und gab die entsprechenden Anweisungen

durch. Dann wiederholte er, was Dr. Eichelscheid bereits als meinen Aufgabenbereich umrissen hatte: die Läuferin begleiten, ihr Sicherheit vermitteln, die Augen offenhalten, Verdächtiges melden.

»Sollte der Unbekannte wieder auftauchen«, schloss Harboth, »finden Sie heraus, wer er ist und was er will.«

»Aber rechnen Sie nicht damit«, sagte Eichelscheid. »Das war bestimmt nur ein harmloser Spinner, der mal sehen wollte, wie eine Olympiateilnehmerin so wohnt. Wie dem auch sei, hier haben Sie einen Plan mit Frau Glücks Terminen für die kommenden drei Wochen.« Er reichte mir ein mehrseitiges Dokument. »Wann und wo wir Sie brauchen, ist jeweils vermerkt.«

Ich überflog die Papiere. »Sie weiß jetzt schon, dass sie am Donnerstag in drei Wochen zweieinhalb Stunden durch den Wald joggen wird?«

»Ihr Trainingsplan steht im Grunde schon bis zu den Spielen fest.«

»Das nenne ich mal durchstrukturiert«, brummte ich.

Hätte ich es nur bleiben lassen! Harboths Vorzeigegebiss bleckte sich wie von selbst – vermutlich, weil er mich für das Gegenteil von durchstrukturiert hielt, und das zu Recht. Oder es lag an dem Thema, das er als Nächstes anschnitt. »Apropos«, grinste er. »Wir haben noch nicht über die finanzielle Seite unseres Arrangements gesprochen.«

»Weltklasse aus der Region«, sagte ich. »So lautet mein Motto. Deshalb sind auch meine Honorare Weltklasse.«

3

Dass mein neuer Auftrag überall und ausnahmslos auf Zustimmung stieß, hätte mich stutzig machen sollen. Mein Freund Fatty etwa meinte, wenn das keine ruhige Kugel sei, die ich da zu schieben hätte, dann wisse er auch nicht mehr – und er musste es wissen, sieht er doch selbst aus wie eine Kugel, eine superruhige. Auch meine Kneipenkumpane nickten die Sache ab; die einen, *weil* man da so viel an die frische Luft kam, die anderen, *obwohl* man so viel an die frische Luft kam. Sogar Christine, meine Ex, mit der ich unerklärlicherweise wieder zusammenlebte, hatte nichts gegen die Harmlosigkeit des Auftrags einzuwenden, und als sie erfuhr, dass Katinka Glück zwar jung, attraktiv, durchtrainiert und intelligent (um nur einige der ihr nachgesagten Attribute zu verwenden), aber auch verheiratet und zweifache Mutter war, hob sie endgültig den Daumen.

»Sie ist nicht jung«, widersprach ich. »Sie ist 33.«

»Jünger als ich.«

»Die paar Jährchen! Und seit wann sind Marathonläuferinnen attraktiv? Maximal 50 Kilo, keine Brust, keinen Hintern, dünne Ärmchen … Moment, Christine, das waren deine eigenen Worte, als wir mal zufälligerweise in eine Übertragung reinschalteten!«

»Stehst du etwa auf vollbusige Kanonenweiber?«

»Nee.«

»Na also.«

Ich schwieg. Keine Ahnung, worauf ich stand. Im Geist ging ich die mir bekannten Leichtathletikdisziplinen durch, um sie nach ästhetischen Gesichtspunkten zu sortieren. Kugelstoßen und Diskuswurf ins Kröpfchen, so viel stand fest. Sprinterinnen waren okay, Hürdensprinterinnen noch besser, wegen der zusätzlichen Eleganz. Weitsprung? 400m-Lauf? Zehnkampf?

»Ich weiß nicht … Wie heißt noch mal das Ding mit der Stange?«

»Staffellauf?«, schlug Christine vor.

»Mit der Riesenstange.«

»Stabhochsprung.«

»Wie sehen Stabhochspringerinnen aus? Gelenkig wahrscheinlich.«

Christine zuckte die Achseln. Katinka Glück hatte Familie, das genügte ihr. Ob sie in ihrer Freizeit mit irgendwelchen Stäben hantierte, interessierte sie nicht.

»Vielleicht hat der olle Eichelscheid noch eine Stabhochspringerin im Angebot«, sagte ich. »Fragen kann man ja.«

Dazu gab es jedoch vorerst keine Gelegenheit. Als ich an einem windigen Februarvormittag zum ersten Mal vorm Haus der Glücks in Ziegelhausen eintraf, parkte da ein Smart mit reichlich Werbeaufschriften, aber kein Gefährt, das zu dem gemütlichen älteren Herrn mit dem Haarkranz gepasst hätte.

Ich stieg vom Rad und zog die Handschuhe aus. Der lange Anstieg vom Neckar hatte mich ins Schwitzen gebracht. Wie von Eichelscheid und Harboth bereits angekündigt, war Katinkas Haus das letzte einer von Schlaglöchern übersäten Straße, die in einer Wendeschleife endete. Um das Gebäude lief ein schmaler Grünstreifen, gleich dahinter begann der Wald. Die Häuser stammten allesamt aus den Sechziger- oder Siebzigerjahren, sie waren weder besonders schön noch besonders groß, dafür ohne überflüssigen Firlefanz. Zwei Stockwerke, ein Satteldach, hinten raus wahrscheinlich eine Terrasse, fertig. Im Vorgarten waltete ein gewisses Laissez-faire-Prinzip, das sommerlichen Wildwuchs vorausahnen ließ. Neben einem blattlosen Strauch lag ein umgekipptes rotes Bobby-Car.

Bevor ich läuten konnte, wurde die Tür geöffnet. Ich sah Katinkas ausgestreckte Hand und hörte sie sagen: »Dr. Eichelscheid kommt nicht. Er hatte einen Unfall. Wir müssen uns also ohne ihn beschnuppern.«

Beschnuppern?

So konnte man es natürlich auch nennen. Schön, dass Katinka Glück auf das übliche Hallöchen-Blabla verzichtete. Lieber gleich mitten rein in das Hier und Jetzt unserer Geschäftsbeziehung! Auf zum Beschnuppern!

Andererseits: Woher wusste sie, dass es sich bei mir um ihren zukünftigen Aufpasser handelte? Und nicht um den Stromableser? Sah man mir den Privatermittler an der Nase an?

»Das Bobby-Car auch«, sagte ich, ihre Hand schüttelnd. Und, als sie fragend blickte: »Einen Unfall, meine ich. Wie geht es dem Herrn denn?«

»Blechschaden. Ihm ist nichts passiert. Duzen wir uns?«

»Gern.«

»Schön. Dann lass uns gleich losziehen.«

Ich machte eine Geste, die zu einem Viertel aus Nicken bestand und ansonsten aus dummem Gesicht. Vielleicht war die Verteilung auch etwas günstiger, es spielte aber keine Rolle. Denn Marathonläuferin Katinka Glück war schon wieder im Haus verschwunden. Ich glotzte sozusagen gegen die Leere im Türrahmen. An diese Art der Kommunikation musste ich mich erst noch gewöhnen. In sportlichen Kategorien ausgedrückt, hatte sie eher etwas von Sprinttraining. Kurze Antritte statt langer Dialoge. Lass uns losziehen! Klar, ich war ja nicht zum Brunchen hier. Fünf

Sekunden vorm Haus mussten reichen, fürs Beschnuppern und für alles andere. Ziehen wir los! Könnte ja dunkel werden, in sechs Stunden oder so.

Schon füllte sich der Türrahmen wieder. Katinka Glück stand in Sportklamotten vor mir. Sie war mittelgroß und brünett, hatte eng zusammenliegende grüne Augen und ein Gesicht, in dem sich keine Spur von den fröhlichen Dingen fand, die ihr Nachname versprach. Das einzig Lustige an dieser Frau war ihre Bubifrisur. Sie hätte als Studentin in den Anfangssemestern durchgehen können. Wenn sie nicht die ganze Zeit so ernst dreinblicken würde.

»Ziehen wir los«, grinste ich.

Wie hatte sie es nur geschafft, so schnell wieder aufzutauchen? Statt in Jeans und Pullover nun in roter Windjacke, langer schwarzer Laufhose und Sportschuhen. Dazu in der Rechten ein Stirnband und dünne Handschuhe. Entweder hatte Katinka die Sportsachen unter ihrer Alltagsmontur getragen, oder sie wusste um das Geheimnis einer neuen, extrem effizienten Art des Umkleidens. Wortlos nahm sie einen Schlüssel von einer Leiste und schloss die Haustür hinter sich. Zweimal drehte sie den Schlüssel im Schloss, bevor sie ihn in einer winzigen Tasche neben dem Reißverschluss ihrer Jacke verstaute.

»Wohin geht's?«, fragte ich.

»Hier lang.« Sie zeigte zum Ende der Straße. »Wir laufen meine übliche Runde.«

Wir?

Einen Moment lang fürchtete ich, sie würde mir verbieten, mich aufs Rad zu schwingen. Was sie natürlich nicht tat, sie war ja informiert. Andererseits hatte ich so oder so den Schwarzen Peter gezogen. Warum musste die Frau auch in Ziegelhausen wohnen? In einem Lindwurmtal, das sich immer höher in den Odenwald schraubte? Von hier aus gab es nur eine Richtung: bergauf. An Hängen entlang, über Kuppen und Kämme, durch tief eingeschnittene Hohlwege oder schmal sich windende Waldpfade bis ins nächste Tal. Oder auf den breiten, allmählich ansteigenden, dafür äußerst kurvenreichen Forststraßen. Mehr als 400 Meter betrug der Höhenunterschied zwischen dem Neckar und den Odenwaldgipfeln.

Hinter der Wendeschleife stand eine Schranke, und hinter ihr begann ein Waldweg. Katinka lief vor, ich folgte. Die Steigung war mäßig, auf dem Boden lag feiner Splitt. Nach einigen 100 Metern bog sie rechts ab. Unter uns spitzten die Dächer ihrer Straße durch die kahlen Bäume. Im Süden waren die Funktürme auf dem Königstuhl zu sehen. Katinka lief gleichmäßig und ohne Anstrengung, ihr Oberkörper bewegte sich kaum. Das schwarze Stirnband bedeckte ihre Ohren. Mit ein paar kräftigen Tritten schloss ich auf.

»Anderthalb Stunden«, sagte ich. »So steht es in dem Plan, den ich bekommen habe.«

Sie nickte.

»In diesem Tempo?«

»Ist okay. Auf der zweiten Hälfte beschleunige ich ein bisschen.«

Beschleunigen? Klar, wir waren ja gerade mal zehn Stundenkilometer schnell. Wenn auch nur geschätzt, denn ich besaß keinen Fahrradcomputer. Christine hatte mir mal einen geschenkt, aber der war kaputt. Vielleicht musste ich bloß die Batterie wechseln. 10 km/h, und das bergauf. Die Blätter des vergangenen Herbsts raschelten unter meinen Reifen.

»Ist der Spanner noch mal aufgetaucht?«

»Nein.«

Pause. Bräunlich-violett leuchteten die Stämme der entlaubten Bäume. Dunkle Schatten kündigten Nadelholz an, dann wieder blinzelte der Winterhimmel durch die Wipfel.

Katinka sah beim Laufen stur geradeaus. Was ging wohl in ihrem Kopf vor, wenn sie trainierte? Dachte sie überhaupt etwas? Lief sie sonst mit Musikbeschallung, zählte sie ihre Schritte, achtete sie auf ihre Atmung?

Nicht, dass mich all dies großartig interessiert hätte. Aber irgendetwas fragte man sich halt, während die Minuten verstrichen und nichts von Bedeutung passierte.

»Was war das für ein Unfall, den Dr. Eichelscheid hatte?«

Sie schwieg. Erst dachte ich, sie hätte die Frage nicht verstanden oder nicht genug Luft, um sie zu beantworten. Aber als sie schließlich sprach, klang sie so entspannt wie zuvor.

»Ein Auffahrunfall, sagt seine Sekretärin. Ich habe kurz überlegt, wer da wem hintendrauf gefahren ist. Das erwähnte sie nämlich nicht, und ich ging ohne nachzufragen davon aus, dass Eichelscheid in dem vorderen Wagen saß.«

»Aber vielleicht war er es auch, der dem anderen ins Heck gerauscht ist.«

Zum ersten Mal sah ich so etwas wie ein Lächeln über ihr Gesicht huschen. Na also! Ging doch.

»Rauschen? Nein«, erwiderte sie. »Leute wie Friedemann Eichelscheid halten sich an absolut jede Geschwindigkeitsbegrenzung, bremsen vor jedem Zebrastreifen und fahren niemals schneller, als der ADAC empfiehlt. Da wird nicht gerauscht.«

»Ein Friedemann in jeder Beziehung. Unter so einem Abteilungsleiter möchte man ja arbeiten.«

»Meinst du? Vielleicht fällt es einem bei Tempo 30 ja leichter, ein Dutzend Mitarbeiter zu entlassen.«

Ich schwieg, weil der Weg steil anstieg. Um mit Katinka mithalten zu können, musste ich aus dem Sattel gehen. Wir erreichten einen Höhenzug zwischen Ziegelhausen und dem weiter östlich gelegenen Kleingemünd, dem wir nach Norden folgten. Dann ging es kreuz und quer durch den Odenwald, bis ich die Orientierung komplett verloren hatte. Hin und wieder verrieten mir Wegweiser ungefähr, wo wir uns befanden. Irgendwann begann es leicht zu regnen.

Auf einer Bergabpassage fuhr ich vor, um mir eine Regenjacke überzuziehen. Außerdem Mütze und Handschuhe. Katinkas Lauftempo mochte überdurchschnittlich hoch sein; mir wurde trotzdem kalt dabei.

»Wo sind deine Kinder jetzt? Im Kindergarten?«

»Kindergarten und Krippe.«

»Und dein Mann? Was arbeitet er?«

»Grundschullehrer.«

»Also kann er dich beim Training nicht begleiten?«

Sie warf mir einen kurzen Seitenblick zu. »Vielleicht möchte er auch gar nicht.«

»Hast du keinen Manager?«

»Ich hatte einen. Mit dem gab es Ärger. Jetzt habe ich keinen mehr.«

»Und du trainierst immer allein? Gibt es in deinem Verein niemanden, der dein Tempo läuft?«

»Keine Lust.« Sie merkte, dass sie sich missverständlich ausgedrückt hatte. »Ich bin es, die keine Lust auf Begleitung hat, verstehst du? Ziehe mein Ding lieber allein durch.«

»Oh, sorry, und jetzt quatsche ich auch noch die ganze Zeit.«

Sie schwieg. Danke, das war Antwort genug. Ich weiß, dass ich manchmal einen Satz zu viel sage, und es gab schon eine Menge Situationen, in denen ich mir hinterher wünschte, das Maul gehalten zu haben. Aber war es gescheiter, sich 90 Minuten lang gegenseitig anzuschweigen? Sprach sie wenigstens zu Hause mit ihren Kindern?

Gut, schwiegen wir halt. Eine Weile fuhr ich voraus und wartete an der nächsten Kreuzung auf sie. Der Regen wurde stärker.

»Es war nicht meine Idee, dich einzuschalten«, sagte sie, als wir wieder auf gleicher Höhe waren. »Wenn ich unterwegs bin, habe ich keine Angst. Harboth und Eichelscheid meinen, es mit der Fürsorge ja immer gleich übertreiben zu müssen.«

Jetzt war ich es, der auf einen Kommentar verzichtete. Wenn ihr meine Anwesenheit lästig war, brauchte sie es nur zu sagen. Ich würde ganz sicher nicht auf Erfüllung des Vertrags bestehen. Es gab angenehmeren Zeitvertreib, als sich im Februar auf 400 Metern Meereshöhe nass regnen zu lassen.

»Nun schau nicht so beleidigt«, hörte ich sie sagen.

»Ich bin nicht beleidigt.«

»Sondern?«

»Ich friere. Du nicht?«

»Nö. Das Zeug ist wasserabweisend.« Sie sah auf ihre Uhr. »Männer frieren immer. Los, hier lang!«

Sie zeigte nach rechts. Der Weg, der sich dort den Hang hochschlängelte, war verdammt steil und verdammt schmal. Meinte sie das ernst? Ich fuhr ein Rennrad und kein Mountainbike!

»Was ist?«, rief sie mir über die Schulter zu, schon einige Meter voraus. Und grinste dabei, ich hatte es genau gesehen! Ich nahm Schwung, schloss rasch auf, doch es gelang mir nicht, an ihr dranzubleiben. Der Weg war zu steil. Während sie die Bergziege spielte, machte ich einen auf Nilpferd. Krümmte den Rücken, schnaufte, fletschte die Zähne. Nicht gerade der Lance-Armstrong-Stil, aber Lance Armstrong kannte den Odenwald nicht. Der Regen peitschte mir ins Gesicht. Unter den Achseln und zwischen den Schulterblättern sammelte sich Flüssigkeit. Ich wog keine 70 Kilo, aber jedes einzelne war zu viel in diesem Moment.

»Und? Immer noch kalt?«, fragte Katinka oben. Sie hatte nicht auf mich gewartet, sondern war einfach weitergelaufen, ohne sich umzusehen. Wenn ich auf halber Strecke vom Rad gefallen wäre, hätte sie es vermutlich nicht einmal gemerkt. War ja nur ihr Begleiter, der da im Schneeregen von Ziegelhausen sein Leben aushauchte.

»Kalt?«, keuchte ich. »Mir ist so warm, ich könnte ein komplettes Einfamilienhaus heizen.«

»Gut, dann hängen wir noch einen Schlenker dran. Komm, leg einen Zahn zu!«

Sie beschleunigte. Es schüttete, es war bitterkalt, der Odenwald zeigte sich von seiner allermiesesten Seite, aber Katinka Glück hängte freiwillig noch einen Schlenker dran. Vor dem Regen war keine Rede von Schlenkern gewesen. Vielleicht kam sie nur bei Sauwetter auf solche Gedanken.

Masochismus?

Oder doch Sadismus, ausgelöst durch einen unerwünschten Beschützer, der auf zwei Rädern gerade mal so schnell war wie sie auf zwei Beinen?

Ich beschloss, die Frage zurückzustellen: bis ich Katinka etwas besser kannte. Vorerst war ich heilfroh, mir nach zwei Stunden Training und einer entsetzlichen Talfahrt durch Ziegelhausen bei Temperaturen knapp über dem Gefrierpunkt keine Lungenentzündung geholt zu haben. Genau genommen empfand ich es als Wunder. Ein Wunder, das nur durch ein anderes, noch größeres in den Schatten hätte gestellt werden können: wenn Katinka mich zum Abschied auf einen Tee mit Schnaps hereingebeten hätte.

Aber das tat sie nicht. Und der Schnaps war dabei das kleinste Hindernis, nehme ich an.

4

Eine Woche und zwei Trainingseinheiten später schüttelte mir der Oberbürgermeister höchstpersönlich die Pranke. Er galt als ambitionierter Hobbyläufer, der beim Heidelberger Halbmarathon den Startschuss abfeuerte, bevor er sich, volksnah und imagebewusst, unter das losstürmende Feld mischte. Wäre ein gewisser Max Koller jemals vor ihm ins Ziel gekommen, hätte er mit meinem Namen womöglich etwas anfangen können. So aber stand er ratlos grinsend vor mir, bis ihn Harboth, der Metropolfritze von der Säbelzahntigerfraktion, raunend mit den nötigen Informationen versorgte. Der OB war sofort im Bilde; natürlich hatte er von Katinkas Problemen gehört, und natürlich hängte er sie nicht an die große Glocke.

»Sie unterstützen also unsere Marathonhoffnung beim Training«, rief er, während er meine Finger durchwalkte. »Läuft sie Ihnen denn nicht davon?«

»Mir laufen alle Frauen davon«, antwortete ich, ohne zu überlegen. Irgendwie schien das die richtige Antwort zu sein, denn ringsum wurde schallend gelacht. Ringsum standen allerdings ausschließlich Männer. Katinka, die einzige Ausnahme, verzog keine Miene.

Trainingspartner also. Gut, sollten die anderen denken, was sie wollten. Der OB wandte sich meinem Nachbarn zu, einem blinden Kurzstreckler, der mitsamt seinem Begleitläufer zu dem Empfang gekommen war. Andere hatten ihre

Trainer mitgebracht, einer seine Oma. Es gab Schwimmer, Judoka, Gewichtheber. Weltklasse, made in Kurpfalz. Dann hielt das Stadtoberhaupt eine kurze Ansprache, in der es darlegte, dass Badener und Württemberger bei den letzten Olympischen Spielen mehr Medaillen errungen hatten als Mexikaner und Inder zusammen. Augenzwinkern: »Wir können alles. Außer Mittelmaß.« Ende der Rede, es wurde höflich geklatscht, und ich freute mich schon auf die Häppchen danach.

»Bei meinem letzten Empfang«, flüsterte ich Katinka zu, »habe ich mehr Canapés verdrückt als alle anwesenden Mexikaner und Inder zusammen.«

Keine Reaktion.

»Aber da gab es auch keine Konkurrenz aus dem Gewichtheberlager.«

»Mach uns keine Schande«, murmelte sie.

Abgesehen von den Häppchen, die schließlich von irgendwem gegessen werden mussten, war meine Anwesenheit bei dem Termin im Heidelberger Rathaus natürlich komplett überflüssig. Katinka hätte auch ihren Mann oder ihre Kinder mit zu dem Empfang bringen können. Schon optisch hätte das mehr hergemacht. Es war Dr. Eichelscheid, der mich gebeten hatte zu kommen: um die vor Wochenfrist verpasste Gelegenheit zum Gespräch unter sechs Augen nachzuholen.

»Also, wenn es ums Beschnuppern geht«, sagte ich, »das haben wir bereits erledigt, Frau Glück und ich.«

Aber er hatte wohl das Gefühl, ohne ihn gehe es nicht, zumal bei einer derart heiklen Angelegenheit, und so spielte ich brav den Grüßaugust, grinste in das Auge der Pressekameras und hoffte, dass ich meinen Hosenlatz richtig zugemacht hatte.

»Dann haben Sie sich also schon aneinander gewöhnt,

Sie beide«, eröffnete der Banker gut gelaunt die Unterhaltung. Kollege Harboth stand bei der Entourage des Oberbürgermeisters und ließ eifrig sein Gebiss klappern.

Katinka nickte. »Haben wir.«

Ebenfalls nickend schob ich mir eine Lachsschnitte in den Mund. Aneinander gewöhnt, das traf es wirklich. Ich mich an ihre staubtrockene Art, sie sich an mein Lungenpfeifen, wenn es mal wieder bergauf ging. Eine professionelle Beziehung, so nannte man das wohl.

»Und der Unbekannte ist nicht wieder aufgetaucht?«

»Nein«, entgegnete Katinka wie aus der Pistole geschossen. Sie wollte mir wohl unbedingt mit der Antwort zuvorkommen. Dabei hatte ich den Mund noch voller Lachsschnitte. In solchen Situationen muss man sich an den Lachs halten, der ist immer als Erstes weg.

»War ja auch zu schlechtes Wetter«, murmelte Dr. Eichelscheid, mit den Gedanken offenbar woanders. Die Quittung kam prompt.

»Schlechtes Wetter?«, brauste Katinka auf. An den Nachbartischen verstummten die Gespräche. In gedämpfter Lautstärke, ansonsten jedoch ungebremst fuhr sie fort: »Glauben Sie, dass sich solche Leute nach dem Wetter richten? Das will ich nicht für Sie hoffen, Dr. Eichelscheid! Es gibt genau zwei Möglichkeiten: Entweder wollte der Mensch etwas von mir oder meiner Familie, dann wird er zurückkommen, auch bei Regen, Eis und Schnee. Oder er stand nur zufällig da, dann sehen wir ihn hoffentlich nie wieder.«

Lecker, der Rathauslachs. Und hübsch gekontert. Aber verlor Eichelscheid deswegen seine gute Laune? Nicht die Bohne. »Sehen Sie«, lächelte er, höchstens ein bisschen angestrengter als zuvor, »genau aus diesem Grund haben wir Herrn Koller engagiert. Damit er uns sagen kann, welche der beiden Möglichkeiten zutrifft. Und zu Ihrem Schutz natürlich, Frau Glück.« Harboth kam, über das ganze Gesicht grinsend, an unseren Tisch und stellte sich neben Eichelscheid, der ihn mit einem Kopfnicken begrüßte.

»Schön«, sagte der Metropolitaner und schaute auffordernd in die Runde. »Sehr schön. Was habe ich verpasst?«

»Eine unbedachte Äußerung meinerseits«, erklärte Dr. Eichelscheid. »Bitte, Frau Glück, vergessen Sie einfach, was ich gesagt habe.«

»Sie glauben mir nicht, dass ich den Mann gesehen habe«, gab Katinka kühl zurück. »Das ist der Punkt. Sie halten mich für überspannt und hysterisch. Für eine Mutter von zwei kleinen Kindern, die mit dem Erwartungsdruck nicht zurechtkommt.«

»Aber nein!«, riefen Harboth und Eichelscheid wie aus einem Mund. Ich hatte ausgekaut und schnippte mit den Fingern nach einer Bedienung mit vollem Tablett.

»Hysterische Mütter sind nichts Besonderes«, murmelte Katinka.

»Nein, nein«, wiederholten die beiden Herren. Und: »Bewahre!« Und: »Ganz sicher nicht!« Zwei, drei Minuten lang wurde klargestellt, dementiert und zurechtgerückt, was das Zeug hielt. Währenddessen schlug ich eine breite Schneise durch das Tablett mit den Schnittchen. Als ich das jenseitige Ende erreicht hatte, waren auch die zwei durch mit ihrer atemlosen Argumentation, um zu guter Letzt synchron und einhellig ihren größten Trumpf ins Feld zu führen: mich.

»Hätten wir Herrn Koller engagiert, wenn wir Ihnen nicht glaubten?«, fragte Dr. Eichelscheid, eine Spur gekränkt. Oder sagen wir: ein Spürchen.

»Placebo«, zuckte Katinka die Achseln.

»Ein nicht ganz billiges Placebo«, zischte Harboth leise. »Wenn ich das mal so sagen darf.«

Ich grinste. Natürlich durfte er das sagen. Von mir aus immer und gern. Bei einem wie Harboth verstand man jedes Wort, auch wenn er flüsterte. Lag wohl an seiner makellosen Bezahnung.

»Ich hab schon die verrücktesten Rollen in meinem Leben gespielt«, warf ich ein, während ich mir die Finger sauber leckte. »Placebo ist wirklich mal was Neues.«

Katinka schwieg. Sie veränderte auch ihren Gesichtsausdruck nicht. Trotz, wohin man blickte. Nur ihre Pupillen zuckten kurz in meine Richtung, um zwei Pfeile loszuschicken, die mich mal eben und quasi nebenbei durchbohrten. Das irritierte mich – vorsichtig formuliert. Hatte ich schon wieder etwas Falsches gesagt? Schämte sie sich für mich? Herrje, warum blieb sie nur so stumm?

»Also«, versuchte Harboth einen Schlussstrich zu ziehen, »ein für alle Mal: Wir halten Sie ganz sicher nicht für hysterisch, Frau Glück. Und es gibt keinen Grund, an der Existenz dieses Mannes zu zweifeln. Allerdings glauben und hoffen wir, dass es ein einmaliger Vorfall war, der sich nicht wiederholen wird.«

»Exakt«, nickte Eichelscheid.

»Und wie lange wollen Sie ihn dann noch beschäftigen?«, fragte Katinka, ohne mich anzusehen. Liebe Güte, ich kannte Bulldoggen, die hatten mehr Charme als sie!

»Das werden wir sehen«, antwortete der Banker. »Bis zu Ihrem Trainingslager in Kienbaum auf jeden Fall. In vier Wochen setzen wir uns zusammen und beratschlagen, wie es weitergehen soll. Es hängt ja auch von Ihnen ab und Ihrem Gefühl.«

»Allerdings.« Ein Wort nur, aber es klang wie eine Drohung. Mir lag schon eine Bemerkung, ach was: eine Kaskade von Bemerkungen auf der Zunge, doch ich beschloss, sie mir für später aufzuheben. Wenn die beiden Sponsorensäcke nicht dabei waren.

Lieber ein Bier bestellen. Gab es nicht im Rathaus? Ausschließlich Prosecco? Lauter Breitseiten von meinem Schützling, und dann kein Bier, um sie hinunterzuspülen! So wird es nichts mit der Wiederwahl, Bürgermeisterlein.

»Nette Feier, wirklich«, sagte ich, nachdem ich mich zu einer Apfelschorle durchgerungen hatte. »Sehr nett. Wobei man sich unter solchen Topathleten verdammt unsportlich vorkommt.« Mit den Augen folgte ich dem Superschwergewichtler, der eben durch den Saal trottete, dass die Dielen ächzten.

»Nun stellen Sie Ihr Licht mal nicht unter den Scheffel«, erwiderte Dr. Eichelscheid. »Sie fahren doch recht ambitioniert Fahrrad, oder?«

»Das dachte ich bis vorige Woche auch.«

»Herr Harboth hier war in seiner Jugend ein erstklassiger Mittelstreckler. Was haben Sie über 1500 Meter stehen?«

Der Beißer winkte ab. »Nicht der Rede wert, Dr. Eichelscheid. Zu nationalen Ehren wie bei Ihnen hat es nie gereicht.«

Eichelscheid schüttelte lächelnd den Kopf. Vergeblich wartete ich auf eine Fortsetzung des Dialogs. Um was für nationale Dingens ging es? Dann bemerkte ich, dass mich Harboth auffordernd anschaute. Ach so, raten sollte ich!

»Leichtathletik?«, tat ich den beiden den Gefallen. Eichelscheid verneinte. »Fußball? Handball? Golf? Rugby? Bogenschießen?«

»Hockey«, beendete er das alberne Spiel. »Bundesliga mit dem Heidelberger Hockeyclub, eine Handvoll Länderspiele. Leider keine Teilnahme an Olympia. Wie es so läuft im Leben.«

»Wie es so läuft«, seufzte ich und schüttete die Schorle hinunter. Selbst der Geldmensch mit der Halbglatze war also eine Sportskanone durch und durch. Was für ein Privileg, Kurzzeitmitglied in diesem elitären Club sein zu dürfen! In ein paar Wochen, wenn sich der Stalker nicht hatte blicken lassen, würde ich wieder zur grauen Masse der Nichtsportler gehören. Der kurzatmigen, infarktgefährdeten Leistungsverweigerer. Die man nicht kennt, wenn man ihnen auf der Straße begegnet.

Wie es halt so läuft im Leben!

Katinka wurde von einem tätowierten Schwimmer in ein Gespräch verwickelt. Am Nebentisch gab es Gelächter, Harboth sah auf seine Uhr.

»Nehmen Sie's ihr nicht übel«, raunte mir Dr. Eichelscheid zu. »Sie ist empfindlich. Extrem empfindlich!«

»Keine Sorge, ich nicht.«

»Gut.«

»Was ist nun: Glauben Sie an die Existenz dieses Stalkers oder nicht?«

»Ich?« Er spitzte die Lippen und ließ seine Blicke durch den Saal gleiten. »Es wird diesen Mann gegeben haben, das schon. Aber ob er nur zufällig hinterm Haus der Glücks herumlungerte, ob es ein Exhibitionist oder sonst ein Spinner war, wage ich nicht zu beurteilen. Wahrscheinlich wird man es nie erfahren.«

»Das heißt, Sie rechnen nicht damit, dass er wiederkommt? Trotzdem haben Sie mich engagiert. Gegen Katinkas Willen, wie sie sagt.«

»Sagt sie das?« Er blickte mich prüfend an. »Nun, sie will auf keinen Fall als überängstliches Mädchen dastehen, das müssen Sie verstehen. Trotzdem ist sie heilfroh über Ihre Anwesenheit. Wie ich Ihnen schon in Mannheim erklärte: Herr Harboth und ich sehen es als unsere Pflicht an, ihr optimale Bedingungen für die Olympiavorbereitung zu bieten. Im Einklang mit dem Oberbürgermeister.«

»Der ebenfalls zur Eröffnung Ihrer neuen Niederlassung geladen ist, vermute ich. Sie nehmen Ihre Rolle als Partner einer Sportlerin ganz schön ernst, muss ich sagen.«

Er lächelte, und ich wusste nicht, ob ich dieses Lächeln pfiffig oder verschlagen nennen sollte. »Es geht um Zuverlässigkeit, Herr Koller. Wissen Sie, was Zuverlässigkeit ist? Wenn man ein Werkstück, das zehn Mal geprüft werden muss, hundert Mal prüft. So sind die deutschen Unternehmen groß geworden.«

»Die deutschen Sportler auch?«

»Die auch.«

»Deswegen hat es bei mir nie zum Sportler gereicht«, dachte ich. Laut sagte ich: »Apropos, Ihren Unfall haben Sie gut überstanden?«

Eichelscheid nickte, war aber mit der Aufmerksamkeit schon beim Oberbürgermeister, der winkend auf ihn zukam. Gleich darauf standen beide im Kreise wichtiger Herrschaften am Nebentisch, Harboth war anderweitig gefragt. Ich drückte mich noch eine Weile unschlüssig im Saal herum, dann zog ich meinen Mantel über und verließ das Rathaus. Es war ein klarer, kalter Tag. Ich lehnte mich an die Mauer des Gebäudes, wandte mein Gesicht der blassen Wintersonne zu und ließ den Blick über den Marktplatz schweifen.

Zehn Minuten später kam Katinka. Allein. Als sie mich sah, blieb sie stehen.

»Hast du auf mich gewartet?«

»Hör zu«, sagte ich und stieß mich von der Mauer ab. »Du musst das mit mir nicht auf Teufel komm raus durchziehen. Niemand zwingt dich. Und Rücksicht auf mich musst du auch nicht nehmen. Aber wenn dir mein Gesicht oder mein Geschwätz nicht passt, sag es lieber gleich. Harboth und Eichelscheid werden schon einen Ersatz für mich finden.«

Sie sah mich groß an.

»Und wegen mir mach dir mal keine Gedanken«, fuhr ich fort. »Die Konjunkturprognosen für uns Privatdetektive sind blendend, heißt es, ich werde mich vor Anfragen kaum retten können. Es geht nur um dich: Falls du es nicht mehr aushältst, mit mir durch den Wald zu rennen, dann lass uns jetzt zu Dr. Eichelscheid zurückgehen und einen Schlussstrich unter die Sache ziehen. Verstehst du? Jetzt.«

Noch immer machte sie große grüne Kulleraugen. Dann stotterte sie: »Wie kommst du denn darauf?«

»Wie ich darauf komme?« Verdammt, was sollte dieses Versteckspiel? Sie wusste doch genau, was ich meinte! »Wir zwei sind keine fünf Minuten zusammen unterwegs, da erzählst du mir, dass du lieber allein trainierst und dass ich gegen deinen Willen engagiert wurde.«

»Das stimmt ja auch«, rief sie hastig. »Ich wollte, dass du es weißt.«

»Oh, danke, sehr verbunden. Und gerade eben, unter Zeugen«, ich äffte sie nach: »Wie lange muss ich es noch mit diesem Typen aushalten, Dr. Eichelscheid? Bis zum Trainingslager? So lange? Um Gottes willen!«

Ich rang die Hände, verdrehte theatralisch die Augen, und als ich sie wieder auf Katinka richtete, sah ich, dass sie lächelte.

Sie lächelte! Das haute mich um.

Bis zu diesem Tag hatte ich gar nicht gewusst, dass Katinka Glück lächeln konnte!

Sie merkte es und wurde gleich wieder ernst. Ernst und hart: so, wie sie immer war. »Vergiss das Placebo nicht«, sagte sie. Um ihren Mund zuckte es.

»Genau«, grummelte ich. »Das Placebo.«

Sie sah zu Boden, wo eine ihrer Fußspitzen über das Kopfsteinpflaster zu scharren begann. »Der Ausdruck hat dich gekränkt, stimmt's? Du kannst es ruhig zugeben, es war nicht zu übersehen. Auch wenn du einen Witz darüber gemacht hast: Du warst gekränkt.« Erneut zuckte es um ihren Mund. Sie sah nicht auf. »Das … das fand ich gut.«

Aha. Gekränkt sollte ich gewesen sein. War mir gar nicht aufgefallen. Dass sie das gut fand, erst recht nicht.

»Und was Dr. Eichelscheid angeht«, fuhr sie rasch fort, »so wollte ich bloß von ihm wissen, wie lange er dich engagieren will. Nicht mehr und nicht weniger. Es ging allein um die Information. Von Aushaltenmüssen war keine Rede.«

»Ach nein?«

»Nein.« Endlich sah sie auf. Blickte mir sogar kurz in die Augen, während sie nach Worten suchte. »Wenn ich ehrlich bin, kann ich dich … Ja, ich glaube, ich habe mich schon an deine Anwesenheit gewöhnt.«

»Gewöhnt!«, knurrte ich. »Na danke.« Dieselbe Vokabel wie bei dem Bankfritzen!

»Du bist wirklich schnell beleidigt«, stellte sie fest, und wieder huschte ein kleines Lächeln über ihr Gesicht. »Dabei standen die Chancen, dass ich mit einem Leibwächter zurechtkomme, den Harboth und Eichelscheid aussuchen, eins zu vier. Höchstens. Und jetzt …« Sie machte eine Pause, während der ihre Augen wieder rund und groß wurden wie zuvor und ihre Miene starr. Ihre Gesichtszüge vereisten regelrecht.

»Und jetzt?«, fragte ich bereitwillig.

»Jetzt freue ich mich auf unser nächstes Training«, presste sie hervor.

Schweigend starrte ich sie an.

Dann atmete sie aus. Ihre Gesichtsmuskulatur lockerte

sich. »Aber am Berg musst du noch besser werden, verstanden?«

Weg war sie. Ohne Abschied, ohne Blick über die Schulter. Und ich stand vor dem Rathaus und hatte jede Menge nachzudenken.

5

Im Laufe der nächsten Wochen lernte ich Katinkas Mann kennen, ihre zwei Sprösslinge, ihre Katze sowie ihre diversen Macken. Von denen sie mehr als genug hatte.

Aber fangen wir mit ihrem Mann an. Weil der einfacher zu beschreiben ist. Heiner Wernz hatte den Namen seiner Frau angenommen und hieß jetzt Heiner Glück. Den Grundschullehrer sah man ihm schon von Weitem an. Ein phlegmatischer Enddreißiger mit etwas zu viel Haar über den Ohren und etwas zu viel Speck um die Hüften. Sofern man Läufermaßstäbe anlegte. Warmer Händedruck, bedächtige Gesten – solchen Leuten vertraute man seine Kinder gern an. Sofern man Kinder hatte.

Jedenfalls konnte ich mir eine Menge Orte und noch mehr Menschen vorstellen, zu denen ein Mann wie Heiner Glück passte, vom Stadtteilverein über den Briefmarkenklub bis zum Ziegelhäuser Presbyterium. Nur an einer Stelle passte er nicht recht ins Bild: an der Seite Katinkas.

Vielleicht spürte er meine Irritation, denn kaum hatten wir uns die Hände geschüttelt, als er anmerkte: »Wenn du einen Sportler erwartet hast, muss ich dich enttäuschen. Der Mann unserer Bundeskanzlerin ist auch kein Politiker.«

»Die hat einen Mann?«, entgegnete ich, bevor mir

bewusst wurde, dass Glück ebenso gut Mitglied des CDU-Ortsverbands Ziegelhausen und ein persönlicher Fan der Kanzlerin sein konnte. Etwas Zottelhaar über den Ohren war schon lange kein Ausschlusskriterium mehr.

Doch Katinkas Mann schmunzelte nur nachsichtig. Dann stellte er mir seine Tochter vor. Das Mädchen, das sich schon die ganze Zeit hinter seinen Beinen versteckte, um von dort aus zu kontrollieren, was das für ein Kerl war, der neuerdings immer die Mama abholte. In ihren großen Kinderaugen stritten Angst und Faszination um die Vorherrschaft.

Ihr Vater hob sie empor und sagte: »Das ist der Max. Sagst du ihm Guten Tag?«

Ich wartete. Na, traust du dich? Zwei Wörter nur, Kleine! Sie schüttelte den Kopf.

»Und wie heißt du?«, hörte ich mich sagen.

Sofort versteckte sie ihr Gesicht an Papas Schulter. Recht so, was muss der Onkel auch für einen Mist labern!

»Das ist unsere Fiona«, erklärte ihr Daddy. »Moritz schläft noch. Stimmt's, Fiona?«

Nun mal ehrlich: War das etwa die gescheitere Frage? Klein Fiona schien dieser Meinung, denn sie nickte heftig, ohne den Kopf von der väterlichen Schulter zu nehmen. Dann streckte sie mir ihre Faust hin, aus der sich zwei Fingerchen lösten.

»Ihr Bruder ist gerade zwei geworden«, übersetzte Heiner Glück.

»Und wie alt bist du?«, wollte ich wissen.

Nun hob sie doch den Kopf. Die vielen Finger mussten dirigiert werden! Drei zählte ich schließlich, allerdings zuckte der Ringfinger unentschlossen im Sog der anderen mit.

»Drei?«, staunte ich. »So alt schon? Dann bist du ja viel größer als dein Bruder.«

Keine Ahnung, wie es mir gelang, so fix auf Kleinkindsprech umzuschalten. Muss wohl doch tief drin in einem stecken, auch wenn man keinen eigenen Nachwuchs und keine Neffen oder Nichten hat. Fiona jedenfalls gefiel es.

»Dreieinhalb ist sie«, präzisierte der Vater. »Und schon im Kindergarten.«

»Ehrlich?«

»Mittags schlafe ich nicht mehr«, rief die Kleine. »Nur Moritz.«

»Der ist ja auch noch klein.«

Sie strahlte. Klein ist der, genau! Total das Baby, der Moritz. Im Kopf überschlug ich kurz: Vor ziemlich genau vier Jahren hatte die schwangere Katinka mit dem Leistungssport aufgehört. Im August oder September war Fiona auf die Welt gekommen, anderthalb Jahre später Moritz. Noch ein Jahr später, gegen Ende des vergangenen Winters, hatte sich Katinka zum Wiedereinstieg entschlossen. Und schon im September war ihr in Berlin das Comeback geglückt: die Olympiaqualifikation. An den Gerüchten, dass Mütter leistungsfähiger waren als Athletinnen ohne Nachwuchs, schien tatsächlich etwas dran zu sein. Christine hatte mir das auch schon verklickert. Dass dabei so ein herausfordernder Glanz in ihrem Blick lag, hatte ich geflissentlich übersehen. Für meinen Geschmack war Christine leistungsfähig genug. Außerdem wollte sie sich ja nicht für London qualifizieren.

Heiner, Fiona und der mittlerweile aufgewachte Moritz winkten uns nach, als wir in Katinkas Smart stiegen. Um Heiners Beine strich eine braun-weiße Katze. Katinka verstaute ihre Sporttasche im Kofferraum – soll heißen: in dem, was bei einem Smart als Kofferraum bezeichnet wird –, dann schritt sie vor zur Beifahrertür und wartete, bis ich eingestiegen war.

Und damit wären wir bei der ersten ihrer zahlreichen Macken angelangt.

Ich hatte die Türen nämlich längst per Fernbedienung geöffnet. Gleich darauf war mir aufgefallen, dass der böse Ziegelhäuser Höhenwind mein Rad umgeweht hatte; ich hob es also auf und trug es zu einer geschützteren Stelle. Als ich schließlich beim Smart angelangt war, stand Katinka noch immer wartend da, eine Hand am Türgriff, und stieg nicht eher ein, bis ich hinter dem Lenkrad saß.

Das fiel mir sofort auf. Später, in Frankfurt, verzögerte ich bei der Rückfahrt meinen Einstieg absichtlich – und siehe da, wieder wartete sie auf mich.

Macke Nummer zwei war, dass sie nur aus ihren eigenen Flaschen trank. Ich hatte ihr schon bei unserer ersten gemeinsamen Tour meine Trinkflasche angeboten, und auch jetzt, auf der Fahrt nach Frankfurt, erwähnte ich, dass ich Wasser mitgenommen hätte – aber nein, sie nahm nichts an, was sie nicht eigenhändig gekauft oder befüllt hatte. Gut, das fiel wahrscheinlich unter die üblichen Vorsichtsmaßnahmen von Spitzensportlern, und etwas Aberglaube spielte wohl auch mit hinein. Wie bei ihrem Tick, immer zuerst den rechten Schuh zu schnüren, bevor sie in den linken schlüpfte. Kannte man ja von Fußballprofis. Oder die Bitte, ihr vor Wettkämpfen niemals »Viel Glück« zu wünschen. Das hasste sie, wie ich bei späterer Gelegenheit erfuhr. Wegen der Anspielung auf ihren Namen wahrscheinlich. Wenn man schon Glück heißt, wird man seine Ziele mit Können, Fleiß und Willenskraft erreichen wollen. So legte ich mir das jedenfalls zurecht.

Über manche ihrer Macken sprach sie ganz offen, die Geschichte mit dem Schuh zum Beispiel. Alle ihre Kollegen pflegten solche Verrücktheiten, erzählte sie. Und sie saß nun mal generell nicht gern hinterm Steuer.

»Ich habe Eichelscheid gebeten, dass du mich heute fährst«, fügte sie an.

»Ach, deshalb.« Ich hatte mich schon gewundert. Medizincheck in Frankfurt – was sollte da groß passieren?

Nun, man konnte zum Beispiel einen tragischen Unfalltod sterben. Als ich bei Bensheim testen wollte, was der Smart so hergab, wäre ich fast in ein Stauende gerast. Katinka hielt die Luft an.

»Seit wann läufst du eigentlich?«, fragte ich, um Ablenkung bemüht.

»Seit ich denken kann. Und hoffentlich noch lange, wenn ich bitten darf.«

»He, ich muss mich erst an diese Sorte Auto gewöhnen. Da ist alles so klein, vor allem die Bremse.« Vorsichtig fuhr ich wieder an. »Du kommst aus einer sportlichen Familie, habe ich irgendwo gelesen.«

»Sportlich?« Sie lachte spöttisch. »So kann man es auch nennen. Fanatisch trifft es eher. Sportfixiert, sportsüchtig. Es geht nicht ohne. Schon meine Großeltern haben Leichtathletik getrieben. Mein Vater war ein sehr guter Langstreckler, meine Mutter turnte. Wenn die einen Tag ohne Sport auskommen mussten, wurden sie unleidlich.«

»Genau wie du.«

»Genau wie ich.«

»Und dein Mann?«

»Ist kein Sportler.«

Ich runzelte die Stirn. »Glaube ich nicht.«

»Er hat früher Fußball gespielt. Ab und zu hilft er noch bei den Alten Herren in Peterstal aus. Ansonsten passt er zu meiner Familie wie die Faust aufs Auge.«

»Aha.« Unsere Blicke trafen sich.

Ein kurzes Lächeln spielte um ihre Lippen. »Jetzt fragst

du dich, wie kommt die zu so einem? Hat sich Katinka in der Tür geirrt?«

»Im Mann.«

»Im Mann, richtig. Aber das habe ich nicht, keine Sorge. Meine Familie und ich, wir sind verrückt genug, da verliert man schon mal die Bodenhaftung.«

»Und für die sorgt Heiner?«

»Er fragt nicht nach meinen Wochenkilometern, gibt mir keine Trainingstipps, kommt mir nicht mit seinen eigenen Erfahrungen. Vor allem redet er nicht über Verletzungen, wie es Läufer untereinander immer und überall tun.«

»Aber Anteil an deinen Erfolgen nimmt er schon?«

»Natürlich.« Pause. Und dann: »Wobei er mich ganz bestimmt nicht deswegen geheiratet hat.«

»Davon ging ich aus.«

»Wir machen beide unseren Job. Jeder so gut er kann. Und ich bin froh, wenn ich zu Hause mal nicht über Sport reden muss.«

»Verständlich«, flunkerte ich. Zu Hause nicht über Sport reden? Man duelliert sich mit der gedopten Dauerkonkurrentin, erzielt eine neue Bestzeit, sorgt für Schlagzeilen – und palavert beim Abendessen über das Wetter? Du, Schatz, willst du mir nicht von deinen Erstklässlern erzählen, bevor ich zum Aktuellen Sportstudio nach Mainz muss?

Nein, so ganz konnte ich mir das nicht vorstellen. Klang etwas zu professionell, was Katinka da behauptete. Andererseits *war* sie Profi. Mit dem Laufen verdiente sie ihre Brötchen, wie unsereins ins Büro ging oder am Fließband stand. Nur dass ihre Arbeitszeiten nicht der Norm entsprachen. Wenn sich die joggende Nation am Sonntagmorgen unter irgendeinem Startbanner versammelte, war das ihr Freizeitvergnügen. Für Katinka bedeutete es Job, Beruf, Knochenarbeit. Werktags um fünf den Hammer fallen zu lassen, kam nicht infrage. Sportler war man 24 Stunden am Tag: Morgens bestrich man das Vollkornbrot hauchdünn mit Butter, und wenn die beste Freundin Party feierte, nippte man am Mineralwasser. Vom Tanzen ganz zu schweigen.

Und dann gab es ja noch ein Thema.

»Wie ist das mit deinem Nachwuchs?«, fragte ich. »Spitzensportler mit Familie sind eher selten, oder?«

»Spitzensportler nicht«, antwortete sie mit Betonung auf der letzten Silbe des Substantivs.

»Aber Sportlerinnen?«

»Tja.«

Während sie stumm in die Dämmerung blickte, wartete ich vergeblich auf weitere Erläuterungen. Dass man ihr aber auch alles aus der Nase ziehen musste!

»Hast du schlechte Erfahrungen gemacht?«, bohrte ich weiter. »Ich stelle mir das nicht ganz einfach vor, beides zu vereinbaren. Immerhin musst du …«

»Es geht«, unterbrach sie mich. »Es ist machbar, wenn du es willst. Niemand legt dir Steine in den Weg. Aber gut überlegen musst du es dir schon.«

»Klar.«

»Ich habe schon mein Medizinstudium dem Sport geopfert. Nach sechs Semestern. Für die Familie musste der Sport dran glauben. Fast drei Jahre habe ich ausgesetzt, und das in einer Phase, als ich wirklich gut in Form war. Diesen Preis musst du zahlen. Jetzt werde ich dafür belohnt. Ich habe die Quali *und* Familie. Außerdem sehe ich vieles anders als vorher.«

»Wie, anders?«

»Weiß nicht. Entspannter wahrscheinlich. Es gibt Dinge, die nicht mehr so wichtig sind.«

»Du meinst: weniger wichtig als Kinder?«

»Ja, vielleicht.« Ihre Finger kneteten einander, als seien sie eingeschlafen und müssten sich gegenseitig wecken. Plötzlich wandte sie mir ihr Gesicht zu. »Aber nun denk nicht, dass ich weniger ehrgeizig wäre als früher. Okay, vielleicht nicht mehr so verbissen. Dafür kann ich mich ganz anders quälen. Außerdem«, der nächste Gedankensprung, »hat auch Heiner seine Opfer gebracht, damit ich meinen Sport ausüben kann. So etwas macht stark, wenn die Familie hinter einem steht. Ich habe keinen Grund, mich zu beklagen. Meine Startbedingungen sind nicht schlechter als die der acht Jahre jüngeren Mädels, die keine Kinder haben.«

»Klingt gut.«

»Obwohl, einen Nachteil gibt es: Wenn du 33 bist, hast du nur noch eine Olympiachance. Die muss ich nutzen.«

Über diesen Satz dachte ich eine ganze Weile nach. Die letzte Chance mit 33! So etwas musste man sich auf der Zunge zergehen lassen. Dabei waren Marathonläuferinnen noch gut dran. Welcher Schwimmer zählte als 30-Jähriger noch zur Weltelite? Turner waren mit Anfang 20 verheizt. Andererseits konnten die sich nach ihrem Karriereende in Ruhe an die Familienplanung machen.

»Jaja, die liebe Familie«, seufzte ich. Gut, dass Christine das nicht hörte!

Katinka schwieg.

6

Als wir Frankfurt erreicht hatten, lotste sie mich zur Uniklinik, Abteilung Sportmedizin. Es ging zum Mainufer, an Straßenbahnschienen vorbei, mitten hinein in den Krankenhausdschungel, in dem unablässig gebaut, renoviert und nachverdichtet wurde. Hätten sie mal lieber das Parkhaus mit seiner asthmatischen Betonarchitektur sanieren sollen.

»Ich hasse dieses Teil«, murmelte Katinka. »Gibt es wirklich keinen Platz draußen?«

Aber dort war alles von den Chefärzten belegt. Reserviert für Dr. Soundso und Professor Schlagmichtot. Uns dagegen empfingen zuckende Neonröhren in schlecht belüfteten Parkdecks. Katinka beeilte sich, ins Freie zu kommen.

»Soll ich mit rein?«, fragte ich, als sie ein mehrstöckiges Klinikgebäude ansteuerte.

»Du musst nicht. Es dauert allerdings.«

Ich sah mich um. Eine halbwegs sinnvolle Möglichkeit des Zeittotschlagens, sagen wir: eine Kneipe, bot das Klinikgelände nicht. Außerdem hätte ich eh keinen Alkohol trinken dürfen. Also begleitete ich meinen Schützling bis ins Wartezimmer von Dr. Andreas Karst, der – nach den Familienfotos an der Wand zu urteilen – noch zu den jüngeren Sportärzten gehörte.

»Er hat auch zwei Kinder«, erklärte Katinka. »Nicht viel älter als meine.«

»Qualifiziert ihn das zum Arzt deines Vertrauens?«, grinste ich.

»Andreas ist der beste«, entgegnete sie nüchtern. »Nicht nur fachlich. Drei Viertel unserer Wehwehchen sind ohnehin psychischer Natur, und die zaubert er dir einfach weg. Durch Zuhören, durch Reden, durch seinen Optimismus. Keiner kann das so wie er. Und wie alt er ist, spielt da keine Rolle.«

Nun, das mochte stimmen. Neben den Karstschen Urlaubsfotos hingen Zertifikate und Bescheinigungen, die von der vertrauensvollen Zusammenarbeit des Mediziners mit dem Deutschen Leichtathletikverband und dem Olympischen Sportbund kündeten. Sportarzt des Jahres, so pries ihn eine der fröhlichen Hochglanzzeitschriften mit Fit&Fun-Garantie.

Und als er dann kam, der Hochgeehrte und Vielbeschäftigte, tat er alles, um seinem vorauseilenden Ruf gerecht zu werden. Groß, drahtig, Grübchen im Gesicht und ein kräftiges Kinn. Nur ein bisschen blass sah er aus, der Herr Doktor, aber das bewies ja, wie sehr er sich für seine Patienten aufopferte. Katinka bekam Küsschen auf die Wangen gedrückt, bevor er meine Hand packte und mich fragte, ob ich mit ins Behandlungszimmer kommen wolle.

»Kein Bedarf«, winkte ich ab. »Wie lange dauert es denn?«

»Ein halbes Stündchen. Vielleicht ein bisschen mehr.«

»Mindestens doppelt so lange«, korrigierte Katinka. »Sonst hat er das Gefühl, sich nicht genug um mich gekümmert zu haben.«

Na, hoffentlich hatte Dr. Karst ausreichend Lektüre im Haus. Ich war der einzige Gast in seinem Wartezimmer, auch die letzte verbliebene Sprechstundenhilfe machte gleich darauf Feierabend. Gähnend quälte ich mich durch die Frankfurter Allgemeine, scheiterte an einem Kreuzworträtsel, blätterte in einer Gesundheitszeitschrift. Als ich versuchte, die dortigen Gymnastiktipps in die Tat umzusetzen, kippte ein Stuhl um. Dr. Karsts Kinder lachten von ihrem Foto herab. Ich schnitt ihnen eine Grimasse. Nach einer Stunde schrieb ich aus lauter Verzweiflung ein paar SMS, aber niemand antwortete.

Vielleicht hätte ich doch mit zur Behandlung kommen sollen.

Endlich erschienen die beiden in der Tür zum Wartezimmer. Nur eine Minute länger, und ich wäre eingeschlafen, ehrlich! Wieder gab es Küsschen, einen kräftigen Händedruck und ein grübchenbetontes Grinsen.

»Alles in Ordnung?«, fragte ich Katinka.

»Alles in Ordnung. Und du«, wandte sie sich an den Arzt, »mach auch mal Schluss, Andreas. Deine Familie wartet!«

»Ein klitzekleines halbes Stündchen noch«, grinste Karst, aber die Müdigkeit in seinen Augen war nicht zu übersehen.

Als wir vor das Haus traten, war es sieben Uhr und längst dunkel. In den letzten Nächten hatte es noch einmal kräftig angezogen, mit Frost bis in die tiefen Lagen. Wenigstens machte mich die kalte Luft wieder munter.

»Was hat er mit dir angestellt, der Doc?«, wollte ich wissen.

»Alles Mögliche. Ausdauerwerte überprüft, Trainingsleistungen abgefragt. Allgemeiner Check halt.«

»Das heißt, du hast momentan keine Zipperlein? Vollkommen kerngesund?«

Sie zuckte die Achseln. »Spitzensportler haben immer Zipperlein. Ständig zwickt, zerrt und drückt es irgendwo. Das haben wir alles durchgesprochen, Andreas und ich, bis ins letzte Detail. Hinterher geht es einem zwar nicht besser, aber man weiß, dass die anderen genauso übel dran sind wie man selbst.«

»Und ich dachte immer, Sport sei gesund.«

»Leistungssport nicht. Sag mal …«

»Ja?«

»Könntest du das Auto holen und mich hier draußen aufgabeln? Ich hasse dieses Parkhaus, wirklich.«

»Kein Problem.«

Gähnend stieg ich hoch zu Deck 2. Wie vor zwei Stunden funzelten die Neonlampen vor sich hin, roch es nach

Abgasen, staute sich die Kälte unter der niedrigen Decke. Von der Zahl der freien Parkplätze einmal abgesehen, hatte sich seit unserem Weggang nichts verändert.

Bis auf die beiden Gestalten, die sich an Katinkas Wagen zu schaffen machten.

Einen Moment lang zögerte ich, um zu sehen, ob es auch wirklich ihr Smart war, den die zwei bearbeiteten. Dann flitzte ich los. Ohne nachzudenken.

Meine Schritte hallten durch das Parkdeck. Die zwei vermummten Typen hielten in ihrer Tätigkeit inne, rissen die Köpfe herum – und flitzten ebenfalls. Leider in die andere Richtung.

Realistisch gesehen hatte ich keine Chance. Aber wer ist in solchen Situationen schon Realist? Vielleicht stolperte einer der beiden. Zog sich ein Ausfahrtticket oder hatte Pudding in den Beinen. Nichts dergleichen war der Fall, im Gegenteil. Die zwei flüchteten in einem Tempo, das jedem Mittelstreckler zur Ehre gereicht hätte. Schon hatten sie die spiralförmige Rampe erreicht.

»Bleibt stehen oder ich schieße!«, brüllte ich.

Ebenso gut hätte ich sie in diesem Moment mit Freibier ködern können. Das Getrommel ihrer Schritte verlor sich in der Tiefe. Jemand hupte, ein entgegenkommender Fahrer wahrscheinlich, Bremsen kreischten kurz auf, dann war alles ruhig. Ich beugte mich über das Geländer der Rampe und schaute nach unten. Nichts.

Und Katinka?

Sie wartete am Ausgang! Halt die beiden auf, dachte ich im Weiterhetzen, stell ihnen ein Bein, ramm ihnen deinen Ellbogen ins Gesicht! Oder lass sie mit dem Adamsapfel gegen deine Handkanten laufen …

Alles Quatsch. Nichts sollte sie tun, gar nichts. Was, wenn die zwei bewaffnet waren?

Kurz danach stand ich keuchend vor dem Ausgang des Parkhauses. Die Zufahrt war hell erleuchtet, ebenso der Fußweg zum Krankenhaus, die Gebäude ringsum, die Straßenbahnhaltestelle in einiger Entfernung – von den Flüchtenden fehlte jede Spur.

Katinka kam auf mich zu. »Was war denn das eben?«

»Das wüsste ich auch gern. Hast du die beiden erkannt?«

»Wen?«

»Schon gut«, seufzte ich. »Kommst du bitte mit?«

Sie folgte mir widerstrebend. Oben fuhr sie konsterniert mit dem Finger über die Blechhaut des Smart. Die beiden Unbekannten hatten die Werbeaufschriften mit schwarzer Farbe übersprüht. An einem Seitenfenster war der Ansatz eines Tags zu erkennen, wie man ihn aus der Graffitiszene kannte. Bevor der Sprayer ihn vollendet hatte, war er von mir gestört worden.

»Was soll das?«, rief Katinka. »Hast du die Typen gesehen?«

»Mittelstreckler«, entgegnete ich. »Für Olympia wird es nicht reichen, aber gut im Futter waren sie. Irgendwelche Jungs mit schwarzen Kapuzenshirts, mehr konnte ich nicht erkennen. Denen war es wohl zu langweilig, immer nur Wände zu verunstalten.«

»Aber warum dann mein Auto?«

Das war allerdings eine berechtigte Frage. Warum hatten sie nicht den Japaner daneben genommen oder den dicken Benz in der nächsten Reihe?

»Vielleicht haben sie sich an der Reklame gestört. Oder sie dachten, ein Smart ist kein Auto, da darf man das.«

Sie lachte nicht.

Und so erfuhr unser Aufenthalt in Frankfurt eine unerwartete Verlängerung. Immerhin war ziemlich rasch ein Streifenwagen vor Ort. Mit einer Mischung aus Beamtenpingeligkeit und hessischer Bräsigkeit wurde der Vandalismus zu Protokoll genommen sowie fotografisch dokumentiert. Nein, von ähnlichen Fällen aus letzter Zeit sei ihnen nichts bekannt, meinten die Polizisten. Aber Jugendliche, ja, das passe.

»Das kriegen Sie wieder ab«, sagte der eine und zeigte auf die Sprühfarbe. »Es gibt da ein Spezialmittel. Fragen Sie mal bei der Bahn nach.«

»Machen wir«, sagte ich und stieg ein. Langsam rollten wir die Rampe hinunter. Nichts wie raus aus dieser Stadt!

Einen Zuschlag gab es aber noch. Als wir das Gebäude der Sportmedizin passierten und ich eben in den dritten Gang hochschaltete, schnellte plötzlich Katinkas Kopf herum. Sie verrenkte sich schier den Hals, um nach hinten zu schauen!

»Was ist?«, fragte ich.

Sie schwieg und starrte. Ich verringerte die Geschwindigkeit, setzte den Blinker, bog rechts ab – nichts. Endlich wandte sie den Kopf, aber nur, um stumm geradeaus zu schauen.

»Hast du die zwei gesehen, oder was?«

»Die zwei?« Sie warf mir einen irritierten Blick zu. »Ach, die. Nein, ich … Aber das kann nicht sein.«

»Sondern? Hallo, Katinka, ich rede mit dir!«

»Nichts.« Sie setzte sich gerade hin. »Für einen Moment dachte ich, ich hätte den Mann aus unserem Garten wieder gesehen. Direkt vor der Klinik. Aber das ist ja unmöglich, vergiss es. Wahrscheinlich bin ich doch hysterisch, wie Eichelscheid und Harboth glauben.«

»Der Stalker? Der aus eurem Garten?«

»Vergiss es«, murmelte sie. »Ich bin eine hysterische Kuh.«

Wenn ich ehrlich bin, fehlten mir in diesem Augenblick die Argumente, um sie vom Gegenteil zu überzeugen. Der Stalker in Frankfurt? Niemand hatte den Mann im Garten der Glücks gesehen – nur sie. Und jetzt sollte er am Main herumlungern! War es möglich, dass Katinka Glück hin und wieder Dinge ganz exklusiv wahrnahm? Dass ihr der Leistungsstress mehr zusetzte, als sie eingestehen mochte?

So dachte ich während der Rückfahrt von Frankfurt. Weil wir fast durchgehend schwiegen, hatte ich viel Zeit zum Denken.

Aber dann kam der Wettkampf in Karlsruhe. Der alles änderte.

7

»Green Island Sea Resort«, buchstabierte Kommissar Fischer in seinem lustigen Kurpfalz-Englisch. »Da möchte man ja mal Urlaub machen.« Seufzend legte er das Seychellenprospekt auf den Tisch zurück und schaute zum Fenster hinaus, gegen das der Märzregen pladderte.

»Bitte«, ermahnte ihn Dr. Eichelscheid. »Für Sie mag das ein Anlass zur Heiterkeit sein. Für unsere Athletin ist es bitterer Ernst.«

Fischer zog die Brauen zusammen und schwieg. Wenn mich nicht alles täuschte, hatte mein alter Polizistenfreund sein Urteil über den Herrn mit dem Haarkranz bereits gefällt. Und es war nicht günstig ausgefallen. Fischer hasste es, zurechtgewiesen zu werden.

Oder bereitete ihm die sportive Aura unseres Gesprächs Kopfschmerzen?

Ich hatte keine Gelegenheit, darüber nachzugrübeln, denn irgendwo am Tisch war mein Name gefallen. Alle Augen richteten sich auf mich.

»Vielleicht berichten Sie den anwesenden Herren noch einmal ausführlich von Ihrer Karlsruher Begegnung«, sagte Dr. Eichelscheid, zu mir gewandt. »Damit wir alle auf dem gleichen Informationsstand sind.«

Dass der Banker ausschließlich von Herren sprach, war insofern nicht korrekt, als unter uns auch eine Frau saß. Allerdings handelte es sich bei ihr um eine von Eichelscheids Sekretärinnen, die in seinen Augen anscheinend nicht zählte. Bei unserem Eintreffen hatte sie uns mit Getränken versorgt. Nun wartete sie als Protokollantin vor einem Laptop auf unsere Wortmeldungen.

Katinka dagegen war nicht zu dem Krisentreffen geladen. Sie saß zu Hause bei ihren Kindern und wusste nichts von meinem Gespräch mit dem Blonden. Bei der Heimfahrt hatte sie zwar gemerkt, dass ich wortkarger war als sonst, aber nicht weiter nachgefragt. Auch ihr Begleiter konnte ja mal einen grummeligen Tag haben.

Ich holte Luft. »Er hatte keine Brauen«, sagte ich.

Niemand reagierte. Zumindest nicht auf die übliche Art. Eichelscheid stierte mich bloß an, neben ihm verschränkte der kantige Typ, der mir als Katinkas Trainer vorgestellt worden war, seine Arme vor der Brust, Kommissar Fischer kratzte sich hinterm Ohr. Und Harboths Vertreter, ein Jungspund namens Steffen, sah irritiert von einem zum anderen, als warte er auf eine Übersetzung meines kryptischen Satzes ins Hochdeutsche.

»Er war blond, hatte aber keine Brauen«, wiederholte ich. »Hier oben, über den Augen: nix. Tabula rasa. Das fiel mir auf, und so können wir ihn am ehesten wiedererkennen.«

Fischer verzog das Gesicht zu einem grimmigen Lächeln. Katinkas Trainer schüttelte den Kopf. Eichelscheid versuchte höflich zu bleiben, als er sagte: »Ja, sicher, Herr Koller, aber könnten Sie die Geschichte nicht von Anfang an erzählen?«

»Natürlich kann ich das. Sofort. Wollte bloß das wichtigste Detail als Erstes erwähnt haben.« Ich sah, wie sich der junge Herr Steffen mit skeptisch gespitztem Mund zurücklehnte. Bangte wohl um den Ruf der Metropolregion.

Und dann berichtete ich. Von A bis Z, vom Startschuss des 3000m-Laufs bis zum Verschwinden des Unbekannten in der Menge. Das hurtige Tippen der Sekretärin war das einzige Geräusch, das meinen Vortrag begleitete. Ich erzählte minutiös und wahrheitsgetreu, nur bei der Anzahl der Zuschauer, die mich an der Verfolgung hinderten, schummelte ich ein bisschen.

»Die reinsten Menschenmassen«, sagte ich. »Regelrechte Klumpen. Unmöglich, sich durchzuwurschteln. Treibsand ist Kinderkram dagegen.«

»Schön, das zu hören«, meinte der Trainer. »Früher interessierte sich kein Schwein für diese Hallenmeetings.«

»Und Frau Glück bekam nichts von Ihrer Unterredung mit?« Das war Eichelscheid.

»Sie lief ihre Runden«, antwortete ich. »15 Stück.«

»Danach auch nicht?«

»Nichts.«

»Gut.« Er nickte. »Wirklich, das haben Sie gut gemacht, Herr Koller.«

Das sah ich längst anders, doch ich schwieg. Früher oder später würde es Katinka ohnehin erfahren. Eher früher.

»Nun, dann stellt sich …«

»Aber wer kann ein Interesse daran haben, Katinka Glück am Start in London zu hindern?«, preschte der junge Steffen vor. Im Vergleich zu seinem Chef hatte er regelrechte Mausezähnchen. Obwohl er noch ein junger Kerl war, ließ sein lichter Blondschopf bereits die Kopfhaut durchschimmern.

»Das ist die Frage«, erwiderte Eichelscheid gedankenschwer. »Das ist die Frage, Herr Steffen.«

Herr Steffen blickte ihn erwartungsvoll an. Die Sekretärin ebenso. Sie hatte die Frage protokolliert, nun wartete sie auf eine notierenswerte Antwort.

»Wer?«, wiederholte der junge Mann. Mit Nachdruck und mindestens drei Fragezeichen.

»Die Russen.«

Na, da schnellte sogar mein Kopf herum. Der originelle Vorschlag kam von Katinkas Trainer, und er schnitt dazu eine Grimasse, die an Ronald Reagan und die Endphase des Kalten Kriegs erinnerte. Auch eine Möglichkeit, für Aufmerksamkeit zu sorgen! Kommissar Fischer kratzte sich heftiger als vorher hinterm Ohr, Dr. Eichelscheid runzelte die Stirn, die Sekretärin ließ ihre Hände unschlüssig über der Tastatur schweben.

»Oder die Engländer«, korrigierte der Trainer. »So, wie die sich aus dem Fenster gelehnt haben.«

»Das müssen Sie uns erklären«, sagte Eichelscheid kühl. Steffen nickte.

»Logisch. Die Briten wollen zurück an die Spitze der europäischen Leichtathletik. Dafür pumpen sie schon seit Jahren Millionen in den Leistungssport. Nicht ganz so schlimm wie die Chinesen vor vier Jahren, aber immerhin. Und ein paar Disziplinen haben sie sich als besondere Prestigeobjekte rausgeguckt. Die Mittelstrecken zum Beispiel. Zehn- und Siebenkampf. Und den Marathon.«

»Was wollen sie im Marathon gegen die Kenianer ausrichten?« Das war, zur allgemeinen Überraschung, Kommissar Fischer, das Urbild des Antisportlers.

»Gegen die? Nichts«, gab der Trainer ungerührt zurück. »Gegen Äthiopier und Asiaten auch nichts. Ihr Ziel ist es, die Nummer eins in Europa zu sein. Und es gibt da ein paar ganz gute Mädels in ihrem Kader. Die zwar keine Chance auf eine vordere Platzierung haben, als Team aber nicht schlecht dastehen. Genau wie wir.«

Nach diesen Worten herrschte Stille. Von britischen Marathonläuferinnen hatte ich noch nie etwas gehört. Wer Marathon lief, war klein, schwarz und ausgemergelt. Nein, Moment, da gab es doch mal eine, die mehr mit dem Kopf wackelte als mit der Hüfte. Die sogar Weltrekord gerannt war. Wie hieß sie noch gleich?

»Paula Radcliffe«, sagte Eichelscheid schließlich, als könne er Gedanken lesen. »Ist sie keine Medaillenanwärterin?«

»Nicht mehr. Über dem Zenit, die gute Paula. Wenn sie fit ist, schafft sie es unter die besten Zehn. That's all, Madam.«

»Aber was hat das nun mit Frau Glück zu tun?«

»Sagte ich doch eben. Die Engländer haben ein Ziel ausgegeben: bestes europäisches Marathonteam, bei Männern wie Frauen. Und unsere Mädels stellen eine echte Konkurrenz dar.«

»Es gibt noch nicht einmal eine Medaille in der Teamwertung«, wandte Steffen ein. »Dafür lohnt der Aufwand doch kaum.«

»Kommt auf die Sichtweise an.«

»Aber deswegen eine potenzielle Konkurrentin auszuschalten? Mit solchen schrägen Methoden? Das ist doch absurd!«

»Sind Sie Sportler?« Der Trainer warf dem Jungspund einen vernichtenden Blick zu.

Steffen wurde rot. »Nein, aber …«

Achselzucken.

»Nun, ich kann mir das ebenso wenig vorstellen«, kam Eichelscheid zu Hilfe. »Ob die Engländerinnen in der Endabrechnung Vierte oder Fünfte werden, dazu bestes oder zweitbestes europäisches Team, interessiert doch niemanden. Nicht einmal unter den Experten!«

»Fragen Sie mal die Russen. Wenn die sich eine bestimmte Platzierung vornehmen, ziehen die das durch. Mit allen Mitteln.«

»Herr Grothe«, schüttelte der Ältere den Kopf, »das war einmal. Und nur weil Sie in der ehemaligen DDR aufgewachsen sind ...«

»Auf diesen Spruch habe ich gewartet«, fauchte der andere. Sein Bizeps zuckte unter dem karierten Hemd. »Ich hätte es Ihnen im Vorfeld schriftlich geben können, dass er kommt! Einziger Ossi in der Runde, einziger Sportler in der Runde – da kriegste immer einen auf den Deckel. Bitte, ich kann auch gehen, wenn es den Herren lieber ist.«

Schon erhob er sich halb und wurde sofort in den Stuhl zurückkomplimentiert, wurde besänftigt und umschmeichelt. Um Gottes willen, man schätze seine ostdeutschen Mitbürger über alles, halte sie in Ehren und brauche sie ja auch sehr wohl irgendwie. Und die Sportler, die vor allem. Dr. Eichelscheid wies auf seine Vergangenheit als Hockeynationalspieler hin, ein gewisses Gespür für die Nöte der Athleten sei also durchaus vorhanden. Natürlich nicht das Expertenwissen des Herrn Grothe, den man aus genau diesem Grund zu der Unterredung hinzugebeten habe. Damit das ein für alle Mal klar sei.

»Meine Mutter stammt übrigens aus Görlitz«, fügte Herr Steffen an.

Der Trainer warf ihm einen verächtlichen Blick zu. Natürlich, so hübsch, wie er selbst vorhin vom »Däggel«

gesprochen hatte, würde es der smarte Steffen nie hinbekommen.

Gut, dass sich in diesem Moment ein Profi einmischte: Kommissar Fischer. »Sie meinen also«, wandte er sich unter Verlagerung seiner Sitzposition an Grothe, »dass es im Interesse gewisser Konkurrentinnen sein könnte, wenn Frau Glück nicht an den Olympischen Spielen teilnähme. Habe ich das richtig verstanden?«

Grothe nickte. »Russkis und Engländer.«

»Aber Frau Glück ist doch nur ein Mitglied des deutschen Marathonteams. Müssten die restlichen Teammitglieder nicht ebenso an einem Start gehindert werden?«

Wieder Nicken. »Um sicherzugehen, auf jeden Fall. Wenn nur Katinka ausfällt, ist das zwar eine Schwächung des Teams, trotzdem müssten wir deswegen unsere Ziele nicht komplett neu definieren.«

»Was würde im Fall eines Rückzugs passieren? Oder im Fall einer Verletzung?«

»Eine andere wird nachnominiert. Das ist bis kurz vor den Spielen möglich.«

»Und wie sieht es mit Konkurrenz im eigenen Lager aus? Könnte eine deutsche Athletin Interesse daran haben, dass Frau Glücks Startplatz frei wird?«

Grothe zog die Brauen zusammen. Das machte Eindruck, denn er hatte dicke, dunkle Brauen, mit denen es sich prächtig arbeiten ließ. Ganz anders als bei dem Blonden von gestern. »Unsere Mädels tun so was nicht«, knurrte er.

»Natürlich tun sie das nicht«, seufzte Fischer. »Menschen tun niemals etwas Böses. Meine Frage zielte allein auf ein theoretisches Interesse einer Konkurrentin am Startplatz für London. Es gibt doch sicher ein großes Gerangel unter den Marathonläuferinnen?«

»Was heißt hier Gerangel? Die Qualifikationsnormen

sind eindeutig: Du musst unter 2:30 laufen, dann bist du dabei.«

»Und wenn mehr als drei Damen die Norm erfüllen?«

»Dann entscheidet der DOSB über die Vergabe. Der Deutsche Olympische Sportbund, in Absprache mit den DLV-Trainern.«

»Derzeit«, warf Eichelscheid ein, »ist es tatsächlich so, dass genau drei Athletinnen die Norm erfüllen. Außer Frau Glück sind das …«

»… die Romy, die Birthe und die Katinka.« Grothe blitzte den Älteren wütend an. »Liefen letztes Jahr zwischen 2:26 und 2:29. Und die drei werden es auch. Es gibt zwar eine ganze Reihe von Talenten, die im April noch die Möglichkeit haben, die Norm zu knacken, aber für unsere drei spricht die Erfahrung, die Zuverlässigkeit und im Fall Katinkas die klar aufsteigende Form. Da lege ich mich fest. Außerdem«, er schnitt Fischer, der bereits Luft geholt hatte, mit einer Handbewegung das Wort ab, »bringt ein Startverzicht Katinkas niemandem was, solange keine andere Läuferin die Olympianorm vorweisen kann. Im Moment wäre es also Quatsch, eine Deutsche zu verdächtigen.«

»Aber gerade sagten Sie doch, dass im Falle eines Falles eine Läuferin nachnominiert wird«, beharrte Fischer. »Dann gäbe es jemanden, dem der Startverzicht nützte.«

»Nur bei Erfüllung der Norm.«

Nach diesen Worten herrschte eine Weile Stille im Raum. Die Sekretärin gähnte verstohlen. An den Fensterscheiben sorgte der Regen für lange, schräg nach unten verlaufende Schlieren. Katinka hatte ihre erste Trainingseinheit schon hinter sich.

»Gut«, meldete sich Kommissar Fischer schließlich zu Wort. »Dann kann ich Ihnen nur raten, Augen und Ohren offen zu halten. Vor allem Ihnen, Herr Koller. Sollte Ihnen der Mensch von gestern wieder über den Weg laufen, versuchen Sie herauszubekommen, um wen es sich handelt und was hinter der Sache steckt.« Er kniff die Augen zusammen. »Kann es sein, dass Sie älter werden? Früher wäre Ihnen der Mann niemals entwischt.«

»Ich werde nicht älter«, blaffte ich zurück. »Höchstens die Verbrecher jünger. Im Übrigen spielt es keine Rolle, ob wir den Mann haben oder nicht. Der war doch bloß als Bote engagiert und wird seine Hintermänner nicht kennen. Selbst wenn Sie ihn foltern.«

»Natürlich spielt es eine Rolle, und Sie wissen das.« Fischer stand auf. »Viel Glück, meine Herren – das ist in diesem Fall ja doppelt angebracht. Melden Sie sich, sobald sich etwas Neues tut.«

»Moment!« Dr. Eichelscheid schaute, als könne er nicht bis drei zählen. »Soll das heißen, dass Sie nichts in dieser Angelegenheit unternehmen?«

»Was denn?«

»Ermitteln. Den Unbekannten suchen. Nach Auftraggebern und Motiven forschen.«

Der Kommissar warf ihm einen scharfen Blick zu. »Sie wissen genau, dass uns die Hände gebunden sind, solange keine Straftat vorliegt. Wurde Frau Glück vielleicht bedroht?«

»Indirekt schon.«

»Herr Koller: Hat der Mann eine Drohung ausgesprochen?«

Ich schüttelte den Kopf.

»Aber muss erst etwas Schlimmes passieren, bis Sie aktiv werden?«, rief Eichelscheid, und Steffen nickte heftig. »Denken Sie an den Vorfall in Frankfurt! Und was ist mit dem Stalker, den Frau Glück hinter ihrem Haus gesehen hat?«

»Wie oft hat sie ihn denn gesehen? Zum Stalker wird man

erst durch Wiederholung. Und diese Graffitigeschichte hat mit alledem nichts zu tun. Bei keinem dieser Ereignisse wurde Frau Glück bedroht, also ist sie akut auch nicht gefährdet. Kein Staatsanwalt der Welt wird mich in diesem Fall mit Ermittlungen beauftragen. Es gibt wahrlich Dringenderes zu tun.«

»Dringender? Auch wenn es hier um öffentliche Interessen geht? Das wird dem Oberbürgermeister aber gar nicht gefallen.«

»Mir gefällt der Oberbürgermeister auch nicht«, murmelte Fischer, aber so, dass nur ich es hörte. Laut fügte er hinzu: »Sprechen Sie mit Frau Glück. Erzählen Sie ihr, was passiert ist. Sollte sie sich bedroht fühlen, kann sie Anzeige erstatten. An der Sachlage wird das nicht viel ändern.«

Damit ging er. Die Sekretärin verließ ihren Protokollantenplatz, um ihn hinauszubegleiten. Ich hörte, wie er sich bei ihr für den extra bereiteten koffeinfreien Kaffee bedankte. Auf uns Zurückgebliebenen lastete Stille, die Dr. Eichelscheid nach einer Weile durchbrach.

»In einem hat der Kommissar recht«, sagte er. »Wir sollten Frau Glück nun über den Vorfall in Kenntnis setzen. Oder was meinen Sie?«

Steffen fingerte an seiner Krawatte herum, bevor er sich zu einem Nicken durchrang. Grothe schnarrte: »Das verkraftet sie. Die ist stark, unser Katinkamädchen.«

Und ich?

Ich meinte gar nichts. Natürlich musste Katinka irgendwann von dem Unbekannten erfahren. Besser heute als morgen. Man ging ja auch besser heute als morgen zum Zahnarzt, wenn man Schmerzen hatte. Nur Lust hatte man keine darauf.

»Stellen Sie mir Frau Glück durch«, wies Eichelscheid seine zurückgekehrte Sekretärin an.

»Ich bin nicht da«, murmelte ich.

8

»Was hast du dir eigentlich dabei gedacht?«, platzte es aus Katinka heraus. »Diese verdammte Geheimniskrämerei! Hast du geglaubt, ich würde nie von dem Kerl erfahren? Damit ihr das intern regeln könnt? Schön diskret unter Männern? Hauptsache, die kleine Katinka kriegt nichts mit? Hast du das gedacht?«

»Nö«, brummte ich.

Im Grunde war ich froh, dass es endlich losging. Eine halbe Stunde lang hatte sie mich schmoren lassen. Eine halbe Stunde lang waren wir schweigend durch den Wald gejoggt und geradelt, einem Wald, der uns wie zum Hohn jegliches Anzeichen auf den nahenden Frühling vorenthielt. Die Wege waren halb gefroren und halb aufgeweicht, Nebelschleier hingen in den Ästen. Ich trug Handschuhe und Mütze, aber so richtig warm war mir trotz der vielen Steigungen nicht, die mich Katinka hochgejagt hatte. Mittlerweile ging es sanft bergab, wir hatten also Luft genug, uns gegenseitig anzupflaumen.

»Wie ich das hasse, wenn man mich nicht für voll nimmt«, schimpfte sie weiter. »Sehe ich so aus, als könnte ich die Wahrheit nicht ertragen? Ich bin doch kein Kind mehr! Aber ihr mit eurer Klüngelei, die reinste Männerverschwörung!«

»War keine Verschwörung.«

»Was dann? Ich hab euch im Hintergrund quatschen gehört, als Eichelscheid anrief. Dich, den Grothe, Harboths Schoßhündchen – lauter Typen, die glauben, Frauen müsste man in Watte packen, damit sie durchs Leben kommen. Ihr wart doch nur Männer, oder?«

Schweigend rollte ich neben ihr her. Auf so eine Diskussion hatte ich keine Lust. Ich hätte Eichelscheids Sekretärin erwähnen können, die nicht zählte, und Kommissar Fischer, der kurz vor dem Anruf gegangen war. Was interessierte mich, wer welches Geschlecht hatte oder wer zu welcher Gruppe gehörte? Für Grothe waren wir allesamt Wessis und Nichtsportler, für Katinka Männer. Eine Zuordnung fand sich immer. Nur bedeuten tat sie nicht viel.

»Ich habe verdammt noch mal ein Recht darauf zu erfahren, was in meinem Umfeld passiert«, fuhr Katinka fort, als ich nicht antwortete. »Die Sache betrifft schließlich in erster Linie mich, oder siehst du das anders?«

»Nein.«

»Na, also. Und warum dann diese Heimlichtuerei?«

»War es auch nicht. Weder Verschwörung noch Heimlichtuerei.«

»Sondern?«

Ich seufzte. »Woher sollte ich wissen, wie du reagieren würdest? Bin doch kein Hellseher. Darum habe ich beschlossen, mich zuerst mit Dr. Eichelscheid in Verbindung zu setzen, um mit ihm das weitere Vorgehen zu beraten.«

»Aber gerade das ist es ja, was mich ankotzt!«, brach es aus ihr heraus. »Dass du mich für eine zerbrechliche, überempfindliche Prinzessin hältst, die bei jedem Windhauch umfällt. Für eine hysterische Tussi, genau wie Eichelscheid und Harboth.« Abrupt blieb sie stehen. »Sehe ich vielleicht so aus? Los, sag schon: Sehe ich so aus?«

Ich stoppte ebenfalls und tat ihr den Gefallen: Ich sah sie an. Viel Weibliches war da nicht. Prinzessin noch weniger – und Hysterie? Nicht die Bohne. Ein schlanker, knabenhafter Körper, verpackt in eine taillierte Windjacke und hautenge Hose. Das ausgezehrte Gesicht mit den eng zusammenliegenden Augen erhitzt, auf der Stirn ein dünner

Schweißfilm. Ihre Kurzhaarfrisur war vollkommen unter der Mütze verborgen.

»Nö«, sagte ich. »Siehst du nicht.«

Wütend funkelte sie mich an. Dann lief sie weiter, stumm. Gelegenheit, sie auch von hinten zu betrachten: ihre schmalen Hüften, die gerade Haltung, die dünnen Arme. Im Nacken ein Streifen helle Haut. Sie hätte einen hübschen Jungen abgegeben, diese Katinka Glück. Bevor ich ihr folgte, blies ich beide Nasenlöcher gründlich aus. Die Luft war eisig.

Nachdem wir uns eine Weile angeschwiegen hatten, gab ich mir einen Ruck. »Niemand hält dich für eine Prinzessin«, sagte ich. »Ganz im Gegenteil. Prinzessinnen laufen zu dieser Jahreszeit nicht durch den Wald. Sie sitzen zu Hause an Papas Kaminfeuer und knabbern Zimtplätzchen.«

Keine Reaktion. Ein Ast, der noch vom letzten Sturm auf dem Weg lag, zwang mich zu einem Ausweichmanöver, dann sprach ich weiter: »Wenn ich deine Sponsoren richtig verstanden habe, geht es ihnen vor allem darum, dir den Rücken frei zu halten. Sportler deiner Kategorie sollen sich nicht um jeden Mist selbst kümmern müssen. Also bekommst du optimale Trainingsbedingungen, finanzielle Unterstützung, eine Art Dienstwagen und sogar einen Aufpasser. Mich. Und wenn dann irgendwelche schrägen Typen seltsame Botschaften überbringen, ist es das Normalste der Welt, erst einmal zu überprüfen, ob wir die Angelegenheit nicht ohne dich regeln können.«

»Ist es nicht!«, fauchte sie.

»Doch. Wir haben dir ja nichts verheimlicht. Wir haben bloß eine Frage geklärt: Müssen wir dich bei der Lösung des Problems mit einbeziehen?«

»Schon diese Frage ist ja wohl …«

»Und wir sind zu dem Schluss gekommen, dass es ohne

dich nicht geht. Weil wir keine Ahnung haben, wer hinter der Sache steckt.«

»Ich auch nicht!«

»Schade.«

»Was soll das heißen: schade? Glaubst du, ich verschweige euch was?«

»Nein«, stöhnte ich. Herrje, wir drehten uns im Kreis! Und das, obwohl wir geradeaus fuhren. Glaubst du dies, glaubst du jenes? Blöde Suggestivfragen! Ich konnte ja verstehen, dass Katinka sauer war. Trotzdem hätte ich im Wiederholungsfall nicht anders gehandelt. War schließlich meine Aufgabe, ihr Ärger vom Leib zu halten.

»Über eine Sache komme ich nicht hinweg«, hörte ich sie sagen. »Dass du auf der Rückfahrt von Karlsruhe fast eine Stunde lang neben mir im Auto sitzt, ohne auch nur eine Andeutung zu machen. Spielst mir die totale Normalität vor! Wie geht das, verdammt noch mal?«

»Man nennt es Professionalität«, brummte ich, aber eher für mich. Wie geht das ...? Schon wieder so eine doofe Frage!

Obwohl ... War sie das? War sie doof – und war sie überhaupt eine Frage?

Wie geht das ... Je mehr ich über Katinkas Satz nachdachte, desto besser gefiel er mir. Denn dass es mit einer Andeutung während der Rückfahrt nicht getan war, wusste sie genauso gut wie ich. Jede Andeutung meinerseits hätte zu Nachfragen geführt, sie hätte mich gelöchert und bearbeitet und am Ende die ganze Geschichte erfahren. Das war so klar wie Kloßbrühe.

Und deshalb handelte es sich bei ihrer Frage um gar keine Frage. Sondern um einen Aussagesatz. Aber was war sein Inhalt? Ich suchte eine ganze Weile nach dem Wort, und dann hatte ich es: Vertrauen. Die Erkenntnis kam so überraschend, dass ich fast vom Rad gefallen wäre. Tatsächlich, das war es: Katinka hatte Vertrauen zu mir gefasst. Ganz einfach. Sie erwartete Dinge von mir, die über meine Rolle als Aufpasser hinausgingen. Dinge, die man sich nur unter Freunden erzählt, gegen alle Vernunft. Du, ich sollte es dir eigentlich nicht sagen, aber weißt du, was mir eben passiert ist …? So in der Art.

Plötzlich merkte ich, dass ich grinste.

»Was gibt es da zu lachen?«, kam es von der Seite.

»Ich lache nicht, ich bin guter Laune.«

Ihre grünen Augen blitzten. »Warum?«

»Weil wir März haben und ich bald in kurzen Sachen neben dir herfahren darf.«

»Depp!«

»Das stimmt. Ich bin ein Depp, und was für einer. Solltest du deshalb keine Lust mehr haben, mit mir durch den Wald zu eiern, fände ich das absolut nachvollziehbar. Bedauerlich, aber nachvollziehbar. Um das zu vermeiden, könnte besagter Depp dir allerdings ein Sorry anbieten. Für sein Deppendasein. Und falls du dich durch sein Verhalten in irgendeiner Weise übergangen fühlst. Oder herabgesetzt. Oder gekränkt.« Ich machte eine Pause. »Soll er?«

Sie sah starr geradeaus. Wenn mich nicht alles täuschte, wurde sie einen Tick schneller.

»Gut«, sagte ich. »Dann sorry.«

»Nun hör schon auf«, murmelte sie.

Anschließend herrschte erneut Schweigen zwischen uns. Katinka mit ihren kraftvollen, raumgreifenden Schritten gab das Tempo vor; ich passte mich an. Wir erreichten eine asphaltierte Waldstraße, auf der es sich wie von selbst rollte. Dann ein allmählicher Anstieg, rechts und links immer wieder Jägersitze, ein eingezäuntes Wildgehege. Katinkas Schritte auf dem harten Untergrund, ein leises Schmatzen, wenn ich durch eine Pfütze fuhr, dazu unser Atem – das waren die einzigen nennenswerten Geräusche ringsum. Nur bei Schnee präsentierte sich der Odenwald noch stiller als jetzt.

Kaum hatte sich dieser Gedanke in meinem Hirn geformt, wurde er auch schon ad absurdum geführt. Etwa 100 Meter vor uns beschrieb der Weg eine Kurve, und um eben diese Kurve kam ein Köter geschlichen. Als er uns sah, blieb er stehen und bellte los, nein: heulte auf vor Blutgier. Dann stürmte er auf uns zu. Ich hatte erst einmal, vor vielen Jahren, unangenehme Bekanntschaft mit einem Rottweiler gemacht, der es beinahe geschafft hätte, mich vom Rad zu holen, aber diese Begegnung hatte mir gereicht. Während Katinka stehen blieb und regungslos zusah, wie der rostbraune Torpedo auf uns zuschoss, sprang ich vom Rad und packte es mit beiden Händen. Eine Hand am Lenker, die andere an der Sattelstütze. Als uns noch zwei Meter von den Reißzähnen des Viehs trennten, schlug ich ihm das Hinterrad direkt vor die Schnauze. Der Hund jaulte auf und suchte mit eingeklemmtem Schwanz das Weite.

Heftig atmend setzte ich das Rad ab. Katinka sprach kein Wort.

Erst jetzt sah ich den Mann, der in der Kurve aufgetaucht war. Der Hund rannte auf ihn zu und verkroch sich hinter seinen dicken Beinen.

»Sind Sie wahnsinnig?«, brüllte der Mann, dass die kahlen Zweige ringsum zu zittern begannen. »Ich zeige Sie an, Sie Tierquäler!«

Fast hätte ich mich umgedreht, um zu sehen, wen er meinte. Ich ein Tierquäler? Eher hätte er mich Prinz nennen sollen, der einer Prinzessin, die keine Prinzessin sein wollte, das Leben gerettet hatte. Und wenn dabei ein Kötergebiss draufging – na, und? Schon mal was von Notwehr gehört?

Unter wüsten Beschimpfungen kam der Hundebesitzer näher. Selbst sein Waldi traute sich wieder ins Freie und knurrte zustimmend. »Brutales Schwein!«, gellte es durch den Winterwald. Ich war fassungslos. Der Kerl meinte tatsächlich mich! Erst ließ er seine B-Waffe frei herumstreunen, und wenn man sich seiner Haut wehrte, wünschte er einem den Tod an den Hals.

»Hier, halt mal«, sagte ich zu Katinka und drückte ihr mein Rad in die Hand.

»Lass das, Max!«

Lassen? Ich? Genauso gut hätte sie einem Felsbrocken befehlen können, er solle Walzer tanzen. Das hier war eine Sache zwischen Männern. Zwischen mir und meinem Feind, diesem Odenwaldpitbullproleten, der just in dieser Sekunde sein Daseinsrecht verwirkt hatte, da konnten Prinzessinnen mit Bubifrisur noch so seufzen und die Hände ringen. Keine Chance.

Ich war schon einige Meter auf dem Weg zur Walstatt vorangekommen, als ich hörte, wie Katinka in meinem Rücken aufs Rad stieg und ein »Dann viel Spaß!« murmelte.

Das brachte mich zur Besinnung.

Denn erstens hatte ich keine Ahnung, wo im Niemandsland zwischen Schönau, Wilhelmsfeld und Ziegelhausen wir uns gerade befanden. Vielleicht schon auf dem Weg nach Heiligkreuzsteinach, also kurz vor der hessischen Landesgrenze. Ohne Katinka würde ich kaum zurück an den Neckar finden, und ohne Rad, auf zwei Beinen also, erst recht nicht. Ob mir zweitens diese Beine für den Heimweg noch zur Verfügung standen, war angesichts der zähnefletschenden Bulligkeit meines Kontrahenten fraglich – und drittens mutierte jetzt auch Waldi wieder zum Zerberus, als er sah, dass sich die gegnerischen Truppen halbierten.

Ja, vielleicht war es tatsächlich der dämliche Köter, der mich zur Vernunft kommen ließ. Ich machte auf dem Absatz kehrt und hetzte hinter der davonradelnden Katinka her. Noch lange hallten mir die Verwünschungen des Hundebesitzers in den Ohren.

»He, warte!«, rief ich. »Ist ja schon vorbei. Bin wieder ganz cool. Alles im grünen Bereich!«

Keine Reaktion. Gleichmütig trat die Frau vor mir in die Pedale. Die Pedale meines Rennrads! Und was tat ich? Lief. Rannte. Japste.

»Katinka! Nun halt doch mal an!«

Verdammt, war sie schon wieder eingeschnappt? Hatte sie Angst? Bleib stehen, Prinzessin! Die Gefahr ist vorüber, der Köter holt uns nicht mehr ein.

Und wenn, dann mich.

»Warte auf mich!«

So ein Schisser, dieses Mädchen! Bin doch kein Kind mehr … von wegen! Totaler Fluchtreflex, die pure Panik. Dreh dich wenigstens einmal um!

»Ka- … -tinka!« Atemnot zerriss das Wort in zwei Teile. Ich verspürte Stiche in der Magengegend, meine Lunge pfiff. Stopp!, signalisierte mein Körper, halt an! Was ich nicht tat. Katinka ebenso wenig. Allerdings fuhr sie mir auch nicht davon. Als wollte sie mich an der langen Leine zappeln lassen! Komische Art von Panik war das.

Und so setzten wir unsere Waldpartie fort, zu Fuß und per Rad, nur mit vertauschten Rollen. Wenn das Dr. Eichelscheid wüsste!

Endlich hörte sie auf zu treten und ließ mich herankommen. Als ich auf gleicher Höhe mit ihr war, wandte sie mir ihr Gesicht zu.

Ich hatte sie noch nie grinsen gesehen!

»Hallo, großer Held!«, feixte sie.

Keuchend griff ich ihr in den Lenker und brachte sie zum Halten. Wir sahen uns an. Ihre grünen Augen funkelten vor Vergnügen, mein Brustkorb hob und senkte sich heftig. Im Mund schmeckte ich eine bittere Flüssigkeit.

»Wenn ich alles …«, begann ich schwer atmend.

»Ja?«

»Wenn ich alles rausließe, was mir gerade an Beleidigungen durchs Hirn schießt, würde ich bis heute Abend nicht fertig.« Luft holen. »Aber das tue ich nicht.«

Lächelnd stieg sie ab. »Sondern?«

»Ich weiß etwas viel Besseres: Ich werde Dr. Eichelscheid erzählen, dass du im Wald bloß spaßradelst, anstatt zu trainieren, und dann kannst du deinen Sponsorenvertrag vergessen.«

»Spaß? Ich sage dir was, Max: Spaß macht es wirklich. Vor allem, wenn du nebenher joggst.« Bevor sie sich wieder in Bewegung setzte, gab sie mir einen Klaps auf den Hintern. »Mit ein bisschen Training würdest du es zum Langstreckler bringen.«

»Ja, ja«, knirschte ich. »Wer den Schaden hat …« Ich zog die Mütze ab, um mir den Schweiß von der Stirn zu wischen. Dann stieg ich auf und folgte ihr.

Als ich auf gleicher Höhe mit ihr war, trafen sich unsere Blicke. Die Hexe grinste ja immer noch! Musste ihr Monatssoll an guter Laune längst übererfüllt haben. War das nicht wunderbar? Meine Klientin wurde genötigt, bedroht, schwebte vielleicht in Gefahr – und lachte sich eins, Max Koller sei Dank. Ich hätte zufrieden sein können. Aber irgendwie schaffte ich es nicht. Keine Ahnung, warum.

»Das war das letzte Mal, dass ich dir das Leben gerettet habe«, schwor ich. »Man erntet ja doch nur Hohn und Spott. Zwei Speichen sind dabei draufgegangen, mindestens. Und um ein Haar wäre ich zum Mörder geworden. Zum Doppelmörder! Erst Herr, dann Hund.«

Sie kicherte schon wieder.

»Vom letzten Hundebesitzer, der mir blöd kam, haben sie immer noch nicht alle Einzelteile gefunden. Eine Sauerei war das!«

»Und wenn ich dir sagte, dass der nur spielen wollte?«

»Der Alte?«

»Der vielleicht auch. Vor allem aber der Hund.«

»Verdammt blutiges Spiel, würde ich denken.«

»Falsch gedacht. Der ist harmlos, auch wenn er Radau macht. Ich kenne die beiden, wir sind uns schon mehrfach begegnet.«

»Und du hast es überlebt?«

»Sieht so aus. Der Mann wohnt in Ziegelhausen, weshalb ich ihm noch öfter über den Weg laufen werde. Handgreiflichkeiten kann ich also nicht gebrauchen.«

»So.« Ich schwieg verstimmt. Erst kein Dank für meinen heroischen Auftritt und nun auch noch Kritik. Bloß keine Handgreiflichkeiten, Max! Selbst wenn ein gefletschtes Raubtiergebiss auf dich zuschießt. Immer schön diplomatisch. Camp David und Auftritt vor der UN-Vollversammlung. Sämtliche friedliebenden Odenwaldbewohner klatschen höflich Beifall.

»Also nee, wirklich«, moserte ich.

»Ja?«

»Ich glaube nicht, dass der nur spielen wollte.«

»Der Alte?«, grinste sie.

Eine Entgegnung sparte ich mir. Irgendwie verlief die Unterhaltung mit Katinka anders als geplant. Erst ihr Schweigen, dann der Wutausbruch – und jetzt? Jetzt wollte sie gar nicht mehr aufhören zu grinsen. Es ging ja auch stetig bergab. Ich konnte natürlich beschleunigen und sie auffordern, das Tempo ebenfalls zu erhöhen. Dann wäre es bald vorbei mit dem Grinsen. Aber sie würde nicht darauf eingehen. Der Trainingsplan! Wenn ein Fünferschnitt vorgegeben war, lief sie den auch. Nicht schneller, nicht langsamer. Es sei denn, sie wollte einem kurzatmigen Privatermittler mal eben zeigen, wer Herr im Hause war.

Oder Frau im Walde.

»Der Typ aus Karlsruhe«, sagte ich nach einer Weile, »passt vom Aussehen her nicht zu der Beschreibung, die du von dem Stalker gegeben hast.«

Kein Grinsen mehr rechts von mir. »Blond, sagtest du?«

»Blond, keine Brauen, Läuferfigur. Größer als ich.«

»Das war er nicht. Auf keinen Fall. Klein war der Mann hinter unserem Haus auch nicht gerade, aber ziemlich füllig. Fast dick. Und er trug eine Brille.«

»Ich weiß. Womöglich haben die beiden überhaupt nichts miteinander zu tun. Wobei das schon ein großer Zufall wäre. Hast du eine Ahnung, wer dahinterstecken könnte?«

»Nein«, kam es wie aus der Pistole geschossen.

»Hinter der Aufforderung zum Startverzicht, meine ich.«

»Nein! Das habe ich Eichelscheid doch schon gesagt.«

»Aber mir nicht. Eine Konkurrentin vielleicht, die auf deinen Startplatz scharf ist?«

»Quatsch! Totaler Blödsinn, Max! Erstens hat keine von den anderen genug Kohle, um mal eben einen Seychellenurlaub zu finanzieren. Zweitens ist es ja keineswegs klar, wer statt meiner nachrücken könnte. Die Qualinorm hat noch keine. Und drittens würde keine von den Frauen, die ich kenne, so etwas tun.«

»Dein Trainer faselte etwas von anderen Nationalteams, die Interesse haben könnten, euch zu schwächen.«

»Dann sollten die lieber Birthe und Romy aus dem Verkehr ziehen, die sind nämlich besser als ich.«

»Ehrlich?«

»Noch«, murmelte sie. Und schnitt eine Grimasse, die nichts Gutes verhieß. Zumindest nicht für Hunde und Konkurrentinnen.

9

Wenn ich früher geglaubt hatte, ein Marathonläufer würde zwei, drei Stunden am Tag trainieren, um sich anschließend auf die faule Läuferhaut zu legen, so hatte ich mich getäuscht. Katinkas Terminplan war prall gefüllt. Wer wollte, konnte ihn schwanger nennen, so prall war dieser Plan. Und ich hatte nach der neuesten Order von Harboth und Eichelscheid ständig den Geburtshelfer zu geben. Gemeinsame Waldläufe, einverstanden. Außerdem Besuche bei Ärzten und Physiotherapeuten. Auch okay. Aber dann: Wettkämpfe und Benefizveranstaltungen, Interviews und Fototermine, eine Autogrammstunde in einem Sportgymnasium, diverse Auftritte bei Sponsoren und sogar eine Buchvorstellung in München. Ende März folgte noch das Minitrainingslager in Kienbaum, einem Nest in Brandenburg, plus anschließendem Leistungstest der Kaderathleten. Nur die regelmäßigen Trainingseinheiten am Olympiastützpunkt absolvierte Katinka ohne meine Aufsicht.

Wenn es so weiterging, würde ich den nächsten attraktiven Auftrag aus Zeitmangel ablehnen müssen!

Was mich jedoch wirklich in Panik versetzte, waren die Umfänge, die Katinka im Frühjahr zu bewältigen hatte.

Und ich mit ihr, notgedrungen. Demnächst standen sogar Überdistanzläufe auf dem Programm, Strecken von 35 bis 45 Kilometern. Ergab eine Trainingszeit von mehr als drei Stunden. 40 Kilometer auf dem Rad, das klang im ersten Moment nicht eben furchterregend. Aber Katinka jagte einen ja die Odenwaldgipfel hoch und runter, viele Wege waren steinig oder durchweicht, von Regen und Kälte ganz zu schweigen. Und was war das für eine Fahrweise, bei der man in den Steigungen ackerte, um an ihr dranzubleiben, bergab aber ständig auf der Bremse stand?

Keine Sekunde dürfen Sie Frau Glück aus den Augen lassen, Herr Koller. Hören Sie, keine Sekunde!

Schon klar, Dr. Eichelscheid.

Dreieinhalb Stunden. Plus die Fahrt hoch nach Ziegelhausen und wieder zurück in die Stadt. Christine schaute mehr als skeptisch, als ich meine alte Rolle vom Dachboden holte, sie unten in meinem Büro aufbaute und mein Rennrad einspannte.

»Du trainierst? Für das Training mit der Dame?«

Von wegen Training, meine Ex hatte keine Ahnung. Für mich war jeder Ausflug mit Katinka ein Wettkampf. Gegen sie, gegen das Wetter, gegen den inneren Schweinehund. Manchmal auch gegen äußere Hunde. Aber mach das mal einer klar, die Tag für Tag die Vertiefung in ihrem gepolsterten Angestelltenstuhl ein wenig breiter sitzt!

»Joggen könnte ich auch mal wieder«, seufzte Christine, offenbar mit der Gabe des Gedankenlesens gesegnet.

»Ich nicht«, knurrte ich. »Wozu hat der Mensch wohl das Rad erfunden?«

»Um andere Menschen damit zu überfahren vielleicht? Um vor ihnen flüchten zu können? Um sie darauf zu flechten, wie im Mittelalter? Komisch, dass mir spontan nur negative Eigenschaften dazu einfallen.«

Ja, komisch. Als ich eine Stunde später mein komplettes Büro, vom Computer bis zum Feldbett, mit einer feinen Koller'schen Schweißschicht überzogen hatte, fiel mir auch keine positive Eigenschaft mehr ein. Höchste Zeit, dass der Frühling kam und ich mich draußen austoben konnte.

Andererseits fühlte ich mich nach diesem unappetitlichen Intermezzo wieder fit für das, was mein Beruf an weiteren Herausforderungen bereithielt. Körper und Geist, hieß es nicht so? Einen kompletten Nachmittag verbrachte ich mit Recherchen über die Frage, wer von einem Startverzicht Katinkas profitierte. Nachforschungen, die nur zu einem Teil auf Eigeninteresse beruhten. Nachdem sich Kommissar Fischer behördlicherseits für nicht zuständig erklärt hatte, war Dr. Eichelscheid an mich herangetreten. Ob ich nicht quasi und gewissermaßen die Polizeiarbeit übernehmen könne. Irgendjemand müsse doch ermitteln!

Genau so erzählte ich es dem Kommissar.

»Die Polizeiarbeit?«, bellte Fischer in den Hörer. »Sie? Das ist erstens lächerlich und zweitens eine Unverschämtheit!« Er bekam einen sturzbachartigen Hustenanfall, der nur durch schnelles Eingreifen eines seiner Mitarbeiter einzudämmen war. Ich hörte, wie harte Polizeihände den alten Kommissarsrücken bearbeiteten. »Schon gut«, röchelte Fischer, »es ist vorbei. Nun lasst mich doch, verdammt noch mal …«

»Soll ich später anrufen? Passt es dann besser?«

»Auf keinen Fall!« Fischers Wut hatte sowohl die Hustenattacke als auch das Getrommel seiner Untergebenen heil überstanden. Wortreich und dezibelstark zog er über die Großkopferten dieser Welt her, über Dr. Eichelscheid, diesen pseudoonkelhaften Arbeitsplatzvernichter, über Harboth mit seinen schlüpfrigen Beziehungen zur Stadtspitze, und wie diese Funktionäre, Bosse und Feierabendpolitiker alle hießen.

»Beeindruckend, Herr Fischer. Pseudoonkelhaft ist wirklich gut. Darf ich das bei nächster Gelegenheit zitieren? Und um welche Schlüpfrigkeiten geht es da im Detail?«

Prompt bekam auch ich mein Fett weg. Der halbseidene Privatflic, der so gern von seiner Unabhängigkeit schwafelte, in Wahrheit aber bloß die Marionette, korrigiere: die verwurmte Marionette der ewig gleichen Taschenspieler war.

»Wie bitte?«

»Hören Sie auf! Sie hängen Ihr Fähnchen auch nur in den Wind!«

»Was sind denn das für kommunistische Anwandlungen? Von einem Beamten wie Ihnen hätte ich das nie erwartet, Herr Fischer.« Das brachte ihn erst recht zum Schnauben und Fluchen und Zetern – war ja auch so gedacht. Allerdings fragte ich mich die ganze Zeit, was er mit »verwurmt« meinte. Hätte »Marionette« nicht gereicht?

Ein paar Minuten und Zornesausbrüche später war der Kommissar endlich in der Lage, seine Aversionen gegen meine Auftraggeber in einen akustisch wie grammatikalisch akzeptablen Satz zu gießen. Es fuchse ihn nun mal, knurrte er, dass *solche* Leute meinten, sie müssten nur mit den Augen zwinkern, und schon stehe der gesamte Polizeiapparat der Stadt Gewehr bei Fuß.

»*Solche* Leute«, sprach ich ihm nach, ohne dass ich auch nur annähernd so verächtlich geklungen hätte wie er.

»Glauben Sie nicht«, fuhr er fort, »ich nähme diese Sache auf die leichte Schulter. Das lasse ich mir nicht unterstellen! Ich bin sogar sicher, dass wir von dem Herrn aus Karlsruhe noch etwas hören werden. Mit einem unverbindlichen Ratschlag während eines Sportfests und ein paar Flugtickets ist es ja nicht getan. Aber solange keine direkte Gefahr besteht, solange keine Drohung ausgesprochen wurde, kann und darf ich nicht tätig werden. Das wissen diese beiden, der Eichelscheid und der Harboth, natürlich ganz genau. Und was schert sie es? Nichts, Herr Koller! Die denken, sie müssten bloß in Erscheinung treten und uns mit ihrer Unersetzlichkeit für die Region kommen, dass hier alles nach ihrer Pfeife tanzt. Nicht mit mir, junger Mann! Nicht mit mir.«

»Mit mir doch auch nicht«, versuchte ich es auf die versöhnliche Tour. »Trotzdem werde ich mich um die Sache kümmern müssen. Schließlich geht es weniger um Leute wie Eichelscheid und Harboth als um eine junge Frau, die ihren Beruf ausüben will. Oder sehen Sie das anders?«

»Nein, natürlich nicht. Insofern bin ich sogar«, er räusperte sich mehrfach, als stecke ihm das folgende Wort in der Kehle fest, »ja, ich bin froh, dass Sie ermitteln. Dem Mädel darf nichts passieren, da sind wir einer Meinung.«

»Schön. Dann verraten Sie mir doch einfach, ganz ohne Dienstwegkomplikationen, wer Ihrer Meinung nach hinter der Drohung gegen Katinka Glück steckt. Verzeihung: hinter der Aufforderung zum Startverzicht.«

»Wie soll ich das wissen? In diesen Sportlercliquen kenne ich mich nicht aus. Wird schon eine ihrer Konkurrentinnen gewesen sein.«

»Die mal eben ein paar Tausender für einen Pauschalurlaub auf den Seychellen lockermacht?«

»Wie gesagt: Da fragen Sie den Falschen. Aber im Spitzensport werden doch ganz hübsche Sümmchen verdient, oder nicht?«

»Ich werde mich erkundigen.«

So endete unser Gespräch. Ich überlegte mir, wie Katinka wohl reagieren würde, wenn ich sie nach ihren Einkünften fragte. Doch das musste ich vermutlich gar nicht, denn im Internet fanden sich Informationen genug. Nach einer halben Stunde des Klickens, Lesens und Überfliegens fügten sich die Puzzleteile zu einem Bild. Wenn in der bundesdeutschen Gesellschaft die Schere zwischen Arm und Reich immer stärker auseinanderklaffte, dann war der Sport nicht nur das Spiegelbild dieser Gesellschaft, sondern deren groteske Verzerrung. Einen Mindestlohn gab es natürlich nicht. Es gab Hungerlöhne, Pseudolöhne, gar keine Löhne, es gab Berufsunfähige, Arbeitslose und illegal Beschäftigte. Ich fand die Story eines amerikanischen Olympiasiegers, der mittlerweile ganz kleine Brötchen buk: Er jobbte in einer Großbäckerei. Auf der anderen Seite des Scherenarms tummelten sich die Millionarios aus Fußball, Tennis und Golf, deren Gehälter in Wochenraten ausgezahlt wurden, weil die Summen sonst auf keinen Überweisungsvordruck passten. Oder Helden wie unser weltmeisterlicher Asphaltcowboy aus Heppenheim, der samt seinen Preisgeldern ohne Boxenstopp in die Steueroase Schweiz gerauscht war. Unter dem Jubel euphorisierter Hartz IV-Empfänger.

Auch in der Laufszene gab es den einen oder anderen Großverdiener. Bei den großen deutschen Citymarathons sahnten die Sieger, nach Endzeiten gestaffelt, fünf- bis sechsstellige Eurobeträge ab. Die Zweitplatzierten schon deutlich weniger, und genau das war das Problem. Du musstest nicht nur die 20.000 bunt gekleideten Hobbyjogger hinter dir lassen, sondern auch das 20 oder 40 Köpfe starke Feld der Profis, die genauso stark waren wie du. Beziehungsweise stärker, falls du einen schlechten Tag erwischt hattest. Oder kurz vorm Ziel umknicktest. Oder die Konkurrenz wirksamere Pillen geschluckt hatte. Fußballer konnten ihren Hattrick auf den nächsten Sonntag verschieben, Tennisstars eilten von Turnier zu Turnier, aber Marathonläufer hatten nur zwei bis drei realistische Chancen im Jahr. Traten sie öfter an, waren sie mit Ende 20 ausgebrannt.

Und Katinka? Von der Weltspitze – und das hieß gleichzeitig: von den großen Geldtöpfen – war sie eine halbe Ewigkeit entfernt. Zehn Minuten, um exakt zu sein. Lief sie ins Marathonziel ein, hatten die besten Kenianerinnen schon geduscht und frischen Lippenstift aufgetragen. Und dazwischen lagen weitere Afrikanerinnen, Mädels aus Japan, China, Russland, den USA, Portugal, Rumänien, Australien, Spanien. Für den Sieg bei den World Marathon Majors, einem Zusammenschluss der fünf führenden Marathonveranstalter, wurde ohne Federlesens eine halbe Million Dollar ausgeschüttet. Platz 2 ging leer aus.

Und Katinka war nicht einmal unter den besten 50 der Welt.

Aber zurück zu der Frage, wer von ihrem Verzicht profitieren könnte. Bei den Olympischen Spielen verdienten sich die erfolgreichen Sportler einen Lorbeerkranz, aber keine goldene Nase. Die Siegprämien waren mehr als bescheiden – ein Grund, warum vor allem im Marathon regelmäßig die Weltelite fehlte. Um Geld ging es also nicht. Worum dann? Nun, man konnte es wenden, wie man wollte: um die gute, alte Ehre. »Olympische Spiele sind nur alle vier Jahre« – »Olympiasieger bist du fürs ganze Leben«: Solche Sprüche zogen sich wie ein Mantra durch die Athletenkommentare. Ein erfolgreicher deutscher Werfer wurde mit dem Satz zitiert, für einen Olympiasieg gäbe er all seine Weltmeistertitel her. Auch für Katinka war die Teilnahme in London der Höhepunkt ihrer Karriere. Irgendetwas musste an der Sache also dran sein.

Ehre … Verdammt, wer legte sich für die Ehre der Teilnahme an dem Spektakel derart ins Zeug? Ich wäre sofort auf die Seychellen geflogen, anstatt 42 Kilometer um Big Ben zu rennen.

Aber ich war ja auch bloß ein verwurmter Privatdetektiv.

Zum Abschluss meiner Recherchen telefonierte ich noch ein Weilchen mit meinem Journalistenfreund Marc Covet, der zwar eher der Experte für Kunst und Lokales war, sich aber in meinem Auftrag bei seinen Kollegen von der Sportredaktion umgehört hatte. Nach all den subjektiv gefärbten Einschätzungen der Eichelscheids, Harboths und Grothes bekam ich so zum ersten Mal eine nüchterne Außenansicht des bunten Marathonspektakels geboten.

»Katinkas Zeit von Berlin«, berichtete Marc, »kam für alle überraschend. Sie war so lange weg vom Fenster, fast vier Jahre ohne Resultate, da hatte sie niemand auf der Rechnung. Ursprünglich sollte sie bloß als Schrittmacherin für Birthe Möller dienen, lief dann aber durch. Was viele in der Szene gefreut hat. Erstens hat Katinka einen guten Ruf bei den Journalisten, und dann wissen alle, wie schwer es ist, Leistungssport und Familie in Einklang zu bringen.«

»War diese Birthe nicht sauer, dass Katinka plötzlich ihr eigenes Ding durchzog?«

»Offenbar nicht. Soviel ich weiß, lautete die Absprache, dass Katinka bis zu einem bestimmten Punkt die Pace machen sollte, dann aber freie Hand hätte. Und die Möller war ja knapp vor ihr im Ziel, ebenfalls mit Normerfüllung. Im DLV sind sie fast ausgeflippt vor Begeisterung.«

»Und die Dritte im Bunde? Romy heißt sie wohl.«

»Romy Feierabend, ja. Die ist ein interessanter Fall. Zum einen hatte sie die Quali schon früh in der Tasche, und zwar ganz souverän. Mit ihrer 2:26 gilt sie als die stärkste Deutsche, auch wenn sie momentan gesundheitliche Probleme hat.« Durchs Telefon hörte ich ihn in seinen Unterlagen wühlen. »Zum anderen war die gute Romy, damals noch unter ihrem Mädchennamen Grothe, zwei Jahre wegen Dopingvergehens gesperrt.«

»Unter welchem Namen? Grothe?«

»Ja.«

»Aber so heißt doch der Trainer von Katinka!«

»Vorname?«

»Keine Ahnung. Wie alt ist Romy denn?«

»Ein Jahr älter als die Glück, glaube ich. Also 34. Ihr Vater war ein erfolgreicher Langstreckler in der DDR, später als Trainer tätig, bis man ihn irgendwann aus dem Verkehr zog. Ebenfalls wegen Doping. Es gibt aber auch noch einen Cousin, der als Trainer arbeitet.«

»Der wird es sein. Romys Cousin als Trainer Katinkas – findest du das nicht komisch?«

Covet seufzte. »Ich stelle mir das wie in der Kulturszene vor: Da kennt auch jeder jeden, alle hatten was miteinander, sind kreuz und quer verschwippt und verschwägert.«

»Wenn du das sagst ... Trotzdem seltsam. Was war das für eine Dopinggeschichte, die Romy die Sperre einbrachte?«

»Epo. Vor acht Jahren.«

»Das Zeug, das die Radfahrer nehmen?«

»Es wirkt bei allen Ausdauersportarten. Romy lief damals noch keine Marathons, sondern 5.000 und 10.000 Meter. Sie hat zwar beteuert, nie was Verbotenes genommen zu haben, aber es war wohl ein ziemlich eindeutiger Fall.«

»Zumal mit Vorgeschichte.«

»Du meinst den Vater? Ja, wobei man das schlecht vergleichen kann. Vater Grothe war Teil eines Systems, das von A bis Z auf Doping fußte und alle einspannte: Ärzte, Trainer, Funktionäre und irgendwo ganz am Ende auch die Athleten. Grothe hat zunächst als Sportler davon profitiert, in den Siebzigern war das, später auch als Trainer. Seine Tochter ist ein anderer Fall. Sie hat sich als Einzelperson zum Doping entschlossen. Dass beides gleichzeitig hochgekocht wurde, erst der Prozess gegen den Alten, dann die positive Probe der Tochter, war Zufall.«

»Kann man als Einzelperson dopen? Ohne einen Arzt, der dir sagt, wie viel du von dem Zeug nehmen sollst? Ohne Mittelsmänner, die dir den Stoff besorgen?«

»Nein, höchstwahrscheinlich nicht. Aber es ist ein Unterschied, ob das Sportsystem eines Staates von oben her dopingverseucht ist und den Athleten zum Mitdopen zwingt – oder ob du selbst wählen kannst, wie du deine Erfolge erzielst: legal oder illegal.«

»Meinst du? Ich weiß nur, dass im Radsport hinter jedem Dopingfall eine ganze Crew von Experten stand. Einer beschaffte, einer bezahlte, einer dosierte, einer spritzte. Und einer sorgte für das saubere Image des Teams. Egal. Erzähl mir lieber, was mit den anderen Konkurrentinnen Katinkas ist, die noch keine Quali geschafft haben.«

»Da gibt es einige, aber keine, die sich aufdrängt. Von den Frauen, die in den letzten Jahren unter 2:30 gelaufen sind, dürften bis auf die erwähnten alle ihren Leistungszenit überschritten haben. Dazu eine ganze Reihe junger Athletinnen mit guten Ergebnissen über 10.000 Meter. Für die kommt der Wechsel auf die Marathonstrecke wahrscheinlich noch zu früh.«

»Weil man da erst im gesetzten Alter so richtig stark wird?«

»Genau.«

»In meinem Alter?«

»So gesetzt nun auch wieder nicht.«

»Das wollte ich hören. Am Ende hätte mich mein maßloser Ehrgeiz noch zum spätberufenen Langstreckler gemacht.«

»Bevor das passiert …«, begann Marc, triefend vor Hohn.

»Es wird nicht passieren, keine Angst. War's das?«

»Dass deine Katinka als aufrechte Kämpferin gegen Doping gilt, weißt du?«

»Nein, woher? An meinen Energieriegeln hatte sie noch nichts auszusetzen.«

»Für den DLV ist sie eine Art Vorzeigeathletin. Klare Positionen, nie irgendwelche Auffälligkeiten und jetzt auch noch als Mutter erfolgreich.«

»Eine erfolgreiche Mutter? Was soll das sein?«

»Glückliche Mutter und erfolgreiche Marathonläuferin. So meine ich es.«

»Und diese Frau darf ich kennen!«

»Du Glücklicher.«

10

Lüneburger Heide? Nie gewesen. Terra incognita. Ich meine, es gibt in diesem Land eine Menge von Gegenden, in denen ich noch nie war, in der Heide aber ganz besonders nicht. Hatte noch nicht einmal gedanklich erwogen, dorthin zu fahren. Wer Heide sagte, meinte Lämmer, Spaziergänge, Seniorenurlaub. Nichts, was mich hinter meinem Heidelberger Ofen hervorlocken konnte.

Durch die Bekanntschaft mit Katinka änderte sich auch dies. In Buchholz, einem Nest am Rand der Nordheide, war einer ihrer Sponsoren ansässig, ein Hersteller von Salben. Der auch einen großen Lauftag sponserte, mit Events für Groß und Klein inklusive Werbung für die eigenen Produkte.

»Wund, Heil und Sport«, erklärte sie. Und weil ich einen

Moment auf der Leitung stand, lieferte sie die Ergänzung hinterher: »Salben.«

»Ah. Klar. Wund, Heil und Sport. Was sonst?«

Ja, was sonst? Das wurde unser Spiel auf der A 5 zwischen Heidelberg und Frankfurt: was noch zu Wund, Heil und Sport passte.

»Trunk«, schlug ich vor. »Wundtrunk, Heiltrunk, Sporttrunk.«

»Pflaster. Gibt's auch alles, von Wund bis Sport.«

»Gemüse?«

»Nee. Kur vielleicht. Obwohl, Sportkur …«

»Betrug. Wundbetrug ist heikel, aber Sportbetrug geht. Oder Bad!«

»Sportbad?«

»Na, hör mal, du wirst doch wohl schon ein Sportbad genommen haben!«

Und so weiter. Kurz vorm Frankfurter Südkreuz gingen uns die Vokabeln aus. Ich nahm einen neuen Anlauf mit Spund, Weil und Hort, den ich wahnsinnig originell fand. Katinka gähnte nur. Staus hatten wir keine, es war Samstagvormittag, und der Verkehr floss zügig, auch durch die Baustellen. Über der Wetterau verdüsterte sich der Himmel.

»Hoffentlich ist es in der Heide trocken«, meinte Katinka. »Wenn es dort regnet, hast du nichts von der Landschaft.«

Wie auf Kommando ging ein Regenschauer über uns nieder. Die Gischt der Fahrzeuge vor uns sprühte gegen die Windschutzscheibe, die Scheibenwischer des Smart liefen auf Hochtouren. Katinka griff nach ihrem Handy und rief zu Hause an. Ich hörte, wie sie ihrer Tochter erklärte, warum sie und Moritz schon wieder auf Mama verzichten mussten. Ob Fiona das kapierte? Mit dreieinhalb?

»Papa ist ja da«, sagte Katinka. »Und heute Abend bringt euch Nathalie ins Bett. Aber nein, mein Schatz, natürlich finden wir Nanuschka wieder. Mach dir keine Sorgen.«

Nathalie war die Babysitterin, so viel wusste ich schon. Aber Nanuschka?

»Unsere Katze«, seufzte sie und steckte das Handy ein. »Sie kam gestern nicht nach Hause. Keine Ahnung, wo sie sich rumtreibt.«

»Vielleicht trainiert sie im Odenwald«, fuhr es mir durch den Kopf.

Später ließ sich Katinka vom Veranstalter des Laufs die Adresse und Anfahrtbeschreibung unseres Hotels durchgeben. Der Smart hatte nämlich kein Navigationsgerät.

»Für ein Navi hätte ich 2:25 laufen müssen«, murmelte sie und kippte ihre Lehne zurück.

Während Katinka döste, spulte ich Kilometer für Kilometer ab. Das Wetter besserte sich tatsächlich, je weiter wir nach Norden kamen. Kurz vorm Hattenbacher Dreieck tankte ich zum ersten Mal in meinem Leben an einer Autobahnraststätte. Solange die Deutsche Bank zahlte, waren mir die Preise egal.

Die restliche Fahrt verlief unspektakulär, um nicht zu sagen langweilig. Wenn man einmal von dem Brummi absah, der mich in den Kasseler Bergen mit jähem Schwenk auf die Überholspur ausbremste. Ich hupte ihm eins, dem Deppen, aber gegen diesen röhrenden Elefanten war das hilflose Quäken unserer Bonsaikarosse ein Witz.

»Und stinken tut er auch noch!«, moserte ich, sämtliche Lüftungsschlitze schließend.

Katinka ließ sofort das Fenster auf ihrer Seite herunter.

»Nicht! So kommt die Pest doch erst rein.«

Anstatt zu antworten, sah sie starr hinaus ins Freie. Dorthin, wo sich die schwärzlichen Abgase des LKW in der Luft verteilten.

Spät am Nachmittag erreichten wir Buchholz. Katinka dirigierte mich einmal quer durch den Ort. Sofort verlor ich die Orientierung, die Gegend war einfach zu flach. Da lobte ich mir Süddeutschland mit seinen Bergen, die als Fixpunkt dienten. Unser Hotel lag etwas außerhalb, am Waldrand. Es war nicht groß, eher eine Pension, roter Klinker und Reetdach, so richtig bilderbuchmäßig. Katinka gefiel es, mir waren die Betten zu weich. Außerdem trieb sie mich sofort wieder ins Freie.

»Lass uns das Wetter ausnutzen. Lieber heute etwas länger und dafür morgen piano.«

»Und dein Sponsor? Der Veranstalter? Keine Termine mehr heute Abend?«

Nein, hatte sie nicht. Um so mehr Lust auf weichen, federnden Heideboden, der einem das Gefühl gab zu schweben. Einem Läufer, wohlgemerkt. Denn was gut für Katinkas Füße war, war schlecht für jedwede Art von Gummibereifung. Fluchend kämpfte ich mich auf dem geliehenen Hotelfahrrad durch den Heidesand, atmete auf, wenn wir festen Untergrund erreichten, wünschte den gesamten deutschen Spitzensport zum Teufel, wenn sich uns die nächste Düne in den Weg stellte.

»Dann fahr halt zum Hotel zurück«, schlug Katinka vor, als ich mal wieder schimpfte, dass das Heidekraut rechts und links in Deckung ging. »Wird schon nichts passieren hier draußen.«

Aber so schnell wollte ich auch nicht klein beigeben. Also weiter im Text. Moorige Abschnitte vermieden wir. Dafür wurde es hügelig. Von wegen norddeutsche Tiefebene! Dichte Baumgruppen wechselten mit lockerem Bewuchs, hochaufgeschossene Wacholdergewächse wirkten wie die norddeutsche Variante von Zypressen. Dann kamen wieder weite Flächen mit niedrigem Heidekraut. Vögel flatterten aus den Büschen auf, hinter einer Biegung stand plötzlich ein Reh, das erstaunlich spät floh.

»Hörst du das?«, fragte Katinka.

»Was?«

»Na, den Vogel da.«

»Nö.«

»Hör halt mal genau hin, Banause!«

Okay, hörte ich halt hin. Tatsächlich, da war was. Lockende Flötentöne, immer wieder von einer Art Geschnatter unterbrochen.

»Alles klar, ich hab's vernommen. Ist der was Besonderes, der Vogel?«

»Eine Heidelerche. Der Frühling kommt.«

»Ah.«

»Nun sag schon, wie findest du das hier?«

»Was?«

»Na, alles. Die Gegend, die Landschaft, die Luft.«

»Ach, das.« In ihren Augen las ich, dass sie glücklich war. »Nun … pittoresk.«

Sie lachte.

Endlich schlug sie den Rückweg ein. Keine Ahnung, wie sie es schaffte, nach 25 Kilometern noch so frisch auszusehen. Ich war übrigens nicht der Einzige, der sich das fragte. Eine Gruppe von Heidewanderern, die uns kniebestrumpft und knotenbestockt entgegenkam, konnte gar nicht anders, als uns anzugaffen. Warum fährt DER da und lässt SIE laufen? Und warum schaut SIE dabei so entspannt drein?

»Reaktionäres Pack«, schimpfte ich den Herrschaften hinterher. »Noch nie was von Gleichberechtigung gehört?«

Im Hotel belohnte ich mich mit dem kalorienreichsten Eintopfgericht, das die Karte hergab. Fleisch, Bohnen, Speck, alles drin. Oben schwammen die Fettaugen. Dazu ein Bier aus der Gegend, und das Klischee war perfekt. Von der Wand äugte ein Hirschgeweih auf uns herab. Ich seufzte wohlig. Reetdach, Kniestrümpfe, Vierzehnender – es war wie Urlaub.

Auch Katinka bestellte ein Pils.

»Das darfst du?«, fragte ich.

»Warum nicht?«

»Als Leistungssportlerin?«

»Gerade dann. Auf meine Ernährung muss ich weniger achten als der Rest der Bevölkerung. In den Mittelmeerländern trinken sie Wein am Abend vor dem Wettkampf.«

»Und so ein Eintopf?«

»Ist eh nicht mein Fall. Fleisch kommt bei mir nur selten auf den Tisch, daran wird sich auch nach meinem Karriereende nichts ändern.«

»Aber Sahnetorten, fettige Pizza und solches Zeug – da musst du doch vorsichtig sein, oder?«

»Ach, Appetit auf so was kommt gar nicht erst auf. Mein Körper weiß inzwischen, was ihm guttut und was nicht. Der denkt schon an die nächste Trainingseinheit.«

Stimmt, an die sollte man immer denken. Auch als Radbegleiter. Gierig griff ich nach dem Pils, das die Bedienung eben brachte.

»Meistens trinke ich ja alkoholfreies Bier«, fuhr sie fort. »Aber wenn wir schon mal im Norden sind … Prost, Max!«

Das ließ ich mir nicht zweimal sagen. Vielleicht erlebte ich die nächste Trainingseinheit gar nicht. Vom Stalker gemeuchelt, von brauenlosen Läufern im Heidesand verbuddelt. Da wäre es doch Unsinn, jetzt auf etwas verzichten zu wollen. Ich stieß mit ihr an.

»Übrigens«, sagte sie und wischte sich etwas Schaum von den Lippen, »habe ich dir schon gesagt, wo der Leistungstest in zwei Wochen stattfinden wird?«

»Welcher Test? Seit ich durch das Abi gerasselt bin, habe ich mir geschworen, nie wieder …«

»Nicht du«, unterbrach sie mich heftig. »Ich! Der DLV verlangt einen Kontrollwettkampf vor London als Beleg, dass die Form stimmt. Am Ostersamstag nehmen wir an den sächsischen Halbmarathon-Meisterschaften in Leipzig teil. Die Strecke ist flach und schnell, außerdem kommt so ziemlich alles, was Rang und Namen hat in der Frauenszene.«

»Und welche Zeit willst du da laufen?«

»Mal sehen. Eine 1:12 vielleicht. Für eine Bestzeit wird es nicht reichen, ich bin ja im Formaufbau.« Warum drehte sie ihr Glas plötzlich so hektisch zwischen den Fingern? »Macht es dir was aus, wenn du nicht dabei bist?«

»In Leipzig? Nö, wieso?«

Im selben Moment merkte ich, dass meine Antwort von beeindruckender Dämlichkeit war. Sie stimmte nämlich nicht. Klar lag ich am liebsten zu Hause vor der Glotze oder schaute in meiner Lieblingskneipe vorbei – aber Zeuge werden, wie Katinka Glück der deutschen Laufelite bewies, dass sie zurecht vor der Olympianominierung stand, war genauso verlockend. Mindestens! Ich hielt mitten in der Bewegung, die meiner Antwort folgen sollte, inne – Bierglas zum Mund, was sonst – und räusperte mich umständlich.

Bierglas wieder absetzen.

»Das heißt … interessieren würd's mich schon. Rein sportlich und so.«

Stille. Sie war nicht bloß einfach dämlich gewesen, meine ursprüngliche Antwort, sondern doppelt dämlich. Denn Katinka hatte ein Ja erwartet. Einen Protest: Na, hör mal, und ob ich dabei sein will! Gerade jetzt, wo wir uns aneinander gewöhnt haben!

Sie hob den Blick nicht, als sie sagte: »Wäre auch interessant für dich. Nur ist es so, dass meine Oma in der Nähe wohnt … also nicht in der Nähe, aber im Harz, und sie feiert ihren Neunzigsten an dem Wochenende.«

Pause.

Ich wartete. Oma? Harz? Tut mir leid, aber wenn ihr Schweigen bedeutete, dass ich den Gedankengang zu Ende führen sollte, dann überschätzte sie mich.

»Deshalb machen wir ein Familienwochenende draus«, half sie mir. »Heiner und die Kinder begleiten mich. Nach dem Wettkampf fahren wir von Leipzig aus direkt in den Harz.«

»Soll heißen, du brauchst keinen Aufpasser.«

»Harboth und Eichelscheid meinten, wenn Heiner dabei ist, musst du nicht auch noch … Ich finde es ja blöd, aber jetzt, wo sie sehen, wie aufwendig die ganze Sache ist, versuchen sie plötzlich zu sparen. Bei Kienbaum hieß es auch schon, es ginge ohne dich, aber ich habe darauf bestanden.« Sie warf mir einen kurzen Seitenblick zu. »Sorry.«

»Schon gut. Ist doch nicht deine Schuld. Wird der Lauf irgendwo übertragen?«

Sie verdrehte die Augen. »Wie viele Laufveranstaltungen werden überhaupt im Fernsehen gebracht?«

Da hatte sie auch wieder recht. In der Folge mieden wir das Thema Leipzig, sprachen stattdessen über ihre Oma, die mit ihren 90 Jahren noch immer tagtäglich ihre Gymnastik machte oder hoch zum Brocken spazierte. Fit wie ein Turnschuh! Die also auch.

Ich bestellte noch ein Bier für mich.

Als wir uns im Hotelflur eine gute Nacht wünschten, war ich nicht mehr ganz nüchtern. Wie bitte, vorm Frühstück wollte sie raus, die Irre? Eine kurze Einheit nur – ja, ich weiß, was bei dir kurz heißt, Katinka. Ciao, bis morgen.

Danke, du auch.

Auf der Schwelle zu meinem Zimmer stehend, wartete ich, bis ich drüben Katinkas Tür ins Schloss fallen hörte. Und als sie fiel, wartete ich immer noch. Worauf? Schwer zu sagen. Auf ein Geräusch von drüben wahrscheinlich. Einen Atemzug, ein Räuspern, ein Stühlerücken. Aber so angestrengt ich auch lauschte, ich hörte nichts. Komisch, bei mir knarrten die Dielen schon, wenn man ihnen einen strengen Blick zuwarf. Und sie würden nebenan ja kaum anderes Holz verwendet haben.

Vielleicht … Ja, vielleicht lauschte Katinka auch. Genau so atemlos wie ich.

Es war immerhin das erste Mal, das wir gemeinsam unterwegs waren. Nur sie und ich. Ein Mann, eine Frau. Änderte es etwas? Löste es irgendetwas in uns aus? Du meine Güte, was für Fragen! Okay, stellen wir sie. Jetzt, in diesem Moment. Wechseln wir die Lauschrichtung: nach innen. Ich stand also da und versuchte, in mich hineinzuhören. Was verdammt schwer war. Wohin richtete man die Lauscher am besten? Wo kamen die Signale her? Aus dem Bauch? Der Brust? Den Zehenspitzen?

Als es plötzlich knarrte, glaubte ich tatsächlich, das Knarren käme aus meinem Körper. Irgendwo zwischen Zwerchfell und Rückgrat musste etwas lose sein. Aber es waren wohl doch die Dielen von nebenan. Gut, lassen wir das. Wahrscheinlich hatte ich bloß ein Bier zu viel getrunken und meine Gedanken nicht unter Kontrolle.

Ich schloss die Zimmertür und kramte mein Handy hervor. Eine SMS von Christine: ob ich gut angekommen sei. Ich schrieb zurück: 25 Kilometer, 4 Bier und ein 14ender. Morgen Sport auf nüchternen Magen. Stress pur!

Vor dem laufenden Fernsehapparat zog ich mich um. Im Aktuellen Sportstudio palaverten sie über die Fußball-EM im Sommer und die Frage, ob beziehungsweise wie viele Partien gekauft seien. Danach Meldungen aus aller Welt. Ich wollte eben ausschalten, als ich einen Namen hörte, den ich kannte. Den Namen einer Läuferin. Allerdings nicht Katinkas.

Ich kniff die Augen zusammen. Auf dem Bildschirm erschien das hagere Gesicht von Romy Feierabend.

»... sagte ihre Teilnahme an den Olympischen Spielen aufgrund anhaltender Verletzungsprobleme ab. Ein Sprecher des DLV äußerte sein Bedauern über die Entscheidung der Athletin ...«

Nächstes Thema.

»Feierabend«, dachte ich, nicht eben originell, und betätigte den Aus-Knopf. Aber wer verlangt schon Originalität von einem sportfernen Privatermittler?

11

Die Stimmung war gedrückt am folgenden Morgen, und das lag nicht an der frühen Stunde oder den tief hängenden grauen Wolken. Jedenfalls nicht nur. Ein scharfer Wind fegte über die Nordheide, als wir zur ersten Trainingseinheit des Tages aufbrachen. Meine Sportsachen, die ich über Nacht im Bad aufgehängt hatte, fühlten sich klamm an und rochen schlecht, außerdem lagen mir die Bohnen von gestern schwer im Magen. Es kam also alles zusammen.

Katinka hatte im Videotext von Romy Feierabends Olympiaverzicht gelesen. Und als wir einmal unterwegs waren, machte sie kein Hehl daraus, was sie von der Meldung hielt.

»Verletzungsbedingt!«, höhnte sie. »Das wäre das erste Mal, dass sich Romy von Verletzungen aufhalten ließe. Es stimmt schon, sie hatte letzten Herbst ein paar Probleme, aber von einer ernsten Sache war nie die Rede. Außerdem ist das noch lange kein Grund, jetzt einen Rückzieher zu machen. Überleg mal, fünf Monate vor dem Marathon!«

»Du meinst, es ist eine Schutzbehauptung?« Kaum ausgesprochen wurden die Worte vom Wind davongetragen. Ich zog meine Mütze tiefer in die Stirn.

»Klingt so, ja. Natürlich weiß man als Außenstehender nie, was los ist. Du kannst ja schlecht in die Leute reingucken. Ich müsste mal mit Romy reden. Aber ob sie mir die Wahrheit sagt, ist eine ganz andere Frage.«

»Sprich doch mit ihrem Cousin. Deinem Trainer.«

Sie warf mir einen Seitenblick zu. »Mit Jürgen? Bringt nichts.« Der Rest ihrer Antwort fiel dem Wind zum Opfer.

Ich zeigte auf ein größeres Waldstück, das seitlich von uns lag. »Was hältst du davon? Dort drin dürfte es weniger windig sein.«

Sie nickte und schlug einen Weg ein, der mitten in das Gehölz führte. Kurz bevor wir zwischen den Bäumen verschwunden waren, sah sie über die Schulter. Und später ein weiteres Mal. Nun schaute ich ebenfalls zurück, konnte aber nichts entdecken.

»Nur ein Radfahrer«, murmelte sie. »Gibt noch mehr Leute, die so früh unterwegs sind.«

Sie brauchte jetzt nicht mehr laut zu sprechen. Wie erhofft, bildeten die dicht stehenden Bäume einen Schutzwall gegen den Wind. Auch der breite Waldweg war gut zu befahren.

»Warum bringt es nichts, mit Grothe zu sprechen?«, nahm ich den Faden wieder auf.

»Weil er und Romy verkracht sind. Er würde als Letzter erfahren, was hinter ihrer Absage steckt.«

»Echt? Krach in der eigenen Familie? Zwischen so erfolgreichen Sportlern?«

»Warum nicht? Gerade da, würde ich sagen.«

»Trainiert er dich deshalb? Ich meine, hat es was mit dem familiären Zwist zu tun, dass Grothe der Trainer von Romys Konkurrentin ist?«

Statt einer Antwort blickte Katinka an mir vorbei, ins Unterholz.

»Was ist los?«, fragte ich.

Sie schüttelte den Kopf. »Nichts. Irgendwie … Ich weiß auch nicht, heute leide ich unter Verfolgungswahn. Okay, wie war deine Frage noch mal?«

»Ob du etwas mit dem Streit zwischen Grothe und seiner Cousine zu tun hast.«

»Nein, überhaupt nichts. Ich weiß nicht, worum es da geht, und ich will es auch nicht wissen. Romy ist ein schwieriger Mensch, Jürgen ebenfalls, dann kommt noch die Geschichte mit ihrem Vater dazu … Viel zu kompliziert für Leute wie mich.«

»Bist du mit Romy befreundet?«

»Nö. Muss ich das? Wir sind Teamkolleginnen, nicht mehr und nicht weniger.«

»Aber wenn ihre Verletzungen nicht so gravierend sind wie behauptet – was könnte dann der wahre Grund für Romys Verzicht sein?«

»Das frage ich mich auch«, erwiderte sie.

Anschließend herrschte längere Zeit Schweigen. Katinka hing ihren Gedanken nach, ich meinen. Es dürften ganz ähnliche gewesen sein. War Romy Feierabends Rückzug freiwillig erfolgt? Oder hatte sie jemand gedrängt? Jemand mit raspelkurzem Blondhaar vielleicht und einem Satz Flugtickets in der Hand?

Und ich fragte mich zusätzlich, ob Katinka mit Romy auf so vertrautem Fuß stand, dass sie ihr genau diese Fragen stellen könnte.

Es mochten zehn Minuten vergangen sein, als wir wieder auf freies Feld kamen. Wie vorhin brachte der Wind unser Gespräch zum Erliegen. Ich kämpfte mit den Böen und der wechselnden Beschaffenheit des Bodens. Warum durfte ich sie nicht beim Bahntraining begleiten? In der Karlsruher Europahalle mit ihren überhöhten Kurven? Zum Glück hielt sich auch Katinkas sportlicher Ehrgeiz an diesem Morgen im Rahmen. Nach einem Blick zur Uhr gab sie das Kommando zum Umkehren.

»Ich gebe einen aus, wenn wir wieder im Wald sind«, stöhnte ich.

»Um halb zehn geht es weiter«, entgegnete sie unbeeindruckt. »Dann holt uns einer der Laufveranstalter ab. Die Fahrt dauert nur ein paar Minuten, hieß es.«

»Und du machst mit? Oder schreibst du Autogramme?«

»Eine kleine Tempospritze über zehn Kilometer kann nicht schaden«, grinste sie.

Ja, grins du nur. Zehn Kilometer und kleine Spritze – für 99 Prozent der Bevölkerung war das ein klassisches Oxymoron. Eines dieser Dinger, die nicht zueinanderpassen: schwarzer Schimmel, trockenes Wasser und so. Logik des Leistungssports!

Kaum im Wald beschleunigte Katinka. Was war denn jetzt schon wieder los? Stand das im Trainingsplan?

»Kleine Tempospritze, wie?«, rief ich, um Anschluss bemüht.

Keine Reaktion. Ihre Beine griffen mächtig aus, und als ich wieder auf gleicher Höhe mit ihr war, sah ich, dass sie starr geradeaus blickte.

Dann knackte es im Unterholz rechts von uns, und ihr Kopf fuhr herum. Meiner übrigens auch.

»Was war das?«, zischte sie, ohne das Tempo zu drosseln.

»Ein Reh wahrscheinlich. Oder zwei.«

Wieder ein Knacken. Das Rascheln von Blättern, das Brechen trockener Zweige.

»Da ist jemand, Max!«

»Noch ein Frühaufsteher?«

Ihr stand nicht der Sinn nach Scherzen. Immer wieder sah sie nach rechts, an mir vorbei, auf der Suche nach dem Ursprung der Geräusche. Die uns seltsamerweise zu folgen schienen. Sollte jemand hinter uns her sein? Bei diesem Tempo?

Und dann hörten wir etwas anderes. Einen kurzen, aber heftigen Schlag, wie eine unterdrückte Detonation. Sofort hielten wir an. Beide. Katinka fasste mich am Arm. Sie atmete heftig.

Ich war nicht weniger irritiert als sie. Ein Tier konnte dieses Geräusch nicht verursacht haben. Wer sonst? Ein Mensch, eine Maschine? Für einen normalen Schuss war es nicht laut genug gewesen. Für einen Schuss mit Schalldämpfer nicht leise genug. Und doch … Ich bin ja kein Experte auf diesem Gebiet, aber wenn ich mich an den Schnellkurs bei Hotte Küppers, dem Expolizisten und Sicherheitstrainer aus Mettmann, damals in meinem ersten Jahr als Privatdetektiv erinnere …

»Da ist was, Max«, hörte ich Katinka flüstern.

Von Hotte Küppers habe ich so gut wie alles gelernt, was ich über Waffen und Selbstverteidigung weiß, wie man die

Dinger hält, wie man sie pflegt, wie man sie einsetzt, was man beachten muss; einmal hatte er uns die Wirkungsweise verschiedener Schalldämpfer vorgeführt, unter denen auch ein fehlerhafter war, und wenn ich mich recht erinnere, klang der genau …

»Max!«, schrie Katinka und krallte ihre Hände in meinen Arm. »Da!«

Ja, es musste ein Schuss aus einer Waffe mit defektem Schalldämpfer gewesen sein – so lautete der Hotte-Küppers-Gedanke, den ich nicht mehr sauber zu Ende denken konnte. Denn in diesem Moment teilte sich das Unterholz auf meiner Seite des Weges, und hervor stürzte, ach was: quoll ein Monster.

Eine Naturgewalt!

Sie war schwarz, gierig, riesig und rollte schnaubend über mich hinweg. Nein: unter mir hindurch! An der Atlantikküste hatte mich mal eine Sogwelle auf ganz ähnliche Weise erfasst. Das Ding in Buchholz schlug mir Beine und Rad weg, dass ich über den Lenker rauschte und per Flugrolle auf dem Waldweg landete. Auch das Fahrrad ging scheppernd zu Boden. Ich glotzte in den norddeutschen Himmel über mir, fragte mich, ob ich jetzt auf schnellstem Wege dorthin käme, und hörte jemanden stöhnen. Mich selbst. Dann fiel mir Katinka ein.

Der Stalker!

Der Blonde, dem die Brauen fehlten!

War natürlich beides Quatsch. Keiner der beiden Unbekannten, er mochte zwei Meter groß sein oder deutscher Meister im Armdrücken, hätte mich derart aus dem Sattel katapultieren können. Das hier war etwas anderes gewesen, etwas Urweltliches, Jenseitiges. Mit der Spezies Mensch hatte es nichts zu tun.

Aber wo war Katinka?

Unter Schmerzen drehte ich meinen Kopf nach allen Seiten. Da saß sie, mitten auf dem Weg, und starrte mich aus weit aufgerissenen Augen an.

»Alles klar?«, krächzte ich. »Verdammt, was war das? Bist du verletzt?«

»Ich?«, stammelte sie. »Wieso ich? Du solltest eher …« Sie versuchte aufzustehen, schaffte es nur bis auf die Knie und kam zu mir gekrochen. Ich folgte ihr mit den Augen. Mein Kopf ließ sich drehen, aber sonst? Ich musste vergessen haben, wie das funktionierte mit den Körpergliedern.

»Herrgott, siehst du übel aus«, hörte ich Katinka sagen. »Hast du was gebrochen? Versuch dich mal zu bewegen.«

Bewegen? Leicht gesagt. »Seit wann gibt es Tsunamis in Niedersachsen?«, ächzte ich.

»Nicht den Mund. Den Rest von dir. Arme, Beine. Na, los!«

»Was war das?«, röchelte ich und rollte mit den Augen.

»Ein Wildschwein.«

Ruckartig setzte ich mich auf. »Ein was?«, sagte ich mit glasklarer Stimme. »Ein Keiler? Ein dämliches Schweinevieh? Und das hebelt mich derart aus?«

Katinka atmete aus. »Gott sei Dank. Dachte schon, es sei etwas Schlimmeres. Du solltest dich mal sehen, Max …«

Ich sah mich aber nicht, und das war vermutlich besser so. Irgendetwas brachte mich dazu, mir mit der Hand über das Gesicht zu wischen. Weil das schmerzte, schaute ich auf meine Hand. Da war Blut, da waren Schürfwunden und in den Wunden kleine Steinchen. Wenn ich die Schmerzen richtig interpretierte, befand sich mein Gesicht in einem ganz ähnlichen Zustand.

»Ein Wildschwein«, erboste ich mich. »Die gehören verboten, die Dinger!«

Fluchend stand ich auf. Katinka saß noch immer und hielt sich die Hand vor den Mund. Übrigens nicht, um ihren Schrecken zu verbergen.

»Was gibt es da zu lachen?«, fragte ich fassungslos.

»Entschuldige«, gluckste sie. »Aber wie du aussiehst …!«

Wie du aussiehst!

Ja, verdammt. Diesen Satz sollte ich im Verlauf des Sonntags noch zigmal hören. In allen möglichen Varianten: der besorgten, der entsetzten, der belustigten. Mit dem Typen an der Rezeption ging es los, als wir das Hotel humpelnd und mit Verspätung erreichten. Wie Sie aussehen …! Dann der Mensch vom Nordheidelauf, der uns pünktlich um halb zehn abholte. Der Abteilungsleiter seines Vereins, der Abgesandte des Landesverbands Niedersachsen, der Startschuss gebende Bürgermeister, die beleibten Damen vom Kuchenstand. Sie alle schlugen die Hände zusammen, stemmten die Fäuste in die Hüften, schüttelten das Haupt: Herrje, wie sehen Sie denn aus …!

»Wildschweinattacke von rechts«, sagte ich. »Es hatte Vorfahrt, war aber eindeutig zu schnell.«

Nicht zu vergessen die Vertreterin von Katinkas Sponsor, dieser Salbenfirma. Sie war jung, geschäftstüchtig, gut gebaut, und sie schoss den Vogel ab, indem sie in mir sofort das ideale Testobjekt für die Produkte ihres Arbeitgebers erkannte.

»Wie sehen Sie denn aus!«, rief auch sie, aber ohne jede Spur von Mitleid, sondern geradezu begeistert. Voll Tatendrang und Experimentierlust. Klatschte sogar in die Hände, so freute sie sich über meine Anwesenheit. Zack, saß ich auf einem Hocker im Sponsorenzelt, umgeben von medizinischen Accessoires, ein Drehständer rechts, ein Plastikregal links. Die Salbentussi und ihre Helfer schwirrten um mich herum, zückten Tuben, Döschen, Rollen, erklärten und führten vor. Hauptsächlich mich. Während Helferlein eins mir ein Steinchen nach dem anderen aus dem Gesicht klaubte, tupfte Helferlein zwei die aufgeschürften Stellen sauber. Das schmerzte übrigens mehr als der Sturz. Anschließend kam Madame persönlich angeflattert, präsentierte dem ehrfürchtig lauschenden Publikum ihr Sortiment von Salben, um sie zum krönenden Abschluss in meinem Gesicht zu verteilen. Je nach Art der Verletzung eine neue Salbe.

»Ich weiß schon«, sagte ich. »Wund, Heil und Sport.«

»So ungefähr.«

Den ersten Salbenauftrag nahm Katinka höchstpersönlich vor, unter dem Blitzlichtgewitter der Fotografen. Das würden wunderbare Bilder für die Firmenzeitung ergeben. Gleich darauf war sie an anderer Stelle gefragt, machte das Aufwärmprogramm für den Bambinilauf mit, stand dem örtlichen Reporter Rede und Antwort, ließ sich mit Fans ablichten. Kaum blieb Zeit, sich auf den eigenen Start vorzubereiten.

Als das Feld des Zehnkilometerlaufs lospreschte, Katinka mittendrin, war mein linkes Auge komplett zugeschwollen und mein räumliches Sehen dahin. Auch die Salbentussi, die sich ständig zu mir herabbeugte und mir dabei ihre stattliche Oberweite in 3-D präsentierte, brachte es nicht zurück.

»Schau an, noch ein Steinchen«, murmelte sie, eine Pinzette zu Hilfe nehmend.

»Der Waldweg ist jetzt sauber aufgeräumt.«

»Im Gegensatz zu Ihnen.«

Das mochte wohl stimmen. Niemand wagte, mir einen Spiegel zu reichen, und ich selbst verzichtete darauf. Immerhin war nichts gebrochen, nichts verstaucht; ich hatte den Angriff somit besser überstanden als mein Gefährt, das wir mit verbogener Gabel und geknickten Speichen ins Hotel zurückgebracht hatten.

Frenetischer Jubel ließ uns aufsehen, mich und meine Samariterin. Er galt ausnahmsweise nicht mir, sondern dem Tagesschnellsten. Nach exakt 35 Minuten erreichte Katinka das Ziel. Lächelnd ließ sie einem abgekämpften Einheimischen auf den letzten Metern den Vortritt. Natürlich war sie die Siegerin der Frauenwertung, natürlich bedeutete ihre Zeit neuen Streckenrekord, und schneller als sie war nur eine Handvoll Männer.

Auch ihr Sponsor gehörte an diesem Tag zu den Gewinnern.

Das Wildschwein dagegen entkam, nicht allerdings derjenige, der es aufgescheucht hatte. Wir waren bereits kurz vor Heidelberg, als Katinkas Handy klingelte. Aufgeregt berichtete der Hotelbesitzer von einem verschrobenen Original aus der Gegend, einer Art Heidedepp, der öfter auf die Wilderei ging, was man, gewissermaßen aus Gründen der Folklore, nie ernsthaft verfolgt habe. Diesmal aber, dröhnte der Mann durchs Telefon, diesmal werde der Mensch sein blaues Wunder …! Die Polizei sei bereits auf der Spur des Übeltäters. Am heiligen Sonntagmorgen! Wo wir da hinkämen, frage er sich.

»Der Radfahrer«, nickte Katinka, während sie das Handy wegsteckte. »Ich wusste doch gleich, warum ich so ein mulmiges Gefühl hatte.«

Ich warf ihr einen scheelen Blick zu. Das rechte Auge war ja frei. »Aus Gründen der Folklore? Hat er das wirklich gesagt?«

Sie erwiderte meinen Blick. »Nächste Woche geht es nach München. Ich kann nur hoffen, dass es im Englischen Garten keine Wildschweine gibt.«

»Höchstens gebratene.«

Dann konzentrierte ich mich wieder auf die Autobahn. 500 Kilometer unfallfrei durch eine zweidimensionale Landschaft zu steuern, war kein kleines Kunststück. Zum Glück fuhren wir einen Smart. Bei dem war die räumliche Dimension ja auch nicht so ausgeprägt.

12

Vor 40 Jahren wurden die Olympischen Spiele einer Verjüngungskur unterzogen. Zum ersten Mal – hört, hört! – darf eine Frau die entscheidenden Worte sprechen. Die Frau ist 22 Jahre alt, sie heißt Heidi Schüller und trägt einen atemberaubend knappen Rock. Vor allem aber macht sie kein Hehl daraus, was sie vom olympischen Gelöbnis hält. Nonchalant, im Stil eines Teenagers, der ein Gedicht vorträgt, leiert sie den Text herunter und kratzt sich dabei immer wieder an der Backe. Der linken.

Im Namen aller Wettkämpfer gelobe ich,
dass wir in fairem Wettstreit
an den Olympischen Spielen teilnehmen
und die für sie geltenden Regeln achten
und befolgen werden.

Es gibt viel zu staunen an diesem Augusttag im Jahre 1972. Dass der Himmel über München aber auch so verdammt blau sein kann! Und Heidis Beine so lang! Das Olympiastadion sieht aus, als wolle es im nächsten Moment seine silbernen Flügel ausbreiten und davonfliegen. Und wo sind die Nazis, die unausrottbaren Nussknackerdeutschen, die noch eine Generation zuvor die halbe Welt in Schutt und Asche gelegt haben?

Lediglich zu Beginn der Feier, als Avery Brundage, der alte Judenhasser, auf das Podium gewackelt kommt, um seine Spiele zu eröffnen, schimmert die hässliche Greisenfratze des IOC unter der Münchner Schminke hindurch. Aber dann hat die brünette, langhaarige Heidi ihren Auftritt, und alles ist gut. Schön und gut.

Im Geiste sportlicher Fairness.

Zum Ruhme des Sports.

Zur Ehre unserer Mannschaften.

Tags darauf ging es los mit den Spielen, es wurde gelaufen, geworfen, betrogen, getrickst und scharf geschossen, und am Ende hielt Mr. Brundage seine zweite Münchner Rede. Nach Bekanntgabe des Resultats im Fürstenfeldbrucker Feuergefecht – 9 tote Israeli, 3 Palästinenser, 1 Deutscher – prägte er einen Satz, der es verdient hätte, auf jedem Spielautomaten zu stehen. In Kapitälchen.

The games must go on.

Komisch, dass ich ausgerechnet an diesen Satz denken musste, als ich am frühen Dienstagmorgen das Haus der Glücks erreichte. Wahrscheinlich war das Blut schuld daran. Die kleine Lache Blut auf dem Asphalt, aus der sich zwei dicke Schlieren gelöst hatten, um der abschüssigen Straße ein Stück weit Richtung Tal zu folgen. Irgendwann hatten sie eingesehen, dass sie es nicht bis nach unten schaffen würden, und hatten aufgegeben. Waren erstarrt und erkaltet.

Ja, bestimmt lag es an dem Blut. Auch wenn es nur Katzenblut war.

Mich nach allen Seiten umblickend, stellte ich mein Rad ab. Die kleine Straße lag ruhig da, kein Mensch zu sehen. Die einzigen Geräusche, die an mein Ohr drangen, kamen von unten, aus dem Tal. An- und abschwellender Verkehrslärm, ungeduldiges Hupen, das Dröhnen eines schwerfälligen Busses. Die Berufspendler aus Wilhelmsfeld und Peterstal auf ihrem Weg nach Heidelberg oder neckaraufwärts.

Dass dort unten regelmäßig Katzen überfahren wurden, war nachvollziehbar. Aber hier, am Ende einer steilen Sackgasse? Wer vor dem Haus der Glücks einen Vierbeiner unter die Reifen bekam, war entweder schwer dämlich. Oder er tat es mit Absicht.

Ich hielt den Atem an und beugte mich über das tote Tier. Ohne in die Einzelheiten zu gehen: Es war kein schöner Anblick. Die Beine grotesk verdreht, der Unterleib formlos und zerquetscht. Wenigstens Nanuschkas Gesicht war heil geblieben. Traurig ragten ihre Schnurrbarthaare in die Morgenluft.

Als Nächstes zog ich mein Handy und rief bei den Glücks an. Zehn Meter entfernt von mir wurde ein Hörer abgenommen.

»Morgen, Heiner«, sagte ich. »Schlechte Nachrichten: Eure Katze ist überfahren worden. Könntest du mit einer Schaufel vors Haus kommen? Aber bitte so, dass die Kinder nichts mitbekommen. Katinka soll sie von den Fenstern fernhalten.«

Und weil ich das Telefon schon mal in der Hand hielt, machte ich nach Beendigung des Gesprächs gleich ein paar Aufnahmen des Unfallopfers. Ich hatte keine Ahnung, ob die Kriminalpolizei neuerdings auch Haustiere obduzierte und ob sie in diesem Fall überhaupt dazu bereit wäre, aber gegen eine Dokumentation der Spuren sprach nichts.

»Ach, du Schande«, entfuhr es Katinkas Mann, als er neben mir stand. »Wie sollen wir das Fiona beibringen? Sie fragt den ganzen Tag nach ihrer Katze.« Er warf einen hilfesuchenden Blick zum Haus hinüber. Hinter den Vorhängen blieb alles ruhig.

»Ist bei euch schon jemals ein Tier überfahren worden?«, fragte ich.

»Direkt vorm Haus? Nein, nie. Hier fährt doch keiner schneller als Schritttempo.«

Ich schwieg. Heiner sah mich an und zog eine Grimasse.

»Du meinst, wir sollten die Polizei rufen?«, sagte er.

»Informieren sollten wir sie. Ich mache das.«

Während Heiner die tote Nanuschka auf die mitgebrachte Schaufel lud, wählte ich Kommissar Fischers Dienstnummer. Er war natürlich noch nicht im Büro, aber irgendeinem übermüdeten Bereitschaftspolizisten wollte ich die Story nicht unterbreiten. Also sprach ich Fischer auf die Mailbox und bat ihn, im Laufe des Tages bei den Glücks vorbeizuschauen.

»Möglichst diskret«, fügte ich mit Blick auf Katinkas Mann noch an. Vorsichtig verstaute er seine Last unter den Zweigen eines immergrünen Buschs, geschützt vor kindlicher Neugier.

»Heute Nachmittag begrabe ich sie hinterm Haus«, seufzte er.

»Und dann erzählst du es der Kleinen?«

»Mal sehen.«

Kurze Zeit später starteten wir. The games must go on. Der Kleine zappelte auf Heiners Arm und schrie seiner Mutter hinterher. Viel sagen konnte er noch nicht, aber dass er nicht vom Papa in die Krippe gebracht werden wollte, kapierte sogar ich. Schweigend und mit finsterer Miene wartete Katinka am Auto, bis ich eingestiegen war. Schweigend saß sie neben mir, als ich den ersten Gang einlegte und die Handbremse löste. Katinka auf dem Beifahrersitz, ihre Familie an der Haustür, die tote Katze unter dem Busch – von den vielen sich widersprechenden Eindrükken abgelenkt, vergaß ich für einen Moment den Blutfleck auf dem Asphalt. Mein abruptes Ausweichmanöver kam zu spät. Es bewirkte nur eins: dass mich Katinka böse von der Seite anfunkelte.

Überhaupt war es eine verkorkste Fahrt, von Anfang bis Ende. Kaum hatte sich das letzte Atom Katzenblut von unseren Reifen gelöst, setzte Regen ein. Dichter, prasselnder Landregen. Auf der Autobahn sah ich meine 30 Meter entfernten Vorderleute nicht mehr. Das Wasser hatte sie einfach verschluckt. Ich bin kein ängstlicher Fahrer, aber auf so ein Sauwetter konnte ich gut verzichten. Dabei hatte ich noch Glück gehabt, dass ich an diesem Morgen trocken nach Ziegelhausen gekommen war. In meinem Rucksack befand sich nämlich bloß eine Garnitur Wechselkleidung, und wasserdicht war er auch nicht. Es sei denn, man sah die Sache von einer ganz anderen Seite: Wäre Madame Glück bezüglich Autos nicht so überempfindlich, hätte sie mich in der Stadt abholen können. Dann hätte ich mir die schweißtreibende Anfahrt zu nachtschlafender Zeit gespart.

Als ich dies Katinka gegenüber irgendwann einmal andeutete – es dürfte schon hinter Heilbronn gewesen sein – explodierte sie.

»Wenn dir dein Job nicht passt, lass es halt!«, giftete sie. »Steig aus, kündige! Wir werden schon jemanden finden, der ohne Gejammer zu mir herausradelt.«

Das war typisch. Bei Katinka reduzierte sich alles auf seinen sportlichen Kern. Nur nicht jammern! Jeder andere in ihrer Lage hätte gesagt: Gut, dann suchen wir uns einen mit eigenem Auto. Sie dagegen sah mich bloß in der falschen Leistungsklasse angesiedelt. Nehmen wir halt einen fitteren Detektiv! Ob er sonst was taugt – egal. Hauptsache, sein Ruhepuls liegt unter 40.

»Und warum radeln wir dann nicht gleich nach München?«, zickte ich zurück. Was du kannst, kann ich schon lange! »Ohne Gejammer natürlich. Die paar Tage für Hin- und Rückfahrt wirst du doch wohl aufbringen. Denk nur an den Trainingseffekt! Stattdessen Stunden auf verstopften Autobahnen, man holt sich einen Bandscheibenvorfall vom Sitzen, nörgelt an seinem Mitfahrer rum …«

»Superwitzig.«

»Ist ein Geburtsfehler von mir.«

Viel mehr sprachen wir nicht auf dem Weg nach München. Ich grummelte, sie brütete. Verdammt eng, so ein Smart. Vor allem für eine Frau mit Autophobie. Da zog ich ja das Training im Regen vor! Die komplette Fahrt war unnötig wie ein Kropf. Eine Buchpräsentation in München! Warme Geleitworte für das Machwerk einer weit entfernten Bekannten – mindestens so weit wie die bayrische Landeshauptstadt. Und da Katinka einen Dienstwagen besaß – ein Dienstwägelchen, Pardon –, konnte sie ihre Sponsoren schlecht auch noch um Freiflüge anbetteln. Anders die Situation am Wochenende, da ging es per Flugzeug nach Brandenburg ins Trainingslager. Aber das wurde ja auch vom DLV bezahlt, Anreise der Athleten inklusive. Eichelscheid und Harboth übernahmen lediglich die Zusatzkosten für mich.

Schneeregen auf der Alb. Hinter Ulm ein Unfall. Aquaplaning wahrscheinlich, oder ein Streit bei 140 Stundenkilometer.

Und Nanuschka?

Wir mieden das Thema. Was hätte es auch groß zu reden gegeben? Dass jemand das Tier nur aus Versehen überfahren hatte, glaubte keiner von uns. Nanuschka war mit voller Absicht getötet worden, möglicherweise nicht einmal am Fundort. Nein, korrigiere: mit ziemlicher Sicherheit nicht am Fundort. Bis das Kätzchen der Glücks sich bequemte, direkt vorm Haus den Bürgersteig zu wechseln, hätte man sich eine ganze Menge von Nächten um die Ohren schlagen müssen. Die wahrscheinlichste Variante war die: Ein Unbekannter strolcht in der Dunkelheit um Katinkas Haus herum, mit dem Auftrag, den Bewohnern einen gehörigen Schrecken einzujagen. Welchen? Mal sehen. Rüttle ich ein wenig an den Rollläden? Werfe ich eine Fensterscheibe ein, kokle ich an der Markise herum? Ach, da ist ja die Mieze der Kleinen. Zack, kriegt das Vieh eins über den Schädel, dann wird es vorm Haus auf den Asphalt gelegt, rein ins Auto, sauber zielen … Puh, wie die kleinen Knochen krachen!

Wieder schielte ich zu Katinka hinüber. Gut, dass sie nicht Gedanken lesen konnte.

»Was wäre denn«, fragte ich, als wir noch eine Stunde zu fahren hatten, »wenn du auf den Start in London verzichten würdest? Nur mal rein theoretisch?« Es war eine Art Versöhnungsangebot, auf das sie nicht einging.

»Dieser Fall wird nicht eintreten. Niemals.«

Okay, dann halt nicht. Bis zur Stadtgrenze München fiel keine weitere Silbe zwischen uns.

Auch danach beschränkten wir uns auf organisatorischen Minimalismus: »Zum Hotel?« – »Hm.« – »Zentrum?« – »Geradeaus.« Der Olympiaturm grüßte aus dichtem Wolkenumhang. Wir grüßten nicht zurück.

Immer diese modernen Ehen, dachte der Portier wahrscheinlich, als er uns die Schlüssel reichte. Nichts als Probleme, Probleme.

Der Aufzug brachte uns hoch in den achten Stock. Schweigend durchquerten wir die Flure, der Teppichboden dämpfte unsere Schritte. Katinka zog ihren Rollkoffer hinter sich her, ich trug meinen Rucksack über einer Schulter.

»Um halb sieben hole ich dich ab«, sagte sie an der Tür zu ihrem Zimmer.

»Kein Lauf heute?«

»Laufband. Unten gibt es einen Fitnessraum.« Damit ließ sie mich stehen.

Ich drehte mich um und sah aus dem Fenster. Sicher, es regnete, aber seit wann ließ sich eine Katinka Glück von etwas Niederschlag aufhalten? Und dass sie heute keine Lust auf meine Begleitung hatte – geschenkt. Wenn ich drei Schritte hinter ihr herfuhr, merkte sie überhaupt nichts von meiner Anwesenheit.

Ach, Katinkalein …

Seufzend schloss ich meine Tür auf. Dass die Leute aber auch so an ihren Haustieren hingen! Nun, das war ungerecht, und ich wusste es. Für Katinkas schlechte Laune war ja weniger der Tod von Nanuschka verantwortlich als die Botschaft, die dahinter stand. Die eiskalte Drohung: erst das Kätzchen, dann vielleicht du …

Ob sie sich das mit London doch noch überlegte?

Dieser Fall wird nicht eintreten, Max. Niemals.

Schön gesagt, Katinka. Aber was dann? Wie ging es weiter, wer kam als Nächstes? Sie hatte zwei Kinder, einen Mann, Freunde. Sie war jung, verletzlich, sie hatte eine Menge zu verlieren.

Und nur einen Beschützer auf dieser Welt.

»Max Koller«, sagte ich mit rauchiger Stimme und genoss die wohligen Schauer, die über meinen Rücken jagten.

Dann fiel mein Blick auf den Garderobenspiegel, und vorbei war's mit den Schauern. Aus dem Spiegel glotzte mir einer entgegen, der an alles Mögliche erinnerte, nur nicht an einen Beschützer.

Wie Sie aussehen, Herr Koller …!

Herrje, dieser Kerl brauchte selbst Hilfe!

Ich warf meinen Rucksack in eine Zimmerecke. Heute Abend ein Wildschweinbraten, ich schwor es mir. Und wenn ich dafür einmal quer durch München laufen musste! Meine linke Gesichtshälfte war eine impressionistische Farbstudie, es gab Schrammen und Abschürfungen und Beulen und Schnitte … einfach alles, was gut und teuer war. Als lebendes Modell für Maskenbildner hätte ich was hergemacht. Aber als Beschützer?

Stöhnend ließ mich aufs Bett fallen. Lieber nicht so genau hinschauen. Außerdem war Katinka eine Zicke, die glaubte, nur weil sie verdammt schnell von A nach B laufen konnte, liege ihr die halbe Welt zu Füßen. Und reiße sich, beispielsweise, darum, freiwillig in aller Herrgottsfrüh zu ihr auf den Berg zu strampeln. Wenn sie auf meine Dienste verzichten konnte – bitte.

Als ich wieder aufwachte, war es vier Uhr durch. Ich ging auf die Suche nach dem Fitnessraum, fand ihn im Untergeschoss, stemmte ein paar Gewichte, trampelte lustlos auf dem Crosstrainer herum. Katinka war nirgends zu sehen. Mich beachtete keiner; anscheinend waren Visagen wie die meinige hier gang und gäbe. Anschließend duschte ich, blätterte in der Fernsehzeitschrift herum und schlug die Zeit tot, bis Katinka an meine Tür klopfte.

Aber eigentlich war es nicht Katinka. Sondern eine androgyne Schöne im sandbraunen Pullover mit weitem Rollkragen. Unter langen Wimpern leuchtete ein Paar meergrüner Augen.

»Wow«, sagte ich. »Kennen wir uns?«

13

Aber um Katinka ein Kompliment zu machen, hätte man schon zu einer anderen Formulierung greifen müssen. Zu einer drei Mal ausführlicheren und zehn Mal eindeutigeren, nehme ich an; danach hätte man eine Schleife drumherum binden und einen Strauß Blumen beilegen müssen. Von einer Besserung ihrer Laune war jedenfalls nichts zu spüren, nicht auf der Fahrt durch die Stadt und auch nicht, als wir endlich am Gasteig angekommen waren.

Burgartig lag das Münchner Zentrum für Hochkultur über der Isar. Ich stellte den Smart in der Tiefgarage ab, dann fuhren wir gemeinsam mit dem Aufzug nach oben. Katinka trug eine große Handtasche über der Schulter, an der sie ständig herumfummelte. Mal kontrollierte sie, ob sie nichts vergessen hatte, mal kramte sie ein Taschentuch hervor, mal probierte sie nur die Verschlüsse aus. Anschließend hängte sie die Tasche über die andere Schulter.

Interessant. So nervös kannte ich meinen Schützling gar nicht. Vor dem Wettkampf in Karlsruhe war sie angespannt gewesen, aber konzentriert: Tunnelblick. Bevor sie aus dem Aufzug trat, atmete sie tief durch. Schade, dass sie nicht in ihren Trainingssachen steckte. Unter all den Schlipsträgern hätte das bestimmt Eindruck gemacht.

In der Riesenburg Gasteig gab es einen Riesensaal für Orchesterkonzerte, einen kleinen Saal für Kammermusik und einen klitzekleinen für den Rest. Während die Upper Class zu den Philharmonikern strebte, steuerten wir das Puppenstübchen an. Den Smart unter den Sälen, dachte sich Mr. Superwitzig Koller. Lediglich eine gut bestückte Loungebar neben dem Eingang versprach Trost und Ablenkung.

»Dir macht es ja nichts aus, wenn ich draußen warte?«, sagte ich, eine Hinterbacke auf einen Barhocker schiebend.

Katinka zuckte die Achseln.

»Außerdem habe ich von hier aus alles im Blick.« Seitlich der Lounge hing ein Monitor, der das Geschehen im Inneren des Saales live übermittelte. Falls eine Veranstaltung aus den Nähten platzen sollte, nahm ich an. Ich sah zwei Saaldiener die Stühle auf einem Podium zurechtrücken, Wassergläser füllen, Blumenschmuck platzieren.

»Dann viel Spaß.«

Weg war sie. Und mit ihr das Parfüm, das sie aufgelegt hatte, das ihre Nervosität aber nicht überdecken konnte.

»Was darf's sein?«, fragte der Barkeeper.

»Ich muss noch Auto fahren. Deshalb nur einen einfachen Whisky.«

Oben auf dem Monitor erschien Katinka. Sie sprach mit einem silbermähnigen Herrn und den Saaldienern, Hände wurden geschüttelt, Kleinigkeiten der Sitzordnung korrigiert. Mein Whisky kam: ein Lagavulin, Empfehlung des Barkeepers. Während mich seine Blume in der Nase kitzelte, beobachtete ich die vorbeiflanierenden Gäste. Die meisten hatten wohl das Philharmonikerkonzert im Sinn, einer erwähnte das Konservatorium, das sich auch irgendwo innerhalb des Gebäudekomplexes befinden musste, und hin und wieder betrat sogar einer den Raum der Buchvorstellung.

In der Lounge dagegen war überhaupt nichts los. Wahrscheinlich wurde sie erst in den Pausen gestürmt, wenn die von Musik und Vorträgen ausgetrockneten Gasteigbesucher nach Erfrischungen lechzten. Der Barkeeper kontrollierte irgendwelche Abrechnungen, und ich hatte Gelegenheit genug, über Gott und die Welt nachzudenken.

Bis zu dem Augenblick, als sich eine ältere Frau zu mir an die Bar gesellte und den Blick nicht von meinem Glas wenden konnte.

»Ist der gut?«, fragte sie mich mit auffallend tiefer Stimme.

»Exzellent wäre untertrieben.«

»Dann nehme ich auch so einen. Aber einen doppelten, damit ich diese grässliche Veranstaltung überlebe.«

Seufzend ließ sie sich auf einem Barhocker nieder, legte ihre Handtasche auf den Tresen und begann sie auszuräumen. Eine Bürste, ein Lippenstift, mehrere Tablettenschachteln und diverse Papiere wurden ins Freie befördert. Lippenstift und Bürste kamen zum Einsatz, ebenso eine Tablette. Als ihr Getränk kam, säuberte sie gerade ihre überdimensionale Brille mit einem Brillenputztuch.

Wir prosteten uns zu. Ich schätzte sie auf 60 bis 70 Jahre, doch die rot gefärbten Haare und reichlich Schminke konnten den Eindruck verfälschen.

»Es geht mich ja nichts an«, mischte sich der Barkeeper ein, »aber wenn Sie Alkohol trinken, sollten Sie mit Tabletten vorsichtig sein, gnädige Frau.«

»Tabletten?« Sie starrte ihn mit ihren großen, vom Brillenglas unnatürlich verzerrten Augen an. »Ach, die meinen Sie? Das Zeug ist harmlos.«

Der Barkeeper hob die Brauen. Mit dem Zeigefinger zog er eine der Schachteln zu sich heran, nahm sie in die Hand und betrachtete sie eingehend. »Harmlos?«

Die Dame begann zu kichern. »Schauen Sie mal auf das Haltbarkeitsdatum, junger Mann. Damals waren Sie noch nicht geboren.«

Ich ließ den Whisky in meinem Glas kreisen. Die Bühne oben auf dem Monitor war leer; ab und zu sah man im Vordergrund einen Kopf und Schultern vorbeihuschen, wenn ein Besucher seinen Platz einnahm. In einer Viertelstunde würde die Veranstaltung beginnen.

»Müssen Sie da auch rein?«, fragte die Alte, die meinen Blick bemerkt hatte.

»Nee, ich darf schwänzen.«

»Sie Glückspilz«, seufzte sie. »Ich war schon drauf und dran, dem Taxifahrer zu sagen, er solle umkehren. Aber man hat ja seine Verpflichtungen.«

Ich grinste. Wegen ihrer Leidensmiene, und weil sie mich einen Glückspilz genannt hatte. Glücksritter, Glücksjunge, Glücksspieler – mit Katinkas Namen ließen sich hübsche Wortspiele anstellen. Auch wenn gerade Eiszeit zwischen uns herrschte.

Achselzuckend legte der Barkeeper die Pillenschachtel auf den Tresen zurück. Man musste kein Hellseher sein, um zu erahnen, was er von der Alten hielt. Die kramte weiter in ihrer Handtasche herum.

»Verpflichtungen?«, nahm ich ihr letztes Wort auf. »Klar, die hat jeder. Aber man kann alles übertreiben. Irgendwann reicht es, und deshalb verzichte ich gern auf so eine dämliche Lesung.«

Groß und rund ruhten ihre Augen auf mir. »Da haben Sie recht«, nickte sie langsam. Und dann, als fiele es ihr eben erst auf: »Was haben Sie mit Ihrem Gesicht gemacht?«

»Sport.«

»Boxen?«

»Radfahren plus Bodenturnen.«

»Aha.«

»Wenn Sie einen mit mir trinken, erzähle ich Ihnen die Geschichte. Da warten noch einige Whiskys darauf, probiert zu werden.«

Keine Ahnung, warum ich das sagte. Ich spürte, dass ich Lust hatte, mich mal wieder so richtig zu besaufen; aber seit wann brauchte ich dazu Gesellschaft? Lieber ohne Zeugen vom Stuhl rutschen. Ja, wenn die Dame 40 Jahre jünger gewesen wäre! In Katinkas Alter zum Beispiel.

»Ich würde gern«, sagte sie ernsthaft. »Das können Sie mir glauben. Ich fürchte bloß …«

Sie sah auf, denn wir waren nicht mehr allein. Ein distinguierter älterer Herr – derselbe, mit dem sich Katinka eben im Saal unterhalten hatte, ich erkannte ihn an seinem Silberhaupt – trat mit ausgebreiteten Händen auf uns zu.

»Da sind Sie ja, Frau Werner! Warum kommen Sie nicht herein? Wir fangen gleich an!«

Der Hilfe suchende Blick, den sie mir zuwarf, sagte alles. Ich hörte sie den Namen des Mannes oder wenigstens einen Teil davon stottern, während sie gleichzeitig aufstand und nach ihrem Whiskyglas tastete. »Wenn es sein muss …«

»Frau Glück wartet auch schon sehnsüchtig auf Sie!«

»Na, dann …« Mit einer energischen Bewegung kippte sie sich den restlichen Whisky hinter die Binde. Als sie das Glas zurückstellte, hätte sie um ein Haar den Tresen verfehlt, weil sie ihre runzligen Backen bereits dem Distinguierten hinhielt, der sie auch gleich mit gespitzten Lippen zu bearbeiten begann. Der Barkeeper verfolgte das Spektakel so lange mit schräg gelegtem Kopf, bis er einen Zehneuroschein zugesteckt bekam. Schwupp, saß der Kopf wieder grade auf dem Hals.

»Einen schönen Abend noch«, seufzte die rothaarige Dame. »Und wenn ich Ihnen einen Tipp geben darf: Schreiben Sie niemals ein Buch!«

Damit ging sie, von Häuptling Silberlocke sicher geführt. Beide verschwanden im Eingang zum kleinen Saal.

»Kannten Sie die Frau?«, fragte ich den Barkeeper. Der schüttelte den Kopf.

In einer Hosentasche fand ich den zerknitterten Flyer

der Veranstaltung, den mir Katinka schon vor einer Woche gegeben hatte. Das Buch hieß »Im Sumpf«, es ging um Doping und seine Folgen, und die Autorin hieß Daniela Werner-Buttgereit. Einstige Weltklasseschwimmerin und Teilnehmerin an den Olympischen Spielen in München und Montreal. Geboren in Karl-Marx-Stadt.

»Wenn sie wenigstens gesächselt hätte«, dachte ich melancholisch und nahm einen Schluck Whisky.

Auf dem Monitor tat sich etwas. Katinka, meine Barbekanntschaft und der Silbermähnige nahmen auf dem Podium Platz. Ich hörte Applaus, und zwar lustigerweise sowohl aus dem Saal als auch, etwas zeitversetzt, aus den Bildschirmlautsprechern. Dann wurden die Türen geschlossen, und vorbei war es mit der Echowirkung.

»Hallo?« Ich schnippte nach dem Typen hinter dem Tresen. »Entschuldigung, kann man den Ton etwas lauter stellen?«

Schweigend tat er mir den Gefallen. Ich war sein einziger Gast, und daran sollte sich im Verlauf der nächsten Stunde auch nichts ändern. Was noch an Publikum in den Gasteigfluren unterwegs war, strebte den Toiletten zu und anschließend ins Konzert. Über uns schickte Häuptling Silberlocke seine Begrüßungsworte durch den Saal. Sie waren genauso gepflegt wie er selbst und ohne jeden Anspruch auf Originalität. Katinka übernahm. Anders als ihr Vorredner versuchte sie es erst gar nicht mit komplizierten Sätzen und bedeutungsschwangeren Vokabeln, sondern kam schlicht und direkt auf den Punkt: dass Frauen wie Daniela Werner-Buttgereit ein Vorbild für sie seien. Nicht aufgrund ihrer sportlichen Leistungen – deswegen natürlich auch –, sondern wegen ihres persönlichen Mutes und ihrer Bereitschaft, über den Tellerrand zu blicken. Mit dem Teller, so viel war klar, meinte sie den Sport selbst, das Schinden und

Überwinden. Was sich ihrer Meinung nach allerdings jenseits des Randes befand, ließ sie offen.

»Familie«, erklärte ich dem Barkeeper mit erhobenem Glas. »Freunde und Blutsbrüder. Das wahre Leben, capito?«

Er nickte.

Katinkas klare Stimme, ihre konzentrierte Art zu sprechen, waren ein Genuss. Da der Monitor stets nur die Bühnentotale zeigte, ließ sich ihre Mimik bestenfalls erahnen. Trotzdem machte sie eine prima Figur. Als sie fertig war, hätte ich beinahe mitgeklatscht.

»Ich nehme noch so einen«, signalisierte ich dem Barkeeper. Auf dem Tresen entdeckte ich ein Tablettenröhrchen, das Frau Werner bei ihrem überhasteten Aufbruch vorhin vergessen haben musste. Irgendwie machte das Ding einen hoffnungslos altmodischen Eindruck. Die Aufschrift, die Farben, das leicht vergilbte Etikett … Trotzdem musste ich beim Haltbarkeitsdatum zweimal hinschauen, bevor ich es glaubte: Die Pillen stammten aus den Siebzigerjahren!

»Dianabol«, las ich. »Wird so was heutzutage noch genommen?«

Der Barkeeper, der mir den Whisky brachte, zuckte mit den Achseln. Erst jetzt fiel mir auf, wie muskulös er war. Ich zwinkerte ihm zu. Na komm, Alter, kannst mir ruhig verklickern, wie das so läuft bei euch in der Muckibude!

Keine Reaktion.

Der Monitor. Max, lass dich nicht ablenken! Oben hatte die ehemalige Schwimmerin mit ihrem Vortrag begonnen. Überraschenderweise war ihre Stimme genauso klar und deutlich wie die Katinkas, da gab es kein Wackeln und kein Zittern. Beim Betreten des Saals musste die Dame einen Konzentrationsflash abbekommen haben. Oder es lag am Whisky.

»Kennen Sie die Geschichte mit Honecker und seinem Hund?«, fragte Daniela Werner-Buttgereit.

Ich kannte sie nicht und das Publikum im Saal offenbar auch nicht. Es war eine lustige Geschichte, vielleicht sogar für den Hund, leider kam danach nur noch wenig zum Lachen. Eigentlich gar nichts mehr. Die Werner erzählte von ihrer Zeit in der DDR bis 1979, von ihrer Zeit in der BRD seit 1979, und in ihrer Darstellung schrumpfte der Unterschied zwischen den beiden Systemen auf den Transportweg der Dopingmittel. Im Osten schwor man auf Kombinatsware von Jenapharm, im Westen orderte man direkt bei der Ciba AG.

Ciba? Tatsächlich, auf dem vergessenen Medikamentenröhrchen fand ich den Namen der Basler Firma, die längst ganz anders hieß. Neuer Name, neues Image, und das war auch dringend nötig gewesen, nachdem man zwischenzeitlich den halben Rhein vergiftet hatte. Zum Wohle der Menschheit.

Aber weiter im Text. Was nach 1986 noch an Fischen im Rhein schwamm, war krank, deformiert, entstellt, toxisch. Da sah es in der DDR kaum besser aus. Die einstigen Goldfische des Arbeiter- und Bauernstaats, Weltklasseschwimmerinnen allesamt, plagten sich mit Rückenproblemen, Hautproblemen, Herzproblemen herum. Wer schlau war, hatte dem Leistungssport mit 20 Jahren Adieu gesagt. Wer noch schnell ein paar Weltrekorde schwamm, war heute Dauergast bei den Krankenkassen. An den Fingern ihrer großen Hände zählte die Werner das Arsenal der Spätfolgen ab: Leberschäden, Nierentumore, Herz-Kreislauf-Krankheiten, Lungenembolien, Unfruchtbarkeit, Eierstockzysten, Schwangerschaftsstörungen, Prostatakrebs, Stoffwechselprobleme, Fehlgeburten … Die Finger reichten nicht. Ganz zu schweigen von den Frauen, die ihr Frausein abgelegt hatten. Virilisierte Wesen, Zwitter, nicht mehr weiblich und noch nicht Mann. Es sei denn, sie ließen sich das neue Geschlecht nachträglich operativ bestätigen.

Und im Westen?

»Es mag zynisch klingen«, sagte die Werner mit ihrer tiefen Stimme, »aber das systematische Staatsdoping der DDR hatte auch was Gutes. Man stand nämlich unter Aufsicht. Anders als die West-Konkurrenz, die quasi zum Selbstversuch gezwungen war.«

Und der konnte schon einmal tödlich enden, wie bei jener Siebenkämpferin aus Mainz, die alles geschluckt hatte, was schnell, stark und zäh machte. 116 verschiedene Medikamente waren es vor ihrem dreitägigen Todeskampf, und wofür? Um einmal unter den Top Ten ihrer Disziplin zu sein.

»Hier«, sagte Daniela Werner-Buttgereit, und ich sah, wie sie ihre Handtasche zückte und darin zu kramen begann. »Ich habe Ihnen ein paar der gängigsten Mittel von damals und heute mitgebracht. Das meiste rezeptpflichtig, aber inzwischen bekommen Sie alles im Internet.« Sie hielt nacheinander einige Gläschen und Schächtelchen in die Höhe. »Das sind die berühmten blauen Pillen Oral-Turinabol aus Jena, das DDR-Hausmittel. Dann Stromba aus dem Arzneischrank der Siebenkämpferin, unter Bodybuildern immer noch gern genommen. So sieht Glenbuterol aus, das Kälbermastmittel, und das hier … Warten Sie …« Sie kramte, aber vergeblich. »Tut mir leid, da war noch ein Röhrchen Dianabol aus den Siebzigern, aber das scheine ich verlegt zu haben.«

Sofort schnappte ich das Röhrchen und hielt es nach oben, direkt vor den Monitor. Die Werner reagierte nicht.

»Was meinen Sie?«, fragte ich den Barkeeper. »Soll ich rein und es ihr bringen?«

Der Typ musterte mich kurz, dann schüttelte er den Kopf.

Also gut, lassen wir es. Die alte Dame steuerte ohnehin auf ihr Schlusswort zu.

»Wenn ich etwas nicht mehr hören kann, dann die Versicherung, dass Doping nur bestimmte Sportarten beträfe. Vergessen Sie's. Fußballer dopen, Wintersportler, Eishockeyspieler, Handballer. Im Marathon der Männer purzeln gerade die Weltrekorde. Wieso eigentlich? Dauernd verrecken Turnierpferde an plötzlichem Herzversagen.« Sie schaute nach links, wo Katinka saß. »Lassen Sie mich zum Abschluss an zwei DDR-Kolleginnen erinnern, die schon in jungen Jahren ohne ihr Wissen gedopt wurden. Beide haben eine behinderte Tochter. Sorgen Sie dafür, dass so etwas nie wieder vorkommt.«

Aha. Das war also der Grund, warum Katinka den weiten Weg nach München auf sich genommen hatte. Die Solidarität der Mütter. Und darauf spielte auch die Sache mit dem Tellerrand an: Es war eine Sache, dieses schwer verdauliche Süppchen aus Bestleistungen und Extrembelastungen auszulöffeln. Eine ganz andere war es, wenn da noch weitere Beteiligte mit am Tisch saßen. Ehemänner, Kinder, Enkel.

Ich schaute tief in mein Whiskyglas. Versuchte die bernsteinfarbene Flüssigkeit mit meinem nicht mehr ganz so messerscharfen Blick zu analysieren. Alles sauber, würde ich mal sagen. Ein Schluck, und das Glas war leer. Aber was muss das für ein Gefühl sein, wenn du erfährst, dass du als Jugendliche von deinen Trainern mit diesem Gift vollgepumpt wurdest. Wenn du dich jetzt, 20 oder 30 Jahre später, fragst, was es noch in deinem Körper anstellt. Oder in dem deiner Kinder. Ob es dich langsam auffrisst. Ob es deine Zellen zerstört, dein Blut, deine Nerven. Oder ob es erst in der nächsten Generation zuschlägt.

Mama, warum kann ich nicht richtig laufen?

Ich schüttelte mich. Jetzt nur nicht sentimental werden! Erstens hatten die meisten DDR-Sportler vermutlich gewusst, worauf sie sich einließen, zweitens war noch lange nicht ausgemacht, welche Erkrankung woher rührte, und drittens war das alles überhaupt viel zu kompliziert für einfache Gemüter wie mich. Ich konnte nur eines: geradeaus Fahrrad fahren, und auch das nicht besonders gut.

Nachdenklich drehte ich das Pillenbehältnis in meinen Fingern. Was man so nachdenklich nennt, nach zwei Whisky auf nüchternen Magen.

Ob die Geschichte mit Honeckers Hund stimmte?

Testosteron soll ja stark machen. Den Mann in dir wecken, der seit der Pubertät still vor sich hindämmert. Nebenwirkungen drohen nur bei regelmäßiger Einnahme. Ich öffnete den Schraubverschluss und ließ eine Handvoll Pillen auf den Tresen fallen. Der Barkeeper schaute interessiert.

Weiße Pillen, kreisrund. Könnte auch Aspirin sein. Ein Vitaminpräparat. Oder was gegen Grippe.

Als ich hörte, wie sich die Saaltüren öffneten, legte ich rasch eine Getränkekarte über die Tabletten und schraubte das Röhrchen wieder zu. Unter den Ersten, die ins Freie strebten, war die Autorin. Mit einem Seufzer, so lang wie eine 50m-Bahn, ließ sie sich auf ihrem angestammten Hocker nieder.

»Gott sei Dank«, stieß sie hervor. »Das wäre überstanden.« Ihre Hände zitterten, als sie dem Barkeeper winkte.

»Das hier haben Sie liegen lassen.« Ich reichte ihr das Röhrchen. »War kurz am Überlegen, ob ich es Ihnen reinbringen soll, aber ich hasse diese Menschenmengen noch mehr als Sie.«

Sie nickte. Die Pillen wegsteckend, bestellte sie einen doppelten Whisky. »Hatten Sie eine schöne Zeit hier draußen?«

»Langeweile kam nicht auf.« Ich zeigte zum Monitor. »Beeindruckender Vortrag. Sagen Sie, wirkt das Zeug nach über 30 Jahren immer noch?«

»Das Dianabol? Würde mich wundern. Obwohl, bei der legendären Schweizer Gründlichkeit …« Sie fuhr zusammen. »Was ist denn?«

»Aber Frau Werner«, flötete Häuptling Silberlocke aus dem Hintergrund. »Sie müssen doch noch signieren! Das Volk wartet auf Sie.«

Hinter ihren Brillengläsern flatterten die Augenlider. Sie atmete tief durch, hielt vergeblich nach dem bestellten Whisky Ausschau und erhob sich schließlich. »Signieren oder resignieren«, murmelte sie. »Das ist hier die Frage.«

Kaum waren die zwei außer Sicht, gönnte ich mir die Handvoll. Der Barkeeper tat, als habe er nichts bemerkt.

14

Vor 40 Jahren wurden die Olympischen Spiele einer Verjüngungskur unterzogen. Zum ersten Mal darf eine Frau die entscheidenden Worte sprechen. Die Frau ist 22 Jahre alt, sie heißt Heidi Schüller und trägt einen atemberaubend knappen Rock. Vor allem aber macht sie kein Hehl daraus, was sie vom olympischen Gelöbnis hält. Nonchalant, im Stil eines Teenagers, der ein Gedicht vorträgt, leiert sie den Text herunter und kratzt sich dabei immer wieder an der Backe.

An der linken Backe. Heidi Schüllers rechte Hand umklammert einen Zipfel der Deutschlandfahne.

Im Namen aller Wettkämpfer gelobe ich,
dass wir in fairem Wettstreit
an den Olympischen Spielen teilnehmen …

Sie schaut auf. Der Fahnenträger neben ihr verzieht keine Miene.

… teilnehmen
und die für sie geltenden Regeln achten
und befolgen werden.

Wieder schaut sie hoch. Backe links. Das Sonnenlicht spielt auf ihren langen Beinen.

»*Achten*?«, fragt sie den Fahnenträger.

Nichts.

»*Die Regeln achten und befolgen*?«

Die schöne Heidi schüttelt den Kopf. Ihr Haar flattert im olympischen Wind. Alles an ihr ist Unruhe, von den tänzelnden Füßen bis zu den nervösen Fingern ihrer freien Hand.

»Ey«, sagt sie, und das Mikrofon überträgt die Silbe bis in den hintersten Winkel der Fernsehwelt. »Ey«, sagt sie, »das ist doch peinlich.«

Der Fahnenträger, ein Zweimeterhüne, blickt starr geradeaus.

»*Im Geiste sportlicher Fairness* – dass ich nicht lache!« Und sie lacht tatsächlich, es kommt über sie wie die Heiterkeit der Heiligen, ein Glucksen, das schon heraus ist, bevor die rasch zum Mund geführte Hand es einfängt. »*Zum Ruhme*«, prustet Heidi, »*zum Ruhme des Sports* …! Ist das nicht beknackt? Ist das nicht superbeknackt, Leute?«

Und sie lässt die Fahne los, schüttelt lachend den Kopf, greift sich an die Stirn, verlässt unter Gekicher das große olympische Podium. Ihre Beine so lang. Die Schuhe mit hohen Absätzen. Die lachende Münchner Sonne.

Der große Lümmel neben ihr hat sich nicht von der Stelle gerührt.

Ja, so war das, damals, im August 1972, unter dem Glasdach des neuen Münchner Stadions.

Was aber keiner weiß: dass ich Heidis Fahnenträger war, ich, Max Koller, der Riese unter den Privatdetektiven. Während die Schöne spricht, halte ich die Fahnenstange mit beiden Händen und presse ihr Ende fest gegen meinen Hosenlatz, auf dass nicht hervorspränge, was sich da groß und immer größer lümmelt.

Und dann geht es los mit den Spielen, mit dem Theater Ost gegen West, Schwarz gegen Weiß, Jenapharm gegen Ciba-Geigy. Es fallen Rekorde und Bestleistungen, Wolfermann/West gewinnt mit zwei Zentimetern Vorsprung gegen Lusis/Ost, Stecher/Ost sprengt den Weltrekord doppelt. Zwei Amerikaner verschlafen das Sprintfinale: keine geballte Black-Panther-Faust auf dem Siegerpodest. Dafür ballt es sich in meiner Hose. Ich bin der Fahnenträger, dem der Reißverschluss platzt. Wo ist die schöne Heidi? Warmlaufen für die 110 Meter Hürden. Andere sind bereits heiß gelaufen, zum Beispiel ich. Startschuss: keine Chance für den schönsten aller Olympiaeide gegen die stark behaarte Anabolikakonkurrenz. Neben Heidi reiße ich eine Hürde nach der anderen um, es geht um Ruhm und Ehre, um Ausreisevisa aus dem Arbeiterbauernsportlerstaat, vor allem aber geht es um Triebbewältigung. Fort mit dem Zeug! Noch nie war ich so stark, so männlich erregt. Die Fahne zeigt mir den Weg, ich laufe ihr einfach hinterher. Durchstoße die Ziellinie, pfähle die Zeit. Am Ziel aber bin ich noch lange nicht. Ich brauche weitere Befriedigung, Befriedigung durch Gold, brauche den Aufschrei der Massen, die Wut der Unterlegenen. Wusste gar nicht, wie viel Hass ich plötzlich empfinden kann. Guten Hass, kraftvoll rekordgeilen Hass.

Doch mich blendet die Münchner Sonne. Ab in die Katakomben! Wo es nach Tod riecht, nach Fäulnis der Körper. Strotzend vor Kraft torkle ich durch die Gänge. Remple eine Kugelstoßerin an, die sich gerade ihrer akneübersäten Haut entledigt. Ja, sie zieht sie einfach aus, dass rechts und links der Talg tropft. Die Haut darunter ist glatt und rein und trägt den Stempel – doch, doch, ich sehe es genau – trägt den Stempel von Jenapharm. Ihre Kollegin rasiert sich, aber der Bart wächst schneller, als der Rasierer pflügt. Zwischen den Beinen quillt es hervor wie Unterholz, auch die Schultern sind dunkel überwuchert.

»'tschuldigung«, sage ich und will mich vorbeidrücken.

»Die Dosis«, dröhnt eine tiefe Stimme hinter mir. »Auf die Dosis kommt es an!«

Ich fahre herum. Was erlaubt sich der Kerl – ich korrigiere: die Kerlin – mit seinen großen Händen – korrigiere: mit ihren Händen – an meiner Fahne herumzufummeln? Entscheide dich erst, ob du Mann oder Weib bist! Ohne Brüste kannst du nicht mehr bei den Frauen starten. Seit wie vielen Monaten bleibt deine Blutung aus? Du hast ein Kreuz wie ein Kleiderschrank, trotzdem bin ich stärker als du.

»Fass mich nicht an!«, schreie ich und ramme dem Pharmaprodukt meine Fahne in den Bauch. Ebenso gut hätte ich gegen die Berliner Mauer anrennen können. Das Mannweib holt aus und wischt mir eine, dass ich rücklings gegen eine Stahltür stolpere. Mit quietschenden Angeln gibt die Tür nach. Ich purzle hinterher.

»Zur Brustabnahme?«, kreischt es über mir. »Hinten anstellen!«

Der Raum ist voller Männer. Gewichtheber, die zu viel von dem haben, was den Frauen draußen fehlt. Wer entlassen wird, tastet vorsichtig nach der Operationsnarbe unter seinen Brustwarzen. Gott würfelt nicht, aber der Mensch würfelt mit seinen Chromosomen.

Das Gesicht eines Äskulapjüngers schiebt sich in mein Blickfeld. »Oder kommen Sie zur Hodenvergrößerung? Das kann dauern, junger Mann! Das kann dauern.«

»Was gehen dich meine Hoden an?« Weg mit dem Kerl! »Meine Hoden sind groß genug, verstehst du? Gigantisch sind die!«

Neidische Blicke der Gewichtheber. Besser, ich verschwinde von hier.

Im nächsten Raum liegen Leichen. Fein säuberlich übereinandergestapelt und enthaart, bleiche Schaufensterpuppen, denen der Schädel mit einem Dosenöffner aufgeschnitten wird. »Das Hirn«, doziert der leitende Mediziner, »auf das Hirn kommt es an. Und da auf die kleinsten Bestandteile.« In seiner Montur – Frack, Zylinder, weiße Handschuhe – sieht er aus wie ein Zauberer, und wie ein Zauberer klaubt er eine winzige Drüse aus dem hinteren Teil eines klaffenden Schädels. »So ein Dingelchen nur, doch in ihm liegt das Geheimnis unseres Wachstums. Und wer von uns wollte nicht wachsen? Der längere Arm wirft den weiteren Speer. Je dicker der Muskel, desto goldener die Medaille. Wer möchte ein Tröpfchen?« Alle Anwesenden heben die Hand. Reihum geht der Zauberer und presst etwas Drüsensekret in die geöffneten Münder der Athleten. Und siehe da, schon geht es los mit dem Wachstum. Bei dem einen schwillt die Nase, beim anderen die Hände. Ohren plustern sich mächtig auf, Zähne werden zu Hauern, Unterkiefer stoßen vor in die Tiefe des Raumes.

Bevor ich an der Reihe bin, werde ich abgelenkt. Da sind Geräusche, Geräusche von nebenan. Muht da nicht etwas? Seit wann gibt es Milchtiere in den Stadionkatakomben des

IOC? Schnell um die Ecke lugen. Tatsächlich, da stehen Kälber, wohlgenährte, offenbar urbayrische Wonneproppenkälber. Ein Anblick zum Dahinschmelzen! Während es draußen trachtenzugmäßig von den Olympiaparkhügeln böllert und kracht, schmatzen hier unten kulleräugige Mastviecher. Sie kennen nicht die Mühsal des Graszupfens; die Kraft kommt als Futterbrei direkt in ihre Mäuler. Und beim Schmatzen sind sie nicht allein. Die hübschesten, schlanksten, blondesten Sportlerinnen hängen, Maul voraus, über den Mastfuttertrögen der Kälber und schlürfen mit ihnen den Brei. Wollen auch mal Kälber sein: glückliches Schlachtvieh mit Knopf und Nummer im Ohr.

»Und Sie?«, fragt mich die Blondeste der Blonden, die eben aus dem Trog auftaucht. Reste von Mastsuppe hängen in ihren Mundwinkeln. »Was nehmen Sie?«

»Whisky. Reinen schottischen Whisky. Sehr zu empfehlen.«

»Clever.«

»Darf ich Sie etwas fragen?«

»Nur zu.«

»Mir ist aufgefallen, dass Sie wie eine Frau aussehen.«

»Ich bin ja auch eine.«

»Aber die anderen da draußen …«

»Ach, die! Das sind doch keine Frauen.« Lachend wischt sie sich einen Spritzer Mastbrei vom hautengen Sprinteranzug, der über ihrer Brust spannt. »He, was glotzen Sie so? Wenn Sie sich abreagieren müssen, gehen Sie nach nebenan.«

»Was heißt hier müssen? Das ist die Natur. Ich bin ein Mann, Sie allem Anschein nach eine Frau …«

»Natur!«, lacht sie spöttisch. »Auf welcher Wolke leben Sie denn? Hier ist nichts Natur. Gar nichts!« Schon hängt sie ihr Pferdegesicht wieder über den Futtertrog. Konzentriertes Wiederkäuen erfüllt den Raum.

Ich aber bin gekränkt. Wo ist meine Fahne? Dir werde ich's zeigen, du blondes Masthühnchen! Hast du meine Fahne gesehen? Sie ist der Schrecken der Spiele. Auf sie wurden heilige Eide geschworen, und ihre Stange ist länger als der längste deiner Schenkel. Einrollen werde ich dich in sie wie in Backteig, dann werde ich dich rösten auf kleiner Flamme, bis dein Haar schwarz ist und deine Haut kross.

Sie hebt den Kopf. »Wie gesagt«, murmelt sie mit vollem Mund, »bevor Sie überlaufen, melden Sie sich nebenan in der Befriedigungsstelle.«

Als ich sehe, wie der Brei von ihren Lefzen tropft, flüchte ich. Es ist einfach zu widerlich. Vor der Tür reißt mich die Masse fort, ein Strudel von Menschen. Auf dem Boden muss es ein Laufband geben, das alles zum Nebenraum zieht. Um mich herum Männer mit bloßem Oberkörper, deren Brustmuskulatur unkontrolliert zuckt. Männer, die nach Luft schnappen, während ihnen die Augen aus den Höhlen quellen.

»Was ist denn mit euch los?«, frage ich.

»Und du?«, kommt es zurück. »Glaubst du, du siehst besser aus?«

Mir wird klar, dass sie recht haben. Mein Kopf glüht, glüht schon die ganze Zeit, ich habe es bloß verdrängt. Der Hals dick und hart, die Atmung heftig, in Stößen. Beide Hände sind so fest zu Fäusten geballt, dass die Fingerknöchel weiß durch die Gänge leuchten. Meine Fahne zittert. Und erst der Aufruhr in meinem Unterleib! Wie das schreit und presst und vorwärtsdrängt …

Jetzt sind wir am Ziel. Eine Kasernenhofstimme ertönt.

»In Vierergruppen vortreten!«

Machen wir.

»Hosen runter!«

Machen wir.

»Nach 15 Sekunden wird gewechselt. Wem das nicht genügt, der hat hier nichts zu suchen!«

15 Sekunden? Als wenn auch nur einer so lange bräuchte! Vorn legen junge Herren in Arztkleidung Hand an, melken das Harz aus den Baumstämmen, die sich ihnen entgegenrecken, wechseln die sterilen Handschuhe nach jedem Durchgang. Die Luft dampft von Stöhnen und Ächzen. Wer fertig ist, stellt sich hinten wieder an.

»Nächste Gruppe! Hosen runter!«

An der Wand sind Parolen zu lesen: »Testosteron: Quelle des Glücks« – »Wir brauchen mehr Mann im Mann«.

Als ich an die Reihe komme, schauen sich die Arzthelfer bestürzt an. Meine Fahne schlägt ihnen um die Assistentenohren. Ja, da glotzt ihr! Es ist die heilige Fahne der Spiele, getränkt mit Blut und Schweiß. Ist sie euch zu groß? Zu heiß? Zu schwer? Traut ihr euch nicht ran mit euren sterilen Fingern? Hat euch der Staatsplan 14.25 nicht auf solche Situationen vorbereitet?

»Was sollen wir tun?«, ruft einer der Jünglinge hilflos. Unruhe kommt auf. Der Kommandogeber hüllt sich in Schweigen.

»Los, weiter!«, tönt es von hinten. »Wie lange müssen wir noch warten?«

Ich schwenke meine Fahne. Sie scheint tatsächlich noch einmal gewachsen zu sein.

»Was ist jetzt? Geht's vorwärts? Ich kann es nicht mehr halten!«

Da packt mich der Zauberer von vorhin am Arm. Der mit der Hirndrüsendroge. »Kommen Sie«, raunt er und zeigt auf eine schmale Tür im Hintergrund. Mit einer Hand grapsche ich nach meiner Hose, packe die Fahne mit der anderen und folge ihm.

»Nächste Gruppe! Hosen runter!«

»Na, endlich!«

Die Tür schließt sich hinter uns. Im angrenzenden Raum herrscht eine ungesunde Atmosphäre dämmriger Schwüle. Nähern wir uns dem schwärenden Herz der Katakomben, verbirgt sich hinter jeder weiteren Tür eine schlimmere Krankheit? Zur Sicherheit knöpfe ich meine Hose zu.

»Sie brauchen das Besondere«, flüstert der Zauberer. »Das Unerwartete, Abseitige. Warten Sie nur ab!«

Eine weitere Tür öffnet sich. Kurz fällt ein gelber Lichtstrahl auf Regale voller Einmachgläser. Menschliche Präparate in Formaldehyd, Föten in allen Größen, mit absurd großen Köpfen. Dann erlischt der Lichtstrahl wieder, die Tür wird geschlossen, und auf dem Boden wälzt sich eine nackte Gestalt.

»Was sagen Sie?«, wispert der Zauberer. »Bei uns haben die Fahnenträger, die olympischen zumal, immer eine privilegierte Stellung. Welche Stellung bevorzugen Sie?«

Er zerrt die Nackte an einem Arm in die Höhe. Sofort packe ich meine Fahne.

»Sie ist den Umgang mit Sportlern gewohnt. Ist ja selbst eine Sportlerin. Sehen Sie nur, wie muskulös sie ist, wie durchtrainiert. Da gibt es kein überflüssiges Gramm Fett mehr.« Der Atem des Zauberers schlägt mir ins Gesicht. »Na los, zieren Sie sich nicht. Sie hat heute schon mit einem Dutzend Zehnkämpfern geschlafen, da kommt es auf einen Burschen mehr auch nicht an!«

Er greift in ihr Haar und reißt den Kopf nach hinten. Ihre Brüste recken sich mir entgegen, und unten, zwischen ihren Beinen, reckt sich noch etwas. Ein bleicher kleiner Penis. Ein phosphoreszierender Pilz in der Dunkelheit.

»Moment«, sage ich. »Kann sein, dass mich die Erinnerung trügt. Aber bevor ich diesen Whisky getrunken habe, sahen Frauen noch wie Frauen aus und Männer wie Männer. Hier dagegen …«

»Unsinn!« Der Zauberer lässt die Frau los. Sie sinkt zu Boden. Der kleine Pilz hinterlässt eine Leuchtspur im Dunkeln. »Unsinn«, wiederholt er. »Es gibt kein falsches Leben im wahren. Merken Sie sich das! Athleten sehen immer nur wie Athleten aus, unabhängig vom Geschlecht. Wenn sich die Gesellschaft den Kopf über Dinge zerbricht, die sie nicht versteht, ist das ihr Problem. Wir Profis halten den Ball flach, indem wir Kugelstoßerinnen mit zu viel Bassstimme nicht mehr zu Interviews schicken. Solange sie über 20 Meter stoßen, ist alles in Ordnung.« Er starrt mich an. »Was ist jetzt? Wenn Sie kein Interesse an dem Mädel haben, gehen Sie bitte. Sie sind schließlich nicht der Einzige mit einem Abfuhrproblem.«

Er hält mir eine Tür auf, die in einen weiteren Raum führt. Genauer gesagt: in ein Zimmerchen. Einen zweiten Ausgang gibt es nicht, dafür fällt etwas Licht durch Risse in der niedrigen Decke. Ich bekomme Atemnot. Hier kann ich nicht lange bleiben. Aber der Rückweg ist versperrt, der Zauberer muss einen Riegel vor die Tür geschoben haben. Was tun?

Die Antwort ergibt sich wie von selbst, als meine Fahne gegen die tiefe, rissige Decke stößt. Sofort rieselt Putz auf mich herab. Noch ein Stoß, und ein fingerdicker Spalt tut sich auf. Sehr gut! Endlich eine sinnvolle Tätigkeit! Endlich ist meine Riesenstange zu etwas zu gebrauchen. Nach höchstens einer Minute gelingt der Durchbruch; grelles Scheinwerferlicht blendet mich. Ich suche einen festen Punkt, um meine Stange anzulehnen, und ziehe mich an ihr hoch. Früher fiel mir diese Art von Kletterei immer schwer, ich weiß es noch genau. Heute bekomme ich sogar Applaus dafür.

Applaus?

Umbrandet von Beifall steige ich aus dem Loch in der Decke. Eine Hand zieht mich endgültig ins Licht: die Hand des Zauberers, der nun einen weißen Schal trägt und im Gesicht ein jungenhaftes Lächeln.

»Herzlich willkommen«, ruft er in ein Mikrofon. »Unser Überraschungsgast: Max Koller!« Dabei lässt er mich los, um bei gleichzeitiger halber Drehung mit der freien Hand eine große Geste vor dem Publikum zu vollführen. Seine Grübchen werfen neckische Schatten.

Ich sehe mich um. Wir stehen auf einer kreisrunden Bühne, in deren Mitte das Ende der Fahnenstange aus dem Boden ragt. Um uns herum das tobende Publikum, auf der Bühne eine Reihe von TV-tauglichen Sesseln, die bis auf einen alle besetzt sind.

Der Zauberer nötigt mich, Platz zu nehmen. »Unser Thema heute: Essen. Ernährung. Die sportlerspezifische, sportlergerechte Ernährung, die zu Höchstleistungen führt. Herr Koller, was haben Sie als Letztes zu sich genommen? Was befindet sich sozusagen noch jungfräulich in Ihrem Magen?«

»Whisky«, lüge ich. Die Sache mit den Uraltpillen ist mir einfach peinlich.

»Whisky!«, jubelt der Zauberer zum Johlen des Publikums. »Das dachte ich mir. Ein wenig Alkohol vor dem Wettkampf, und schon läuft, springt, schießt es sich besser. Das qualifiziert Sie zum Experten in dieser Expertenrunde, die uns nun exklusiv verraten wird, welche Sportlernahrung den Königsweg zum olympischen Erfolg darstellt.«

Der Chinese im Sessel neben mir hebt den Finger. »Schildkrötenblut«, lispelt er. »Große Schildkröten, viel Blut. Aber kalt, bitteschön.«

»Schildkrötenblut«, nickt der Zauberer, das Mikrofon

an den Lippen. »Dieses Traditionsgericht hat China die Vorherrschaft auf sämtlichen Gebieten olympischer Wettkämpfe erbracht. Was ist mit Ihnen, Herr Virén?«

»Ich bevorzuge Rentiermilch«, erklärt ein schlanker Mann mit breiten Koteletten.

»Rentiermilch? Enorm! Natürlich aus Finnland, Ihrer Heimat, nehme ich an?«

»Aus Lappland. Rentiermilch macht schnell und ausdauernd. Man wird quasi selbst zum Rentier.«

»Was mein Land angeht«, meldet sich sein Nachbar zu Wort, ein echter Kommisskopf, »so kann ich versichern, dass sich die Athleten der Deutschen Demokratischen Republik ausschließlich von tschechischen Knödeln und Puffreis ernähren. Der Erfolg gibt uns recht, würde ich meinen.«

»Allerdings«, ruft der Zauberer, »allerdings, Herr Höppner! Und Sie sehen«, wieder die große, ans Publikum gerichtete Geste, »Sie sehen, dass spitzenmäßiger Spitzensport auf reinen Naturprodukten fußt, auf der Essenz dessen, was Pflanze und Tier uns bereitstellen.« Seine Brauen schnellen in die Höhe. »Einspruch, Herr Beckenbauer?«

Der Weltmeister und Weltmeistertrainer, eine Werbeaufschrift auf dem Hemdkragen, lehnt sich gemütlich in seinem Sessel zurück. »Na, ned!«, verkündet er in der Amtssprache der Spiele von 1972. »Kein Einspruch, Euer Ehren! Weil, das Blut, was wir uns ham abzapfen lassen von den Ärzten und was uns dann wieder zug'führt worden ist, also g'spritzt, würd ich's mal nennen, das war ja halt unser eigenes Blut. Also meins hab ich schon selbst wiederbekommen und der Uli seins. Beispielsweise. Wer will schon das vom Katsche Schwarzenbeck?« Er lacht. »So wirst Weltmeister, gell?«

»So und nicht anders!«, stimmt der Zauberer zu. »Zweitplatzierte sind die ersten Verlierer – alte Radfahrerregel.« Hinter ihm saust das Publikum vorbei. Erst jetzt bemerke ich, dass jemand die Zuschauerränge in Bewegung gesetzt hat: Sie kreisen um die Bühne herum. Oder die Bühne dreht sich um sich selbst. Meinem Magen gefällt das nicht.

»Können Sie das anhalten?«, bitte ich den Zauberer. »Mir wird schwindlig.«

Der runzelt die Stirn. »Schwindlig? Dann haben Sie etwas Falsches gegessen. Etwas Unnatürliches.«

»Ach, was. Gar nichts habe ich gegessen.«

»Sicher?«

»Ja! Kein Kälbermastmittel, keinen Hormoncocktail, nichts!«

»Und das Wildschwein?«

»Welches Wildschwein?«, fragte ich verwirrt.

»Das aus der Lüneburger Heide. War es ein männliches oder weibliches Schwein?«

»Bitte?«

»Keiler oder Bache? Eber oder Sau?«

»Keine Ahnung! Benommen hat es sich wie ein Halbstarker.«

»Kastriert oder nicht kastriert?«

Ich blicke mich um. Keiner lacht. Alle warten gespannt auf meine Antwort. »Wie soll ich das wissen?«, stottere ich. »Das spielt doch keine Rolle!«

»Und ob.« Mahnend hebt der Zauberer einen Finger. »Es spielt sogar eine erhebliche Rolle. Fleisch von unkastrierten Ebern lässt den Testosterongehalt in Ihrem Körper explodieren. Ein Steak, und Sie sind positiv.«

»Aber ich habe nichts von dem Schwein gegessen!«

Ein Stöhnen geht durch das Publikum. Der Finne Virén greift sich an den Kopf, sein Nachbar Höppner zuckt mit den Achseln.

»Dumm«, seufzt der Zauberer. »Sehr dumm. Sie begreifen es wohl nie, Herr Koller. Warum behaupten Sie nicht, Sie hätten Eberfleisch verzehrt? Dann könnten Sie jetzt ungestraft Olympiasieger werden. Aber so ...«

Kichern im Publikum. Immer neue Gesichter ziehen vorbei, amüsiert über den Volltrottel, der da unter ihnen sitzt. Hilflos blicke ich zu meiner Fahne hinüber. Aber die scheint geschrumpft zu sein. Das Loch im Boden: gähnend leer.

»Die Katze«, sage ich leise, »Nanuschka ist tot. Können Sie mir sagen, wer das getan hat?«

Der Zauberer schüttelt den Kopf. »Ich kenne nur die Geschichte von Honeckers Hund. Den die Gewichtheber so mit Oral-Turibanol fütterten, dass er alles besprang, was nicht rechtzeitig auf den Bäumen war.«

»Und als Honecker das Olympiateam auf die gemeinsame Sache einschwor«, fällt der Kommisskopf ein, »klemmte der Hund an seinem Bein. Eine geschlagene halbe Stunde lang. Bis Honecker sagte: Sehnse, Genossen? Sogar das können unsere Viecher besser als die im Westen.«

»Korrekt«, höre ich Daniela Werner-Buttgereits Stimme aus dem Off.

15

Ich habe Kopfschmerzen.

Kopfschmerzen, Halsschmerzen, Rückenschmerzen. Außerdem Muskelkater. Das muss man sich mal vorstellen: Du wachst auf, und deine Muskeln brennen! Wovon, frage ich mich. Welche Bäume habe ich heute Nacht ausgerissen? Bin ich einen Marathon gelaufen? Im Schlaf?

Muskelkater als Folge intensiver Träume. Max Koller, das medizinische Wunder. Am Whisky wird es kaum gelegen haben. Schon eher an Rentiermilch, aber die gab es ja nicht in der Gasteig-Bar. Und die Pillen? Daniela Werners Wundermittel aus den Siebzigern? Die waren doch abgelaufen. Abgelaufen wie ein Paar Joggingschuhe nach Marathontraining. Deine Zeit ist abgelaufen, Max Koller. Mindesthaltbarkeitsdatum in der Vergangenheit. Schlepp dich ins Bad, spül dich den Ablauf der Dusche runter. Zu Risiken und Nebenwirkungen fragen Sie Ihren Dopingarzt.

Ich schlief wieder ein.

Als Katinka von außen gegen meine Zimmertür bollerte, stand ich senkrecht im Bett. Und schrie vor Schmerzen. Der Muskelkater war noch stärker geworden. Das Kopfweh unverändert. Stöhnend erhob ich mich, schleppte mich zur Tür, öffnete sie aber nicht. Wenn ich nur halb so schlimm aussah, wie ich mich fühlte, konnte ich nie wieder unter Leute gehen.

»Was ist?«, fragte Katinka von außen. »Kein Frühstück heute?«

»Weiß nicht. Mal sehen.«

»In einer halben Stunde ziehen wir los. Unten im Fitnessraum steht ein Fahrrad für dich.«

»Ich kann nicht Fahrrad fahren.«

»Bitte?«

»Konnte ich noch nie.«

Einen Moment lang herrschte Stille, dann sagte sie: »In einer halben Stunde. Wir laufen rüber zum Englischen Garten.«

Ihre Schritte entfernten sich. Ich rührte mich nicht. Blieb mit der Backe so lange an der Tür kleben, bis meine Backe nach Tür aussah. Oder umgekehrt. Der Klügere gibt ja angeblich nach. Dann hangelte ich mich ins Bad, warf eine Handvoll Aspirin ein und stellte mich unter die kalte Dusche. Während das Wasser über mich lief, schwor ich mir, eines Tages nach Basel zu fahren und auf dem Gelände von Ciba bzw. dem Ciba-Nachfolger eine Bombe zu zünden.

»Unkastrierter Eber«, murmelte ich. Zu welchem Zweck wurden Eber eigentlich kastriert? Und wer machte so was? Gab es eine Berufsbezeichnung dafür? Hey, Jungs, nächsten Montag beginne ich meine Ausbildung als Eberkastrierer. Vielleicht war das Vieh in der Nordheide ja vor so einem Typen davongerannt. Akute Kastrationsangst. Meine Solidarität hatte es.

Eine halbe Stunde später waren wir auf dem Weg zum Englischen Garten.

»Also, echt«, sagte Katinka mit einem Seitenblick. »Nach dem Wildschweinunfall sahst du ja schon kriminell aus. Aber das hier schlägt alles.«

»Hast du auch so einen Muskelkater?«

»Ich? Nein. Wieso sollte ich?«

Weil ich darauf keine Antwort wusste, schwieg ich. Wir befanden uns irgendwo nördlich des Stadtzentrums, der Englische Garten sollte direkt vor uns liegen. Katinka lief auf dem Radweg, ich hielt mich an ihrer Seite oder direkt hinter ihr. Ein paar Leute drehten sich nach mir um, aber hier in München war man Schlimmeres gewohnt. Strauß, Mooshammer, Gauweiler. Und Beckenbauer, der mit dem Blutdoping. Über Nacht hatte sich das Wetter gebessert. So, als wollte es meinem Zustand spotten. Oder als sei ihm die Erinnerung an jenen strahlend blauen Augusthimmel vor 40 Jahren eine Verpflichtung.

Eine imposante Allee kündigte den Saum des Englischen Gartens an. Schade, dass wir nicht im Sommer hier waren. Belaubt machten die Riesenbäume sicher noch mehr her.

»Apropos Muskelkater«, meinte ich, als Katinka auf einen der Kieswege einbog.

»Ja?«

»Nanuschka war eine Katze, kein Kater, richtig?«

Sie funkelte mich an. Gefiel ihr wohl nicht, meine Überleitung. »Eine Katze«, antwortete sie kühl. »Ist das wichtig?«

»Eigentlich nicht. Fiel mir nur so ein.« Wäre Nanuschka ein Kater gewesen, hätte ich nach seinem Kastrationszustand gefragt. Aber auch das wäre nicht wichtig gewesen. Sondern bloß eine Frage, die Rückschlüsse auf meinen Zustand erlaubte.

Wir drehten eine Schleife Richtung Norden. Der Park war deutlich größer, als ich gedacht hatte. Immer wieder gab es Freiflächen, auf denen Kinder spielten und Hunde tobten. Eine Gruppe mittelalter Herren malträtierte einen Fußball, warf sich bayrische Schimpfwörter an den Kopf und amüsierte sich prächtig. Man spürte, dass die Städter nur auf einen solchen Tag gewartet hatten, um ins Grüne zu stürmen und Sonne zu tanken.

»Erklär mir das mit dem Doping«, sagte ich nach einer Weile. »Um wen geht es da genau? Und warum legst du dich so ins Zeug?«

»Tue ich das?«, entgegnete sie eine Spur patzig.

»Du fährst nach München, nur um drei Sätze zum Buch einer Bekannten loszuwerden. Ganz schöner Aufwand, findest du nicht?«

Sie schwieg.

»Oder hast du dafür ein dickes Honorar bekommen?«

»Ach, Quatsch, gar nichts! Nur Übernachtung und Anfahrt zahlen sie mir.«

»Siehst du.«

»Okay«, sagte sie, nun etwas entspannter, »du hast recht:

Es ist mir wichtig. Und warum? Du hast doch gehört, was Daniela erzählt hat. Die behinderten Kinder der Schwimmerinnen. Dafür kann man schon mal nach München fahren.«

»Ist der Zusammenhang denn bewiesen? Der zwischen Doping und den Behinderungen der Kinder?«

»So was kann man nicht beweisen. Der eine schluckt und schluckt, ohne dass es zu Schäden kommt, der andere stirbt mit Mitte 30 an dem Zeug.«

»Stirbt er am Sport oder am Dope?«

Sie holte Luft. »Wer hält seit Ewigkeiten die Weltrekorde im Frauensprint? Florence Griffith-Joyner. Mit 37 bekam sie einen Schlaganfall, mit 38 starb sie. Herzstillstand. Detlef Gerstenberg, ein Hammerwerfer, wurde nur 35. Leberzirrhose. Uwe Beyer, ebenfalls Hammerwerfer und nachweislich gedopt: Herzinfarkt. Birgit Dressel, die Siebenkämpferin. Ralph Reichenbach, Gewichtheber. Oder nehmen wir Frank Pfütze, DDR-Europameister im Schwimmen: Der lag mit 32 plötzlich tot im Wasser.«

»Schon gut.«

»Die vielen Radfahrer, die müsstest du doch kennen. Tom Simpson am Mont Ventoux. Knud Jensen, der mit Amphetaminen vollgepumpt war. Marco Pantani …«

»Pantani hat gekokst, das ist was anderes.«

»Auch ein Mittel zur Leistungssteigerung. Und das sind noch die Fälle, die durch die Presse gehen. Vom Fußball zum Beispiel redet kaum jemand. In Italien sterben reihenweise Ex-Profis aus den Neunzigerjahren, in Algerien hat jeder zweite Nationalspieler von früher ein behindertes Kind. Steht alles im Internet.«

»Naja …«

»Warum fällt ein Bruno Pezzey mit 40 Jahren plötzlich tot um? Oder lies dir mal durch, was dieser Footballer, Alzado hieß er, zu Protokoll gab, bevor er an seinem

Hirntumor starb. Anabolika und Wachstumshormone, ein ganzes Profileben lang.«

»Okay, ich hab's verstanden. Deine Position ist also eindeutig: Finger weg von dem Zeug.«

»Korrekt. Und wenn jetzt dein Ermittlerhirn ins Rotieren gerät, kann ich dich nicht daran hindern.«

Gott, muss ich in diesem Moment blöd aus der Wäsche geschaut haben! Ich hatte nicht die leiseste Ahnung, was sie meinte. Nicht nach dieser Nacht!

»Klär mich auf«, knurrte ich.

»Sagen wir mal so: Was ist der beste Weg, sich überall lieb Kind zu machen? Du nimmst das Wort Doping nie in den Mund.«

»Aha.«

»Ja, aha. Denn worüber man nicht spricht, das existiert nicht. Problem gelöst! Wenn du es aber thematisierst, wenn du öffentlich gegen Doping eintrittst und glaubwürdig sein willst, musst du auch den nächsten Schritt gehen und mehr Kontrollen einfordern. Und das passt niemandem. Den Verbänden nicht, weil sie befürchten, dass eigene Athleten auffliegen könnten oder die Leistungen zurückgehen. Den Politikern passt es nicht, denn sie müssten die Gelder bewilligen, und den Sportlern passt es sowieso nicht. Wenn du also Flagge zeigst, machst du dich ganz fix unbeliebt.«

»Weil durch den Ruf nach schärferen Kontrollen quasi ein Generalverdacht auf die ganze Branche fällt.«

»Genau. Lieber lässt man alles so, wie es ist. Man faselt was vom Antidopingkampf, sobald die Presse in Hörweite ist, gründet einen Runden Tisch mit all denen, die sich eh Woche für Woche in irgendwelchen Gremien treffen, verleiht einen Orden für Transparenz oder sauberen Sport – und fährt gleichzeitig die Geldmittel für Kontrollen drastisch zurück. So einfach ist das.«

»Aber nicht mit dir.«

»Meinen Ruf als Nestbeschmutzerin habe ich gestern zementiert.«

»Und ich dachte, der DLV sei stolz auf Leute wie dich. Was bist du nun: Vorzeigeathletin oder das schwarze Schaf der Laufszene?«

»Beides wahrscheinlich, je nach Bedarf. Der Verband steckt ja selbst in der Dopingfalle. Offiziell loben mich alle für meine Position, hintenrum gibt's Ärger. Frag mal Daniela, wie es ihr ergangen ist.« Sie sah auf die Uhr. »Wir reden gleich weiter.«

Von einer Sekunde auf die andere erhöhte sie die Geschwindigkeit. Wir hatten einen asphaltierten Weg erreicht, der parallel zur Isar nach Norden führte. Ob der Grünstreifen links von uns noch zum Englischen Garten gehörte, wusste ich nicht. Im Westen stach der Olympiaturm in den blauen Himmel, nordöstlich kam ein großes Kraftwerk in Sicht. Das geliehene Fahrrad hatte keinen Tacho, aber ich schätzte Katinkas Lauftempo auf deutlich über 15 Stundenkilometer. Schneller als ein Vierminutenschnitt pro Kilometer, um es im Läufersprech auszudrücken.

Gähnend richtete ich mich im Sattel auf. Fuhr freihändig, dehnte und reckte mich, drückte mir den Schlaf und die Traumschlacke aus den Augen. Wo waren eigentlich meine Kopfschmerzen hin? Das Aspirin schien zu wirken. Oder es lag an der frischen Luft, an der kräftigen Märzsonne, am glatten Asphalt, über den es sich ohne Anstrengung rollen ließ. Selbst das böse Tier, das an meiner Muskulatur knabberte, gab Ruhe.

Nach vier oder fünf Minuten verfiel Katinka in lockeren Trab. Ein knapper Kilometer blieb zum Plaudern, dann war erneut Tempo angesagt. Wieder ein Päuschen und wieder Belastung. So ging das insgesamt vier Mal.

In den Erholungsphasen erzählte sie von Daniela Werner-Buttgereit, die nach der Wende ihre früheren Trainer vor Gericht gezerrt hatte. Ein paar Kolleginnen von damals schlossen sich der Klage an. Die große Mehrheit der Geschädigten zeigte an einer juristischen Aufarbeitung jedoch kein Interesse. Eine Verurteilung wegen Dopings hätte im Umkehrschluss die Unrechtmäßigkeit errungener Erfolge bedeutet. Und dazu konnte sich kaum eine durchringen. Was uns schnell gemacht hat? Das Training natürlich, die Auslese, der Konkurrenzdruck in einem perfekten System. Die paar Pillen nebenher waren bloß das I-Tüpfelchen. Also lassen wir die Vergangenheit ruhen. Bloß keine Öffentlichkeit! Die eine war mit ihrem früheren Trainer verheiratet, die andere saß für die Linke im Bundestag. Für solche Leute war Daniela eine rachsüchtige, vereinsamte Alte, die ihren Karriere- und Lebensknick nicht verarbeitet hatte.

»Und was kam bei den Prozessen gegen die Trainer raus?«

»Ein paar sind verurteilt worden. Zu Geldstrafen. Mehr war nicht möglich, weil so wenige Opfer aussagen wollten und sich die Täter gegenseitig schützten. Und vor allem arbeiteten die meisten längst wieder als Trainer. Bei den Schwimmern, den Radfahrern, aber auch bei uns im DLV.«

»Dem das natürlich peinlich war.«

»Ein paar wurden fallen gelassen, zum Beweis für den brutalstmöglichen Aufklärungswillen der Verbände. Der große Rest durfte weitermachen, bis heute.«

»Grothe zum Beispiel.«

»Nein.«

Bevor sie weitersprechen konnte, musste sie sich an zwei Joggern vorbeischlängeln, die den Weg in seiner gesamten Breite für sich beanspruchten. Sie trugen voll aufgepumpte Rettungsringe um die Hüften, und überholt zu werden, gefiel ihnen gar nicht. Erst recht nicht von einer Frau. Als ich, der Radfahrer mit der seltsamen Marmorierung im Gesicht, sie dann noch zum Ausweichen zwang, war der Ofen endgültig aus. Es gab halblaute Bemerkungen, gefolgt von diesem typischen Männer-unter-sich-Lachen, und schließlich beschleunigten die beiden Helden. Wollten uns beweisen, wozu sie fähig waren. Ihr Schnaufen in unserem Rücken, ihre Schritte auf dem Asphalt. Seht her, wir können auch anders!

Und nun warteten sie darauf, dass wir uns umdrehten. Voll Verblüffung. Bewunderung. Vielleicht um Verzeihung bittend: Sorry, Leute, war voreilig von uns, dieses Überholmanöver. Wollt ihr nicht wieder nach vorn …?

Natürlich taten wir nichts dergleichen. Starrten geradeaus, ohne mit der Wimper zu zucken. Bevor wir den Kopf gewandt hätten, hätte schon eine Bombe an der Isar explodieren müssen. Katinka verdrehte bloß die Augen, wie mir ein kurzer Seitenblick verriet.

»Männer!«, murmelte sie voll Verachtung.

Hinter uns keuchte es zweistimmig.

»Wie war das jetzt mit Grothe?«, nahm ich den Faden wieder auf. »Er hat keine Dopingvergangenheit?«

»Nicht als Trainer. Dazu ist er zu jung. Beim Fall der Mauer war er Anfang 20 und ein guter Langstreckler. Mit dem Trainerjob fing er erst Jahre später an.«

»Und als Läufer? War da was?«

»Keine Ahnung. Eine Überraschung wäre es nicht. Aber an Grothe interessiert mich nur, wie er sich als Trainer verhält, und da ist alles korrekt.« Sie senkte ihre Stimme. »Du glaubst nicht, wie viele Typen sich an der Ehre gepackt fühlen, wenn ich sie überhole. Die würden einen Herzinfarkt riskieren, nur um nicht abgehängt zu werden.« Ein Blick zur Uhr: »Noch eine halbe Minute, dann sind wir sie los.«

Ich grinste. Eine halbe Minute noch. Die zwei Asphaltcowboys ahnten nichts davon, sie holten alles aus ihren Wohlstandskörpern heraus, und ihre gegenseitigen Aufmunterungen waren nicht nur kürzer als kurzatmig, sondern auch von einem unangenehmen Pfeifen begleitet.

»Sollen wir mal ernst machen?«, presste der eine hervor. »So richtig ernst?«

»Also, ich könnte noch ewig so weiterlaufen.«

»Hinterher ein Weißbier. Oder«, Keuchen, Keuchen, »oder zwei.«

Dann pfiff es nur noch, denn die halbe Minute war um. Katinka zog den beiden mit geradezu mathematischer Präzision und Eleganz davon. Sie lief so aufrecht wie zuvor, so ruhig und konzentriert, nur ihre Beine arbeiteten intensiver. Größere Schritte, schnellere Schritte, aber ohne jedes zusätzliche Geräusch, ohne Zeichen von Anstrengung. Doch, jetzt öffnete sich ihr Mund ein wenig. Ich wollte wetten, dass sie noch einmal schneller unterwegs war als bei den vorherigen Intervallen. Die Lauf- und Schnaufgeräusche hinter uns verebbten.

War das nicht der richtige Zeitpunkt, sich umzudrehen?

Ja, fand ich und linste nach hinten. Da glotzten sie aber, unsere beiden Schwermatrosen. Flatschten stumm vor sich hin, Schweiß und Enttäuschung auf der Stirn. Von diesem Erlebnis würden sie zu Hause ganz bestimmt nichts erzählen. Auch nicht bei einem Weißbier. Das ich ihnen übrigens gönnte. Erst recht, als wir an einem Biergarten mitten im Englischen Garten vorbeikamen, in dem sogar eine Handvoll Mutiger vor Maßkrügen saß.

»Eigentlich sollte man sich von solchen Typen nicht aus der Ruhe bringen lassen«, stellte Katinka ein paar Minuten später fest. »Jetzt war ich glatt zu schnell unterwegs.«

»Fällt Weißbier auch unter die Dopingbestimmungen?«

»In manchen Sportarten, ja. Bogenschießen und Motorsport zum Beispiel. Apropos Hobbyläufer: Ich will nicht wissen, was die zwei hinter uns sich alles so genehmigen, nur um dem anderen keine Schwäche zu zeigen.«

»Das ist das Neandertaler-Gen. Steckt ganz tief in uns Männern drin.«

»Was im Amateurbereich konsumiert wird, ist der helle Wahnsinn. Lies mal Untersuchungen zum Dopingmissbrauch in Fitnessstudios. Du glaubst es nicht. Überall werfen sie was ein, auch bei Seniorenwettkämpfen oder Triathlons auf dem Lande, wo es um nichts geht.«

»Gerade da geht es doch um alles. Ich hab mir mal mit einem 50-Jährigen eine Schlacht hoch zum Königstuhl geliefert. Dass da der Notarzt nicht einschreiten musste, war reiner Zufall.«

»Umso wichtiger ist es, dass wir Profis unsere Vorbildfunktion wahrnehmen.«

Ich schwieg. Diese Frau gab manchmal Sätze von sich, wie sie in jeder Broschüre des Gesundheitsministeriums stehen könnten. Sätze mit blitzsauberer Moral, verkörpert durch eine Athletin, die sportlich sowieso ein Muster an Disziplin, Fairness und Ehrgeiz darstelle. Mutter war sie auch noch! Hatte Katinka eigentlich gar keine Fehler? Ich meine richtige Fehler: persönliche Laster, schwarze Schatten, seelische Abgründe – nicht bloß ein paar Macken rund ums Autofahren und eine unterkühlte Performance. Immerhin war ihre Marathonzeit nur wenig schlechter als die von Romy Feierabend. Und die hatte bereits eine Dopingsperre abgesessen.

Kamen Katinkas Erfolge ganz ohne Unterstützende Mittel zustande, um es in der Sprache der untergegangenen DDR zu formulieren?

Aber diese Frage würde ich ihr nicht stellen. Nicht hier, unter der Märzsonne Münchens, und nicht bei der Rückfahrt, auf der Autobahn.

Vielleicht niemals.

16

»Uns sind die Hände gebunden, tut mir leid.« Um sein Bedauern kundzutun, hob Kommissar Fischer seine eigenen Hände, die zwar breit und behaart waren, aber überhaupt nicht gebunden, weshalb die Geste nur bedingt zu seiner Aussage passte.

Dann erläuterte er: Nanuschka sei in der Tat nicht vorm Haus der Glücks überfahren worden, sondern an unbekanntem Ort. Überfahren oder anderweitig zu Tode gekommen, das lasse sich aufgrund der – er räusperte sich, um Zeit für die korrekte Wortwahl zu haben – aufgrund des spezifischen Zustands der Leiche – noch ein Räuspern – der Katzenleiche nicht feststellen.

Das wunderte mich nicht. Nanuschkas Körper war so zerquetscht gewesen, dass theoretisch fast jede Tötungsart in Betracht kam.

Zumindest sei sie nicht vergiftet worden, führte Fischer weiter aus, und Gift sei in vergleichbaren Fällen, bei gezielten Gewaltakten gegen Tiere nämlich, die übliche Todesursache. Man müsse also davon ausgehen, dass die Katze einem Unfall zum Opfer gefallen sei.

»Und warum lag sie dann vor unserem Haus?«, fragte Katinka. »Das war eine Drohung, Herr Fischer. Geht es noch deutlicher?«

»Möglicherweise wurde der Unfallverursacher von Reue geplagt und legte das Tier dort ab, wo es hingehörte.«

»Komische Art von Reue!«

»Oder er flüchtete, und jemand aus Ihrer Nachbarschaft hat Nanuschka gefunden und zu Ihnen gebracht.«

»Ohne uns Bescheid zu sagen?«

»Wer überbringt schon gern solche Nachrichten?«

»Das sind alles Spekulationen«, mischte sich der unvermeidliche Dr. Eichelscheid ein. Auch er war selbstredend zu unserem Treffen im Hause Glück gekommen. Draußen schien die Sonne, es war ein perfekter Frühlingstag zum Laufen, aber Katinka hatte in der Stadt trainiert, bei Grothe. »Unhaltbare Spekulationen, Herr Fischer! Es deutet doch alles auf eine Drohkulisse hin, die gegenüber Frau Glück errichtet werden soll. Erst der Fremde hinterm Haus, dann die Aufforderung zum Startverzicht. Und jetzt die Katze. Was muss noch passieren, bis Sie etwas tun?«

»Diese Diskussion hatten wir schon einmal, Dr. Eichelscheid. Solange es keine konkret gegen Frau Glück gerichtete Drohung gibt, können wir nicht einschreiten. Es ist überhaupt nicht gesagt, dass die erwähnten Vorfälle zusammenhängen.«

»Und Romy Feierabend?«, rief Katinka. »Aus heiterem Himmel verzichtet sie. Tut genau das, was von mir verlangt wurde. Kommt Ihnen das nicht seltsam vor?«

Fischer hob die Schultern. »Sie kennen die Begründung der Dame.«

»Ich werde sie anrufen. Bin gespannt, was wirklich hinter ihrer Verletzung steckt. Außerdem habe ich den Stalker noch einmal gesehen. In Frankfurt. Max kann es Ihnen bestätigen.«

Jetzt war das Staunen natürlich groß aufseiten der Anwesenden. Zu denen neben Eichelscheid und Fischer noch Katinkas Mann gehörte, der unserem Gespräch still folgte. Einmal hatte er seine Hand beruhigend auf Katinkas Arm gelegt, war aber abgeschüttelt worden.

»Sie sagte mir, sie hätte ihn wiedererkannt«, erklärte ich. Vorsicht mit der Formulierung, Max! »In der Nähe des Ärztehauses, das wir besuchten.«

»Warum haben Sie das nie erwähnt, Frau Glück?«, fragte Dr. Eichelscheid verwundert. »Das ist doch wichtig.«

»Weil ich glaubte, ich hätte mich geirrt. Bin ja heute noch nicht hundertprozentig sicher. Aber sicherer als vorher. Das kann doch alles kein Zufall sein! Der Stalker, die Sache in Karlsruhe, Romy, unsere Katze … Verstehen Sie, Herr Fischer: Ich habe Angst um meine Familie. Nicht um mich, sondern um meine Familie!«

Wieder legte sich Heiners Hand beruhigend auf ihren Arm. Diesmal durfte sie dort bleiben.

»Natürlich verstehe ich das«, nickte der Kommissar. »Ich verstehe es sogar sehr gut. Und wenn Herr Koller nicht schon engagiert wäre, würde ich Ihnen genau dies raten: auf privaten Schutz zu vertrauen. Polizeibeamte kann ich nur abstellen, wenn eine konkrete Drohung gegen Sie vorliegt. Wenn sich Gefährdung für Leib und Leben abzeichnet. Ich kann beim Polizeiposten in Ziegelhausen anklopfen und die Beamten dort bitten, Präsenz zu zeigen. Die Kollegen werden dann zwei, drei Mal am Tag mit dem Streifenwagen durch Ihre Straße fahren. Das ist besser als nichts.«

»Und nachts?«

»Nachts auch«, brummte Fischer, doch seine Miene ließ bezweifeln, dass er daran glaubte.

Katinka wollte etwas erwidern, als die Wohnzimmertür geöffnet wurde. Klein Fiona tappte mit blinzelnden Augen herein, ein großes Stofftier hinter sich herschleifend. Ein Bein ihres Schlafanzugs war hochgekrempelt, das andere fiel bis zu den Zehen.

»He, wer kommt denn da angewackelt?«, rief ihre Mutter.

»Ich kann nicht schlafen, Mama.«

Katinka strich ihr über den Kopf. »Sind wir zu laut?«

Die Kleine kuschelte sich an sie. Dabei warf sie mir einen verstohlenen Blick zu und fing plötzlich an zu grinsen. Einfach so! Ich hatte überhaupt nichts getan, ehrlich nicht. Außerdem sah ich so kurz nach Buchholz und München noch immer aus wie eine Geisterbahnfigur. Vielleicht fand Fiona ja genau das so lustig.

»Wir werden leise sein«, versprach Katinka. »Ganz sicher. Und ins Bett gehen wir auch gleich. Legst du dich jetzt wieder hin, Süße?«

Fiona nickte, während ihre Blicke von einem zum anderen wanderten. Dann ließ sie ihre Mutter los und wandte sich zum Gehen. Aber sie ging noch nicht.

»Und wann kommt Nanuschka zurück?«, fragte sie.

Katinka erstarrte. Wer nicht zur Familie gehörte, machte sich so klein wie möglich und suchte sich eine Zimmerecke, in die er glotzen konnte. Schließlich durchbrach Heiner Glück die allgemeine Lähmung.

»Wir suchen weiter nach ihr«, erklärte er, stand auf und nahm seine Tochter auf den Arm. »Sagst du den Leuten noch Gute Nacht?«

»Gute Nacht!«, krähte Fiona, schon wieder bestens gelaunt und irgendwie gar nicht müde. Wir winkten ihr zu. Endlich schloss sich die Wohnzimmertür hinter Vater, Tochter und Stofftier.

»Ich hatte bloß eine Schildkröte als Junge«, hörte ich zu meiner Überraschung Kommissar Fischer sagen. »Ein hässliches Ding mit einem verkrüppelten Bein. Aber als die starb – du meine Güte, was habe ich geheult! Hab sogar in der Schule gefehlt deswegen.«

Nach diesen Worten herrschte Stille. Katinka rieb sich mit einem Daumen immer wieder über den Rücken der anderen Hand. Um ihre Mundwinkel zuckte es. Ich versuchte, mir Kommissar Fischers Schildkröte vorzustellen und, als das nicht klappte, Kommissar Fischer als heulenden Teenager. Das gelang noch weniger.

Viel geredet wurde dann ohnehin nicht mehr. Als Heiner Glück zurückkam, standen wir bereits in der Haustür und verabschiedeten uns. Plötzlich zog mich Katinka zur Seite.

»Nimm das Auto«, raunte sie mir zu. »Ich will nicht, dass es hier steht.«

»Warum das?«, machte ich verblüfft.

»Ich bin froh, wenn ich den Wagen nicht vor unserem Haus sehen muss. Frag nicht weiter, sondern nimm ihn bitte.«

»Aber«, ich kratzte mich am Kopf und schaute ratlos zu dem winzigen Gefährt hinüber, »mein Rad? Eher passt der Smart auf meinen Gepäckträger als das Rad ins Auto.«

»Lass es hier stehen.«

»Wenn du meinst.« Ich nahm Wagenschlüssel und Fahrzeugpapiere entgegen und trollte mich. Diese Frau hatte wirklich eine Autophobie! Dabei hatte der Smart Nanuschka kein Haar gekrümmt. Nur ihr Blut hatte für kurze Zeit an seinen Reifen geklebt. Und das war längst fort.

Fuhr ich also in dem Spielzeugwagen nach Heidelberg zurück. Zuvor allerdings hielt mich ein ausgestreckter Kommissarszeigefinger auf.

»Ich muss mit Ihnen reden«, sagte Fischer und klopfte mit dem Finger zweimal gegen meine Brust.

»Keiner zu Hause.«

»Mir gefällt die Sache nicht, und vor allem gefällt mir nicht, dass ich so wenig tun kann. Deshalb halten Sie bitte Augen und Ohren offen.«

»Mach ich. Hühneraugen und Eselsohren.«

»Auf Sie kommt es an, Koller! Wenn Sie den Fall nicht ernst nehmen, erzähle ich es meiner Frau, und dann gnade Ihnen Gott.«

»Ich nehme den Fall ernst, keine Sorge. Hier, schauen Sie sich mein Gesicht an! So ernst nehme ich ihn. Bis zum letzten Blutstropfen.«

»Um welche Tropfen es bei Ihnen geht, lasse ich mal dahingestellt. Andere Frage: Warum soll Frau Glück in London nicht starten?«

»Wie soll ich das …?«

»Schnickschnack«, unterbrach er mich ungeduldig. »Ich will ins Bett, also bitte keine ellenlangen Ausflüchte. Dass Sie einen Verdacht haben, sieht doch ein Hornochse!«

»Auch ein Hornochse im Hauptkommissarsrang?«, fragte ich vorsichtig zurück.

»Sogar der. Los, raus mit der Sprache: Was könnte dahinterstecken?«

Ich zögerte. Dieser alte Fuchs! Sah man mir tatsächlich an, wenn mich ein Gedanke umtrieb? Christine behauptete immer, sie besitze diese Fähigkeit, und manchmal lag sie mit ihren Vermutungen gar nicht so falsch. Aber Fischer, dieser Sesselfurzer? Ein Mann, der mich erst seit ein paar Jährchen kannte?

»Es gibt keinen konkreten Anhaltspunkt«, begann ich widerstrebend. »Seit München frage ich mich allerdings, ob die Sache nicht irgendwie mit Doping zu tun hat. Sonst fallen mir im Zusammenhang mit Sport einfach keine Vergehen ein, die eine Drohung rechtfertigen würden.«

»Nein?«, spottete Fischer. »Sie Glücklicher! Nie gehört von Korruption und Vetternwirtschaft bei den obersten Olympiern und Fußballgöttern? So naiv möchte man mal … Aber das ist nicht unser Thema. Doping also. Wer? Katinka Glück?«

»Öffentlich tritt sie vehement für einen dopingfreien Sport ein. Und ich habe keinen Anlass, an ihren Worten zu zweifeln. Wobei sie nicht die Erste wäre, die Wasser predigt und Wein trinkt.«

»Durchaus. Und Sie meinen, jemand möchte die Glück aus dem Verkehr ziehen, bevor sie bei einer Kontrolle auffällt?«

»Damit wäre auch der Mannschaftserfolg dahin. Der ja laut Trainer Grothe eine gewisse Reputation hat. Sobald eine Deutsche positiv getestet wird, fällt das ganze Team aus der Wertung.«

Schweigend knetete Kommissar Fischer seine Nase. In der Ferne schlug eine Uhr. Hell schien der Mond auf die Odenwaldwipfel. Ich spielte mit dem Schlüssel des Smart in meiner Tasche.

»Hm«, meinte Fischer schließlich. »Und deshalb wird die Katze der Glücks überfahren? Damit in London drei saubere Athletinnen für Deutschland an den Start gehen?«

»Die Polizei behauptet, es sei ein Unfall gewesen.«

»Die Polizei schließt einen Unfall nicht aus. Das ist etwas anderes. Ansonsten klingt Ihre Theorie …«

»Es ist keine Theorie, Herr Fischer, bloß eine vage Überlegung. Die Suche nach einem Motiv. Wie gesagt, es gibt keinen Anlass, Katinka Doping zu unterstellen, aber in München war dieses Thema derart präsent, dass ich kaum noch davon loskomme. Man muss sich ja fragen, welche Spitzenleistung der letzten Jahre ohne UM ausgekommen ist.«

»UM?« Es sah hübsch aus, wenn der Kommissar so ratlos dreinblickte.

»Unterstützende Mittel. DDR-Jargon.«

»Was Sie für Fremdsprachen können, Herr Koller!«

»Ich arbeite dran.«

Dabei beließen wir es. Die Rückfahrt traten wir getrennt, aber nicht mit leeren Händen an. Kommissar Fischer hatte etwas zu überlegen, ich einen Leihwagen. Ein Wägelchen. In der Bergheimer Straße brachte ich den Smart in einer Lücke unter, die sonst dem Mofa eines Nachbarn vorbehalten war. Na, der würde fluchen! Als ich das Miniauto absperrte, fiel das Licht einer Straßenlaterne auf die Werbebotschaften, die in frischem Glanz erstrahlten. Dr. Eichelscheid persönlich hatte für ihre Säuberung gesorgt.

In dieser Nacht schlief ich schlecht. Zufall? Vielleicht. Vielleicht aber auch eine Reaktion auf den nagenden Zweifel in mir. Katinka und Doping? Eigentlich absurd. Wie ich es schon dem Kommissar gegenüber formuliert hatte: Einen konkreten Anlass für diesen Verdacht gab es nicht. Höchstens ihre sportliche Leistung. Die sie als Mutter von zwei Kindern erbracht hatte. Womit wir beim stärksten Argument gegen Dopingmissbrauch wären: dem eigenen Nachwuchs. Welche Mutter würde in aller Öffentlichkeit von der Verantwortung für die nächste Generation reden, während sie sich im Hinterzimmer mit Drogen vollpumpte?

Es sei denn, die Glücks hätten ihre Familienplanung abgeschlossen. Das wäre dann quasi der Freibrief zum Dopen: Endlich gefährde ich keinen mehr. Nur mich selbst. Also ran an die Spritzen!

Kein Wunder, dass ich mich in dieser Nacht von einer Seite auf die andere wälzte. Was für ein wirres Zeug! Und am nächsten Morgen? Beim Frühstück las mir Christine aus dem Sportteil der Neckar-Nachrichten vor, dass die Spieler von Borussia Dortmund – von denen sie einige ganz besonders schnuckelig fand, den Götze vor allem und den smarten Türkenbub, schon klar –, dass diese Jungs also nur deshalb deutscher Meister geworden seien, weil sie pro Spiel 15 Prozent mehr Kilometer zurückgelegt hätten als ihre Gegner.

»Echt?«, sagte ich. »15 Prozent?«

»Und aussehen tun sie doppelt so gut wie die von Bayern.«

15 Prozent? Ich schloss die Augen und überschlug, dass Katinka mit 15 Prozent mehr Leistung klar auf Weltrekordkurs wäre. Dann suchte ich im Internet nach der Telefonnummer von Dr. Karst.

»Herr Koller?«, meldete er sich verblüfft. »Ja, ich erinnere mich. Sie waren letzten Monat mit Katinka in meiner Praxis.«

»Ich habe nur eine einzige Frage an Sie als Experten, und bitte löchern Sie mich nicht, warum und wozu ich sie Ihnen stelle. Woran erkenne ich, ob ein Sportler dopt oder nicht?«

»Wie bitte?« Er lachte. »Der Letzte, der mich das fragte, war ein Journalist. Aber der fand meine Antwort langweilig. Hat am Ende dann doch lieber die schlecht recherchierte Enthüllungsgeschichte gebracht.«

»Immer her mit der langweiligen Antwort.«

Karst wurde ernst. »Nun, wenn Sie wissen wollen, ob einer zu unerlaubten Mitteln greift, und Sie können es nicht nachweisen, empfehle ich Ihnen Folgendes: Schauen Sie sich den sportlichen Werdegang dieser Person an. Hat sie ihre Leistungen kontinuierlich verbessert oder gab es plötzliche, unerklärliche Sprünge? Wie stark schwanken die Leistungen? Ist die Person genau zu den sportlichen Höhepunkten, den Olympischen Spielen etwa, topfit? Wie ist ihr Umfeld beschaffen? Trainer, Ärzte, Verbände? Gab es da in der Vergangenheit schon Auffälligkeiten? Natürlich ersetzt das den Nachweis eines Dopingvergehens nicht, aber Sie können feststellen, ob Sie auf der richtigen Spur sind.«

»Das meinen Sie mit Recherche?«

»Ja. Es ist viel Arbeit, aber sie lohnt sich. Und sie ist wichtiger als alle Hysterie um positive Dopingbefunde. Vergessen Sie bitte die andere Seite der Medaille nicht. Auch Labore machen Fehler. Es gibt Athleten, die haben von Natur aus einen erhöhten Hämoglobinwert und leben gut damit. Andere haben womöglich aus Versehen kontaminierte Nahrung zu sich genommen. Sobald einer erwischt wird und seine Unschuld beteuert, steht er in der Nachweispflicht. Das ist das Problem.«

»Aber alle sagen doch, sie seien unschuldig. Doper und Nichtdoper.«

Wieder lachte er. »Kommt auf ihre Argumente an. Avocado zum Beispiel überzeugt mich nicht.«

»Avocado?«

»Linford Christie, 1999, Nandrolon. Um seinen Testwert zu erreichen, hätte er schon eine Wagenladung voll futtern müssen.«

»Verstehe.«

»Oder der US-Sprinter mit dem überhöhten Testosteronspiegel: weil er vor dem Wettkampf viermal Sex mit seiner Freundin gehabt haben will.«

»Die arme Frau.«

»Wie man's sieht. Übrigens klopft *meine* Frau gerade in der Leitung an. Ich muss Schluss machen. Wir können aber gern in Kienbaum weiterplaudern. Ich habe gehört, Sie kommen mit.«

»Sie sind auch dort?«

»Bis dann!«

Fort war er, der gute Dr. Karst. Wenn es um familiäre Angelegenheiten ging, wollte ich nicht im Weg stehen. Kopfschüttelnd legte ich den Hörer zur Seite. Vier Mal Sex! Und eine Tonne Avocado. Diese Spitzensportler schreckten vor nichts zurück.

17

Als die glorreiche Deutsche Demokratische Republik vor über zwei Jahrzehnten das Zeitliche segnete, hinterließ sie ihren westdeutschen Erben neben einer Menge Ramsch auch das eine oder andere Stück Tafelsilber. Und was hatte im Sozialismus ganz besonders geglänzt, zumindest an der olympischen Oberfläche? Genau: der Sport. In Bonn war man über die Bedeutung von UM, OT und des Staatsplans 14.25 natürlich längst im Bilde, doch anstatt das sozialistische Dopingunwesen auf den Müll der Geschichte zu kippen, tat man das Gegenteil: Man verleibte es sich ein. Von Rostock bis Plauen wurden Forschungseinrichtungen geschlossen, nicht aber die Leipziger Hochschule für Körperkultur und ebenso wenig der Sportmedizinische Dienst in Kreischa. Während die Leipziger für die chemische Grundausstattung der DDR-Athleten zuständig gewesen waren, hatten die in Kreischa dafür gesorgt, dass niemand bei den Wettkämpfen aufflog. So stand es in Daniela Werners Buch.

Auch das Leistungszentrum in Kienbaum gehörte zu den ostdeutschen Errungenschaften, die man gern übernahm. Seit den Fünfzigerjahren wurde in dem brandenburgischen

Nest bei Berlin gerannt, gesprungen und geworfen. Mittlerweile gab es dort Anlagen zum Zungeschnalzen: Trainingsplätze für Leichtathleten, Fußballer, Tennisspieler, Boxer, zwei Ruderstrecken im Liebenberger See, Krafträume noch und nöcher, Schwimm- und Turnhallen, darunter eine mit einer Deckenhöhe von über zwölf Metern.

Ins Kopfschütteln kam ich aber erst, als mir Katinka auf der Hinfahrt erzählte, dass in Kienbaum alljährlich ein Lauf über 100 Kilometer stattfand. Auf einer 5-km-Runde!

»Sei mir nicht böse«, meinte ich, »aber weißt du, was ich davon halte?«

»Sieht man dir eh an.«

Natürlich genossen die Sportler in Kienbaum eine umfassende medizinische und physiotherapeutische Betreuung. Auch die Unterbringung war nicht übel. Wir bekamen einen der schnieken Pavillons zugewiesen, die an die Stelle der legendären DDR-Baracken getreten waren. Allerdings schienen sich noch nicht alle mit diesen baulichen Neuerungen arrangiert zu haben.

»Wohnen tun Se in Objäggd Nummer zwo«, beschied uns die Empfangsdame und wedelte mit zwei Schlüsseln.

Auch sonst begegnete man dem speziellen Ostcharme auf Schritt und Tritt. An vielen Stellen waren noch die Betonplatten von anno dazumal in den Boden eingelassen, andere Gebäude hatten seit der Wende bloß einen neuen Anstrich erhalten. Als wir gleich nach der Ankunft eine Runde durch das Gelände drehten, kamen wir an halb zugewucherten Häuschen vorbei, von denen die mattgrüne Farbe blätterte. Etwas weiter am See dämmerte eine alte Pumpstation vor sich hin, hinter den Scheiben hingen noch original DDR-Gardinen. Und urplötzlich öffnete sich wie von Geisterhand das schwere Tor einer Materialhalle mit jämmerlichem Quietschen.

Es war, als würde der Eiserne Vorhang zurückgezogen.

Aber sonst: alles schick, alles neu, von der Finnischen Sauna am Seeufer bis zur medizinischen Abteilung mit ihrem Springbrunnengeplätscher. Rot leuchtete die eine der beiden Kunststoffbahnen, auf denen Katinka trainieren wollte, blau die andere.

»Magst du die Kältekammer sehen?«, fragte sie mich unterwegs. »Die gibt es erst seit ein paar Jahren.«

Ich winkte ab. Temperaturen unter null Grad Celsius waren nicht mein Ding. Da interessierte mich die sagenumwobene Unterdruckkammer aus DDR-Zeiten schon mehr. Weil es in Deutschland so wenige Dreitausender gab und weil man keine Ost-Mark ans Ausland zu verschenken hatte, holten Ulbricht & Co. das Hochgebirge nach Brandenburg. Verbuddelten es im märkischen Sand. An einem geheimen Ort im Wald ließen sie eine Grube ausheben, ein Sportlerlaboratorium mit dicken Wänden und dünner Luft. Hier simulierten Läufer, Geher, Ruderer und Radfahrer das Höhentraining: unter der Erde. Vage Erinnerungen an einen James-Bond-Film stiegen in mir auf, an einen Bösewicht, der sich mit einem Knalleffekt aus seiner Kinorolle verabschiedete. In der »Lizenz zum Töten« war das, und die Druckluftkammer befand sich auf einem Schiff … aber die Realität war wahrscheinlich bloß entsetzlich eintönig.

»Kann man das Ding besichtigen?«, wollte ich wissen.

»Soviel ich weiß, ja«, erwiderte Katinka. »Frag bei der Leitung nach.«

Ein schöner Tag neigte sich dem Ende zu, als wir wieder bei den Pavillons anlangten. Der Frühling in der Mark Brandenburg konnte richtig schick sein. Sofern man seine Zeit nicht mit Leibesertüchtigungen zubringen musste.

Beim Abendessen im großen Speisesaal hatte ich Gelegenheit, das restliche Volk unter die Lupe zu nehmen, das im Bundesleistungszentrum seine Tage verbrachte. Neben den Kaderathleten vom Schlage Katinkas waren das Sportler aller Couleur, vom Paralympicsteilnehmer über Polizisten bis hin zum Fußballklub aus dem Erzgebirge, der sich zum Vereinsjubiläum etwas Besonderes leistete. Zwei Tische weiter saß ein leibhaftiger Diskuswurf-Olympiasieger, in dessen Pranken das Geschirr wie Puppenstubenzubehör wirkte. Einige Läufer begrüßte Katinka wie alte Bekannte, den beiden Sprintern von den Bahamas, die gleich mit ihr anbandeln wollten, gab sie dagegen einen Korb.

Anschließend hatte sie noch ein Treffen mit DLV-Vertretern, bei dem keiner von uns – weder sie noch ich noch die Funktionäre – Wert auf meine Teilnahme legte. Für mich bedeutete das einen freien Abend, den ich vor dem Fernseher mit zwei Tüten Chips und einem Bier zubrachte. Die Chips hatte mir Christine zugesteckt, das Bier stammte aus einem Getränkeautomaten im Hauptgebäude.

Früh am nächsten Morgen ging es mit einer kleinen Laufrunde weiter. Katinka hatte mir freigestellt, sie zu begleiten, und irgendwie … ich weiß auch nicht, aber anscheinend hatte ich in letzter Zeit eine Art Ehrgeiz entwickelt, der mich anders als sonst reagieren ließ. Zu meiner eigenen Überraschung hörte ich mich sagen, dass ich mitkäme, und nicht einmal die frische Brise, die uns draußen erwartete, konnte mich abhalten.

»Mach dir keine Sorgen«, sagte ich, als wir schon eine Weile unterwegs waren. »Das geht vorbei.«

»Was?«

»Das mit dem Ehrgeiz. Alles heilbar.«

Auf dem Kienbaumer Leihrad fuhr es sich prächtig. Das Ding hatte bestimmt dreimal so viel gekostet wie meine eigene Rennmaschine zu Hause. Die märkischen Kiefern bogen sich im Wind, über uns trieben mächtige Wolken, aber im Wald lief und radelte es sich geschützt.

Später verzog sich Katinka zur Krankengymnastik. Krank war sie zwar nicht, aber Gymnastik musste sein. Dr. Karst wollte ebenfalls kommen und mit ihr und weiteren Leichtathleten die Etappen bis London durchsprechen. Welche Symptome bei Trainingsüberlastung auftreten könnten und wie man darauf zu reagieren habe. So ungefähr.

Ich erkundigte mich in der Verwaltung, wie es um die Besichtigung der Unterdruckkammer stünde, und erhielt die Erlaubnis, mich einer Führung am Nachmittag anschließen zu dürfen.

»Echt? Heute? Ohne weitere Genehmigung?«

»Was für eine Genehmigung?«, lächelte die Verwaltungsdame, die natürlich auch eine Figur hatte, als seien Situps, Klimmzüge und Jogging ihr täglich Brot.

»Naja, ich dachte, so ein DDR-Relikt …«

»Meines Wissens existiert die DDR seit über 20 Jahren nicht mehr.«

»Ja, eben. Und deshalb dachte ich …«

Ich brach ab, weil sie immer noch so hübsch lächelte und ich ihr einfach nicht erklären konnte, was ich gedacht hatte. Wusste es ja selbst nicht!

»Und was kostet das?«, schob ich eine letzte Frage hinterher.

»Nichts. Service des Hauses.«

»Danke«, murmelte ich und trollte mich. Den Zwangsumtausch an der Grenze gab es ja auch schon ein paar Jährchen nicht mehr, da hatte sie recht. Dennoch haute mich diese Kundenfreundlichkeit schier um.

Nach dem Mittagessen schaute ich mir das Treiben auf

den Sportplätzen an. Ein paar Beachvolleyballer trotzten den Windböen und schmetterten, was das Zeug hielt. Die Fußballer aus dem Erzgebirge stellten sich unter kryptischen Anweisungen zu Erinnerungsfotos auf. Eine Gruppe Muskelmänner, unter ihnen der Olympiasieger, dessen Name mir ums Verrecken nicht einfiel, schleuderte Disken und Hämmer aus Wurfkabinen, die man auch im Regen nutzen konnte. Ruderer kämpften sich über den wellenbewegten Liebenberger See.

Auf dem Sportplatz mit der roten Bahn waren die Leichtathleten zugange. Hochspringer übten immer und immer wieder ihre Anläufe, Sprinter ließen ihre Muskeln spielen. Katinka und ein paar andere machten ausgiebig Dehnübungen, ansonsten saßen und lagen sie herum und diskutierten. Wusste gar nicht, dass es beim Laufen so viel zu quatschen gab! Okay, der Bundestrainer war anwesend, wie ich erfahren hatte, da wurde viel Organisatorisches besprochen, interne Abläufe, die Ernährung, der Formaufbau, das Auftreten in den Medien, das Finanzielle ... Schon klar.

Und noch ein Thema durfte nicht fehlen: der Startverzicht von Romy Feierabend. Katinka hatte sie telefonisch nicht erreicht, weil Romy in die USA gereist – oder geflüchtet – war, und per Mail oder SMS wollte sie einen so heiklen Gegenstand nicht erörtern. Ob sie hier mehr erfahren würde?

Als sich die Gruppe endlich in Bewegung setzte, hörte das Gerede nicht etwa auf. Im Gegenteil, jetzt fuchtelten sie auch noch mit Armen und Händen. Trab, trab, im Schneckentempo um die Kunststoffbahn herum, und nur das Mundwerk lief auf Hochtouren. Interessante Art von Training war das.

Na, was ging es mich an! Ich setzte mich so, dass mir die Sonne, wenn sie denn zwischen den rasch ziehenden

Wolken durchlugte, ins Gesicht schien, und bildete mir ein, ich sei im Urlaub. Stimmte ja auch fast. Ein bisschen die Augen offen halten, darin bestand mein ganzer Job. Welche Gefahr drohte Katinka hier in Kienbaum? Höchstens die einer Erkältung, wenn sie sich nassgeschwitzt dem Wind aussetzte. Ansonsten: Sonnenschein, kreisende Vögel, das dunkle Grün der Kiefern, Kommandorufe über dem See. Und nachher startete zu allem Überfluss das Touristenprogramm.

Ich gähnte. Hoffentlich verschlief ich es nicht.

Endlich wurde es Zeit für die Besichtigung. Die Gruppe, der ich mich anschließen durfte, bestand aus ergrauten Mitgliedern eines Erfurter Vereins, denen man ihre Vergangenheit als Turner und Eisschnellläufer nicht ansah. Von der nationalen Spitze seien sie ein gutes Stück entfernt gewesen, erzählte mir einer, aber zum Sieg im Vergleichskampf mit den Genossen aus Polen habe es immer gereicht.

»Gegen die aus dem Westen auch«, erinnerte seine Frau.

»Allerdings.«

Der Eingang zur Unterdruckkammer befand sich versteckt zwischen Bäumen. Ein Mitarbeiter der Kienbaum-Verwaltung führte uns zu einer unansehnlichen Baracke auf einem Erdhügel, in der es nach Schimmel roch. An den Fenstern vergilbte Gardinen. Über eine Treppe mit rostigem Metallgeländer stiegen wir in die Tiefe und erreichten einen langen Gang. Rechter Hand das erste Highlight: die Kommandozentrale, ein mit billigem Ostmobiliar vollgestopfter Raum, der zur Leistungskontrolle diente. Von der Wand grüßten Dutzende von Wimpeln aus allen Teilen der versunkenen Republik: Dynamo Dresden, Wismut Karl-Marx-Stadt, Aktivist Schwarze Pumpe. Melancholisch fuhren die Besucher mit dem Zeigefinger über die hoffnungslos zugestaubten Monitore.

»Topmodern waren die damals«, sagte einer. »Aber top.«

Und das gelte für die gesamte Anlage, bestätigte unser Führer, als er die schwere Tür zu einer Art U-Boot-Schleuse öffnete. Über sie gelangten wir in die Unterdruckkammer. Kammer ist gut! Das Ding bestand aus einer ganzen Reihe von Räumen, die durch ein Netz von schmalen Gängen verbunden waren. In dem einen Raum standen Laufbänder, breit, kippbar und schnörkellos, in einem zweiten verschiedene Geräte zur Kraftsteigerung, im dritten Radergometer, geradezu rührend in ihrer Antiquiertheit.

»Es war nicht alles Doping«, rief unser Führer, die hellblauen Radrahmen liebevoll tätschelnd. »Nicht alles, meine Damen und Herren!«

Zustimmendes Gemurmel. Nein, es war nicht alles Doping. Sondern auch preußische Zucht und Untertanengehorsam, Glaube an den Übermenschen und Flucht vor trostlosem Alltag. Wobei Trostlosigkeit auch hier unten herrschte. Grüne Auslegeware auf dem Boden, Plaste und Furnier in der Ausstattung, niedrige Decken. Die real existierende Beklemmung von damals. Dazu der Unterdruck.

»Hypoxie!«, hallte das Zauberwort durch die Räume. Man habe hier, unter märkischem Sand, in flacher Endmoränenlandschaft, Bedingungen extremen Höhentrainings simulieren können. Bis nahezu 4000 Metern über Normalnull. Während der Westen seine Devisen verschleuderte. In Mexiko, Kenia, den USA.

»Alle haben sie hier trainiert«, erklärte unser Führer. »Marathonläufer, Geher, Kugelstoßer, Ruderer. Letztere nicht auf dem Trockenen, wie Sie vielleicht meinen. Sondern in einer eigenen Gegenstromanlage.«

Dazu müssten wir einen Stock tiefer steigen, hörte ich ihn noch sagen, aber dann galt meine ganze Aufmerksamkeit dem Handy, das in meiner Hosentasche brummte. Erstaunlich, dass wir hier unten überhaupt Empfang hatten. Vor der Treppe ins Untergeschoss holte ich es hervor. Eine SMS von Katinka: »Max, komm schnell!!!«

Drei Ausrufezeichen! Das hieß nichts Gutes. Ohne mich um die pikierten Blicke der anderen zu kümmern, stürmte ich los. Durch das enge Geläuf, die Schleuse, den langen Gang. Im Freien blendete mich die Sonne. Endlich frische Luft! Ich rannte zurück zu den Sportanlagen, zum Leichtathletikplatz, auf dem ich Katinka zurückgelassen hatte.

Als ich dort ankam, sah ich sie wie zuvor im Kreis ihrer Trainingskollegen. Und sie sah mich. Mit einer abrupten Handbewegung forderte sie mich auf, stehen zu bleiben. Sofort stoppte ich. Irritiert. Was denn nun, Katinka? Kommen oder nicht kommen?

Wieder eine Geste mit der Hand. Ruhe bewahren, hieß das wohl. Nichts überstürzen. Dann ein Fingerzeig. Zur Zielgeraden sollte ich? Richtung 100-Meter-Start? Gut, schlenderte ich also in aller Seelenruhe, zu der ein abgehetzter Privatdetektiv fähig war, um den Platz zum Anfang der Zielgeraden. Mit Überdruck aus der Unterdruckkammer. Ginge vielleicht als neues Trainingsexperiment durch. Schade, dass keiner meine Zeit hierher gestoppt hatte. Rekordverdächtig war die allemal.

So, nun hatte ich den Treffpunkt erreicht. Lehnte mich an das Geländer, das um den Platz lief. Und wartete. Katinka tat, was alle taten: dehnte sich, plauderte, blinzelte in die zum Horizont wandernde Sonne. Dann kam sie auf mich zu. Ohne Eile und doch angespannt, wie ich ihrer Miene ablas. Als sie bei mir angelangt war, stützte sie sich auf das Geländer und fuhr mit Dehnungsübungen fort.

»Der Stalker«, hörte ich sie zischen. »Er ist hier, ich habe ihn gesehen!«

Schweigend kratzte ich mich am Kopf. Der Mensch aus ihrem Ziegelhäuser Garten? Hier, in Kienbaum? Also, um ehrlich zu sein …

»Dort hinten unter den Bäumen«, fuhr sie fort. »Er fotografiert uns. Max, ich bin mir hundertprozentig sicher, dass er es ist!«

Ich schielte quer über den Platz. Unter welchen Bäumen? Bäume gab es hier genug. Auf der anderen Seite der Leichtathletikanlage verlief zwischen Kiefern und Birken die asphaltierte Laufbahn, auf der Tempotraining absolviert wurde. Und tatsächlich, da bewegte sich etwas. Eine dunkel gekleidete Person, mehr konnte ich nicht erkennen.

»Ganz schön weit entfernt«, murmelte ich.

»Vorhin liefen wir auf der Gegengeraden, da ist er mir aufgefallen. Max, er ist es, glaub mir!«

Ich versuchte mir in Erinnerung zu rufen, wie sie den Unbekannten damals beschrieben hatte. Groß, breit und schwer. Mit einem Wort: vierschrötig. Dunkle Haare, Brille. Um die 50.

»Okay«, sagte ich. »Ich schaue ihn mir mal an.«

»Danke.«

»Trainiere einfach weiter. In der Gruppe kann dir nichts passieren.«

Damit ging ich. Trollte mich wie vorhin, die Hände in der Hosentasche. Erst außerhalb der Anlage erhöhte ich mein Tempo. Am besten war es, wenn ich mich dem Unbekannten von hinten näherte, durch den Wald. Wo kam der jetzt her? Woher wusste er, dass Katinka in Kienbaum war? Gehörte er zum Personal?

Aber wenn er zum Personal gehörte, brauchte er sich doch nicht unter den Bäumen zu verbergen. Nein, er kam bestimmt von außerhalb, und das Bundesleistungszentrum erreichte man nur motorisiert. Als mir das klar wurde, änderte ich meine Laufrichtung und flitzte zu den Pavillons hinüber. Rasch den Autoschlüssel aus dem Zimmer geholt, zurück aufs Gelände. Hoffentlich war der Kerl noch da.

Ich schlug nicht den direkten Weg zum Wald ein, sondern drückte mich zwischen Wurfplatz und Bogenschießanlage hindurch. Und schon sah ich ihn! Er musste es einfach sein: ein schwerfälliger Typ, der eben den Schutz der letzten Bäume verließ. In einer Hand hielt er eine Kamera mit großem Objektiv. Vierschrötig, ja, das traf es. Seine dunkelbraunen Haare waren kurz geschoren und schimmerten an den Schläfen grau, seine Jacke trug er trotz des schönen Vorfrühlingstags bis oben hin geschlossen.

Vorsichtig folgte ich dem Stalker Richtung Ausgang. Anstatt am Leichtathletikplatz vorbeizugehen, umrundete er die Bogenschießanlage und erreichte so weitgehend unbeachtet den Parkplatz bei der Einfahrt. Ich sah ihn in einen schwarzen Peugeot einsteigen.

Ein kleines Auto für so einen massigen Typen. Aber immer noch größer als ein Smart.

Er ließ den Motor an. Gut, dass ich an den Wagenschlüssel gedacht hatte! Während der Stalker langsam vom Parkplatz rollte, sprintete ich zu meinem Auto, schloss auf und fuhr ihm hinterher.

»Nun zeig mal, was du drauf hast«, sagte ich und tätschelte das Lenkrad meines Liliputmobils.

Bei dem Tempo, das der Mann einschlug, war das jedoch gar nicht nötig. Erst ging es gemächlich durch den Wald, dann wechselten wir von der L 385 auf die B 1/B 5 Richtung Berlin. Die flache Landschaft erlaubte mir, ausreichend Abstand zu halten, und irgendwann bestand auch kein Zweifel mehr daran, dass er in die Hauptstadt wollte. Sein Wohnort, wie das Kennzeichen seines Wagens verriet.

An einer Ampel fingerte ich mein Handy aus der Jackentasche und wählte die eingespeicherte Nummer von Kommissar Fischer. Er meldete sich sofort.

»Ich möchte Sie um Amtshilfe ersuchen, Herr Fischer. Es ist dringend! Können Sie mir den Halter eines Fahrzeugs nennen, wenn ich Ihnen sein Kennzeichen durchgebe?«

»Sie haben wohl den Arsch offen!«

»Hören Sie, es geht um Katinka Glücks Stalker, oder was er auch immer ist. Der Typ fährt gerade 200 Meter vor mir, und ich brauche seinen Namen und seine Adresse.«

»Amtshilfe, ja? Wissen Sie, was, Koller? Sie können …«

»Verdammt, nun spielen Sie nicht den Bürokraten! Sie wollen doch auch, dass dem Mädel nichts zustößt – Ihre Worte, Herr Fischer. Erinnern Sie sich?«

Der folgende Mix aus Gegrummel, Geknurre und Verwünschungen ließe sich in keiner Sprache dieser Erde auch nur annähernd wiedergeben. Mir egal, wichtig war allein, dass sich der Kommissar nach dem Ende dieses seismischen Bebens bequemte, das Autokennzeichen des Unbekannten zu notieren.

»Und wenn irgend möglich, schnell«, flötete ich zum Abschied.

Er legte auf.

Mittlerweile hatten wir den Stienitzsee erreicht. Ich ließ den Stalker so weit davonziehen, dass ich seinen Wagen gerade noch erkennen konnte. Einmal fürchtete ich ihn schon verloren zu haben, aber nach einem kleinen Zwischenspurt mit rauchenden Reifen auf der Überholspur hatte ich ihn wieder. Gleich darauf kündigten Hinweisschilder die A 10 an, den Berliner Stadtring. Doch der Stalker fuhr weiter geradeaus, auf die tief im Westen stehende Sonne zu.

Die Bebauung wurde immer dichter, der Verkehr ebenso. Hoppegarten hieß der nächste Vorort. Gab es da nicht eine berühmte Galopprennbahn? Nutzloses Detailwissen, das irgendeine Gehirnzelle in Beschlag nahm. Dann Mahlsdorf, Kaulsdorf – von wegen Dörfer! Eine Abzweigung nach Marzahn kündigte sich an. Aber auch sie ignorierte der Mann vor mir. Hielt unbeirrt auf das Stadtzentrum zu.

Plötzlich mein Handy. Kommissar Fischer!

»Wie sind Sie diesem Herrn auf die Spur gekommen?«, begann er ohne Vorrede. »Was hat er angestellt?«

»Herr Fischer! Ich habe jetzt keine Zeit für Plaudereien. Geben Sie mir den Namen?«

»Den kriegen Sie, keine Sorge. Trotzdem wüsste ich gern, unter welchen Umständen Sie auf ihn gekommen sind.«

»Nicht jetzt, verdammt noch mal! Ich verspreche Ihnen hoch und heilig, dass ich Sie informieren werde. Aber erst muss ich den Berliner Stadtverkehr überleben.«

»Soso«, murmelte der Kommissar.

»Den Namen, Herr Fischer!«

»Tietje heißt der Mensch. Ralf Tietje.«

»Und seine Anschrift?«

Er nannte mir eine Adresse in der Landsberger Allee. Vor mir leuchteten die Bremslichter eines Kleinlasters auf. Einhändig zog ich links an dem Hindernis vorbei, verringerte aber sofort die Geschwindigkeit, als ich Tietjes Wagen in geringer Entfernung zu Gesicht bekam.

»Das liegt in Friedrichshain«, drang es aus dem Handy.

»Danke, dann kann ich jetzt einen Gang runterschalten. Der Kerl scheint auf dem Heimweg zu sein.«

»Tja, Hals- und Beinbruch, oder wie man so sagt. Sie interessieren sich nicht zufällig für die Berufsbezeichnung dieses Herrn?«

»Immer her damit. Ist sie denn interessant?«

»Kann man so sehen.« Der Kommissar ließ ein meckerndes Lachen hören. Und fand, kaum hatte er mir Tietjes Beruf durchgegeben, ein schallendes Echo in Berlin.

Da verfolgte ich doch tatsächlich einen Privatdetektiv!

Okay, auf meinen Heidelberger Lieblingskommissar war Verlass. Landsberger Allee, sehr schön. Wo immer das auch war. Ein Navigationsgerät hätte ich jetzt gebraucht. Aber bis ich mich da durch die Bedienungsanleitung gewühlt hatte, lag Tietje schnarchend im Bett. Also dranbleiben und ihn an der eigenen Haustür abfangen.

Der Verkehr wurde immer dichter.

Viel wusste ich nicht von Berlins Topografie. Dass wir Friedrichshain jedoch noch nicht erreicht hatten, als Tietje plötzlich die B 5 verließ, stand außer Zweifel. Lichtenberg, las ich auf einem Hinweisschild rechter Hand. Wo wollte er hin? Die Fotos ausdrucken? Neue Aufnahmen schießen? Es dauerte eine ganze Weile, bis ich eine Antwort auf diese Fragen erhielt. Rechts ging es, links und wieder rechts, kreuz und quer durch den Berliner Großstadtdschungel. Ich musste schwer auf der Hut sein, Tietje nicht zu verlieren, ohne ihm allzu dicht auf die Pelle zu rücken. Gerade fuhr er bei Gelb über eine Ampel! Fast hätte ich einen Fußgänger aufgegabelt, als ich bei Dunkelrot hinterher jagte.

Noch so eine Aktion, und mir war eine Schlagzeile in der Presse von morgen sicher.

Endlich drosselte er das Tempo, blinkte rechts und schlich, ganz offensichtlich auf der Suche nach einem Parkplatz, an einer Reihe von abgestellten Autos vorbei. Ich überholte, sah ihn im Rückspiegel einparken und suchte mir ebenfalls ein Plätzchen. 100 Meter weiter fand ich eins.

Über Außen- und Rückspiegel verfolgte ich seine Bewegungen. Er schloss seinen Wagen ab, ging ein paar Schritte zurück und verschwand, ohne sich noch einmal umzusehen, in einer Kneipe.

Was jetzt?

Unentschlossen trommelte ich auf dem Lenkrad herum. Meiner Ansicht nach gab es genau zwei Möglichkeiten. Ich konnte die Gunst der Stunde nutzen und zu Tietje nach Hause fahren. Vielleicht stand ja ein Fenster seiner Wohnung offen? Von wegen Berliner Luft und so? Sehr witzig. Alternativ konnte ich mich in seiner Kneipe an den Tresen setzen und ein Bier bestellen. Wollte schon immer mal die Gastronomie unserer Hauptstadt erkunden. Und wenn Tietje mich kannte? Eben im Sportzentrum hatte seine Aufmerksamkeit den Leichtathleten gegolten. Als er vor einigen Wochen in Ziegelhausen aufgetaucht war, hatte ich meinen Job noch gar nicht angetreten. Wenn Katinka recht hatte, war er auch in Frankfurt gewesen, allerdings nach uns. Wobei sich nicht abschätzen ließ, wie oft er Katinka bereits aufgelauert und sie dabei in meiner Begleitung gesehen hatte.

Na, und wenn schon! Dann kannte er mich eben. Die beste Grundlage für ein Gespräch unter Männern!

Ich stieg ebenfalls aus und tappte zu der Kneipe hinüber. »Zum alten Leuchtturm«, stand über dem Eingang, was mich einigermaßen irritierte. Wo gab es denn einen Leuchtturm in Lichtenberg? Angegammeltes Erscheinungsbild, die Fenster klein, dahinter schwere, nikotingelbe Häkelvorhänge. Dank Happy Hour kostete das große Pils zwischen 17 und 19 Uhr nur 2,50 Euro. Also jetzt. Noch ein Grund, die Kneipe zu beehren. Trotzdem spähte ich zuerst durch die beiden Fenster, in der vagen Hoffnung, Tietje beim konspirativen Treff mit einem prominenten Auftraggeber zu erwischen. Außer schummrigem Deckenlicht und einem unbesetzten Tisch in Fensternähe konnte ich jedoch nichts erkennen.

Nun, denn. Ich wollte eben nach der Klinke greifen, als die Tür von innen geöffnet wurde. Tietje stand auf der Schwelle, in der Linken ein frisch gezapftes Bier, und nickte mir zu.

»Nur herein, Kollege!«

18

»Kollege?«, tat ich ahnungslos. »Sind Sie denn auch Privatdetektiv?«

Dann griff ich zu dem Bier, das vor mir auf dem Tisch stand, und nahm einen Schluck. Es war höchstens mittelmäßig, aber dreimal besser als die Kneipe mit ihrem eichendunklen Mobiliar, dem fiependen Glücksspielautomaten in der Ecke und einem Wirt, dem das Brusthaar silbergrau aus dem Hemd kroch. Der Kippendunst vergangener Dekaden hing auch Jahre nach Einführung des Rauchverbots noch überall. Trotz Happy Hour war das Lokal schlecht besucht, lediglich eine Handvoll halbseidener Gestalten lungerte um den Tresen herum. Tietje hatte mich zu einem abseits stehenden Ecktisch gelotst. Das große Beschnuppern konnte beginnen.

»Wie lebt es sich da unten in der Kurpfalz?«, gab er zurück.

»Prächtig«, antwortete ich, mir den Bierschaum von der Oberlippe wischend. Tietje hatte seine Frage ganz neutral formuliert, trotzdem meinte ich, den Hochmut des Städters aus ihr herauszuhören. Kurpfalz: Dritte Welt! »Aber das wissen Sie ja aus eigener Anschauung, Herr …?«

»Ralf.« Er drehte das Glas in den Fingern. »Einfach Ralf. Keine Verrenkungen.«

»Okay.« Ich wartete. Tietje hatte einen trägen, massigen Körper, der so manchem altersschwachen Stuhl zum Verhängnis werden konnte. In seinem vernarbten Gesicht tat sich wenig; selbst wenn er sprach, bewegten sich nur ein paar Muskeln rund um die aufgeworfenen Lippen. Er trug eine raumgreifende Brille wie die Bösewichter in den Achtzigerjahre-Krimis, was seine kleinen Augen noch kleiner erscheinen ließ. Seine Jacke hatte er über die Stuhllehne gehängt.

»Du bist noch nicht lange im Geschäft?«, fragte er schließlich.

»Geht so.«

»Wenn du nicht in der Provinz leben würdest, könnte ich dir beibringen, wie man Leute beschattet. Ohne ihnen gleich die Stoßstange abzufahren.«

»Prima wäre das. Dann würde ich dir beibringen, wie man Fotos macht, ohne gleich dem letzten Kurpfalzdeppen aufzufallen.«

»Vielleicht ist es mir ja egal, ob ich auffalle«, entgegnete er unbeeindruckt, doch ich glaubte ihm nicht.

Einer der Tresenbelagerer rappelte sich auf und schlurfte zu dem Automaten hinüber. Das Gerät beantwortete seinen Münzeinwurf mit freudigem Glucksen und Piepsen.

»Wer hat dich engagiert?«, fragte Tietje. »Die Glück selbst? Die hat doch kein Geld.«

»Aber sie hat Unterstützer.«

»Und? Sehr langweilig, der Auftrag?«

»Überhaupt nicht. Man ist viel an der frischen Luft.«

»Entsetzlich.«

Das wiederum glaubte ich ihm. Mit Frischluft und Bewegung hatte es mein schwerfälliger Kollege nicht so. Er nahm einen langen Schluck Bier, dann griff er nach seinem Autoschlüssel, der vor ihm auf dem Tisch lag, und begann damit herumzuspielen.

»Pass auf, Sportskamerad«, sagte er. »Du kannst dir deine Fragen sparen. Und nun sag nicht, welche Fragen. Sieht ja ein Blinder, dass du kaum noch an dich halten kannst mit deiner Kurpfälzer Neugier. Von mir wirst du nichts erfahren. Ich werde dir nicht sagen, was ich tue und was ich vorhabe, ich werde dir keine Auftraggeber nennen und auch nicht, ob es solche überhaupt gibt. Versuch es erst gar nicht. Ich mache keine Andeutungen, lasse dich nicht raten, kapierst du, da ist einfach nichts zu holen. Käuflich bin ich auch nicht, falls du das denkst. Jedenfalls nicht für dich. Falls du Hoffnung auf irgendeinen Deal zwischen uns beiden hast: Vergiss es! Keine Chance. Null und nada.« Mit der Spitze des Autoschlüssels bohrte er sich in die Kuppe seines Zeigefingers.

»Dafür, dass du nichts sagen willst«, grinste ich, »war das eine verdammt lange Ansprache.«

»Bei manchen Leuten muss man eben etwas deutlicher werden.«

»Schade, und ich dachte, wir zwei, so unter Kollegen …«

Er hob eine Braue. Was da an Verachtung aus seinen Äuglein troff!

»Mich hätte schon interessiert, was du von Katinka Glück willst«, fuhr ich fort. Natürlich würde ich ihm keine Antwort entlocken können, aber so ganz ohne Geplauder sollte er mir nicht entkommen. »Oder geht es gar nicht um sie? Geht es um das Team? Den DLV? Die deutsche Leichtathletik?« Ich deutete einen kumpelhaften Rippenstoß an. »Mensch, Ralf, nun zier dich nicht so. Gib mir wenigstens einen Tipp!«

Schweigen. Nur der Autoschlüssel klapperte vor sich hin. Stumm schüttelte Tietje sein Ermittlerhaupt.

»Weißt du, ich tappe völlig im Dunkeln. Mir will nicht

in den Kopf, dass jemand einer Frau wie Katinka Glück etwas Böses antun könnte. Einer absoluten Vorzeigesportlerin! Das macht doch keinen Sinn.«

Tietje schwieg weiter. Er schaute nicht einmal auf, als der Glücksspieler am anderen Ende der Gaststube mit der Faust gegen den Apparat schlug.

Ohne meinen Tischnachbarn aus den Augen zu lassen, setzte ich meinen Monolog fort. »Katinka konnte es ja auch nicht glauben. Bis zu dem Moment, als man ihr einen Startverzicht nahegelegt hat.«

Tietje spielte den Eisenhans. Keine Reaktion! Und nur mir, der ich ihn scharf beobachtete, war aufgefallen, dass seine Lider kurz auseinander geschnellt waren. Sieh an, von der Karlsruher Kiste wusste er nichts. Plötzlich hielt er auch seinen Schlüssel ruhig in der Hand.

»Wenn ich nur wüsste, wer dahintersteckt!«, sagte ich. »Mensch, Ralf, kannst du mir nicht helfen? Bei dir geht es doch bestimmt um eine ganz andere Sache. Wahrscheinlich kommen wir uns ab jetzt nie wieder in die Quere.«

»Quatscht ihr da unten alle so viel?«, brummte er und hob sein Glas zum Mund.

»Logisch. Wer das nicht kann, bekommt keine Aufenthaltserlaubnis. In deinem Fall sehe ich schwarz, Ralf. Aber vielleicht korrigierst du meinen Eindruck ja?«

Bedächtig setzte er sein Glas ab. Anschließend war wieder der Autoschlüssel dran. »Bei euch Jungspunden«, sagte er, ohne mich anzusehen, »weiß man nie, wie ihr reagiert, wenn ihr auf Granit beißt. Falls du auf die irrwitzige Idee kommen solltest, mir die Polizei auf den Hals zu hetzen – lass es lieber. Kann sein, dass ich vor einigen Wochen einen Trip nach Heidelberg unternommen habe. Wollte halt auch mal den Touristen spielen. Und falls ich beim Spaziergang durch den Odenwald ein wenig vom Weg abgekommen sein sollte, so what? Ansonsten bin ich ein großer Fan unserer Leichtathleten, die ich regelmäßig in Kienbaum besuche. Meine Fotos von dort sind selbstverständlich nur für den privaten Gebrauch bestimmt.«

»Wunderbar. Von so erfahrenen Kollegen kann man einiges lernen.«

»Ansonsten fand ich es … nun, sagen wir: interessant, dass die Glück neuerdings einen Aufpasser braucht. Bisschen übertrieben, meinst du nicht? Vielleicht hat man dir gar nicht alle Gründe genannt, warum du den Job gekriegt hast.« Er warf mir einen kalten Blick zu. »Vielleicht verschweigt dir deine Katinka ja etwas.«

»Also, auf den Gedanken bin ich noch gar nicht gekommen«, grinste ich, und ich bin sicher, mein dämliches Grinsen nagte an ihm, auch wenn er sich nichts anmerken ließ. Oder doch?

»Wirklich«, sagte er nach einem weiteren Schluck Bier, »du bist die ärmste Sau im ganzen Stall, Kleiner. Du weißt nichts. Gar nichts.«

»Tja.« Bedauernd hob ich die Arme.

»Und selbst wenn du etwas wüsstest – das hier ist zu groß für dich. Zu heiß. Lass die Finger von der Sache, sonst verbrennst du dich. Schau zu, dass der Glück nichts passiert, und leg ansonsten die Ohren an. Verstanden?«

Ich überlegte. »Um ehrlich zu sein: nein.«

»Einen Moment.« Er stand auf und ging zum Tresen hinüber, wo er eine geflüsterte Unterhaltung mit zwei Gästen begann. Jungs, die mir überhaupt nicht gefielen. Vom Aussehen her passten sie zwar zur Kneipe, aber genau das war der Punkt. Auch ihr Getuschel gefiel mir nicht. Die Art, wie sie die Köpfe zusammensteckten, wie sie zu mir herüberlinsten und verständnisvoll nickten …

Ich saß auf der Stuhlkante. Was hatten die vor?

Dass Tietje die zwei kannte, sah man auf den ersten Blick. Wahrscheinlich hatte er mich ganz gezielt in den Leuchtturm gelotst. Er hatte gemerkt, dass er verfolgt wurde, und beschlossen, seine Stammkneipe anzusteuern. Um sich Verstärkung zu holen. Auch der Wirt musterte mich schon feindselig, obwohl er nichts von der Unterhaltung mitbekam. Dass Tietje die beiden angesprochen hatte, konnte nur eines bedeuten: Er wollte mich loswerden. Erst der Lackmustest: Was weiß der Koller? Nichts? Nicht einmal meinen Namen? Na, dann weg mit ihm. Auch wenn seine Kumpel weder besonders helle noch reaktionsschnell wirkten: Sie waren zu zweit und hatten bestimmt schon so manchen Humpen gestemmt.

Kirmesattraktionen halt.

Das war aber nicht das Einzige, was mir – schneller, als die Polizei erlaubt – durch den Kopf fuhr. Denn da gab es ja noch den Autoschlüssel. Tietjes Schlüssel. Da er nicht mehr zum daran Herumspielen benötigt wurde, lag er einsam und verlassen vor mir auf dem Tisch. Einfach so. Ein Autoschlüssel. Und das dazugehörige Gefährt stand draußen vor der Kneipe. Einen Steinwurf entfernt.

Also?

Nichts also. Die blöde Kneipe war einfach zu klein. Vom Tresen bis zum Ausgang betrug die Entfernung vielleicht drei Meter. Tietje brauchte bloß einen Ausfallschritt zu machen, um mich an der Flucht zu hindern. Und selbst wenn ich es schaffte: Bis ich seinen Wagen bestiegen und den Motor in Gang gesetzt hatte, saß die komplette Leuchtturm-Besatzung bei mir auf der Rückbank.

Der Schlüssel blieb also, wo er war. Stattdessen tat ich etwas anderes. Genau genommen tat es meine rechte Hand, Sekundenbruchteile, bevor mein Verstand es registrierte. Unter dem Tisch schob sie sich ganz vorsichtig in die Tasche von Tietjes Jacke, die über seinem Stuhl hing. Denn das war es, was mir der Schlüssel in seiner Einsamkeit die ganze Zeit unhörbar zugerufen hatte: Ich bin so allein, Max! Wundert es dich nicht, dass ich so allein bin?

Ganz allein war er zwar nicht, denn er hing ja an einem grünen Ledermäppchen. Allerdings fehlte, da gab ich ihm recht, der Rest seiner großen, verzweigten Schlüsselfamilie: Haus, Keller, Briefkasten, Rad, Schuppen, Safe. Nichts zu sehen, nichts vorhanden. Null und nada, wie Ralf Tietje zu sagen pflegte.

Aber wo waren sie dann, wenn nicht in Begleitung ihres Kollegen von der Autofront?

Meine tastende Hand gab mir die Antwort.

Als Tietje wieder bei mir am Tisch stand, war er seinen Schlüsselbund bereits los. Er wusste es nur noch nicht. Hinter ihm bauten sich seine Kumpel auf, eindrucksvoll wie die Stadtmauer von Theben.

»Noch einmal mein Rat«, sagte er mit seiner teigigen Stimme, »halt dich raus aus der Sache. Pass auf die Glück auf, aber vor allem auch auf dich. Die beiden hier«, sein Daumen zeigte über die Schulter, »helfen dir dabei.«

Wie auf Kommando nahmen die beiden Witzfiguren neben mir Platz. Einer rechts, einer links, wie es sich gehörte. Der rechts Sitzende reichte Tietje die Jacke.

»Zu viel der Ehre«, grinste ich, während der Detektiv sie überzog.

»Das Bier geht auf mich. Falls du noch eins möchtest, Kleiner, fühl dich frei. Wegen mir kannst du hier auch saufen bis morgen früh.«

Aus dem Hintergrund moserte der Wirt, aber Tietje würdigte ihn keines Blickes. Er klaubte den Autoschlüssel vom Tisch und verließ die Kneipe.

Und jetzt?

Als mein Berufskollege gegangen war, herrschte erst einmal Stille. Darin bestand ja ihre ureigene Funktion: zu herrschen. Wo es aber einen Herrscher gab, gab es auch Untertanen. Diese Rolle spielten wir anderen und ganz besonders ich. Von allen Untertanen war ich derjenige am Ende der Stufenleiter, der Bodensatz, wenn man so will. Und dort hatte ich zu bleiben, wie ich postwendend vorgeführt bekam.

Ich erhob mich nämlich probehalber von meinem Stuhl, grinste ein »Bis demnächst, Leute« in die Runde und hatte mich noch nicht zu voller Größe aufgerichtet, als meine Aufwärtsbewegung von zwei Händen gebremst wurde. Eine rechts auf meiner Schulter, eine links, wie gehabt. Unten bleiben!, hieß die Geste, und warum ich ausgerechnet in diesem Moment an Stuttgart 21 denken musste, weiß ich bis heute nicht.

Also Pustekuchen mit Aufstehen. Der Typ links von mir grinste herausfordernd. Seehundschnauzer, rotgeränderte Augen und jede Menge Billigklunker an den Fingern. Bei seinem Kollegen hatte Mutter Natur am Kinn gespart, dafür war er einen halben Quadratschädel größer und dreimal haariger als ich. Zwei nette Berliner Jungs, die einen vor lauter Gastfreundlichkeit gar nicht mehr gehen lassen wollten.

»Noch 'n Bier, Kollege?«, fragte der Seehund und zeigte auf mein leeres Glas.

Ich schüttelte den Kopf. »Lohnt nicht für die paar Minuten.«

»Wir ham Zeit«, blökte sein Kumpel ernsthaft. »Ehrlich.«

Nun, das glaubte ich ihm sogar. Beide sahen sie aus, als hätten sie nichts so sehr im Überfluss wie Zeit. Im Gegensatz zu mir. Und zu Tietje. Dem ging es mit seiner Aktion ja offenbar gerade darum, Zeit zu gewinnen. Erst dachte ich, meine neuen Tischnachbarn sollten mir eine Abreibung verpassen, dabei hatten sie bloß meine Abfahrt zu verzögern. Und warum? Weil Tietje einen Vorsprung brauchte. Wollte er vor mir zu Hause sein? Um Material verschwinden zu lassen? Unwahrscheinlich. Was seine Adresse anging, hielt er mich ja für ahnungslos, und in den eigenen vier Wänden waren seine Unterlagen vor Schnüfflern wie mir immer noch am sichersten – solange ich nicht in den Besitz eines Schlüssels kam. Vielleicht hatte Tietje ein ganz anderes Ziel. Einen Kontaktmann vielleicht oder seinen Auftraggeber. Und ich sollte ihm dorthin nicht folgen.

Ja, das klang überzeugender. Blieb die Frage, wann er den Verlust seiner Schlüssel bemerkte.

»Seehund auf Leuchtturmfelsen«, erklärte ich meinem Nachbarn zur Linken. »Idyllischer geht es nicht.« Auch wenn er daraufhin glotzte wie Kartoffelsalat, war er im Falle eines Falles der Gefährlichere der beiden. Bis sein langer Kumpel begriff, dass ich türmen wollte, hätten sie ein paar Straßen weiter die Mauer wieder hochziehen können.

Nur wie ich es anstellen sollte abzuhauen, war mir noch nicht klar. Sicherheitshalber tastete ich nach meinem Autoschlüssel. Der ruhte griffbereit in meiner Hosentasche. An ihm sollte es also nicht scheitern.

Ich war eben dabei, die Gegenstände um mich herum in Fluchthelfer und Hindernisse zu sortieren, als sich die Tür der Kneipe öffnete. Und herein stolzierte: ein Sahneschnittchen. Eine Chilischote. Eine Berliner Sexbombe. Tock, tock, tock machten ihre Absätze auf dem knarzigen Dielenboden. Der komplette Leuchtturm vergaß zu atmen.

Okay, in meinen Augen – den Augen eines verklemmten Provinzdjangos – handelte es sich bei der Braut bloß um eine waghalsig aufgebrezelte Großstadttussi mit Brustspoilern, Wackelhüfte und schwarzen Netzstrümpfen von H & M. Großzügig aufgetragenes Make-up reduzierte die Mimik auf ein Minimum. Dafür aber: platinblonde Föhnlocken im Löwenstyling, Solariumsbräune, Lippenstift in silbermetallic. Und dort, wo ihr knisterndes Oberteil der Fülle des Busens nicht mehr Herr wurde, öffnete sich ein Dekolleté, dessen verheißungsvolle Tiefe ... na, stellt euch einfach den Marianengraben vor, Leute, dann liegt ihr richtig.

Für einen Moment hatte das Weib meine volle Aufmerksamkeit. So ganz kann ja niemand aus seiner Männerhaut. Dann aber fiel mein Blick auf die beiden Helden neben mir. Dass ihre Augäpfel noch in den Höhlen steckten, war ein Wunder. In Gedanken und Blicken tauchten die zwei gerade ab in die Tiefseeschlucht zwischen den Brustansätzen der Dame. Dorthin, wo das Ewigweibliche lockte oder wenigstens ein falscher Brillant im Bauchnabel.

Und bis sie von dort wieder aufgetaucht waren, würde es dauern!

Ohne nachzudenken, schnellte ich aus meinem Stuhl hoch, stieß den Tisch gegen den Seehund und stürzte an ihm vorbei Richtung Ausgang. Um nicht aus der Kurve getragen zu werden, stützte ich mich kurz an der prallen Oberweite der Dame ab – viel Natur war da wirklich nicht – und griff im nächsten Moment nach der Türklinke. Hinter mir klirrte, krachte, schepperte und fluchte es. Tür auf, raus mit dir, Max, und sofort nach rechts, zum Auto.

Im Rennen zog ich den Schlüssel aus der Tasche und drückte auf die Entriegelung. In einiger Entfernung blinkte es. Passanten wichen mir aus, riefen mir Unverständliches nach. Ich sah mich nicht um. Erst als ich den Wagen erreicht hatte, wagte ich einen Blick über die Schulter. Der Lange storchte mit fuchtelnden Armen in meine Richtung. Doch mein Vorsprung war beruhigend. Ich sprang ins Auto, betätigte die Zündung und brauste davon.

Wie gut, dass ich voll im Lauftraining war!

19

Ich fuhr nicht weit. Um zwei Häuserblocks herum, dann eine längere Gerade entlang, an deren Ende ich einen Taxistand entdeckte. Genau das, was ich brauchte.

Ein Parkplatz war schnell gefunden. Aber jetzt! Durchatmen, Max. Bring etwas Ordnung in deine Gedanken. Ist das, was du vorhast, auch wirklich das Richtige? Wo steckt Tietje? Willst du die Durchsuchung seiner Wohnung nicht lieber verschieben? Was, wenn er plötzlich auftaucht? Wenn er dir schon längst vor der Haustür auflauert? Mit einer Knarre vielleicht oder einem Totschläger?

»Denk kein Blech«, knurrte ich halblaut und stieg aus. So rasch würde sich Tietje nicht in der Landsberger Allee blicken lassen. Wenn er seinen Schlüsselbund vermisste, würde er zurück in den Leuchtturm fahren. Erfuhr er unterwegs von meiner Flucht, wohl auch. Schließlich ahnte er nicht, dass ich seinen Namen und seine Adresse kannte. Okay, er musste damit rechnen, dass ich sie irgendwann herausbekam. Irgendwann – aber nicht in der nächsten halben Stunde. Der günstigste Zeitpunkt, meinem Kollegen zu Hause einen Besuch abzustatten, war jetzt. Je früher, desto besser.

»Zur Landsberger Allee«, sagte ich dem Taxifahrer. »Und wenn Sie Lust auf einen neuen Geschwindigkeitsrekord haben – von mir aus gern.«

»Sonst geht's gut?«, lautete die Antwort.

Typisch, da erwischte ich schon mal einen italienisch aussehenden Fahrer, und dann benahm er sich wie ein deutscher Paragrafenreiter!

Während er mich nach Friedrichshain kutschierte, ging es weiter mit dem Hin- und Herwälzen der Argumente. Wohin fuhr Tietje in diesem Moment? Warum brauchte er einen Vorsprung? Um jemanden zu warnen? Möglich. Sagen wir: eine Person, mit der er nicht zusammen gesehen werden wollte. Achtung, dieser Koller aus Heidelberg ist uns auf der Spur; besser, du tauchst eine Weile unter. Oder es ging doch um Material, das er verschwinden lassen wollte.

Wie auch immer, das Blatt hatte sich gewendet. Nun war ich es, der die weiteren Aktionen bestimmte. Der Provinzler! Geschah ihm recht, dem arroganten Hauptstadtklops.

Mittlerweile war es dunkel geworden. Die Lichter der Autos, der Laternen und Gebäude summierten sich zu einem vielfarbigen Großstadtpuzzle. Doppeldeckerbusse zwangen meinen Taximann mehrfach zum Ausweichen.

Endlich, die Landsberger Allee. Tietjes Zuhause erwies sich als Riesenblock aus sozialistischer Ära, der effektiv, aber lieblos renoviert worden war. Zwitterhaft wirkte das Gebäude jetzt: rundum gedämmte Plattenbautechnik, ein Balg der Systeme.

Und in welchem der sechs oder sieben Stockwerke hauste der Detektiv?

»Sagen Sie«, wandte ich mich an den Fahrer, »würde es Ihnen etwas ausmachen, bis zur Wohnungstür mit mir zu kommen? Ich kriege manchmal so Beklemmungen, wenn ich allein durch die Flure gehen muss. So Zustände.«

Sein Kopf schnellte herum. »Nein!«, stieß er mit greller Stimme hervor. »Nein, solche Sachen mache ich nicht! Da sind schon Dinge passiert ... Auf keinen Fall. Bitte gehen Sie!«

»Schade.« Ich stieg aus. »Dann rufen Sie wenigstens den Notarzt, falls ich mich vor lauter Panik aus dem sechsten Stock stürzen sollte.«

Mit quietschenden Reifen fuhr das Taxi an. Feigling!

Das Gesicht tief im Kragen meiner Jacke verborgen, überquerte ich die Straße. Alles musste man selber machen! Gut, dass es dunkel war. Nicht mit dem Smart vorzufahren, war bloß eine Vorsichtsmaßnahme gewesen. Wenn Tietje irgendwo auf der Lauer lag, sollte er mich nicht sofort bemerken. Zwischen zwei parkenden Autos wartete ich einen Moment und blickte mich nach allen Seiten um. Nichts Verdächtiges in Sicht. Dann zog ich Tietjes Schlüsselbund hervor. Mal sehen: ein kleiner Briefkastenschlüssel, einer für den Keller oder Speicher, noch so einer, dann der zu einem Fahrradschloss ... Drei Schlüssel blieben übrig, die zur Haustür passen konnten. Mit dem größten der drei zwischen Daumen und Zeigefinger eilte ich zum Eingang hinüber.

Gleich der erste Versuch saß. Ich war drin! Die gesamte Aktion hatte nur wenige Sekunden gedauert.

Im Hausflur herrschte Stille. Es roch säuerlich. Wo befand sich Tietjes Wohnung? Linker Hand die Briefkästen. Ich machte Licht, entdeckte seinen Namen in der dritten Reihe von unten und huschte sofort weiter, hoch in den ersten Stock. Der empfing mich mit gedämpfter Musik aus einer der Wohnungen. Glamour Rock, Achtzigerjahre. Hinter einer anderen Tür wurde gestritten. Ich hätte gern mitdiskutiert, aber keine Zeit. Noch eine Treppe nach oben. Wenn mir Tietje irgendwo auflauerte, dann hier.

Im selben Moment ging das Licht aus.

Natürlich, es hatte ja so kommen müssen. Immer, wenn es spannend wird, verlöscht das Licht. In ganz Friedrichshain. Bild-Schlagzeile morgen früh: Stromausfall in der Hauptstadt. Russische Atombombe kracht auf Berliner Umspannwerk. Merkel regiert bei Kerzenschein.

Aber vielleicht war es auch keine Atombombe, sondern bloß die Zeitschaltuhr. In ein paar Metern Entfernung schimmerte es schwach. Der Lichtschalter. Ein Adrenalinschub katapultierte mich zu dem Schalter. Das Licht flammte auf. Ich war allein.

Durchatmen. Jetzt die Wohnungstür. Gleich die erste war es. R. Tietje. Vor der Tür ein brauner Fußabtreter: »Welcome!«

»Na, dann«, murmelte ich und schloss auf. Die Tür öffnete sich geräuschlos. Ich sah in eine kleine, penibel aufgeräumte Diele, die vom Flurlicht ausreichend erhellt wurde. Welcome … Wie viel Zeit blieb mir?

Abwarten. Den Atem anhalten, um sich ganz auf externe Geräusche konzentrieren zu können. Oder interne: aus der Wohnung stammend. In jedem Fall Geräusche außerhalb meines eigenen Körpers, jenseits des rauschenden Blutflusses und des hämmernden Herzschlags.

Nichts. Kein Geräusch. Niemand da.

Die Stille gefiel mir nicht. Ich trat lärmend ein, drückte den Lichtschalter und warf die Wohnungstür hinter mir ins Schloss. Rief: »Grüß Gottchen, Ralf! Die Kurpfalz ist zurück. Wir können weiterratschen.«

Immer noch nichts. Drei Türen gingen von der Diele ab. Ich stieß eine nach der anderen auf und schickte lustige Botschaften in die dahinterliegenden Zimmer: »Schlüsselbund schon vermisst? Hier ist er! Endlich sehe ich, wie die Profis so wohnen. Nicht so schüchtern, Ralfi! Ich bin's nur!«

Hinter der ersten Tür prallte mein Ruf sofort gegen eine

Wand, es handelte sich nämlich um eine Art Abstellkammer. Dann kam das Bad, daneben ein größerer Raum. Ich trat ein und knipste das Licht an. Tietjes Wohnzimmer. Sofa, Bücherwand, Flachbildschirm, Tisch, seitlich eine Küchenzeile. Mochte mein Kollege auch etwas schmierig wirken, in seiner Wohnung wusste er Ordnung zu halten. Keine Zeitungen auf dem Boden, kein dreckiges Geschirr neben der Spüle, sogar die Blumen am Fenster machten einen frischen, freundlichen Eindruck. Ich ertappte mich bei dem Gedanken, dass Christine, meine Ex, begeistert wäre, würde ich meine Behausung nur annähernd so pfleglich behandeln wie Tietje die seine.

»Spießer!«, fluchte ich und ging weiter.

Am Ende des Wohnzimmers führte eine vierte Tür zu einem Schlafraum. Ein kurzer Blick genügte, um mich davon zu überzeugen, dass ich das Ende von Tietjes Wohnung erreicht hatte.

Und das gefiel mir überhaupt nicht.

Diele, Abstellkammer, Bad, Wohnzimmer mit Küchenzeile, Schlafzimmer – wenn das alles war, hätte ich mir meine Aktion schenken können. Wo, verdammt noch mal, befand sich Tietjes Büro? Sein Arbeitszimmer oder wenigstens sein Schreibtisch? Irgendwo musste der Ermittler doch seine Unterlagen verstaut haben! Vielleicht fand ich wenigstens ein Notebook oder eine Handvoll DVDs, man sollte die Hoffnung ja nie aufgeben. Aber wo? Neben Tietjes Bett vermutlich nicht.

Ich stürzte zurück ins Wohnzimmer, überflog die Bücherregale, riss an Schubladen auf, was es gab – und fand nicht den geringsten Hinweis auf den Beruf meines Kollegen. Nicht einmal Kontoauszüge oder einen Ordner mit Korrespondenz. Der Privatdetektiv Tietje fand in dieser Wohnung nicht statt.

Die Fotos an der Wand: nichtssagend. Irgendwelche Urlaubsbilder, ein Fußballteam, ein paar Jungs mit Bierflaschen in der Hand. Keine Frau, keine Familie – Tietje, der einsame Wolf. Eine Schublade enthielt tatsächlich eine DVD-Sammlung, aber da handelte es sich um Filmklassiker in Schwarz-weiß, brav im Handel erstanden und nicht etwa illegal aus dem Netz geladen. Es gab ja auch keinen Computer in der Wohnung.

Rüber zur Küchenzeile, jede Schranktür einzeln geöffnet. Das übliche Kochzubehör, nichts sonst. Seitlich eine Pinnwand aus Kork, was man unter diesen Umständen schon als Glückstreffer bezeichnen musste. Einige Visitenkarten steckten dort, Notrufnummern, das Prospekt eines Pizza-Services, die Öffnungszeiten eines Hallenbads, ein paar Namen, notiert in winziger, überkorrekter Handschrift, die zum Zustand der Wohnung passte. Ich zückte mein Handy und fotografierte die gesamte Pinnwand. Machte auch Bilder vom Wohnzimmer, obwohl es keinen vernünftigen Grund dafür gab.

Okay, jetzt in die Diele. Tietjes Abstellkammer war vollgestopft mit all dem Kleinkram, den man zum Leben braucht, den man aber nicht täglich um sich haben will: Ersatzkleidung, Regenschirme, Putzmittel, Arbeitsmaterialien wie Nägel und Schraubenzieher, Taschenlampen, Müllbeutel, Staubsauger. Auch einen geblümten Kittel entdeckte ich, der mich vermuten ließ, dass Tietje eine Putzfrau beschäftigte.

»Spießer!«, wiederholte ich, aber wahrscheinlich war ich nur neidisch.

Zwischendurch horchte ich an der Außentür, ob sich im Hausflur etwas regte, doch dort blieb alles ruhig. Ins Bad warf ich nur einen kurzen Blick, gewissermaßen der Vollständigkeit halber. Dass Tietje hier keine Unterlagen horten würde, war klar. Dafür entdeckte ich etwas anderes: den Namen »Alice«, mit knallrotem Lippenstift oben auf den Badezimmerspiegel geschrieben. Dahinter ein Ausrufezeichen und ein Herz, ebenfalls rot.

»Oho«, murmelte ich. »Ralfi, du alter Schlingel! Wer hätte es gedacht …!«

Wobei festzuhalten war, dass auch diese Gefühlsäußerung in Tietjes Buchhalterschrift notiert worden war. Vielleicht handelte es sich bei Alice ja gar nicht um seine Freundin, sondern um die Putzfrau, die ihm sein Heim so sauber hielt. Oder seine Freundin musste sich in einen Blumenkittel werfen, um ihn auf Touren zu bringen.

»Selber Spießer!«, dachte ich – und ja, diesmal meinte ich in der Tat mich.

Tschüs, Alice. Jetzt blieb nur noch das Schlafzimmer. Und der Keller oder vielleicht eine Kammer oben auf dem Dachboden, falls Plattenbauten Dachböden hatten. Mir fehlte die Zeit, das zu überprüfen. Tietjes Büro musste sich irgendwo in der Stadt befinden, und wenn die Wohnung keinen Hinweis darauf enthielt, würde ich es wohl nie erfahren. Also lieber ein abschließender Blick in Tietjes Privatissimum und dann zurück zum Auto. Vielleicht gab es zu Madame Alice ja noch einen Nachnamen und ein Gesicht?

Von Tietjes Schlafzimmerwand aber lachte mich eine ganz andere Person an, und zwar unter eher merkwürdigen Begleitumständen. In einer Ecke des Raums hing nämlich eine Dartscheibe. Drei Pfeile steckten in ihr, darunter einer genau in der Mitte. Um der Wahrheit Genüge zu tun: Er steckte in der Stirn eines jungen Mannes, dessen Foto über die 12 geklebt war.

Voodoo in Friedrichhain? Ich fühlte einen unerwarteten Sympathieschub für Tietje. Von wegen Profi! Da kultivierte er einen hübschen Hass auf irgendjemanden, wie unsereins sich über nörgelnde Chefs oder gierige Vermieter ärgert. Wobei Tietje als Selbständiger keinen Chef hatte, und wie ein Vermieter sah der Jungspund auch nicht aus. Eher wie Alices aktueller Verehrer, gegen den ein aus dem Leim gegangener 50-Jähriger keine Chance hat.

Egal, ein Foto war die Sache allemal wert. Ich zog den Dartpfeil aus der Stirn des Typen und machte zwei Aufnahmen. Eines von ihm, aus nächster Nähe, und eines von der Scheibe. Anschließend steckte ich den Pfeil an seinen Platz zurück.

»Sorry«, murmelte ich.

Dann ging ich. Schaute noch kurz unter Tietjes Matratze und in seinen Nachttischschrank – nein, keine Schmuddelhefte zu entdecken –, knipste sämtliche Lichter aus, schloss die Türen. Wo blieb der Hausherr? Ich glaubte, es zu wissen: Er war zu seinem Büro gefahren. Und weil ich ihm dorthin nicht folgen durfte, hatte er mir seine beiden Aufpasser an den Tisch gesetzt. Zumindest dies hatte funktioniert. Wo Tietje arbeitete, und vor allem: woran er arbeitete, war mir nach wie vor ein Rätsel. Dafür hatte ich ihn als Person ein wenig besser kennengelernt.

Lippenstift und Dart-Voodoo! Seltsame Dinge trieben sie in Berlin.

Den Schlüsselbund warf ich in Tietjes Briefkasten. Irgendwie würde er schon an das Ding gelangen. Vorm Haus atmete ich erst einmal tief durch. Bevor ich nach einem Taxi winkte, schritt ich ein Stückchen die Landsberger Allee entlang. Komisch: Auch wenn die Aktion mit dem Schlüssel objektiv gesehen ein Misserfolg gewesen war, war ich bester Laune. Pfiff sogar vor mich hin.

Erst als ich in das Taxi stieg, wurde mir bewusst, was ich da die ganze Zeit pfiff. Einen Uraltsong von Arlo Guthrie: »You can get anything you want at Alice's restaurant.«

20

»Ein Privatdetektiv?«, sagte Katinka. »Jetzt begreife ich gar nichts mehr.«

»Ich doch auch nicht.«

»Warum schnüffelt ein Privatdetektiv hinter mir her, steht in meinem Garten rum und macht Fotos?«

»Sag du es mir.«

»Kann ich nicht!«, schnaubte sie.

Danach herrschte erst einmal Stille. Wir standen am Ufer des Liebenberger Sees und froren. So frühlingshaft die Tage anmuteten, so kalt waren die Nächte. Über uns ein schwach bewölkter Himmel, an dem einzelne Sterne blinkten. Ein Entenpaar schwamm geräuschlos vorbei. In der Ferne quakten Frösche – oder sagen wir: Da waren Geräusche, die ich für Froschquaken hielt. Obwohl Provinzler, hatte ich es nicht so mit den Tieren.

»Hoffentlich gibt das keine Erkältung«, murmelte Katinka und zog die Schultern zusammen.

»Und dann auch noch ein Berliner Ermittler«, sagte ich. »Das ist es, was mich am meisten irritiert. Möglicherweise liegt Tietje mit seinem Gefasel von der größeren Sache, um die es angeblich geht, gar nicht so falsch.«

»Was für eine größere Sache? Damit kann ich nichts anfangen!«

»Um eine Angelegenheit des Verbands zum Beispiel. Korruption beim DLV oder bei den Typen, die bei der Vergabe der Olympischen Spiele mitstimmen dürfen.«

»Damit habe ich doch nichts zu tun. Ich bin bloß Athletin.«

»Aber eine, die auch unangenehme Wahrheiten anspricht.

Oder würdest du vor einer Auseinandersetzung mit dem Verband zurückschrecken?«

Sie zuckte mit den Achseln. »Käme darauf an. Ich will vor allem eines: laufen. Und zwar in London.«

»Sicher.«

Aus der etwas entfernten Sauna am Seeufer drang Gelächter zu uns herüber. Fröhliches, männliches und irgendwie nacktes Gelächter. Warum gab es eigentlich keine Sauna in der Unterdruckkammer? Wenn die DDR nicht so prüde gewesen wäre, hätte der Sozialismus vielleicht eine Chance gehabt.

»Sieh es doch mal so«, sagte ich. »Der Mensch bei dir im Garten war kein Stalker und kein Spanner, sondern bloß ein harmloser Schnüffler, der sogar vor einem Typen wie mir den Schwanz einzog. Auch wenn wir nicht wissen, was er vorhat: Gefahr geht nicht von ihm aus.«

»Wollen wir's hoffen.«

»Morgen zeige ich dir ein paar Fotos, die ich bei Tietje gemacht habe. Vielleicht erkennst du darauf etwas wieder, was uns auf die richtige Spur bringt.«

»Okay.« Sie bückte sich, hob einen Stein auf und warf ihn flach über den See. Wir hörten ihn dreimal auf der Wasseroberfläche auftitschen, dann verschluckte ihn die Dunkelheit.

Die Sache mit den Fotos funktionierte allerdings nicht so, wie ich es mir vorgestellt hatte. Das Übertragungskabel für mein Handy lag nutzlos in Heidelberg herum, und ein Lesegerät für den Chip war nirgendwo aufzutreiben. Wir hatten schließlich Samstag. Ein Samstag in der Mark Brandenburg, Lichtjahre von der Metropole Berlin entfernt. Für einen Moment war ich versucht, Tietje in seiner Verachtung der Provinz beizupflichten. Anstatt die Aufnahmen großformatig auszudrucken, musste Katinka sie sich am Handy anschauen. Und erkannte nichts und niemanden. Weder den Unbekannten von der Dartscheibe noch sonst etwas. Tietjes Wohnzimmer war bloß ein Wohnzimmer, und als ich einige der Notizen auf der Pinnwand mithilfe meiner Erinnerung rekonstruierte, schüttelte sie bloß den Kopf.

»Bei uns hängen die Öffnungszeiten der Hallenbäder auch in der Küche. Was soll das bezwecken?«

Sie hatte recht, es war sinnlos. Tietje hatte Privates und Berufliches derart säuberlich getrennt, dass ich genauso gut bei seinem Nachbarn hätte einbrechen können. Ich rief Kommissar Fischer an, erreichte ihn aber weder im Büro noch zu Hause.

Mittags saßen wir zusammen mit Dr. Karst am Tisch. Katinka brachte das Gespräch auf Romy Feierabend, doch da wusste er nicht mehr als sie.

»Romy wechselt ihre Ärzte wie andere ihre Socken«, meinte er. »Das ist nicht gern gesehen im DLV, aber sie kann es sich leisten. Deshalb bin ich überfragt, was ihre Fitness angeht.«

»Von anderen Gründen weißt du also nichts? Streit mit dem Bundestrainer vielleicht?«

Er verneinte. »Das Einzige, was ich sagen kann, ist: Sie hat einen cleveren Manager.« Es entstand eine Pause, in der er ein Stück von seinem Putenschnitzel absäbelte, aufspießte und in den Mund steckte. Erst als er den Bissen vollständig hinuntergeschluckt hatte, fuhr er fort: »Ich habe gehört, dass sie ein lukratives Angebot für einen Marathon im Spätsommer hat. Mit Streckenrekordprämie. Da passt Olympia nicht ins Programm.«

»Aber die Ehre!«, platzte ich heraus. »Das Privileg, für Deutschland zu starten!«

Na, da zwinkerten die Grübchen des Andreas Karst aber! »Für die Ehre ist diese Dame hier zuständig«, grinste er.

Katinka schwieg.

Der Rest unseres Kienbaum-Aufenthalts verlief ereignislos. Ich gönnte mir einen zweiten Besuch in der Unterdruckkammer, um die Besichtigung der Gegenstromanlage nachzuholen. Ansonsten lungerte ich am See und im Wald herum und zerbrach mir den Kopf über Tietjes Auftrag. Das Wetter verschlechterte sich. Katinka und ihre Gruppe hatten gerade mit dem Intervalltraining begonnen, als die ersten Regenschauer über die Mark fegten. Die schnellen Einheiten wurden noch absolviert, dann ging es in die Halle. Bloß keine Erkältung – da waren Leichtathleten fast so empfindlich wie Opernsänger. Den Sonntag verbrachte ich größtenteils in meinem Zimmer, starrte aus dem Fenster und versuchte vergeblich, Kommissar Fischer ans Telefon zu bekommen. Wo steckte der Kerl bloß? Machte wahrscheinlich einen Wochenendausflug in die Pfalz. Bei herrlichstem Sonnenschein!

Vielleicht sollte ich mir auch eine Dartscheibe zulegen. Das beruhigt.

»Kienbaum-Koller«, erklärte Katinka am Abend. »Ganz normal. Wenn du hier nichts zu tun hast, drehst du durch. Sei froh, dass wir nur drei Tage hier sind. Andreas bleibt noch die ganze Woche hier, der Arme.«

»Der hat ja auch was zu tun, nehme ich an.«

»Und er hat Familie.«

Die hatte ich nicht, schon verstanden. Nur eine Exfrau, mit der ich gleichzeitig getrennt und zusammen lebte. So knuddelige Kinderlein wie der tolle Andreas und die noch tollere Katinka konnte ich nicht ins Feld führen. Als der Arzt vorschlug, mir die Kältekammer zu zeigen, lehnte ich daher erneut ab. Danke, langweilen kann ich mich allein. Als der Regen einmal nachließ, unternahm ich eine kleine Ausfahrt. Viermal strampelte ich den 5-km-Rundkurs in irrwitzigem Tempo und gänzlich sinnentleert ab: Max im Hamsterrad.

»Kienbaum-Koller!«, stieß ich nach jeder Runde zwischen den Zähnen hervor. Nomen est omen!

Als wir am Montag endlich abreisen durften, schlug ich drei Kreuze. Ja, ich wurde bei der Fahrt in den Süden so guter Laune, dass ich beschloss, Ralf Tietje eine Karte zu schreiben. Mit dem Heidelberger Schloss darauf und Grüßen aus der Provinz. Er solle doch mal wieder vorbeischauen. Katinka fand das gar nicht lustig, aber das war mir egal.

Auch Kommissar Fischer, bei dem ich bald nach unserer Ankunft im Büro vorbeischaute, war bester Stimmung. Genüsslich hing er in seinem Beamtenfauteuil und arbeitete einen Stapel Hochglanzfotos durch.

»Entzückend«, lächelte er versonnen. »Wirklich allerliebst!«

»So viele Verbrecher in Heidelberg?«

»Ach, woher! Dass Sie aber auch immer gleich ... Meine Nichte hatte gestern Konfirmation. Hier, sehen Sie mal, wie schick sie sich gemacht hat.«

»Gestern die Feier, heute schon die Fotos?«

»Ist doch keine Sache mehr heutzutage.«

»Kommt darauf an, wo«, murmelte ich und überflog die Abzüge. »Schönes Wetter gehabt?«

»Ging so. Was macht Ihr Berliner Kollege, dieser Tietje?«

»Wer?«, fragte ich unschuldig zurück. »Also, die sieht wirklich nett aus, Ihre Nichte. Und so reif! Eine echte Dame. Ist die tatsächlich erst 14?«

»Fast 15 und erwachsener, als Sie es jemals sein werden. Manchmal allerdings ähnlich bockig. So, und jetzt raus mit der Sprache: Was haben Sie in Berlin herausgefunden?«

»Jaja, diese Familienfeste«, seufzte ich. »Es gibt doch nichts Schöneres!« Dann beendete ich das Spielchen, gab Fischer die Fotos zurück und erzählte von meiner Unterhaltung mit Tietje. Dabei übertrieb ich sein Lästern über die Kurpfalz so arg, dass der Kommissar vor lauter anschwellender Solidarität gar nicht auf den Gedanken kommen konnte, ich verschweige ihm etwas.

»Also kein Hinweis auf seine aktuellen Ermittlungen?«, knurrte er.

»Nicht die Bohne. Der Kerl ließ mich auflaufen wie einen Schuljungen.«

»Das macht ihn ja fast sympathisch. Na gut, werde ich halt in Berlin anläuten, ob dieser Tietje schon mal aktenkundig geworden ist. Oder auf welche Themen er sich spezialisiert hat.«

Das tat er denn auch und informierte mich umgehend am selben Abend: Tietje sei den Berliner Kollegen zwar bekannt, Negatives wüssten die Akten aber nicht über ihn zu berichten. Positives übrigens auch nicht. Wie das eben so sei mit den Privaten, haha. Haha, stimmte ich zu. Einmal, fuhr Fischer fort, habe er sich in einer Rotlichtaffäre einen Namen gemacht – was für einen, bleibe dem Betrachter überlassen.

»Kapiere ich nicht«, sagte ich.

»Der Kollege in Berlin hat es so formuliert: Wenn du dich neben das mieseste Schwein im Ort stellst, glänzt du auch als zweitmiesestes hell wie ein Stern.«

»Jetzt kapiere ich. Ihre Hauptstadtfreunde haben wirklich einen subtilen Humor.«

»Berliner Schnauze halt.«

Mehr Informationen gab es nicht. Ob Fischer keine weiteren hatte oder ob er sie nicht herausrücken wollte, blieb Spekulation. Mir egal, ich hatte ihm ja auch nichts von meinen Recherchen in Tietjes Wohnung erzählt. Er schwärmte noch einmal von der wunderbaren Konfirmation am Sonntag, dann legten wir auf.

Tags darauf hetzte ich mit Katinka wieder durch den Odenwald. Keine große Runde, am Samstag stand schließlich der Halbmarathon im fernen Osten an. Bei dem ich von Heidelberg aus Daumen drücken würde.

»Und dann heißt es: hoch die Tassen, nicht wahr? Beim Hundertsten deiner Oma.«

»Sie wird 90.«

»Trotzdem hoch. Sag mal, hier in Heidelberg gibt es doch auch einen Halbmarathon. Bist du den jemals mitgelaufen?«

»Zweimal als Jugendliche. Später nicht mehr.«

»Warum nicht?«

»Weil er nicht in meine Vorbereitung passt. Und um ihn nur zum Spaß mitzulaufen, ist er zu schwer.«

»Zu schwer für Katinka Glück? Was soll denn das heißen? Da nehmen Hausfrauen und 70-Jährige dran teil. Und der Oberbürgermeister, stell dir vor!«

»Wenn ich mal Hausfrau oder 70 bin, mache ich auch mit«, gab sie bissig zurück.

»Oder Oberbürgermeisterin.«

Sie verdrehte die Augen. »Ja, vielleicht. Fakt ist, dass ich mir einen Wettkampf über diese Strecke mit fast 400 Höhenmetern nicht leisten kann. Nicht im Olympiajahr.«

»Schade für die Kurpfalz.«

»Die Veranstalter beknien mich ja auch jedes Mal. Ich werde den Startschuss geben, das habe ich ihnen versprochen.« Jetzt grinste sie. »Und zwar anstelle des Oberbürgermeisters, der das sonst immer tut. Angeblich war er not amused darüber.«

»Nur laufen, das ist halt nicht so sexy.«

»Ehrlich nicht?«

Sie zwinkerte mich von der Seite an. Immerhin, Katinka hatte ihre gute Laune wieder. Wir sprachen noch ein wenig über den bevorstehenden Wettkampf, über ihre Gegnerinnen und einen möglichen Rennverlauf. Irgendwann fragte sie mich, ob mir an ihr etwas auffiele.

»An dir?«, fragte ich, so überrascht wie alarmiert. Wenn mir Christine eine solche Frage stellte, kam es regelmäßig zum Streit. »Nicht direkt. Warst du beim Friseur?«

»Nein.«

»Hast du zugenommen? Einen neuen Lippenstift? Bist du …«, ich schnappte nach Luft, »bist du schwanger?«

»Nein!«, platzte sie los. »Mach dich locker, Max! Ich wollte bloß wissen, ob ich müde aussehe.«

»Müde?«, knurrte ich. »Die Frau rennt volles Rohr durch den Wald und fragt mich, ob sie müde wirkt!«

»Heute Morgen um halb sechs haben sie mich rausgeklingelt.« Und weil ich ein verständnisloses Gesicht zog, fügte sie die Erklärung gleich an: »Dopingkontrolle.«

»Ah. Schlimm?«

»Sag mal, hast du was getrunken? Du stellst vielleicht dämliche Fragen!«

»Nein, ich meine, ob sie was gefunden haben? Okay, okay, ich weiß schon, es war bloß ein Test, und die Ergebnisse erfährst du viel später. Vergiss es, ich wollte einfach nur meine ganz naive Teilnahme bekunden.«

»Schön.«

»Und? Wie war es nun?«

»Wie wohl? Früh. Es klingelt, du denkst, da ist wieder so ein Spinner am Haus, stattdessen sind es die Kontrolleure der NADA, und du betest zum lieben Gott, dass du wenigstens ein paar Tropfen Pipi rausdrücken kannst, während dir jemand zusieht.«

»Verstehe.«

»Dann wacht eines deiner Kinder auf, du bittest um Entschuldigung, aber das Pinkeln ist jetzt wichtiger, die

Kontrolleure sind ja auch nur Menschen und übernächtigt, außerdem haben sie noch Termine in Stuttgart und Ulm. Alles Routine. Wenn es vorbei ist, gehst du wieder ins Bett oder auch nicht und wartest. Entweder erfährst du nie etwas oder nichts Gutes.«

»Wenn nichts kommt, kannst du sagen: Schaut her, sie haben mich schon wieder negativ getestet.«

»Ja, klar«, seufzte sie. »Und worauf haben sie dich getestet?«

»Keine Ahnung.«

»Eben.«

»Eben?« Ich kapierte nicht.

»Die Kontrolleure nehmen bloß Proben. So wie ein Heizungsableser den Energieverbrauch registriert. Nach was gesucht wird, legt der Verband fest. Derselbe Verband, der seine Athleten mit Gold dekoriert sehen möchte. Weil er dann wieder Geld vom Staat bekommt.«

»Der Verband bestimmt, worauf getestet wird? Ein positiver Test kommt also nur auf Betreiben des Verbands zustande?«

»Richtig.«

»Da beißt sich doch die Katze in den Schwanz.«

Sie schwieg. Was wahrscheinlich an der Katze lag.

21

Ostern. Der Freitagnachmittag war angebrochen und das abendliche Bier in meiner Stammkneipe gewissermaßen schon auf dem Weg in meinen Magen, als Katinka anrief.

»Es gibt ein Problem, Max. Moritz ist krank. Heiner kann nicht mit nach Leipzig.«

»Verstehe.« Ich sah das Bier vor meinen Augen schrumpfen und schrumpfen, bis es sich in Nichts auflöste. »Was hat er denn?«

»Er übergibt sich ziemlich heftig. Das kann morgen schon wieder vorbei sein, dann würden alle nachkommen. Aber heute – keine Chance.«

»Und nun brauchst du kurzfristig einen neuen Begleiter.«

»Ja.«

»Mich.«

»Wäre schön«, kam es verhalten aus dem Hörer. Katinka hatte es nicht so mit dem Bitten.

»Geht in Ordnung. Dann verlagere ich meinen geplanten Kneipenbesuch halt in den Osten. Was sagen Eichelscheid und Harboth dazu? Wegen der Finanzen, meine ich?«

»Die Situation hat sich halt geändert. Kannst du in einer Stunde vorbeikommen?«

In einer Stunde? Das Leben als Leibgarde auf Abruf war kein Zuckerschlecken. Ich verkniff mir die Frage, ob sie mich nicht in der Stadt aufgabeln könne, sagte zu und begann zu packen. Eine Sache von fünf Minuten. Das Briefchen zu formulieren, mit dem ich Christine um Verständnis für meine überstürzte Abreise bat, dauerte dreimal so lang.

Gegen vier zogen wir los.

Die Fahrt war beschissen. Dass ein Freitag nicht unbedingt für freie Straßen stand, wusste ich. Aber heute musste unsere anglisierte Bevölkerung das mit dem Kar-Freitag falsch verstanden haben. Stoßstange an Stoßstange! Osterurlauber und Wochenendtouristen verstopften die Autobahn, fuhren zu schnell oder zu langsam, bildeten ein Kartell der Smart-Hasser. Ja, sie schafften es, dass ich ungeahnte Gefühle für unsere Zwergenkarosse zu entwickeln begann. Mitleid, Wärme, Solidarität. Wir Randfiguren der Gesellschaft mussten doch zusammenhalten!

Fluchend und knurrend hing ich also über dem Lenkrad. Und doch lohnten sich all die Entbehrungen. Denn irgendwann, nach langen, zäh verstreichenden Minuten, es muss auf der A 4 kurz vor Eisenach gewesen sein, räusperte sich Katinka und sprach drei Worte, die mich innerlich strahlen ließen wie ein Honigkuchenpferd:

»Übrigens … danke, Max.«

Dabei sah sie aus, als habe sie in eine Zitrone gebissen.

»Ist doch mein Job«, entgegnete ich und zwinkerte ihr lässig zu.

Nur mit der Altstadtkneipe und dem original sächsischen Bier wurde es nichts. Unterwegs erfuhr ich, dass der Halbmarathon nicht in, sondern südlich von Leipzig stattfinden sollte, und so befand sich auch unser Hotel nicht in, sondern außerhalb der Stadt. Eher noch südlicher als der Lauf, in einer Gegend, die aussah wie ein löchriger Schweizer Käse, bei dem man am Käse gespart hatte. Eine Gegend voller Löcher also. Früher hatten sie einmal Braunkohle enthalten, heute eher nichts. Oder Wasser. Manche von ihnen standen bereits bis zum Rand damit voll, andere vielleicht zur Hälfte. Die Geburt einer Seenlandschaft, hieß es glückstrunken an der Hotelbar, noch schöner als die in Mecklenburg, mit einem Freizeitangebot neben dem anderen. Surfschulen, Badeparadiese, Ruderklubs, schwimmende Landschaften, einfach alles.

»Ich kann nicht surfen«, sagte ich. »Und in Mecklenburg war ich auch noch nie.«

Meine miese Laune hatte ihren Grund, denn das Hotel war teuer und hässlich, und an der Bar gab es nur Jever.

Nichts gegen Jever, aber wenn ich Jever trinken will, fahre ich nach Jever oder zum Supermarkt um die Ecke. Und nicht in die löchrige Prärie südlich von Leipzig.

»Haben Sie kein Ostbier?«, meckerte ich die junge Frau an der Bar an.

Die zupfte erschreckt an ihrer weinroten Fliege, die sie zum weinroten Gilet trug – klar, der Teppichboden in der Lounge hatte dieselbe Farbe –, und erwiderte mit süßsaurem Lächeln: »Kennen Sie denn eins?«

Sogar ihr Lächeln kam mir irgendwie weinrot vor.

Und berechtigt war es auch noch, denn natürlich fiel mir in diesem Moment kein einziges DDR-Bier ein, nicht einmal die Sorten, die zwei Tage nach der Wende von Westkonzernen aufgekauft worden waren und jetzt genauso schmeckten wie der bundesdeutsche Durchschnitt. Also begann ich, mich mit Jever zu betrinken, gab das Vorhaben aber nach drei Pils auf.

Katinka, die sich direkt nach unserer Ankunft auf ihr Zimmer verzogen hatte, schlief längst den Schlaf der Langstreckler. Von wenigen Ausnahmen abgesehen, waren ihre Kollegen auf andere Hotels verteilt oder reisten erst morgen an.

Zum Frühstück kam ich zu spät. Das Büfett war leergeräumt, und ich musste darum betteln, noch einen Kaffee und etwas Brot zu bekommen. Gleich darauf starteten wir. Ich konnte keine Nervosität an Katinka entdecken, nur Anspannung und Konzentration.

»Und? Alles im grünen Bereich?«

Sie nickte.

»Welche Zeit wolltest du noch mal laufen?«

»Eine 1:12. Den Kilometer in 3:25 Minuten. Aber eigentlich ist die Zeit zweitrangig. Mich interessiert vor allem, was die anderen drauf haben.«

»Welche anderen? Birthe Möller? Romy fehlt doch, oder?«

»Die jungen, die sich auch noch Hoffnungen auf eine Teilnahme machen. Kim Starke zum Beispiel will den Marathon in Rotterdam laufen, für die ist das heute ein echter Härtetest. Oder Anja und Viola aus Leverkusen. Ich habe gehört, dass die richtig gut drauf sind.«

»Also geht es heute zur Sache. Dafür wirkst du ziemlich locker.«

Sie schwieg. Schon klar, man kann in die Menschen nicht hineinsehen. Ob sie ihren Mann vermisste, ihre Kinder? Oder lenkten die in einer solchen Situation nur ab?

Der Lauf startete in einem Nest mit zwei oder drei tzsch-Lauten im Namen. Von dort aus ging es gut sieben Kilometer kreuz und quer durch die Leipziger Seenlandschaft. Superflach sollte der drei Mal zu durchlaufende Kurs sein, außerdem amtlich vermessen. Als wir uns dem Dorf näherten, entdeckten wir seitlich auf einem breiten Radweg erste Streckenmarkierungen.

»Halt mal an«, sagte Katinka.

Ich brachte den Wagen auf dem Randstreifen zum Stehen. Der Weg war frisch asphaltiert und glänzte feucht. In der Ferne verlor er sich am nächsten Seeufer, das von Birken und Weiden gesäumt war.

»Ganz schön windanfällig«, meinte Katinka.

»Und einsam«, ergänzte ich. »Hast du nicht was von Landesmeisterschaften gesagt? Warum finden die so weit draußen statt?«

»Man muss froh sein, wenn man einen Veranstalter findet.«

»Aber die deutsche Marathonelite kommt hierher!«

»Nur die Frauen. Außerdem gibt es noch andere als sportliche Gründe für so einen Lauf.«

Ich startete den Motor. »Und zwar?«

»Einer unserer Sponsoren engagiert sich in der Region.«

»Unserer?«

»Des DLV-Teams.«

Na dann. Während ich zurück auf die Landstraße steuerte, ließ ich die Blicke schweifen. Man brauchte schon enormes Vorstellungsvermögen, um dieser Region eine blühende touristische Zukunft zu prophezeien. Weiter im Westen schien der Tagebau noch in vollem Gang; dort fügten sich die Silhouetten riesiger Maschinen zu einem bizarren Gesamtbild.

Das tzsch-Dorf mochte einen unaussprechlichen Namen haben, sein Sportverein aber war auf Zack. Kaum hatten wir die Ortsmitte erreicht, wurden wir von Ordnern in orangefarbenen Jacken wieder nach draußen gelotst; dort diene eine große Kuhwiese als Parkplatz. Erst als Katinka ihren Namen nannte, zeigten die Finger der Ordner in eine andere Richtung. Hinter der Vereinshalle gab es extra Stellflächen für die Wagen der VIPs.

»Und ich bin ihr Mentaltrainer«, dachte ich in einem Anflug von Melancholie.

Allerdings nahm niemand von mir Notiz. Während Katinka sich mit ihrer Truppe zurückzog, stromerte ich durch die Halle, beide Hände in den Hosentaschen vergraben. Im Vergleich zu dem Volkslauf in der Nordheide schienen mir die Leute hier mehr Verbissenheit auszustrahlen. Geradezu Schicksalsergebenheit. Ob es an der Meisterschaft lag oder am Menschenschlag, wollte ich nicht entscheiden.

Dafür sah der Kuchen lecker aus. War es nicht längst Zeit für einen zweiten Kaffee? Zwischen Ballonseide und Funktionsstoff drängelte ich mich zum Büffet durch und angelte mir ein großes Stück Rhabarberbaiser. Vielleicht lief mir ja Katinka über den Weg, bevor ich das Trumm vertilgt hatte. Oder, noch besser, eine ihrer Konkurrentinnen.

Kaffee links, Kuchen rechts, so begab ich mich nach draußen und suchte mir ein ruhiges Plätzchen in der Sonne. Mit etwas Abstand ließ sich dieses seltsame Volk am besten beobachten. Alte Haudegen begrüßten einander per Handschlag, andere strebten mit Tunnelblick der Anmeldung zu. Die ganz Nervösen trippelten schon seit den Morgenstunden vor der Halle auf und ab. Andere gähnten, als seien sie gerade erst aus dem Bett gefallen. Und wenn ich mal eine Bemerkung aufschnappte, ging es immer um die aktuelle Form. Die heute leider gar nicht vorhanden war, völlig im Keller, absolut inakzeptabel. Der chronische Bänderriss hinten links. Der Lungenreiz, einfach nicht loszukriegen. Antibiotika, seit Wochen.

»Heute geh ich's langsam an. Gaaanz langsam.«

»Mit so einem Virus ist nicht zu spaßen.«

»Ich hätte schon gern, aber erst mal können!«

Der eine oder andere kniff die Augen zusammen und schaute neidisch auf meinen Rhabarberkuchen. Wollt wohl naschen, was? Lauft ihr mal schön euren Halbmarathon! Habt ihn euch ja freiwillig ausgesucht als Wochenendbeschäftigung.

Endlich kam Katinka inmitten einer Gruppe von ernst blickenden Läuferinnen. Manche schlank, manche überschlank und fast alle mit Pferdeschwanz. Sie winkte mir kurz zu, bevor sie sich in Bewegung setzte. Gemeinsam lief man sich warm.

Ich überlegte, ob ich mir noch einen Kaffee besorgen sollte, doch das Gedränge war zu groß. Noch eine Stunde bis zum Start. Aus lauter Langeweile holte ich mein Handy heraus und schrieb ein paar SMS. An Christine vor allem, die nun schon das zweite Wochenende hintereinander auf mich verzichten musste. Ostern im Osten! Als mein Daumen schmerzte, steckte ich das Handy zurück und schaute mir die Aushänge an der Halle an. Streckenplan, Meldeliste, Hinweise auf weitere Läufe in der Region. Wenn ich es recht verstand, gab es zwei getrennte Wettbewerbe: die Meisterschaft und den Volkslauf. Mir egal, solange Katinka gewann.

Ich sah sie erst kurz vor dem Start wieder. Sie trug ein kurzärmliges blaues Shirt und eine Männerlaufhose. Der Veranstalter hatte ihr und den anderen DLV-Athletinnen einstellige Startnummern gegeben, was ich so zuvorkommend wie berechtigt fand.

»Na, alles klar bei dir?«, empfing ich sie.

»Wird schon.« Auch wenn sie immer noch nicht besonders nervös wirkte, war sie bestimmt froh, wenn es losging.

»Kann ich dir irgendwas Gutes tun? Getränke reichen, die Zeit durchgeben?«

»Danke, das machen die Trainer schon.«

»Darf ich dann wenigstens deine Konkurrentinnen in die Büsche schubsen?

Da erschrak sie aber! »Untersteh dich«, zürnte sie. »Anfeuern darfst du mich, mehr nicht. Und mich über die Abstände nach hinten informieren. Sofern ich nicht die Letzte von uns bin.«

»Untersteh dich!«

Gleich darauf wurde ihr Name ausgerufen. Vom Streckensprecher einzeln begrüßt und von den Volksläufern höflich beklatscht, traten die DLV-Damen einen Schritt vor und winkten ins Publikum. So lernte ich Birthe Möller kennen, eine hochgewachsene Blondine, ebenso Kim Starke und die beiden Mädels aus Leverkusen, von denen

Katinka gesprochen hatte. Dann schallte »Romy Feierabend« über die Köpfe, und für einen kurzen Augenblick war es still. Elektronisch verstärktes Getuschel zeigte an, dass der Sprecher umgehend auf seinen Lapsus hingewiesen wurde – schon rief er den nächsten Namen.

Gleich darauf fiel der Startschuss.

Während die Läuferherde durchs Dorf trampelte, marschierte ich Richtung Büffet. Für einen Nachschlag genau der richtige Zeitpunkt. Diesmal wählte ich einen Sandkuchen zum Kaffee. Ein weiterer Blick auf den Streckenplan, dann machte ich mich auf den Weg.

Um nicht ganz so lange auf das Läuferfeld warten zu müssen, schritt ich den Kurs in umgekehrter Richtung ab. Schon nach wenigen Metern stolperte ich über das Schild mit der Kilometermarkierung 7, gleich darauf kam die 14, dann die 21. Der Weg führte aus dem Dorf hinaus, an Hecken, Feldern und Buschwerk vorbei. Ein Schild zeigte die Entfernung zum nächsten See an: 0,8 Kilometer. Meinen Kaffeebecher in der einen Hand, das angebissene Stück Kuchen in der anderen, ging es weiter. Wie lange brauchten die Schnellsten für sieben Kilometer? Mehr als 20 Minuten auf jeden Fall.

Und da konnte ich sie auch schon sehen, die flache Landschaft erlaubte es. Dort hinten im Osten liefen sie wie an einer Perlenkette aufgereiht, lauter schmale, bunte Gestalten. Mal einzeln, mal in größeren Gruppen. Die Vordersten erreichten eben ein Birkenwäldchen, an dem sich zartes Frühlingsgrün zeigte. Gleich würden sie auf der anderen, mir zugewandten Seite wieder herauskommen. Ich steckte das letzte Stück Kuchen in den Mund und wartete.

Als Erstes erschien ein Fahrradfahrer mit Trillerpfeife im Mund. Die Pfeife war vollkommen überflüssig, denn weit und breit befand sich kein Passant auf der Strecke.

Später im Ort würde er sie wahrscheinlich brauchen. Hinter ihm kam das Führungsduo in Sicht: zwei hagere, nicht mehr ganz so junge Läufer, Schulter an Schulter. Mit etwas Abstand ein dritter Mann, gleich danach noch einer und dann, in wirklich beeindruckender Formation, gleich ein halbes Dutzend Frauen. Katinka mitten unter ihnen.

Sechs Frauen, die vier Männer verfolgten – das beeindruckte sogar mich. Ich pfiff auf beiden Fingern und rief dummes Zeug. »Super, Katinka!« – »Hau rein!« – »Du machst sie alle nieder!« – so was in der Art. Katinka wirkte noch ganz entspannt, ihre Nebenleute aber auch. Ich erkannte Birthe, Kim und die beiden aus Leverkusen. Hinter dem Grüppchen radelten zwei ins Gespräch vertiefte Männer, beide im schwarz-rot-goldenen Trainingsanzug. Ein junger Läufer versuchte Anschluss zu halten, verlor aber Meter um Meter.

Erst als sie vorbei waren, fiel mir ein, dass ich Katinka nicht über die Abstände nach hinten informiert hatte. Aber das wurde ja erst in den folgenden Runden spannend. Und wie schnell sie unterwegs war, wusste ich auch nicht. Mit den Augen suchte ich nach einer gut zu merkenden Stelle am Ortseingang. Als die Gruppe sie passierte, drückte ich den Startknopf meiner Uhr.

So. Jetzt aber einen Schluck Kaffee. Den hatte ich mir verdient. Immer mehr Läufer kamen vorbei, darunter einige, die schon ziemlich mitgenommen wirkten. Mensch, Leute, ihr habt noch zwei Drittel vor euch! Jetzt kamen mir die Anfeuerungsrufe wie von selbst über die Lippen. »Los, da geht noch was!« – »Den da vorn kriegst du, Junge!« Was man halt so brüllt, wenn man keine Ahnung von der Materie hat. Immerhin, manche lächelten mir dankbar zu. Andere stierten nur auf meinen Kaffeebecher.

Ich begann in Richtung Wäldchen zu schlendern, besann

mich aber bald eines Besseren. Schließlich wollte ich ja den Überblick über das Renngeschehen behalten, und das ging nur hier draußen, auf freiem Feld. Also Marsch zurück. Um mich herum keuchte das Fußvolk. Menschen, denen ich nicht zugetraut hätte, mehr als einen halben Kilometer am Stück zu bewältigen. Rotgesichtige, Kalkweiße, Übergewichtige, Hinkende. Wahnsinn, was sich hier alles über den Asphalt quälte!

Und schon kam es zu ersten Überrundungen. Die Trillerpfeife des Führungsrads kündigte sie an. Ich beschattete meine Augen und ließ meine Blicke über das flache Gelände gleiten. Wenn mich nicht alles täuschte, gab es nur noch einen Spitzenreiter, der mit großen Schritten dem Wäldchen zustrebte; sein Verfolger hatte bereits beträchtlichen Abstand. Dahinter die geballte Frauenpower. Wie viele waren es noch? War Katinka dabei? Gewissheit erhielt ich erst, als sie den Wald wieder verließen. Das Führungsduo von vorhin war gesprengt, widerstand aber als Einziges noch dem Angriff der Damen. Katinka … ja, sie war mit von der Partie. Birthe einen Schritt hinter ihr, vorn Kim, am Ende Anja und Viola vom Rhein. Fünf Frauen noch. Und sie kämpften, alle fünf. Das hier war kein Trainingslauf mehr, kein lockerer Testwettkampf – es war ein Ausscheidungsrennen. Katinkas Arme schwangen wie ein Uhrwerk vor und zurück, ihre Gesichtszüge waren hart, der Mund leicht geöffnet. Die lange Birthe wackelte mit dem Oberkörper und verzog ab und zu die Lippen, während sie lief, doch sie wich keinen Zentimeter aus Katinkas Windschatten. Am frischesten wirkte Kim Starke, der man ansah, dass sie jamaikanische Wurzeln hatte; unter ihrer kakaobraunen Haut arbeiteten die Muskeln. Hinten hängten sich die beiden Nesthäkchen mit dem Mut der Verzweiflung rein.

Und die Trainer auf ihren Fahrrädern? Plauderten immer noch über Gott und die Welt.

»100 Meter nach hinten!«, rief ich Katinka zu. »Das sieht gut aus. Gib alles!«

Gerade noch rechtzeitig hatte ich eine Läuferin entdeckt, die ursprünglich zu Katinkas Gruppe gehört hatte. Auch so ein junges Ding, das sich quälen konnte bis zum Umfallen. Den Kontakt zu ihren Kolleginnen hatte sie verloren, war aber auf die beiden Jungs, die in Runde 1 noch vor der Gruppe gelegen hatten, aufgelaufen. Ob sich wenigstens die zwei an der Spitze halten würden? Zur Ehrenrettung meines Geschlechts hoffte ich es.

Das Feld war nun deutlich weiter auseinandergezogen als zu Beginn. Dafür erschwerten die Überrundungen den Überblick. Wer jetzt, zum Ausgang der ersten Runde, überholt wurde, lief mehr als doppelt so langsam wie die Sieger. Gab es eigentlich ein Zeitlimit bei diesem Halbmarathon?

Herrje, die Zeit! Ich sah auf die Uhr: 24 Minuten zeigte sie an, und Katinkas Gruppe war bestimmt schon vor einer halben Minute an der Stelle von vorhin vorbeigekommen. Sie waren also schneller unterwegs als geplant. Und trotzdem noch zu fünft!

Wieder startete ich meine Aufmunterungsaktion, wieder applaudierte ich den Verfolgern. Nicht schlecht, Alter, dachte ich, wenn ich mal wieder einen entdeckte, dem ich so eine Leistung nicht zugetraut hätte; nicht schlecht – aber meine Katinka ist besser!

Der Lange zum Beispiel, der dort angeschlackert kam, hatte bestimmt 15 Jahre mehr als ich auf dem Buckel. Hechelte zum Gotterbarmen und hielt sich doch unter den besten 50. Respekt! Obwohl, vielleicht war er auch jünger. Mit seiner sattbraunen faltigen Haut und den blonden Stoppelhaaren ließ sich der Typ schwer einordnen.

Ganz zu schweigen von seinem Gesicht, dem die Brauen fehlten.

Mit offenem Mund starrte ich dem Läufer hinterher. Keine Brauen! Moment, Moment, sollte das etwa … Verdammt, es konnte nicht sein! Unmöglich! Karlsruhe war viel zu weit weg. Dort die Halle, hier der Halbmarathon …

Aber warum eigentlich nicht? Warum konnte es nicht sein? Ich war doch auch hier.

Ja, ich war hier, und endlich, endlich setzte ich mich in Bewegung. Stellte den Kaffeebecher ab, lief los, zögerte, beschleunigte wieder. Er war es, ganz klar. Ich sah ihn nur von hinten, aber ich erkannte ihn. In 20 Jahren noch würde ich den Typen wiedererkennen. Seine Figur, seinen Nacken, den eiförmigen Kopf. Von den fehlenden Brauen ganz zu schweigen.

Ich blieb stehen. Weiterlaufen war sinnlos. Gleich hatte er das Dorf erreicht und mit ihm Hunderte von Zeugen. Was sollte ich tun? Ich musste ihn zur Rede stellen. Falls er mich ebenfalls erkannt hatte, würde er nach dem Zieleinlauf sofort verschwinden. Womöglich würde er den Lauf vorher abbrechen.

Aber er hatte mich nicht erkannt. Dafür wollte ich meine Hand ins Feuer legen. Der Typ war so mit Keuchen und Schwitzen und Durchhalten beschäftigt, dass er an der Bundeskanzlerin hätte vorbeitappen können, ohne sie zu bemerken. Wenn er das Rennen vorzeitig beendete, dann garantiert aus Erschöpfung.

Und wenn nicht? Dann musste ich handeln. Rasch, unkonventionell. So eine Gelegenheit kam nie wieder.

Unschlüssig tappte ich zurück. Plötzlich sah ich einen Läufer am Wegesrand stehen, beide Hände auf die Oberschenkel gestützt. Als er den Kopf hob, wusste ich, dass er aufgegeben hatte. Ein gebrochener Mann. Er griff sich ans

Knie. »Immer die gleiche Stelle«, knirschte er mit zusammengebissenen Zähnen. »Immer wieder diese Scheiße.«

»Geht's nicht mehr?«, fragte ich.

Kopfschütteln. »Bin froh, wenn ich noch ins Ziel humpeln kann.«

»Das tut mir leid. Vielleicht nächstes Mal.« Ich legte meine Hand auf seine Schulter. »Eine Frage, Kamerad: Kann ich deine Startnummer haben? Mit den Nadeln?«

22

Natürlich sah es tendenziell blöd aus, wie ich da mit Straßenschuhen, Jeans und einer zerknitterten Startnummer vorm Pulli an der Strecke stand. Auf die Titelseite der Runner's World würde ich es so niemals schaffen. Na und? Der Zweck heiligte die Mittel, auch in diesem Fall. Kaum hatte ich dem Aussteiger Nummer und Sicherheitsnadeln abgeschwatzt, war ich zu dem Wäldchen geeilt. Gegen die allgemeine Laufrichtung und gegen eine Wand von fragenden Blicken. Solange ich die Startnummer noch in der Hand trug, hielt sich die Verwunderung in Grenzen. Zwischen den Bäumen suchte ich nach einer geeigneten Stelle für ein Vieraugengespräch. Und wurde fündig: Dort, wo der Weg einen Knick machte, waren frisch geschlagene Holzstämme meterhoch gestapelt. Das konnte klappen.

Jenseits des Wäldchens hörte ich schon die Trillerpfeife des Führungsfahrrads. Ich lief ihm entgegen. An der Spitze hatte sich nichts mehr getan, der Sieger stand fest. Auch der zweite Mann hatte seine Position gehalten – aber wie er aussah! Dr. Karst, schreiten Sie ein! Die Startnummer in der Faust, lief ich weiter. Jetzt die Gruppe mit Katinka: Sie waren zu dritt. Immer noch führte Kim, die mit den karibischen Wurzeln, Birthe und Katinka klemmten dahinter. Ihre Gesichter sprachen Bände. Einer der beiden Trainer folgte ihnen, blickte immer wieder hektisch zur Uhr und brüllte unverständliche Anweisungen. Sein Kollege hatte sich zurückfallen lassen, um die beiden Jungspunde vom Rhein zu begleiten.

Platz drei war Katinka sicher. Aber sie musste alles geben.

Und ich? Ich rannte weiter, bis zum Kilometerschild 20. Jeden Moment musste der Blonde auftauchen. Wie groß war sein Rückstand zu Katinka am Ende von Runde 2 gewesen? Sechs Minuten, sieben? Gekeucht hatte er wie eine Dampflok. Hoffentlich hielt er durch!

Mit dem Rücken zum Läuferfeld fummelte ich mir die Startnummer an den Pullover. Falsch rum, verdammt! Ein Blick über die Schulter: kein Brauenzupfer in Sicht. Also noch ein Versuch. Jetzt hing sie zwar schief, aber richtig herum. Wo blieb der Blonde? Da hinten … ja, das war er. Lief nicht mehr so aufrecht wie zuvor, sein Oberkörper kippte regelrecht nach vorn. Er quälte sich. Recht so!

Noch 100 Meter. Ich spürte das Adrenalin durch meinen Körper schießen. In diesem Moment hätte ich mir glatt einen Halbmarathon zugetraut. Das Läufervolk glotzte auf meine Aufmachung. Glotzt nicht so, Jeans sind der letzte Schrei im Ausdauersport. Außerdem kommt es nicht auf das Equipment an, sondern auf die Endzeit. Ich bückte mich und fummelte an meinen Schnürsenkeln herum. Gut, dass ich meine Jacke im Auto gelassen hatte.

Warten. Gleich musste er mich erreicht haben. Aus gebückter Stellung schielte ich nach oben. Noch nicht.

Anderer Schuh, nächster Schnürsenkel. Jetzt aber! Er war es. Ich schnellte hoch und setzte mich in Bewegung. Drei, vier rasche Schritte, und ich lief neben ihm.

Erst beachtete er mich gar nicht. Sein Mund stand offen, die dünnen Lippen waren blutleer. Seinen Lungengeräuschen nach zu urteilen, stand er kurz vor dem Kollaps. Dafür allerdings lief er noch verdammt schnell. Schneller, als es aus der Ferne gewirkt hatte. Lag wohl an seinen langen Beinen, dass man ihn für einen Schleicher hielt.

»Na?«, sagte ich. »Neue Bestzeit?«

Er bewegte den Kopf und stierte kurz herüber. Glasiger Blick, aber keine Reaktion. Weiter mit Gekeuche. Das Fußvolk ließen wir einfach stehen.

»Im Freien macht es einfach mehr Spaß als in der Halle, stimmt's?«

Wieder ein Seitenblick. Und diesmal erkannte er mich! Ich sah es an seinen weit aufgerissenen Augen, an seinem Mund, der verzweifelt nach Luft schnappte, weil er einen Atemzug ausgelassen hatte. Erschrak er? Bekam er Angst? Oder war er bloß am Ende seiner Kräfte?

Ja, wahrscheinlich war er das: so erschöpft, dass es zum Erschrockensein nicht reichte.

»Warum soll Katinka Glück in London nicht starten?«, zischte ich. Dass es aber auch so anstrengend sein würde, mit dem Blonden mitzuhalten!

Keine Antwort. Er keuchte bloß. Und legte einen Zahn zu.

»Du entkommst mir nicht«, rief ich, ebenfalls beschleunigend. Wir überholten und überholten. Wenn er ein Hindernis links umkurvte, schlängelte ich mich rechts herum. Eine kleine Dicke mit prallem Trinkgurt zuckte zusammen, als wir beiderseits an ihr vorbeischossen.

»Keine Chance!«, blaffte ich, zusehends außer Atem.

»Ich bleibe dran, und wenn du bis Leipzig läufst. Los, sag schon: Warum? Wer steckt dahinter?«

Nichts. Gleich hatten wir das Wäldchen erreicht. Er wurde noch einmal schneller. Keine Ahnung, woher seine Kraft rührte. Er hatte über 20 Kilometer in den Beinen, sah aus wie eine Leiche auf Abruf – und zog an. Einfach so. War das seine Angst? Die Angst vor mir, dem furchtbarsten aller Privatermittler?

»Wer?«, schrie ich. »Verdammt, ich prügle es aus dir raus!«

Weiß quollen seine Augen aus den Höhlen. Seine Gesichtsfarbe hatte längst von Solariumsbraun zu Grau gewechselt. Aus seiner Lunge drang eine Sinfonie der Schmerzenslaute. Ich hatte keine Ahnung, wie alt der Typ war, aber in seiner Klasse musste er weit vorn liegen.

Der Schatten der Bäume fiel über uns. Wir überholten zusammen, wir keuchten zusammen, nur zum Gleichschritt reichte es nicht, weil er längere Beine hatte als ich. Vor uns kam die Kurve mit dem Holzstapel in Sicht.

»Halt an und erzähl's mir!«, stieß ich hervor. »Sofort!« Ein stechender Schmerz in der Hüftgegend erinnerte mich daran, dass ich kein Langstreckler war. Die Sache musste ein Ende finden. Aber von links kam kein einziges Wort.

Jetzt die Kurve. Zehn Meter vor uns trippelte ein Grüppchen breithüftiger Damen. Bevor der Blonde zum Überholen ansetzen konnte, grapschte ich nach seinem Arm und zwang ihn zum Stehen. Fast wäre er hingefallen. Aus rotgeränderten Augen starrte er mich an. Seine Brust hob und senkte sich.

»Raus mit der Sprache!«

Ein Läufer zog vorbei, schaute wohl auch verwundert, sagte aber nichts. Der große Holzstapel verhinderte, dass uns das nachrückende Feld zu Gesicht bekam. Ich schaute zurück, und weil gerade niemand um die Kurve kam, holte ich aus und rammte dem Blonden meine Faust in den Magen.

Er kippte um und blieb röchelnd hinter den Holzstämmen liegen.

Sofort war ich über ihm, legte meine Hand um seinen Hals. »Los jetzt! Warum soll sie nicht starten?«

»Keine Ahnung!«, winselte er. Sieh an, er konnte ja doch sprechen!

»Warum?«

»Ich … weiß es nicht.« Dieser Blick! Jetzt stellte er sich aber an, der Typ! Krümmte sich unter meinem Zugriff, stöhnte und wimmerte. »Lass mich … ich muss mich setzen.«

»Kann man helfen?«, rief es hinter mir. Ein bärtiger Läufer schaute besorgt zu uns herüber.

Ich ließ los und winkte ab. »Danke, wird schon wieder. Kleiner Schwächeanfall. Wir laufen gleich weiter.«

»Alles klar.«

Weg war er, der Samariter der Seenlandschaft. Zitternd setzte sich mein Opfer auf und tastete nach seinem Herz. Sein Atem ging stoßweise.

»Du kommst hier nicht weg, bevor du mir nicht alles gesagt hast, was du weißt«, drohte ich und packte ihn erneut am Hals. »Also?«

»Ich bin … angesprochen worden«, röchelte er. »Als Bote. Nur als Bote. Keine Ahnung, worum es geht.«

»Du lügst!«

»Ehrlich … Sie sagten mir … sagten mir, was ich dir ausrichten soll.«

»Wer ist das: sie?«

»Zwei Männer. Bei uns im Klub. Ich kannte sie nicht.«

Wieder musste ich einen übereifrigen Mitläufer, der Hilfe leisten wollte, abwimmeln. Hinter dem Holzstapel waren wir den Blicken der Meisten entzogen, aber wenn einer im richtigen Moment nach links schaute, sah er eine Szene, die Anlass zur Besorgnis gab: meinen gebeugten Rücken, einen Mann am Boden, ein verfärbtes Antlitz.

Jetzt war es nicht mehr grau, sondern fleckig weiß. »Ich glaube dir nicht!«, schnauzte ich ihn an.

»Einer«, flüsterte er und klammerte sich an mich, »einer von denen war … war in Karlsruhe. Ich …« Er ließ mich los, um wie vorhin an sein Herz zu greifen. »Ich …« Mehr kam nicht. Er verdrehte die Augen und kippte nach hinten. Welke Blätter raschelten, als er den Boden berührte.

»He!« Ich schüttelte ihn. Der simulierte doch! »Das hier glaube ich dir erst recht nicht!«

Keine Reaktion. Nicht die geringste! Wenn er simulierte, dann verdammt gut.

»Alles klar bei euch?« Schon wieder einer von der Altruistenfront! Gleich kamen sie in Scharen angewalzt, um zu glotzen, zu fragen und Ratschläge zu geben. He, Leute, ihr habt einen Halbmarathon zu beenden!

»Der berappelt sich gleich«, sagte ich, doch jetzt ließen sie sich nicht mehr vertreiben.

»Das sieht aber gar nicht gut aus.«

»Der ist ja völlig weggetreten!«

»Fühl mal nach seinem Puls.«

Zähneknirschend ließ ich sie nähertreten, die Experten und Gutmenschen. Ich war kein Gutmensch, ich hatte den Blonden mit einem Faustschlag niedergestreckt, und mir war egal, ob er wieder auf die Füße kam oder nicht.

»Wir müssen den Notarzt rufen«, sagte einer. »Der hat einen Infarkt, wenn ihr mich fragt.«

Alles starrte mich an. »Ihm war nur ein bisschen schlecht«, gab ich zu Protokoll. »Wollte sich kurz ausruhen, und plötzlich kippt er mir weg.«

»Der hat einen Infarkt. Ich kenne mich aus.«

»Hat jemand ein Handy dabei?«, rief eine Frau mit schriller Stimme.

Ich schwieg. Meins kriegt ihr nicht!

»Im Ziel stehen die vom Roten Kreuz«, sagte der Infarktexperte. »Die sind in einer Minute da.«

»Okay, ich renne schnell rüber«, sagte ich. Die Jagd war vorbei, dazu genügte ein Blick in das Gesicht des Blonden.

»Warum laufen Sie in Jeans?«, wollte die Frau wissen.

»Was?«

»Na, da. Sie laufen in Jeans.«

»Eine Wette.«

Damit machte ich mich vom Acker.

Im Dorf erfüllte ich tatsächlich meine Pflicht und informierte die Notärzte, die sofort lospreschten. Mit Blaulicht über die Laufstrecke. Noch immer stieß mein Körper Adrenalin aus, ich spürte es. Wütend ballte ich die Faust und trat gegen eine große Mülltonne, in der sich die Trinkbecher aus dem Zielbereich sammelten. Gleichzeitig war ich erschöpft von der ganzen Rennerei. Meine Zehen schmerzten, bestimmt hatte ich eine Blase.

Doch bei aller Wut und Erschöpfung hatte ich nicht vergessen, mir die Startnummer des Brauenlosen zu merken. Auf der Meldeliste fand ich seinen Namen: Heinrich de Weert, Jahrgang 1960. Er lief für einen Berliner Verein. Berlin – Leipzig – Karlsruhe … das waren zu große Dimensionen für einen wie mich, der praktisch nie aus Heidelberg herausgekommen war. Und dann auch noch ein holländisch klingender Name!

Apropos Karlsruhe: Hatte de Weert nicht behauptet, einer seiner Auftraggeber sei in der Halle gewesen? Mir fiel der Typ ein, der mich auf der Treppe aufgehalten hatte, als ich dem Blonden folgen wollte. Dieser Dicke mit dem Klammergriff. Jetzt sah die Sache natürlich anders aus.

Sie hatten mich gelinkt, die beiden.

»Scheiße!«, schimpfte ich und trat zur Abwechslung gegen eine Werbebande.

»Was ist los?«, fragte Katinka, die plötzlich neben mir stand. Sie trug Trainingsanzug und Mütze, in der Hand hielt sie eine Flasche mit einer gelben Flüssigkeit. Ihre Stimme klang ruhig, doch ihr Gesicht war von der Anstrengung gezeichnet.

Ich starrte sie an, als sei sie einem UFO entstiegen. Richtig, da war was. Ihr Lauf!

»Hast du gewonnen?«, stieß ich hervor. »Welchen Platz hast du belegt? Kurz vorm Ziel wart ihr noch zu dritt. Los, spann mich nicht so auf die Folter!«

»Du hast ja eine Startnummer«, wunderte sie sich. Und dann, als ich nicht reagierte: »Dritte bin ich. Aber die Platzierung ist nebensächlich. Ich hatte keine Lust auf einen Endspurt. Die Zeit passt.«

»1:12? Ihr wart verdammt schnell unterwegs.«

»Sogar knapp drunter. In der letzten Runde haben wir etwas nachgelassen, sonst wäre es eine tiefe 1:11 geworden.« Sie trank einen Schluck aus ihrer Flasche. »Ein absurd schnelles Rennen war das, damit hätte ich nie gerechnet. Aber warum trägst du nun eine Nummer?«

»Ach, das.« Ich machte eine wegwerfende Handbewegung. »Hat mir einer geschenkt, der ausgestiegen ist. Sollte ein Scherz sein.«

»Verschwitzt bist du auch. Als wärst du mitgelaufen.«

»Bist du verrückt? Ich doch nicht!«

Prüfend sah sie mich an. »Was ist los? Habe ich etwas falsch gemacht?«

»Nein«, rief ich und fuhr mir unentschlossen durch die

Haare. Sie hatte ja recht, Stirn und Nacken waren feucht von Schweiß. Außerdem konnte ich ihr die Wahrheit nicht länger vorenthalten. Auch wenn es mir widerstrebte, sie jetzt, so kurz nach dem Zieleinlauf, da sie noch ganz und gar Sportlerin war, mit dieser hässlichen Geschichte zu konfrontieren.

»Komm mit«, sagte ich und zog sie zu der ausgehängten Meldeliste. Zwischendrin mussten wir zwei Mal stehen bleiben, weil jemand ein Foto machen und ein anderer ihr die Hand schütteln wollte. Als wir es endlich geschafft hatten, zeigte ich auf de Weerts Namen und seine Vereinsbezeichnung. »Kennst du den?«

Sie schüttelte den Kopf. »Nie gehört, den Namen. Wer soll das sein?«

»Der Typ aus Karlsruhe. Der mit den Flugtickets. Eben wird er mit dem Notarztwagen abtransportiert.«

23

»Also noch mal, Max: Dieser de Weert behauptet, weder die Leute zu kennen, die ihn beauftragt haben, noch ihre Motive. Trotzdem fährt er nach Karlsruhe, um mir ihre Botschaft zu übermitteln. Glaubst du ihm etwa?«

»Du wirst lachen, aber ich glaube ihm. Ich kann dir auch den Grund nennen. Wäre er persönlich in die Sache involviert gewesen, hätte er ganz andere Vorsichtsmaßnahmen getroffen. Er hätte sich nie und nimmer erwischen lassen dürfen.«

»Hat er ja auch nicht.«

»Weil er Glück hatte. Aber riskant war es schon. Es hätte

auch schief gehen können. Und wenn man dann tatsächlich nichts weiß, ist man fein raus.«

»Weil er Glück hatte«, murmelte sie.

»Genau. Denn das gehört dazu.«

Schweigend sah sie aus dem Fenster. Ohne die vorangegangenen Ereignisse hätte man von einem schönen Tag sprechen können, der sich allmählich seinem Ende zuneigte. Die Strahlen der Märzsonne fielen über eine Hügellandschaft in kräftigen Brauntönen. Man spürte förmlich, wie es unter der Erde überall zu sprießen und zu wachsen begann. Die Natur ließ ihre Muskeln spielen: Schluss mit der Winterstarre, Schluss mit der Faulenzerei! Weite Ackerflächen, von Waldflecken durchbrochen, zogen an uns vorbei, ab und zu spitzte ein Kirchturm hinter einer Bodenwelle hervor. Wir hatten Halle rechts von uns liegen lassen und fuhren nun auf der A 38 Richtung Westen.

»Und jetzt?«, fragte sie schließlich. »Wie geht es weiter?«

»Mit de Weert? Ich werde Kommissar Fischer anrufen, dass er mit den Kollegen in Leipzig Kontakt aufnimmt. Wenn der Typ sich wieder erholt, sollen sie ihn in die Zange nehmen. Vielleicht fällt ihm noch was ein.«

»*Wenn* er sich erholt.«

»Ja, wenn.«

Nun war ich es, der schwieg. Von dem Faustschlag in de Weerts Magen hatte ich niemandem erzählt, auch Katinka nicht. Am Ende hieß es noch, der Koller ist schuld, dass uns der Typ abgenippelt ist! Wegen so einem mickrigen Schwinger! Blondie hatte doch in Runde 2 schon so ausgesehen, als würde er gleich zu den Englein entflattern.

»Wie kommt dieser Mensch überhaupt auf die Idee, hier mitzulaufen?«, durchbrach Katinka die Stille.

»Der schafft das«, entgegnete ich. »Sportler sind zäh, die kriegst du nicht so schnell klein.«

»Hast du nicht verstanden? Warum lässt de Weert sich bei einem Halbmarathon blicken, an dem ich teilnehme? Er muss doch davon gelesen haben! Und wenn nicht, hat er spätestens an der Startlinie meinen Namen gehört.«

»Na und? Du kanntest ihn nicht. Von dir drohte also keine Entdeckung.«

»Aber von dir!«

»Du meinst, er musste davon ausgehen, dass ich dich begleite? Auch hierher, nach Leipzig?«

»Genau.«

Darüber dachte ich eine Weile nach. Katinka hatte recht: Warum setzte sich de Weert einem solchen Risiko aus? Wenn er Fragen nach seinen Auftraggebern oder Hintermännern aus dem Weg gehen wollte, musste er jede Begegnung mit ihr vermeiden. Denn wo sie war, war mit ziemlicher Sicherheit auch ich.

Es sei denn …

»Moment«, sagte ich. »Es gibt einen Grund, warum er sich sicher fühlen konnte.«

»Ja?«

»De Weert wusste sehr wohl, wer dich nach Leipzig begleiten sollte: dein Mann und deine Kinder. Ich bin ja nur der Ersatz. Verstehst du, er war informiert, dass ich an diesem Wochenende in Heidelberg bleiben würde. Ohne Moritz' Erkrankung wäre es ja genau so gekommen.«

Sie starrte mich an. »Du meinst, da weiß jemand über alles Bescheid, was wir tun? Jemand weiß, mit wem ich wohin fahre? Nach München, nach Leipzig … in den Harz?«

Ich nickte finster.

Sie hielt sich eine Hand vor den Mund. Für ein paar

Sekunden herrschten Beklemmung und Stille in dem kleinen Wagen. Nur das eintönige Motorengeräusch war zu hören.

Dann löste sie ihre Hand vom Mund und ließ sie zur Faust geballt aufs Knie fallen. »Ich wusste es!«, stieß sie heiser hervor. »Adams! Ich wusste es!«

Adams? Stirnrunzelnd sah ich zu ihr hinüber. Von wem redete sie?

»Scheiße!« Wieder so ein Faustschlag.

Auch das half mir nicht weiter. Ich wartete, bis sie fertig geflucht und gekopfschüttelt und die Faust geballt hatte, dann bat ich um Aufklärung. Ein Mister Adams sei mir bislang nicht begegnet, und von einem Läufer dieses Namens hätte ich auch noch nicht gehört.

»Adams«, sagte sie, »ist kein Läufer. Aber jeder Läufer kennt Adams. Das elektronische Meldesystem für Profis. Beziehungsweise für die Anti-Doping-Agenturen, die dich kontrollieren wollen. Du gibst ein Vierteljahr im Voraus deinen Aufenthaltsort an. Tag für Tag. Wenn sich deine Pläne ändern, hast du das nachzureichen. Außerdem musst du für jeden Tag des Jahres eine Stunde angeben, in der du mit Sicherheit anzutreffen bist.«

»Und wo gibst du das ein?«

»In eine Maske im Internet.«

»Und du meinst …«

»Das Ding ist höchst umstritten. Es hängen zig Klagen wegen Verletzung der Privatsphäre an. Und wie sicher sind deine Daten, wenn du sie dem Netz anvertraust?«

»So sicher wie Fort Knox am Tag der offenen Tür.«

»Eben. Ich habe dieses Teil schon immer gehasst, weil es Zeit verschlingt und mich zu Aussagen zwingt, die ich guten Gewissens nicht machen kann. Ich habe Kinder, Max! Wie soll man da jeden einzelnen Tag Wochen und Monate im Voraus planen? Ich muss flexibel bleiben und will deswegen nicht Stunden vorm Internet hängen.«

»Verstehe. Wenn also jemand das Programm knackt, weiß er, wo du steckst, und zwar jeden Tag.«

»Warum knacken? Es reicht, wenn er jemanden kennt, der Zugang zu den Daten hat.«

»Auch wahr. Trotzdem erklärt das nicht, woher de Weert über meine Bewegungen Bescheid weiß. Er dachte ja wohl, ich sei heute ausnahmsweise nicht mit dir unterwegs, sondern zu Hause in Heidelberg. Und bis zu deinem Anruf gestern lag er damit auch richtig.«

Sie zuckte die Achseln. »Keine Ahnung. Vielleicht wusste er es ja doch nicht.«

»Wie vielen Leuten erzählst du eigentlich, wohin es am Wochenende geht und wer dich begleitet? Vielen?«

»Nein. An welchem Wettkampf ich teilnehme und wann ich ins Trainingslager fahre, ist ohnehin bekannt. Von dir ist dabei nie die Rede.«

»Gut.«

Vor uns kündigten Warnlichter eine Baustelle an. Ich drosselte die Geschwindigkeit. Eine Weile hingen wir unseren eigenen Gedanken nach.

Schließlich sagte ich: »Lass uns noch mal zu der alles entscheidenden Frage zurückkehren. Wer könnte ein Interesse daran haben, dass du in London nicht antrittst?«

Sie lachte unfroh. »Als wenn ich mir diese Frage nicht jeden Tag stellen würde!«

»Anders gefragt: Wem nützt dein Startverzicht etwas? Dem Team ja wohl nicht, schließlich bist du in der Form deines Lebens.«

»Bin ich das?«, sagte sie müde. »Ja, möglicherweise.«

»Dem Team schadet es also. Erst recht, wenn eine Romy Feierabend ebenfalls verzichtet.« Und weil sie schwieg, fuhr ich fort: »Wem nützt es dann? Einem konkurrierenden Team, sagen wir: den Engländern. Das sagte ja bereits dein Trainer, aber darunter konnte sich niemand etwas vorstellen. Wie sieht es mit den Konkurrentinnen aus Deutschland aus? Eine von denen würde doch nachrücken. Kim Starke zum Beispiel.«

»Kim?«, entgegnete sie nachdenklich. »Die ist gut drauf, ja.«

»Wie lief eigentlich der letzte Kilometer im Halbmarathon? Erzähl mal, ich war ja anderweitig beschäftigt.«

Sie seufzte. »Kim hatte unglaubliche Beine, so stark habe ich die noch nie erlebt. Machte ja fast die ganze Zeit das Tempo. Und dann wollte sie auch als Erste ins Ziel laufen. Birthe hielt dagegen, kam aber nicht an ihr vorbei. Ich schaute mir das Ganze von hinten an. Die Zeit war gut, das reichte mir.«

»Und die Jungen?«

»Das war fast noch erstaunlicher. Dass Anja und Viola zugelegt haben, wusste ich. Aber so? Wie groß war ihr Rückstand zu uns? Gerade mal eine Minute! Und Larissa aus Regensburg kam auch gleich dahinter. Diese Mädchen sind Anfang 20. In diesem Alter war ich froh, wenn ich einen Halbmarathon halbwegs zu Ende lief!«

»Also ist das eine ernst zu nehmende Konkurrenz?«

Sie zog einen Flunsch. »Wer eine 1:12 über Halbmarathon läuft, schafft auch einen Marathon in 2:30. Kim hat ihren Start in Rotterdam ja schon angekündigt.« Sie holte tief Luft. »Eigentlich sollte ich mich freuen, dass es so viele hoffnungsvolle Talente in Deutschland gibt. Konkurrenz belebt das Geschäft – mein Motto. Nur dass es mir unter den gegenwärtigen Umständen verdammt schwer fällt.«

»Verständlich. Was sagen eure Trainer?«

»Die sind superhappy. Klar, wäre ich auch. Sollten Kim

und die anderen ihre Form über Marathon bestätigen können, haben sie ein Luxusproblem.« Sie wiegte den Kopf hin und her. »Abwarten. Noch ist nicht aller Tage Abend. Noch nicht.«

»Eine konkrete Anwärterin für deinen Startplatz gibt es aber nicht?«

»Nein. Das ist ein Spiel mit mehreren Unbekannten.«

Danach entstand eine lange Gesprächspause, die erst durch einen Anruf auf Katinkas Handy beendet wurde. Ihr Mann teilte mit, dass es Moritz wieder besser gehe. Morgen werde er die Kinder ins Auto packen und nachkommen.

»Gott sei Dank«, sagte Katinka. »Fahr vorsichtig, Heiner.«

Wie aufs Stichwort tauchte am Horizont ein dunkler Buckel auf: der Harz im Gegenlicht. Irgendwo links ging es zum Kyffhäuser, noch so ein urdeutscher Felsbrocken. Auf den Autobahnschildern standen Ortsnamen, die ich noch nie gehört hatte. Sie hinterließen auch keinerlei Spur in meinem Gedächtnis, denn ich hatte gerade an etwas anderem zu knabbern.

An einer Frage, die Katinka gar nicht gefallen würde.

Aber irgendwann würde ich sie stellen müssen!

Kurz vor Nordhausen war es so weit. Ich räusperte mich und sagte: »Was ist eigentlich …« Noch ein Räuspern. »Was ist eigentlich mit deinem Mann?«

»Mit Heiner? Was soll mit ihm sein?«

»Er ist Grundschullehrer. In Heidelberg-Ziegelhausen.«

»Und?«

Ihre Stimme klang schon ein wenig belegt. Hätte ich das Thema mal lieber nicht angeschnitten! Aber jetzt gab es kein Zurück mehr.

»Er ist Lehrer, du eine erfolgreiche Athletin. Er bleibt

zu Hause bei den Kindern, während du in ganz Deutschland und im Ausland startest. Bei Olympia läufst du den Marathon, wirst interviewt, schüttelst dem Bundespräsidenten die Hand …«

»Kapiere ich nicht.«

Ich holte tief Luft. »Könnte ihm daran gelegen sein, dass du nicht in London startest?«

»Wie bitte?«, fuhr sie auf. »Spinnst du jetzt? Was ist denn das für eine bescheuerte Idee?«

»Eine Frage, keine Idee.«

»Dann ist die Frage eben bescheuert. Ich dachte, du kennst dich ein bisschen aus mit Menschen! Stattdessen kommst du mir mit so einem hirnrissigen«, auch sie holte jetzt Luft, »einem absolut hirnrissigen, an den Haaren herbeigezogenen Verdacht!«

»Ich muss doch alle denkbaren …«, begann ich, aber weiter kam ich nicht. Sie hatte sich in Rage geredet.

»Merkst du überhaupt, was du da sagst?«, rief sie. »Merkst du das? Als wenn Grundschullehrer nicht zufrieden mit ihrem Beruf sein könnten! Sitzen die deiner Meinung nach alle in der Neidecke und wären gern was Besseres?«

»Nein.«

»Und wie das klingt: Er muss zu Hause bei den Kindern bleiben … Der Arme! Manchmal sitze *ich* deswegen in der Neidecke, verstehst du das? Heiner ist verdammt froh, dass er nicht an meiner Stelle ist. Er hasst es, in der Öffentlichkeit zu stehen. Ich hasse es übrigens auch, falls du das noch nicht gemerkt hast! Interviews – ich könnte kotzen!«

»Das mag ja alles stimmen«, sagte ich vorsichtig. »Trotzdem. Ich hatte mal einen Fall, bei dem ein Mann die beruflichen Erfolge seiner Frau nicht akzeptieren konnte. Am Ende hat er ihr einen Brandsatz ins Büro gelegt. Und den Vorfall sogar zur Anzeige gebracht.«

Keine Reaktion. Katinka hatte beide Hände fest gegen ihre Ohren gepresst. Noch ein paar solcher Sätze, und sie würde losheulen.

Seufzend konzentrierte ich mich auf die Fahrtstrecke. Es ging nun mitten hinein in den Harz, durch enge Täler, in die kein Sonnenstrahl mehr fiel, an malerisch vom Abendrot entflammten Felswänden vorbei, über schmale, kurvige Straßen. Noch 30 Kilometer bis Schierke.

Eine schöne Landschaft. Und ein Paradies für Wildschweine, nahm ich an. Mit einer Hand tastete ich die Spuren meines Unfalls in der Nordheide ab. Bis auf etwas Schorf war alles verschwunden. Schien ja ein tolles Salbensortiment zu sein, was Katinkas Sponsor da im Angebot hatte. Morgen würde sie mich wieder zwei Stunden durch den Wald jagen und es Regeneration nennen.

»Wann findet die Geburtstagsfeier deiner Oma statt?«, fragte ich, ohne zu überlegen, und die Worte zerrissen die Stille wie einen Vorhang aus Papier.

»Morgen Mittag«, antwortete sie leise.

»Zu Hause?«

»Nein, in einem Restaurant.«

»Magst du sie?«

Ihr Kopf fuhr herum, erstaunt sah sie mich an. Hatte wohl nicht mit einer solchen Frage aus meinem Mund gerechnet.

Ich übrigens auch nicht.

»Ja«, murmelte sie und streckte sich auf dem Beifahrersitz aus. Nach einer Weile fügte sie noch ein »sehr« hinzu.

Kommissar Fischer fiel mir ein, der Konfirmandinnenonkel. Mochte ich den etwa auch? So wie Katinka ihre Großmutter? Lieber nicht darüber nachdenken. Er musste in Sachen de Weert informiert werden, aber das hatte bis morgen Zeit. Immerhin war Ostern, da würde er alles Dienstliche auf den nächsten Werktag verschieben.

Wir erreichten ein Nest mit dem hübschen Namen Elend, ein Hinweisschild zeigte nach Sorge, ein anderes nach Schierke.

»Keine Gegend für Depressive«, meinte ich.

Noch ein paar Kilometer durch den Wald, dann ging es links ab in den Ort. Moosüberwachsene Felsbrocken säumten die Straße, alte Fichten bildeten eine dunkle, undurchdringliche Wand.

Katinka wollte mir gerade erklären, wie wir zum Haus ihrer Oma kamen, als mein Handy läutete. Eine unterdrückte Rufnummer. Ich nahm das Gespräch an.

»Einen wunderschönen guten Abend, Herr Koller!«

Katinka sah mich fragend an. Ich zuckte die Achseln. Eine Männerstimme, unbekannt.

»Guten Abend.«

»Wie war's in Leipzig? Was haben Sie bloß mit Herrn de Weert angestellt?«

»Ich? Na, hören Sie mal!« Die Stimme sagte mir nichts. Kann sein, dass sie einen leicht Berliner Tonfall hatte, muss aber nicht. »Ist es meine Schuld, wenn er auf dem letzten Kilometer schlappmacht?«

Der Anrufer lachte. »Da haben Sie recht. Kann ja nicht jeder so gut trainiert sein wie Sie.«

»Danke. Übrigens ist der Empfang hier im Wald ziemlich mies. Wie war Ihr Name noch mal?«

»Hören Sie, wir möchten Sie zu einem Spiel einladen. Das alte Heiß-kalt-Spiel, nur umgekehrt. Wir haben ein Osterei für Sie versteckt, und Sie werden es suchen.«

»Wann? Morgen?«

»Wie Sie möchten. Morgen könnte Ihnen allerdings jemand zuvorkommen. Das Ei heißt übrigens Tietje, und das Spiel läuft so: Je näher Sie dran sind, desto kälter wird es. Bei minus 110 Grad würde ich sagen: Bingo! Viel Spaß, Herr Koller.«

Das war's. Gespräch beendet. Ich fuhr rechts ran und stellte den Motor ab.

»Was ist?«, fragte Katinka alarmiert.

Ich starrte sie an. Meine Gedanken rasten. »Diese Kältekammer«, sagte ich. »Die in Kienbaum. Welche Temperatur hat es da?«

»Es gibt drei Kammern. In der kältesten sind es minus 110 Grad.«

»Dann muss ich dorthin. Und zwar jetzt.«

24

Unser kleiner Smart schien hungrig zu sein. Das Licht seiner Scheinwerfer fraß sich durch die Nacht. Kilometer um Kilometer verschlang er mit zufriedenem Brummen – auch, als ich vergeblich versuchte, die Tachonadel über 150 km/h hinauszujagen. Zwischendurch fütterte ich ihn an einer Tankstelle. Die Bräsigkeit, mit der die blond gesträhnte Kassiererin das EC-Karten-Portal bediente, brachte mich zur Weißglut. Fluchend sprang ich in den Wagen und fuhr mit quietschenden Reifen an.

Einmal überholten wir sogar einen 7er-BMW!

»Gut gemacht, Kleiner«, lobte ich meinen Liliputaner auf vier Rädern. Vielleicht wurden wir doch noch Freunde, wir zwei.

Natürlich war es verrückt, auf einen einzigen kruden Anruf hin 250 Kilometer über die Autobahn zu rasen: einmal quer durch Sachsen-Anhalt und südlich an Berlin vorbei. Aber was wäre die Alternative gewesen? In Kienbaum anrufen und den Nachtdienst bitten, mal nach dem Rechten zu schauen? Nur falls ein Privatdetektiv in der Kältekammer eingesperrt sein sollte? Ich hörte die Dame an der Rezeption schon ostlern: »Um wälchs Objäggd handelt es sich?«

Nein, dann lieber eine Nachtfahrt. Ich war hellwach, wie nach dem Genuss von drei Tassen Kaffee.

Das Handy: Katinka mit Neuigkeiten.

»Ich habe Dr. Karst auf die Mailbox gesprochen.«

»Karst? Wieso das?«

»Soviel ich weiß, ist er noch in Kienbaum. Er hat dort die ganze Woche Sportler betreut und wollte erst morgen oder übermorgen abreisen. Vielleicht erwischst du ihn auf seinem Zimmer. Er hat einen Schlüssel für die Kältekammer.«

»So?« Ihr eigenmächtiges Vorgehen missfiel mir. Bevor nicht klar war, worum und um wen es ging, wollte ich niemanden in diese Angelegenheit hineinziehen. Schon gar nicht Andreas Karst, den Familienvater. Aber Katinka hatte natürlich recht, über ihn lief es viel unkomplizierter als über irgendwelche Nachtportiers, die ihre Vorschriften hatten.

»Ich weiß nicht, wo er steckt«, fuhr sie fort. »Aber wenn er die Nachricht abhört, wird er sich bei dir melden. Ich habe ihm deine Handynummer genannt.«

»Die hätte er auch anderweitig ermitteln können«, dachte ich. So wie anonyme Scherzkekse, die gern seltsame Spiele veranstalteten. Aber das war nicht unser Thema.

»Gut gemacht«, sagte ich. »Danke.«

»Pass auf dich auf. Was, wenn es eine Falle ist?«

»Eine Falle? Wieso das denn?«

»Weiß nicht. Vielleicht will sich dieser Tietje rächen. Weil du bei ihm eingestiegen bist.«

»Das war nicht Tietje. Außerdem hätte er 1000 andere Möglichkeiten, mir aufzulauern, wenn er weiß, wo ich gerade stecke. Pass du lieber auf dich auf! Wo wirst du übernachten? Bei deiner Großmutter?«

»Ja. Sie wollte uns bei Nachbarn unterbringen, aber jetzt, wo ich allein bin, kann ich auch bei ihr schlafen.«

»Gut. Bleib einfach im Haus. Es wird schon nichts passieren.«

»Und du? Fährst du heute Nacht noch zurück?

»Kommt darauf an, was ich in Kienbaum vorfinde. Kannst du mir einen Hausschlüssel unter den Fußabtreter legen?«

»Klar.« Sie beschrieb mir, wo sie den Schlüssel deponieren wolle, wo im Haus sich das Wohnzimmer und wo im Wohnzimmer sich das Sofa befinde. Dann wünschte sie mir alles Gute.

»Und jetzt ab ins Bett mit dir«, sagte ich. »Du hast einen Halbmarathon in den Knochen.«

»Hätte ich fast vergessen.« Sie legte auf.

Halb zehn. Viel Verkehr war nicht, ich kam gut voran. Trotzdem ging es mir zu langsam. Ich suchte im Radio nach einem Sender, bis ich ein Lied zum Mitgrölen gefunden hatte. Ein alter Stones-Song vom Street fighting man ... Danach kam nur Mist, also aus mit der Kiste.

Halberstadt, Magdeburg, Potsdam. Brücken, Verkehrsschilder, Windräder. Irgendwann war der Moloch Berlin ganz nahe, ich erkannte es am gelb flimmernden Horizont linkerhand. Jetzt konnte es auch bis Kienbaum nicht mehr weit sein. Ich nahm den Autoatlas vom Beifahrersitz und legte ihn auf das Lenkrad. War mein eigenes Navi. Ein rotes Kreuz zeigte die Lage des Bundesleistungszentrums an. Berliner Ringautobahn, Ausfahrt Erkner, später die B 1/B 5, die ich bereits im Schlepptau Tietjes kennengelernt hatte. Märkische Eintönigkeit. Immer wieder Hinweisschilder auf kleinere und größere Gewässer.

Kurz vor der Abzweigung nach Kienbaum meldete sich erneut mein Handy.

»Karst hier, guten Abend. Katinka sagte, Sie bräuchten meine Hilfe.«

»Ja, sieht so aus. Ich habe vorhin einen Anruf bekommen, der mir Kopfzerbrechen bereitet. Vielleicht löst sich das Ganze in Wohlgefallen auf, vielleicht aber auch nicht. Ich bin in zehn Minuten bei Ihnen. Sie haben doch die Schlüssel zur medizinischen Abteilung?«

»Natürlich.«

»Können wir uns bei der Einfahrt treffen? An den Parkplätzen?«

»Okay.«

»Gut, dann bis gleich.«

Das nannte man wohl Punktlandung. Ohne den Arzt wäre mir der Gang zur Rezeption nicht erspart geblieben. Und einen Dynamiker wie Karst an meiner Seite zu wissen, hatte etwas Beruhigendes.

Kurz danach eilten wir im Licht der rot lackierten Kienbaum-Laternen zur medizinischen Abteilung. Dr. Karsts Schlüsselbund öffnete uns sämtliche Türen des verwaisten Gebäudes.

»Ich war den ganzen Tag in Berlin«, erzählte er, »und habe erst nach meiner Ankunft die Mailbox abgehört.«

»Hat ja alles noch wunderbar geklappt. Was sagt Ihre Familie dazu, dass Sie sogar an Ostern arbeiten?«

Er lachte. »Irgendwann kommt der Tag, an dem meine Kinder fragen, was der fremde Mann in ihrem Haus will. So ist es halt in diesem Job. Aber morgen fahre ich ihnen nach an die Ostsee.«

Auch der Eingang zur Kältekammer war abgeschlossen. Karst unterdrückte ein Gähnen, als er aufsperrte. »Bitte«, sagte er und ließ mir den Vortritt.

Von Kälte zunächst keine Spur. Im Gegenteil, es war sogar ziemlich warm da drin. Ich betrat einen kleinen Raum mit einer Vielzahl von Apparaturen. Direkt vor mir befand sich eine breite, mit einem Hebel zu öffnende Tür. Eine blaue Aufschrift verriet, wohin sie führte: »Icelab«. Mein Blick fiel auf ein Steuerungspult linker Hand, auf dem rote Ziffern glommen. Ich las: »11,2« – »60,8« – »109,4«. Und vor jeder Zahl stand ein Minus.

Hinter mir ließ Dr. Karst ein entsetztes Schnaufen hören. »Da ist jemand«, stieß er hervor. »Da, in Kammer drei!«

Ich drehte mich um und sah ihn auf einen Monitor an der rechten Wand weisen. Vier Stück von der Sorte hingen dort: Einer zeigte uns selbst, also den Vorraum mit seinen beiden nächtlichen Besuchern, auf zwei anderen waren bloß leere Kammern zu sehen und auf dem vierten – ein Mensch. Regungslos lag er da, Bauch nach unten, Gesicht zur Seite gedreht.

»Wir müssen rein!«, rief ich.

»Moment!« Karst stürzte nach links, um irgendwelche Knöpfe zu betätigen. »Sie brauchen Handschuhe. Und halten Sie sich was vor den Mund! Mehr als eine Minute dürfen wir nicht drin bleiben.«

Er reichte mir ein Paar weiße Stoffhandschuhe, die ich hastig überstreifte. Dank seiner beruflichen Routine war er schneller als ich mit dem Anziehen fertig und hebelte die Tür zu den Kältekammern auf. Diesmal ging er selbst voraus.

Ich folgte ihm in einen Raum, der ebenfalls nur wenige Quadratmeter maß. Die erste Kammer, minus zehn Grad kühl. Nackte Wände, kein Anlass zu verweilen. Karst war bereits an der nächsten Tür. Ein Temperatursturz von 50 Grad wartete auf uns. Dass meine Haut angenehm überrascht reagierte, lag wohl an der extrem trockenen Luft. Aber dann atmete ich aus Versehen tief ein, und vorbei war es mit der Erfrischung. Als der Arzt die letzte Tür öffnete, presste ich meine Hand gegen den Mund. Minus 110 Grad. Wer dachte sich so was aus?

Auch die dritte Kammer war klein und kahl. Schneekristalle rieselten um uns herum, als wir sie betraten. Auf dem Boden lag Privatdetektiv Tietje, steifgefroren wie ein Brett.

Nein, wie kein Brett. Denn welches Brett wäre jemals solchen Temperaturen ausgesetzt gewesen?

Dr. Karst beugte sich zu dem Toten herab. Ein kurzer, wirklich sehr kurzer Griff an Tietjes Hals, dann richtete er sich wieder auf. Sein Blick blieb am Hinterkopf der Leiche hängen. Zwischen den weiß überzogenen Haaren war eine dunkel unterlegte Masse zu erkennen, die man mit etwas Fantasie für gefrorenes Blut halten konnte.

»Raustragen?«, fragte ich.

Kopfschütteln. »Am Boden festgefroren.« Karst zeigte zum Ausgang. »Gehen wir lieber.«

Ich hatte nichts dagegen. Das Gefühl der Frische, das ich beim Eintreten empfunden hatte, war sehr schnell dem einer akuten Beklemmung gewichen. In meiner Nase spürte ich ein Prickeln als Vorboten von Schmerzen.

Wir machten, dass wir hinauskamen. Vor meinen Augen spielte sich eine makabre Szene ab: zwei hilflose Helfer, die versuchen, einen steifgefrorenen Körper in die Höhe zu hieven. Ein Ruck am Kopf, und das halbe Gesicht bleibt am Boden hängen …

Ich schüttelte mich. Aber nicht vor Kälte.

Als ich den Vorraum erreicht hatte, stützte ich mich am Türrahmen ab und atmete tief durch. Dabei ging es mir noch prächtig, jedenfalls im Vergleich zu Dr. Karst. Erst torkelte er, dann sackte er in die Knie. Ich erwischte ihn am Arm, langte mit der anderen Hand nach einem Stuhl und dirigierte ihn auf die Sitzfläche. Ein paar Sekunden lang schwiegen wir uns an.

»Danke«, murmelte er schließlich und wischte sich über das Gesicht, das genauso weiß war wie sein Handschuh. »Der Kreislauf. Wird gleich wieder.«

Mein Blick fiel auf den Monitor mit Tietjes einsamer Gestalt. »Wie lange überlebt man in so einem Raum?«

Achselzucken. »Hat das jemand mal getestet? Eine Viertelstunde vielleicht.« Er sah mich aus grauen Augen an. »Können wir hier raus? Ich brauche ein Glas Wasser.«

Etwas Ähnliches wollte ich auch gerade vorschlagen. Karst hatte sämtliche Türen der Kältekammern offengelassen. Auf den Monitoren sah man, wie sich ein Raum nach dem anderen langsam mit Nebel füllte. Umso rascher veränderten sich die Zahlen auf dem Display mit der Temperaturanzeige.

Ich zog die Handschuhe aus, legte sie in den Korb zu den anderen, wo es auch Mundschutze und Stirnbänder gab, und verließ den Raum. Karst folgte mir wacklig.

Im Atrium des Gebäudes bedienten wir uns beide an einem Wasserspender. Der Arzt, immer noch leichenblass, suchte sich gleich wieder einen Sitzplatz. Ein Profi, der Emotionen zeigte. Sein jugendlicher Elan war wie weggeblasen. Schockgefroren, sollte ich wohl sagen.

»Wer ist das?«, fragte er mit leerem Blick. »Und woher wussten Sie …?«

»Wie gesagt, ich bekam einen Anruf. Anonym.«

Er schwieg.

Ich zeigte auf den Eingang zum Icelab. »Sämtliche Türen waren abgeschlossen, als wir kamen, richtig?«

»Ja, alle.«

»Das heißt, die Täter hatten einen Schlüssel. Woher?«

»Da müssen Sie in der Verwaltung nachfragen. Ich weiß nicht, wer außer uns Medizinern hier Zutritt hat.«

»Waren Sie heute in der Kältekammer?«

»Nein. Ich war seit dem Morgen in Berlin.« Er setzte sich etwas aufrechter. »Der Mann … also, ich schätze, er war schon tot, als er in die Kammer gebracht wurde. Zumindest ohnmächtig.«

»Sie meinen, wegen der Kopfwunde?«

»Die Kammertüren sind nicht verschließbar. Man kann dort niemanden einsperren.«

»Verrammeln könnte man sie.«

»Womit denn? Außerdem hätten wir ihn dann nicht mitten im Raum gefunden, sondern direkt an der Tür.« Er atmete tief durch. »Wie auch immer, die Verletzung am Hinterkopf zeigt, dass er niedergeschlagen und dann ins Icelab gebracht wurde.«

»Klingt logisch«, sagte ich und hoffte, dass er recht hatte. Tod war nicht gleich Tod. Wenn Tietje schon hatte sterben müssen, dann bitte kurz und schmerzlos – und nicht bei vollem Bewusstsein, hinter der verrammelten Tür einer Anti-Sauna.

Aber tot war er. Und wie, um alles in der Welt, sollte ich das Katinka beibringen?

»Rufen wir die Polizei«, sagte ich, mehr zu mir als zu Karst. Ich zog mein Handy und wählte nach kurzem Zögern die Nummer von Kommissar Fischer. Er war noch wach und erstaunlicherweise bestens gelaunt, obwohl – nein: weil – ich ihn im beim Fernsehen störte. Eine Zumutung von Osternschnulzenzweiteiler, erklärte er, zu dem ihn seine Frau verdonnert habe. Hand in Hand säßen sie da, was ohne Alkohol nicht auszuhalten sei. Ja, er werde unbürokratisch und auf dem kleinen Dienstweg die Kollegen in Berlin und Brandenburg benachrichtigen, aber natürlich kenne er dort zuverlässige Leute, was glauben Sie, Herr Koller, die biegen in fünf Minuten mit Blaulicht um die Ecke von diesem Kienspan.

»Kienbaum«, sagte ich.

Korrekt. Und ob ich morgen um dieselbe Zeit nicht noch mal anrufen könne. Wenn Teil zwei des Schmachtfetzens anstehe.

»Grüßen Sie Ihre Frau, Herr Fischer.« Ich legte auf. Als ich mich im Nacken kratzen wollte, brachen ein paar Haare ab. Sie waren wohl feucht gewesen und in der Kammer sofort zu Eisfäden gefroren.

Karst hustete vor sich hin.

Was danach folgte, gehorchte dem üblichen polizeibehördlichen Drehbuch der Taterfassung, nur dass dieses Drehbuch mitten in der Nacht noch langweiliger war als am Tag. Zäh wie Kaugummi zog sich die Handlung: Anmarsch der Beamten, Befragung der Zeugen, Absperrung des Tatorts, fotografische Dokumentation. Der Polizeiarzt zog einen Flunsch und suchte bei Dr. Karst um kollegialen Rat nach, ein Polizist nach dem anderen erklärte, so etwas habe er noch nie gesehen. In seinem ganzen Polizistenleben nicht. Ich stand dabei und fühlte mich im falschen Film.

»Warum habe ich eigentlich meine Wintersachen eingemottet?«, knurrte einer der Kriminaltechniker, bevor er das Icelab betrat.

Die Kienbaum-Verwaltungsspitze eilte herbei und zog bestürzte Mienen. Dieselben Aussagen in Grün: Noch nie sei etwas Derartiges in der Kältekammer vorgefallen, kein Unfall, kein Zusammenbruch, nichts. Geschweige denn ein Mord. Die Beamten schauten skeptisch. Hinter dem Rücken der Kienbäumer sprachen sie von der Kammer des Schreckens und bewiesen damit nur ihre Ahnungslosigkeit gegenüber dem, was sich noch alles an Folterkabinetten auf dem Gelände befand. Karst und ich wurden befragt, bis wir schielten, und als wir vor Erschöpfung keinen Satz mehr bis zum nächsten Punkt durchformulieren konnten, hieß es, wir sollten uns in den folgenden Tagen zur Verfügung halten.

»Ich bin eingeladen«, gähnte ich. »Geburtstag Oma. Harz.«

»Wir brauchen eine Telefonnummer, unter der Sie erreichbar sind.«

Ich gab ihnen meine Handynummer. Im Gegenzug sorgten sie dafür, dass ich ein Zimmer in einem der Pavillons bekam, das mir für eine kurze Nachtruhe zur Verfügung stand. Bevor ich zu Bett ging, es war gegen vier Uhr, beantwortete ich die beiden SMS, die mir Katinka geschickt hatte.

»Tietje ist tot«, schrieb ich. »Alles Weitere morgen. Komme zum Kaffee.«

Dann zog ich mir fröstelnd die Bettdecke bis ans Kinn.

25

»Es könnte sein«, sagte Katinka, den Blick fest auf ihren Teller gerichtet, »es könnte sein, dass ich in London nicht antrete.«

Nach diesen Worten herrschte Stille. Während Katinkas Mutter die Stirn in Falten warf, sah ihr Vater verblüfft von einem zum anderen, als müsse er sich vergewissern, aus wessen Mund dieser Satz gedrungen war. Auch der Rest der Familie – zwei Tanten und ein Cousin mit seiner Frau – schaute betroffen in die Runde. Heiner Glück war der Einzige, der weiteraß. Geräuschlos. Bis ein Machtwort des Geburtstagskindes das Schweigen beendete.

»Unsinn«, sagte Katinkas Oma energisch. »Nicht antreten? Das wäre doch gelacht, Kleines!«

Ja, vielleicht wäre es das. In diesem Moment allerdings lachte niemand. Trotzdem schaffte es Oma Glück, die kleine, immer noch drahtige Frau mit den wachen Augen, die Verkrampfung rund um den Tisch zu lösen. Ihr Sohn, Katinkas Vater, begann vor sich hin zu grummeln, eine Tante rammte ihre Gabel in die Kirschtorte, und der Cousin tönte: »Wie kommst du denn darauf?«

»Das meinst du nicht ernst«, sekundierte ihre Mutter.

»Jetzt hast du uns aber einen Schrecken eingejagt«, rief die andere Tante schrill.

Katinka schwieg. Ich griff nach meiner Kaffeetasse, um sie mir gegen die Backe zu pressen, beziehungsweise die Backe gegen die Tasse, was wahrscheinlich ziemlich blöd aussah, aber es hielt meinen schweren Kopf im Gleichgewicht. Ihn vor lauter Erschöpfung auf den Tisch plumpsen zu lassen, käme garantiert noch blöder. Die Heizkörper im Wohnzimmer von Oma Glück arbeiteten auf Hochtouren, Gott sei Dank taten sie das, aber die Wärme machte schläfrig.

Auf der Herfahrt hatte ich mich mit Kaffee wachgehalten. Mit Kaffee und den Erinnerungen an die Kältekammer. Ankunft im Harz gegen zwei, kurze Begrüßung und sofort mit Katinka zum Training. Ja, natürlich habe sie auf mich gewartet! Sie musste doch erfahren, was mit Tietje passiert war. Also berichtete ich. Lange waren wir nicht unterwegs, eine knappe Stunde nur, und die Zeit verging wie im Flug. Ich bereute, keine Handschuhe mitgenommen zu haben. Wir hatten Anfang April, aber rund um den Brocken regierte noch der Winter. Die Luft war eisig. Graue Wälder voller Findlinge, die Baumstämme von Flechten überzogen. Begegnungen mit dick eingepackten Osterspaziergängern, die nach Einkehrmöglichkeiten suchten. Einmal erreichten wir eine Anhöhe mit Fernblick und hielten kurz an. Drei, vier Hügelketten nacheinander, zum Horizont hin immer blasser werdend. Und dahinter: nichts. Keine Verbindung zum Rest des Landes. Der Harz war ein Kontinent für sich, eine schwebende, selbstvergessene Insel.

Schweigend sahen wir in die Weite. Ich formte meine Hände zu einer Kugel und blies warme Luft in die Öffnung zwischen den Daumen. Katinka putzte sich die Nase mit dem Taschentuch, das sie immer dabei hatte. Ich versuchte, etwas Wichtiges zu denken, doch da war nichts, nur die Kälte und die Unmöglichkeit, hinter den Horizont zu blicken.

Wieder in Schierke, stellte ich mich lange unter die Dusche. Danach wurden wir zum Kaffee gerufen.

»Der Druck«, sagte Heiner kauend, »der Druck ist enorm. Ständig dieser Konkurrenzkampf unter den Mädchen. Ihr könnt euch das nicht vorstellen. Da kommt man schon mal ins Grübeln, ob sich die ganze Sache lohnt.«

»Wie bitte?«, rief Vater Glück und warf die Gabel auf den Tisch. »Ob es sich lohnt? Diese Frage hätte ich mir auch gern gestellt, als ich damals für München trainierte! Aber erst mal in einer solchen Position sein!«

»Das kannst du nicht vergleichen, Herbert.«

»Natürlich kann ich das. Ich hätte alles gegeben, um bei den Spielen dabei zu sein. Frag deine Mutter, Katinka! Ein Jahr lang habe ich trainiert wie ein Verrückter, und wenn mich diese verdammte Verletzung nicht gestoppt hätte …« Wütend nahm er die Gabel wieder zur Hand.

Ich löste die Tasse von meiner Backe. »Sie waren nominiert und konnten nicht antreten?«

»Fast«, knurrte er. »Mit meiner Zeit über 10.000 Meter lag ich auf Platz 5 in Deutschland. Das reichte natürlich nicht. Aber es sah gut aus, die Trainingswerte waren optimal, ich hatte fest mit einer neuen Bestzeit gerechnet.« Er zuckte die Achseln. »Und dann? Muskelfaserriss.«

»Kein Wunder«, murmelte Katinka, ohne aufzuschauen.

»Ich wusste, dass du das sagen würdest. Immer die gleiche Diskussion!«

»Was ihr für Umfänge gemacht habt! 200 Wochenkilometer Minimum. Und eure Intensitäten! Das hält kein Körper aus.«

»Die anderen haben es ausgehalten. Mielke und Letzerich konnten starten. Andere Nationen haben noch härter trainiert, und Virén ist Weltrekord gelaufen in München. Trotz seines Sturzes nach vier Kilometern. Wenigstens dabei gewesen wäre ich gern, meinetwegen als Letzter des Laufs.«

Niemand erwiderte etwas. War wohl so eine Art Familientrauma der Glücks: keine Olympiateilnahme, keine heroischen Erzählungen, kein Ich-war-auch-dabei. Bloß ein gerissener Muskel.

Schön, dann blieb es halt an mir zu intervenieren.

»Wenn ich mich recht erinnere«, sagte ich, »war München '72 das bis dahin schnellste Rennen der Geschichte. Und dass Virén Blut gepanscht hat, gilt ja wohl als ausgemacht. Ist Ihnen nie der Verdacht gekommen, dass die Konkurrenz flächendeckend gedopt hat? Zum Beispiel, um noch härter trainieren zu können?«

Na, da schauten sie aber, die Verwandten Katinkas! Solches Expertenwissen aus dem Mund eines sportfernen Privatdetektivs!

»Und wenn es so wäre?«, erwiderte Herbert Glück, Katinkas Vater. »Welche Lehre hätte ich daraus ziehen sollen? Den Bettel hinschmeißen? Natürlich wurde gemunkelt, über die Trainingsmethoden, über chemische Wundermittel, über alles Mögliche. Plötzlich liefen uns die Sportler aus der Ostzone in Grund und Boden. In den Kraftsportarten war es offensichtlich, da nahm jeder, was der Pillenschrank hergab: Amis, Skandinavier, Russen. Es existierten ja kaum Verbote. Aber wir Läufer ... Für mich und meine Kollegen lege ich die Hand ins Feuer. Was die anderen Nationen trieben, kann ich nicht sagen. Warum hätte ich mir darüber den Kopf zerbrechen sollen?« Mit einem Blick, der Abwehr und Resignation vereinte, hob er die Hände und ließ sie wieder fallen. »Verdacht, Verdacht ... Irgendwie verstehe ich Ihre Frage nicht. Mal war der eine von uns schneller, mal der andere. Was sollte ich da mit Verdächtigungen kommen? Hätte doch ohnehin nichts beweisen können.«

»Damals nicht, das stimmt. Ich frage mich nur, wie ungetrübt das Bild einer solchen Veranstaltung heute noch sein kann, wenn man längst weiß, wie dort betrogen wurde.«

»Aber genau das ist es ja, was mich so aufregt«, rief er und schlug mit der flachen Hand auf die Tischdecke. Sein schmales, immer noch asketisches Gesicht lief rot an. »Dass keiner die sportlichen Aspekte sieht. Es gab grandiose Wettkämpfe in München, sensationelle Entscheidungen, der Weltrekord von Virén war nur eine von vielen. Aber woran denken die Leute? An das verfluchte Attentat damals. An Politik! Und jetzt kommen Sie mir mit Doping. Habe ich dafür ein Jahr meines Lebens gegeben? Wo bleibt da der Sport?«

»Also, wenn ich dein Talent hätte, Katinka«, meldete sich der Cousin zu Wort, der am Ende des Tisches saß, »würde ich mich von den Psychospielchen der Konkurrenz nicht verunsichern lassen.«

»Es sind keine Spielchen«, gab sie zurück. »Kim Starke

hat mich gestern geschlagen. Und die jungen Hüpfer aus Leverkusen saßen mir so dicht im Nacken.« Sie zeigte es an. »So dicht, verstehst du?«

»Aber du hast die Norm. Sie nicht.«

»Kim wird sie knacken, da bin ich mir sicher. Und wenn es ganz dumm läuft, die anderen auch.«

»Nun mal den Teufel nicht an die Wand.« Das war ihr Vater, der wieder seine normale Gesichtsfarbe hatte. »Und selbst wenn: Du hast immer noch die besten Karten, Katinka. Du weißt ganz genau, dass sie bei gleichen Vorleistungen im Marathon immer die erfahrenen Athleten nehmen. Immer!«

»Jetzt, wo die Feierabend zurückgezogen hat, bist du sogar der Captain«, ergänzte der Cousin. »Du und die Möller. Es geht nur noch um den dritten Startplatz.«

Heiner hob die Hand. »Dein Bienenstich ist hervorragend, Margarethe. Kann ich noch ein Stück bekommen?«

»Aber sicher«, freute sich die Jubilarin. »Greift zu! Greift alle zu.«

»Das hast du doch nicht ernst gemeint vorhin«, erkundigte sich Katinkas Mutter und legte eine Hand auf die ihrer Tochter. »Das mit dem Verzicht auf London. Oder doch?«

Katinka schwieg. Sie sah so klein aus, wie sie da im Kreise ihrer Familie saß. Klein und trotzig. Von der Frau ihres Cousins einmal abgesehen, war sie die Jüngste am Tisch. Und die Talentierteste. Die man allerdings noch ein wenig erziehen musste. Ins rechte Geleis bringen, auf den Erfolg fokussieren. Vater, Mutter, Großmutter: Das war keine Familie, sondern ein Stück leibhaftiger deutscher Sportgeschichte. Turnen, Leichtathletik, Laufen. Die Elite des Landes. Einmal fast Olympia. Aber bitte keine Politik!

Und bitte keine Leichen in Kältekammern.

»Manchmal glaube ich wirklich, es wäre das Beste, nicht zu starten«, sagte Katinka mit gepresster Stimme. »Nun schaut nicht so belämmert! Ich habe schließlich Familie, an die muss ich auch denken. Dauernd müssen die Kinder auf mich verzichten, von Heiner ganz zu schweigen.« Hilfesuchend sah sie zu ihrem Mann hinüber. Danach sogar zu mir.

»Familie, ja«, brummte ihr Vater. Fehlte nur noch, dass er sagte: »Das hättest du dir vorher überlegen sollen!« Was dann passiert wäre, wagte ich mir nicht auszumalen. Aber er tat es nicht. Versuchte es stattdessen auf die versöhnliche Tour: »Ich bin sicher, dass sich das regeln lässt. Olympia findet nur alle vier Jahre statt, und deine Familie hast du hoffentlich noch sehr, sehr lange.«

Einen Moment lang sah es aus, als wolle Heiner etwas erwidern. Doch er leckte sich bloß ein bisschen Sahne aus dem Mundwinkel.

»Außerdem«, fuhr Katinkas Vater fort, »bist du es Simon schuldig. Meiner Meinung nach.«

Die Stille, die diesen Worten folgte, ließ mich aufhorchen. Von welchem Simon sprach er? Wie betreten plötzlich alle dreinschauten! Oma Glück seufzte auf und zwinkerte heftig mit den Augen. Der Cousin hatte plötzlich einen Krümel entdeckt, der unbedingt vom Ärmel gewischt werden musste.

Simon? Dieser Name war noch nie gefallen. Ich beschloss, Katinka später zu fragen.

Ein Räuspern ihrer Mutter beendete die Gesprächspause. »Und der Mann, der bei euch im Garten war? Kam er wieder?«

Katinka wich ihrem Blick aus und schüttelte den Kopf.

»Mach dir wegen dem keine Sorgen«, sagte ihr Vater. »Spinner gibt es überall.«

»Da braucht sie sich wirklich keine Sorgen zu machen«, bestätigte ich und reckte mich. »Ich bin ja auch noch da.«

Wenigstens dem Cousin entlockte ich ein schwaches Grinsen. Seine Frau stand auf, um nach den Kindern zu sehen. Sie hatte einen vierjährigen Sohn, der mit Fiona spielte. Moritz schlief im Nebenzimmer.

»Trotzdem beunruhigt uns die Sache«, sagte Heiner. »Schon wegen der Kinder. Wir sind froh, dass Herr Koller da ist, aber alles kann er auch nicht verhindern.«

»Ein Spinner«, wiederholte Katinkas Vater wegwerfend. »Dafür setzt man seinen Lebenstraum doch nicht aufs Spiel!« Mit diesen Worten schien alles gesagt. Er erhob sich ebenfalls und verließ den Raum. Seine Tochter sah ihm mit zusammengepressten Lippen nach.

Katinkas Mutter begann, das Geschirr abzuräumen. Heiner und der Cousin halfen ihr, während ich das Privileg des übernächtigten Gasts genoss. Bei so vielen Freiwilligen hätte ich ohnehin nur gestört. Oma Glück stand auf, um sich neben Katinka zu setzen.

»Olympia vergisst man sein ganzes Leben nicht«, sagte sie versonnen und streichelte ihr übers Haar. »Das kann ich bestätigen, mein Kind.«

»Ich weiß«, flüsterte Katinka. »Ich weiß … Trotzdem frage ich mich, ob es das alles wert ist. Verstehst du, Oma, die ganze Situation wird immer unerträglicher. Der Konkurrenzkampf, dieses Gerangel um die paar Plätze …«

Sie brach ab. Natürlich, das waren schwache Argumente, solange sie nichts von de Weert und Tietje erzählte. Und diese Namen waren am Geburtstag ihrer Großmutter tabu.

»Ich glaube an dich«, sagte die alte Dame, nahm ihr Enkelkind in den Arm und drückte es an sich. »Diese jungen Läuferinnen mögen stark sein, aber du bist stärker. Du hast zwei Kinder zur Welt gebracht, die nicht.«

»Ja eben. Ich habe Familie. Von irgendetwas müssen wir ja leben. Und ich trage nichts dazu bei. Die paar Sponsoren, die ich habe, reichen gerade dazu aus, meinen Sport zu finanzieren. Ich trainiere wie ein Profi, aber vom Ertrag her ist es bloß ein Hobby. Und dann bin ich dauernd unterwegs.« Ich sah, wie sich ihre Augen mit Tränen füllten. »Fiona ist doch erst drei!«

»Also, wenn es finanziell eng wird, musst du es mir sagen, hörst du? Am Geld soll es nicht scheitern, auf keinen Fall!«

»Darum geht es nicht«, sagte Katinka mit erstickter Stimme. Es entstand eine kleine Pause, in der Oma Glück ihrer Enkelin den Arm tätschelte und die beiden Tanten, die noch am Tisch saßen, ihre Köpfe tuschelnd zusammensteckten.

»Waren Sie auch bei Olympia?«, durchbrach ich schließlich die Stille.

Oma Glück sah überrascht auf.

»Sie sagten eben etwas in dieser Richtung: Ich weiß, wie es bei den Spielen zugeht.«

Sie lachte. »Ja, ich bin in der Tat so eine Art Olympiateilnehmerin. 1936 in Berlin war ich dabei.«

Ich kniff ein Auge zusammen. »Mit 14 Jahren?«

»Warum nicht? Bei den Schwimmern gab es eine 12-jährige Goldmedaillengewinnerin. Aber das war nicht meine Disziplin.«

»Sondern?«

Schau an, was sie für ein kokettes Lächeln aufsetzte! Sollte ich etwa raten, wie zuletzt bei Dr. Eichelscheid, dem Banker mit der Hockeyvergangenheit?

Die beiden Tanten kamen mir zuvor: »Hol doch mal die Fotos«, drängte die eine. »Ja, zeig sie dem jungen Mann!«, sekundierte die andere.

Da ließ sich Oma Glück nicht lange bitten. Sie ging zu einem Schränkchen, zog eine Schublade auf und entnahm ihr ein Album. Das legte sie, nachdem ich Serviette und Zuckerschale beiseitegeräumt hatte, vor mich auf den Tisch. Ich schlug es auf und blickte einem Mädchen ins Gesicht, das Katinka von fern ähnelte.

»Sind Sie das?«

»Das sieht man doch!«, riefen die Tanten.

»Bodenturnen, nehme ich an.« Ich tippte auf das nächste Bild, das die Oma und eine Reihe von Altersgenossen bei gymnastischen Übungen zeigte.

»So ähnlich. Es war ein Auftritt am Eröffnungsabend der Spiele. Im Rahmen des Kulturprogramms.«

»Kultur?«

Ich muss eine ziemlich entgeisterte Miene gezogen haben, denn die drei Damen am Tisch brachen in Gekicher aus. Nur Katinka blieb ernst und schweigsam.

»Ja, da staunen Sie, junger Mann«, amüsierte sich die Oma. »Kein Olympia ohne Kulturveranstaltungen, das ist noch heute so. Damals legte man sich besonders ins Zeug: mit Theateraufführungen, Musik und Tanz. Es gab sogar Medaillen für die besten Beiträge.«

»Medaillen für Musik? Sie meinen Gold, Silber und Bronze?«

»Samt Siegerehrung im Stadion, mit Nationalhymne und allem Drum und Dran.«

»Das muss wunderbar gewesen sein«, schwärmte Tantchen Nummer eins.

»Wo ist die Palucca?«, fragte Tantchen Nummer zwei und blätterte weiter. Auf den Fotos war der Innenraum des Berliner Olympiastadions zu erkennen. Kinder und Jugendliche bevölkerten den Rasen, mal chaotisch durcheinander wirbelnd, mal in strenger Ordnung. Das Ganze wirkte wie ein Mittelding aus Sport und Tanz, und darüber stand: »Olympische Jugend, von C. Diem«.

»Am Tag der Eröffnung«, wiederholte Oma Glück, »das müssen Sie sich vorstellen!«

»Vor 100.000 Zuschauern«, sagte die eine Tante.

»Vor Besuchern aus aller Welt«, die andere.

Ich gähnte. Meine Güte, wie es mich schüttelte vor Müdigkeit! Ich suchte auf den Fotos nach Nazi-Symbolen, konnte aber keine entdecken. Kein Hakenkreuz, keine SS-Uniform. Bloß die Kinder sahen irgendwie arisch aus.

»Wo ist bloß die Palucca?«, fragte Tantchen zwei.

»Wer ist denn …?«, begann ich, konnte den Satz aber nicht beenden, weil es mir erneut die Kiefer auseinander riss.

»Sie sollten sich ausschlafen«, stellte Katinkas Oma fest. »Und dann kommen wir auch noch mit unseren Geschichten von damals!«

»Nein, das ist hochinteressant, wirklich. Nur frage ich mich …«

»Die Wigman!«, rief Tantchen eins und zeigte auf das Foto einer Tänzerin in Wallekleidern. »Richtig, die war ja auch dabei!«

»Alles, was Rang und Namen hatte«, nickte das Geburtstagskind. »Die Musik, die dazu gespielt wurde, stammte von Orff.«

»Und Hitler?«, gähnte ich. Von diesem Orff hatte ich mal gehört, aber wer zum Teufel war die Palucca?

»Der wird wohl auch da gewesen sein«, erwiderte sie kurz angebunden. »Ich weiß, was Sie sagen wollen. Aber eines kann ich Ihnen versichern: Unsere Aufführung war unpolitisch. Genau wie die Spiele überhaupt. Und so soll es auch sein. Für alle Zeiten.«

Sie klappte das Album zu.

26

Was ich in diesen Tagen an Kilometern auf Deutschlands Straßen zurücklegte, spottete jeder Beschreibung. Dabei hatte man mich einmal als Fahrradbegleiter einer Läuferin engagiert. Stattdessen würde ich in absehbarer Zeit auf dem Sitz eines Smart festwachsen. Schon am nächsten Morgen machte ich mich früh wieder nach Berlin auf, ein dickes Kuchenpaket von Oma Glück im Gepäck. Ostermontag: freie Straßen, kaum Laster, ab und zu ein gutgelaunter, weil ausgeschlafener Feiertagschauffeur. Ich war weder das eine noch das andere. Als ich auf den ersten Kilometern das Fenster herunterkurbelte, hörte ich die Harzvöglein zwitschern. Der Frühling hatte sich endgültig durchgesetzt.

Ein Frühling, den Ralf Tietje nicht mehr erleben würde.

Was seine Freunde wohl zu seinem Tod sagten? Ich überlegte kurz, im Leuchtturm vorbeizuschauen, um die Stimmung zu erkunden, doch nach einem Blick zur Uhr gab ich dieses Vorhaben auf. Wenn ich um elf im Berliner Polizeipräsidium sein wollte, blieb keine Zeit für einen Ausflug nach Lichtenberg, oder wo immer die Kneipe lag. Außerdem war sie am Vormittag bestimmt geschlossen.

Als ich dem zuständigen Kommissar die Hand schüttelte, gab es gleich was zu lachen. Der Kerl hieß nämlich ebenfalls Fischer, genau wie mein Heidelberger Lieblingspolizist, nur aussehen tat er ganz anders. Er war jünger, blondgelockt und sportlich, außerdem lispelte er wie ein Siebenjähriger mit Zahnlücke. Bei reifen Damen kam das bestimmt klasse an.

»Ich hätte da was für Sie«, begrüßte er mich. »Wir machen gleich mal eine kleine Fahrt.«

Also wieder ins Auto. Im Dienstwagen kutschierten wir durch die Stadt, bestimmt eine halbe Stunde in südliche Richtung, bis zu einer Schrebergartensiedlung. Unterwegs erklärte mir der Lispel-Fischer, wie es um die Zuständigkeiten der Länder Berlin und Brandenburg im Fall Tietje bestellt war, aber das vergaß ich sofort wieder. Hatte genug damit zu tun, nicht dauernd zu gähnen.

»Kurze Nacht?«, fragte er mitfühlend.

Ich nickte.

Die Siedlung hieß »Am Gleisdreieck« oder so ähnlich, aber sollten auf den umlaufenden Wällen noch Schienen liegen, waren sie nicht mehr in Gebrauch. Ringsum herrschte Stille, die Stadt schien weit entfernt. Fischer parkte direkt vor dem Eingang der Siedlung. Eine pittoresk verrostete Metalltafel bot einen Übersichtsplan über die Lage der mehr als 200 Parzellen.

»Hierhin geht's«, sagte der Kommissar und tippte mit dem Finger auf Parzelle Nummer 47. »Kommen Sie mit?«

Achselzuckend folgte ich ihm. Es klang wie ein Spiel, das der Kerl mit mir spielte. Der Kommissar mit dem Privatdetektiv: Hab da was für Sie, Herr Koller. Kommen Sie mit? Um was geht es wohl? Raten Sie doch mal! Ich war zu müde zum Raten.

Gleich hinter dem Eingang verzweigte sich der asphaltierte Hauptweg. Die Nebenwege trugen lustige Vogelnamen, und das musste wohl so sein, denn was ich im Schlendern von der überall aushängenden Siedlungsordnung mitbekam, klang überhaupt nicht lustig. Wir schritten an Zäunen vorbei, hinter denen Städters Paradiesgärtlein schlummerte: Beete, englischer Rasen, Goldfischtümpel und kniehohe Windmühlen. Ab und zu eine Formation Gartenzwerge, Spaten und Rechen wie zum Sturmangriff gezückt. Ich sah Kinder auf der Suche nach Ostereiern umherflitzen. Unter einer milchigen Plastikplane hielt eine Hollywoodschaukel ihren Winterschlaf. Und natürlich stand auf jeder Parzelle eine Hütte. In manchen hätte eine fünfköpfige Familie bequem leben können.

»Irgendwie sind die alle gleich, diese Schrebergärten«, nölte ich, beide Hände in den Taschen. »Kann ich mir auch in Heidelberg angucken.«

»Wetten, dass Sie gleich Ihre Meinung ändern werden?«, grinste der junge Fischer. »Noch ein paar Meter. Riechen Sie es nicht?«

Ich tat ihm den Gefallen und sog Luft ein. Wie sollte es hier schon riechen? Nach Erde und Pflanzen und etwas Rauch. Nichts Besonderes.

Oder? Noch einmal schnuppern. Wenn ich ehrlich war, roch es sogar ziemlich penetrant nach Rauch. Ein Stück vor uns stieg schmutziger Qualm über den Hecken auf.

»Eine Frage, Herr Koller.« Der Kommissar hakte mich vertraulich unter. »Meinen Sie, ich könnte ein Autogramm von Katinka Glück bekommen? Früher wollte ich selbst mal Leistungssportler werden, Kurz- und Mittelstrecke. War dann aber nix. Jetzt sammle ich Autogramme und so Zeug.«

»Ich werde sie fragen. Was ist da vorne los? Ein Brand?«

»Allerdings. Ein schönes Häuschen stand dort. Aber jetzt … Sehen Sie selbst.«

Wir hatten die Nummer 47 erreicht. Eine Parzelle, die sich in nichts von den anderen unterschied, höchstens etwas weniger gepflegt wirkte. Und dann natürlich die Hütte: ein rauchender Trümmerhaufen aus verkohlten Holzbohlen und undefinierbaren, geschmolzenen Klumpen. Feuerwehrleute und Jungs von der Spurensicherung tappten durch das Gelände, weiter hinten wartete ein kleiner Bagger auf seinen Einsatz.

»Das war aber nicht die olympische Flamme, die das verursacht hat?«, sagte ich.

Fischer lachte. »Ganz bestimmt nicht. Um ein Gebäude derart herunterzubrennen, brauchen Sie einiges an Brandbeschleunigern. Da wollte jemand nicht bloß Zerstörung anrichten, sondern Spuren beseitigen, und zwar gründlich.«

»Und warum zeigen Sie mir das hier?«

»Tja ... Was glauben Sie, wie der Besitzer der Hütte hieß?«

Also doch raten. Der Besitzer eines Berliner Schrebergartens, und ich sollte seinen Namen kennen. Wobei Fischer zwo die Vergangenheitsform des Wortes »heißen« gewählt hatte. Wie man über einen Toten redet.

Ich zuckte die Achseln. »Tietjes Zweitwohnsitz?«

»Sieht so aus. Permafrost in Kienbaum, Feuersbrunst in Marienfelde. Ganz schön makaber, was?«

Ich gab ihm recht. Zwischen den Tiefkühltemperaturen, die Tietje zum Verhängnis geworden waren, und dem Brandanschlag hier lagen Hunderte, wenn nicht Tausende Grad Celsius. Einmal Hölle und zurück. Da war jemand ganz arg böse auf meinen Kollegen gewesen und wollte ganz sicher gehen, dass er kein Unheil mehr anrichten konnte. Weder er noch seine Hinterlassenschaft.

»Vorgestern Nacht stand das Ding plötzlich in Flammen«, erzählte Fischer zwo, während wir das Gelände in Augenschein nahmen, soweit es die Sperren der Spurensicherung zuließen. »Mit ordentlich Krach und Stichflammen und allem Drum und Dran, wie es hieß. War nicht viel los in der Siedlung zu dem Zeitpunkt. Aber auch wenn die Feuerwehr sofort am Brandherd gewesen wäre, hätte sie nicht viel ausrichten können. Die Hitzeentwicklung war zu heftig. Selbst die Nachbarhütten haben etwas abbekommen.«

»Vorgestern? Also in der Nacht von Samstag auf Sonntag?«

»Gegen zehn Uhr. Gestern Abend erst fanden wir heraus, wer der Pächter der Parzelle war. Tietje hatte sich nämlich unter falschem Namen hier eingenistet. Wie ihm das gelungen ist, müssen wir erst noch ermitteln. Normalerweise geht das nur mit Personalausweis, Meldebescheinigung und dem ganzen Pipapo.« Er rieb sich die Hände. »Könnte sein, dass er was mit den Vereinsvorsitzenden gedreht hat. Aber das kriegen wir raus. Spätestens morgen, wenn wir die Leute in die Mangel nehmen.«

Ich nickte. Die Verwüstung, die Feuer und Löschwasser angerichtet hatten, war enorm. Die Rückwand der Hütte stand noch, dazu die Hälfte einer Seitenwand. Der Rest war zerstört: verkohlt, geborsten, in sich zusammengesunken, geschmolzen. Immer wieder wirbelte weiße Asche auf, zwischen rissigen Bohlen kroch eine undefinierbare breiige Masse.

»Waren Sie schon in Tietjes Wohnung in der Landsberger Allee?«, fragte ich den Kommissar.

»Selbstverständlich. Noch in der Nacht auf Sonntag, nachdem uns die Kollegen aus Brandenburg informiert hatten.«

»Und? War dort auch jemand zugange?«

»Sieht nicht so aus. Wenn, dann ist der Jemand anders vorgegangen. Keine Verwüstung, nicht einmal eine aufgerissene Schublade.«

Ich nickte. »Das heißt, wichtig war allein die Hütte. Offenbar hat Tietje in ihr seine Unterlagen gehortet, vielleicht sogar von hier aus gearbeitet.«

»Das hat er ganz sicher. Die Suche ist ja noch in vollem Gange, aber dass er eine ganze Reihe von technischen Geräten besaß, steht bereits fest.«

»Was für Geräte?«

»Mehr als ein Diktaphon jedenfalls. Geben Sie uns etwas Zeit, Herr Koller. In der Hütte befand sich eine größere, multifunktionale Anlage, dazu mindestens zwei Computer. Er hatte sich da hübsch eingerichtet, der Herr Tietje.«

Auch das glaubte ich sofort. Dass Tietje Beruf und Privatleben strikt getrennt hatte, war mir ja schon in seiner Friedrichshainer Wohnung aufgefallen. Allerdings lag der Grund für diese Trennung nicht in Beamtenethos und Ordnungsliebe, sondern war eine reine Vorsichtsmaßnahme. Niemand sollte von seinem Büro hier in Marienfelde erfahren, von seinen Aktenordnern, Computern und technischem Krimskrams. Es war ein Versteck, eine Absicherung für das ganz große Ding.

»Die Sache ist zu heiß für dich, Kleiner«, hatte Tietje im Leuchtturm behauptet. Nun war sie zu heiß für ihn geworden, in jeder Hinsicht.

Zu kalt übrigens auch.

Ein Typ von der Kriminaltechnik kam mit einer Handvoll Fotos auf uns zu und reichte uns eines. Es zeigte einen undefinierbaren schwarzgrauen Klumpen inmitten des Trümmerhaufens.

»Ein Tonbandgerät«, sagte er. »Gehörte auch zu Tietjes Ausrüstung.«

»Das ist ein Tonbandgerät?«, gab der Kommissar zurück. »Wenn du mir erzählst, dass es eine Playstation ist, glaube ich dir das auch.«

»Keine Playstation«, seufzte der andere. »Was kann ich dafür, dass heutzutage so verdammt viel Plastik verwendet wird? Das Zeug schmilzt schon bei geringen Temperaturen, und dann läuft alles ineinander. Eine einzige Kunststoffpampe. Trotzdem, hier handelt es sich um ein Tonbandgerät, da sind wir uns sicher.«

»Okay, danke.«

Der Kriminaltechniker tippte sich grüßend an die Stirn und ging zurück zu seiner Arbeit. Mir fiel ein anderer Satz ein, der im Leuchtturm gefallen war. »Du weißt nichts«, hatte Tietje mir gesagt, »gar nichts!« Das stimmte allerdings nach wie vor.

»Fahren wir zurück?«, fragte Fischer. »Oder wollen Sie noch etwas sehen? Näher darf ich Sie allerdings nicht heranlassen.«

»Danke, aber ich fürchte, ich erkenne noch weniger als Sie. Was meinen Sie, wofür ich dieses angebliche Tonbandgerät gehalten habe?«

»Für eine Waschmaschine?«

»So ungefähr. Lassen Sie mich lieber laut denken. Die Schrebergartensiedlung war ja offensichtlich Tietjes Basisstation. Wer die Hütte abgefackelt hat, wollte nicht, dass Einzelheiten über seine aktuellen Ermittlungen an die Öffentlichkeit kommen. Tietje scheint in der Tat an einem explosiven Thema dran gewesen zu sein. Erst wird er selbst zum Schweigen gebracht, ein paar Stunden später brennt sein Büro. Wenn er nicht irgendwo noch wichtige Unterlagen deponiert hat, bei Bekannten zum Beispiel oder in einem Schließfach, stehen wir dumm da.«

»So würde ich das nicht sagen«, grinste Fischer zwo. »Wir finden immer was. Alles nur eine Frage der Zeit.«

»Ja, aber wie viel Zeit haben wir?«

Weil mein Handy läutete, kam er um eine Antwort herum. Ich sah eine Festnetznummer mit Berliner Vorwahl auf dem Display und ging ein paar Schritte beiseite, um das Gespräch entgegenzunehmen. Wer konnte das nun schon wieder sein? Der einzige Berliner, den ich kannte, lebte nicht mehr.

»Ja?«

»Madeleine Klein«, näselte es mir ins Ohr. »Sie sind der Privatdetektiv aus Heidelberg?«

»Und Sie?«, knurrte ich. Mich schien ja alle Welt zu kennen. Aber wer zum Teufel war Madeleine Klein?

Die Erklärung folgte auf dem Fuß. Frau Klein stellte sich als Redakteurin eines Hauptstadtblattes vor, das ich mit den dicksten Schlagzeilen und grellsten Titelbildern aller Hauptstadtblätter in Verbindung brachte. Umgekehrt brachte sie mich mit der tiefgefrorenen Leiche eines Kollegen in Verbindung. Der ich – ihren Informationen zufolge – in Kienbaum über den Weg gelaufen war. Unter ungewöhnlichen Umständen sozusagen.

»Der war kein Kollege«, raunzte ich, obwohl ich Tietje vorhin selbst so bezeichnet hatte. Außer mir jedoch durfte das niemand! »Und dass wir uns über den Weg gelaufen wären, ist nun wirklich die falsche Formulierung. Außerdem: Woher wissen Sie das?«

»Oh«, drang es verstopft durch die Leitung. Hatte sich die Frau eine Klammer auf die Nase gesteckt? »Ich wäre eine schlechte Journalistin, könnte ich solche Informationen nicht eruieren.«

»Guter Draht zur Polizei, was? Und meine Handynummer?«

»Steht im Internet. Herr Koller, ich fürchte, Sie schweben in Gefahr.«

»In höchster Gefahr sogar. Die Yellow Press belästigt mich!«

»Sie hatten doch Kontakt zu Herrn Tietje, nicht wahr? Haben Sie am selben Fall gearbeitet?«

»Ach, das wissen Sie nicht?« Ich lachte. »Klingt nach

verdammt schlechter Journalistin, die solche Informationen nicht … wie sagten Sie? Eruieren kann.«

»Nun schalten Sie mal einen Gang herunter«, entgegnete sie unbeeindruckt. »Der Tod Ihres Kollegen hat mich erschüttert, das dürfen Sie mir glauben. Ich will Ihnen sagen, warum ich Sie angerufen habe. Herr Tietje hat mich vor einigen Wochen kontaktiert, weil er mir eine Story verkaufen wollte. Eine Enthüllungsstory. Und nun ist er tot.«

»So?« Es entstand eine kurze Gesprächspause, in der ich meine Ohren spitzte, spitzer ging es nicht.

»Das war Ihnen unbekannt?«, stellte Frau Klein im Frageton fest.

»War es.«

»Vielleicht können Sie uns Tietjes Story liefern?«

»Nein, kann ich nicht. Worum ging es denn?«

»Tja, wenn man das wüsste«, seufzte sie. »Hören Sie, Herr Koller, lassen Sie uns die Karten auf den Tisch legen. Ich verstehe ja, dass Sie erst einmal den Unwissenden spielen, aber vielleicht überlegen Sie es sich noch einmal. Wir waren bereit, Herrn Tietje ein beträchtliches Honorar für seine Informationen zu zahlen, und das wären wir auch in Ihrem Fall. Selbst wenn Sie nur in Umrissen in die Sache eingeweiht sind, könnte es sich für Sie lohnen. Bevor die Situation eskaliert, sollten Sie Ihr Wissen mit den Medien teilen.«

»Bevor man mich in der Kältekammer deponiert, meinen Sie? Na, Sie reden ja nicht lange um den heißen Brei herum.«

»Das kann ich mir auch nicht leisten. Schließlich habe ich noch mehr Arbeit auf dem Schreibtisch herumliegen. Also, wie sieht es aus: Treffen wir uns, um ein paar Nettigkeiten auszutauschen?«

Ich überlegte. Fischer zwo war in eine Unterhaltung mit einem Feuerwehrmann vertieft und beachtete mich nicht.

Wenn Tietje im Laufe seiner Ermittlungen Kontakt zur Presse aufgenommen hatte, bot sich hier eine Chance, an Informationen heranzukommen. Sie zu eruieren, genau. Natürlich wusste diese Madeleine Klein etwas. Sie würde die Katze – Tietjes Enthüllungskatze – ja nicht im Sack gekauft haben. Eventuell erfuhr ich durch sie, wer oder was hinter dieser Olympia-Geschichte steckte. Ich musste ihr nur etwas bieten. Die Begegnung mit de Weert zum Beispiel: Das war so eine Story, die ich für den Kuhhandel nutzen konnte. Mit etwas Glück ließen sich der Journalistin dafür ein paar neue Fakten entlocken.

»Warum gehen Sie nicht zur Polizei und erzählen der, was Sie wissen?«, fragte ich. »Im Prinzip muss ich das Telefon nur weiterreichen.«

Wieder seufzte sie. »Ach, Herr Koller … Ich weiß doch nichts. Herr Tietje hat mir leider nicht verraten, hinter welcher Sache er her war. Deshalb brauche ich ja Sie. Ihre Bankverbindung haben Sie hoffentlich dabei?«

»Gibt es beim Olympiastadion ein Café?«

»Bitte?« Nun hatte ich sie doch verblüfft.

»Ein Café in der Nähe des Stadions. Um sich zu treffen.«

»Ach so! Ja, natürlich gibt es das. Warten Sie …« Eine Tastatur klapperte, gleich darauf bekam ich den Namen einer Kneipe mitgeteilt. »Die liegt in Sichtweite des Olympiastadions, oben an der S-Bahn-Station. Wann können Sie kommen?«

»Sagen wir, um drei. Bis dahin dürfte ich hier durch sein.«

»Und woran erkenne ich Sie?«

»Ach, das haben Sie noch nicht eruiert? Kein Problem. Sollte jemand in Ihrer Nähe nach Rauch stinken wie Schwarzwälder Wacholderschinken, dann bin ich das.«

27

Kommissar Fischer, die blonde Sportskanone, war gnädig. Als er sah, dass ich fast auf dem Stuhl einschlief, beschränkte er seine Fragen auf das Notwendigste und entließ mich. Liebend gern hätte er mir einen Kaffee spendiert, sagte er – aber, aber: die Kaffeemaschine.

»Kaputt«, bedauerte er. »Total kaputt.«

»Tja.« So groß war mein Verlangen nach Beamtenkaffee auch wieder nicht, da reichte mir ein hübsch gelispelter Satz zum Abschied als Entschädigung.

»Ja, leider. Defekt.«

»Hinüber?«

»Komplett hinüber.«

»Schade.« Und das war es wirklich, denn Fischer zwo schaffte es, sich um sämtliche Lispelklippen herumzumanövrieren.

»Gute Heimfahrt, Herr Koller.«

»Wiedersehen. Tschüs.«

»Ade«, sagte er und zwinkerte mir zu.

Gähnend schleppte ich mich zu meinem Smart. Friedrichshain im Berliner Osten und Marienfelde im Süden kannte ich schon, nun ging es nach Charlottenburg. Ich folgte der Beschilderung Richtung Westen, bis ich die beiden Türme des Olympiastadions über die Häuserzeilen ragen sah. Die Nazitürme, gegen die heute die Herthafans pinkelten, wenn es mal wieder eine Heimniederlage zu begießen galt.

Am Südrand des Stadions führte die S-Bahn-Linie vorbei. Ich parkte in der Flatowallee direkt vor der Kneipe. Die Eingangstür klemmte, und auch sonst schien die Einrichtung komplett aus Rudis Resterampe zu stammen. Sogar die

Bedienung wirkte billig. Ich bestellte einen Kaffee und wunderte mich, dass er nicht in Plastiktässchen serviert wurde. Noch mehr wunderte ich mich, als ich ihn kostete.

Er schmeckte prima!

Jaja, die Vorurteile. Es ging auch gleich weiter so, denn im nächsten Moment öffnete sich die Tür, und Madeleine Klein betrat das Lokal. Sie sah ganz anders aus, als ich sie mir vorgestellt hatte. Statt einer biestigen Yellow Press-Schlampe rauschte eine aufgetakelte Wagner-Heroine herein. Mini-Notebook und Organizer unterm Arm, die dunkelblonde Walkürenmähne nur halb durch Spangen und Klammern gebändigt, dazu weiche, fließende Gewänder. Zum Discounterinterieur der Kneipe passte sie wie die sprichwörtliche Faust aufs Auge, und deshalb konnte es sich bei der Dame nur um meine Verabredung handeln.

»So schlimm ist es doch gar nicht«, sagte sie, mir die Hand reichend.

»Was?«

»Ihr Räucherschinkenodeur.«

»Ach, das.« Ich verkniff mir die Anmerkung, dass auch sie nicht so klein war, wie ihr Nachname erwarten ließ, und fragte mich, warum sie immer noch mit gepresster Stimme sprach. Da war nämlich nirgends eine Nasenklammer zu entdecken.

Anscheinend konnte Madeleine Klein Gedanken lesen. Während sie sich aufseufzend niederließ, zeigte sie mit dem Daumen über die Schulter. »Der Frühling ist die Hölle für mich. Sogar hier in der Stadt. Ich bin hochallergisch! Vor Jahren musste mich im Fläming der Notarzt unter die Lebenden zurückholen. Seitdem recherchiere ich nicht mehr in der Provinz. Höchstens im Winter.«

Die Art, wie sie dabei den Kopf zurückwarf, ihr Haupthaar schüttelte und mich mit strengem Blick gleichsam von oben musterte, verriet mir, dass man sämtliche Charaktereigenschaften Frau Kleins mit der Vorsilbe hoch- zu versehen hatte. Bestimmt war sie nicht nur hochallergisch, sondern auch hocherregbar, hochgebildet, hochprofessionell. Vielleicht sogar hochhochmütig.

»Tut mir leid wegen der Kneipe«, sagte ich. »Ich kenne mich in Berlin nicht aus, sonst hätte ich Ihnen etwas anderes vorgeschlagen.«

»Was?« Sie sah sich um, als bemerke sie erst jetzt, wohin sie da geraten war. »Das spielt für mich keine Rolle. Solange wir uns nicht in irgendeinem Abwasserkanal treffen müssen … Wie ist der Kaffee?«

»Geradezu verdächtig gut.«

Sie bestellte ebenfalls einen. Dann bohrte sie ihren Walkürenblick in meinen und fragte: »Seit wann kennen Sie Herrn Tietje?«

»Kennen?«, grinste ich zurück. »Gar nicht.« Eine sympathische Hauptstadt, in der die Polizei lispelte und der Enthüllungsjournalismus durch die Nase sprach. Wahrscheinlich schwäbelten die Zoodirektoren und Haushaltsdebatten wurden gesungen.

Aber Madeleine Klein schaute immer noch so streng! Also fuhr ich fort: »Wir sind uns über den Weg gelaufen, er und ich. Unsere Ermittlungen haben sich gekreuzt, und vermutlich gibt es Überschneidungen zwischen dem, was er tat und was ich tue. Um welche Überschneidungen es sich handelt, versuche ich gerade herauszufinden.«

»Das heißt, Sie wissen nicht, womit sich Tietje in den letzten Wochen beschäftigte?«

»Leider nein.«

»Gut, lassen wir das einmal so stehen. Vielleicht möchten Sie mir stattdessen erzählen, in welchem Umfeld sich Ihre Ermittlungen derzeit bewegen.«

»Warum sollte ich?«

»Um abschätzen zu können, welchen Wert Ihre Informationen für meine Zeitung haben. Dazu sollten Sie mir wenigstens in Umrissen von Ihrer Tätigkeit berichten. Erst dann kann ich Ihnen ein Angebot machen.« Dabei schob sie mir eine Karte über den Tisch. Dr. Madeleine Klein, las ich, dazu Redaktionsadresse und Durchwahl.

»Vielleicht interessiert mich dieses Angebot überhaupt nicht.«

»O-hu!«, machte sie; es war wohl eine Art Redaktionslache. Oder ein allergischer Reflex. »Was könnte Sie sonst interessieren, Herr Koller?«

»Eine Antwort auf die Frage, wer Tietje umgebracht hat. Und warum.«

»Na, sehen Sie. Dann sind wir gewissermaßen eine Interessensgemeinschaft, Sie und ich. Denn genau dies möchte ich auch wissen. Sie liefern mir Ihre Erkenntnisse, und ich mache einen Artikel daraus. Auch aus Verpflichtung gegenüber dem bedauernswerten Herrn Tietje.«

Ich kratzte mich im Nacken und sah aus dem Fenster. Tietje und bedauernswert? Natürlich war er das. Aber auch ein Kotzbrocken. Ein schmieriger Typ, der schmierigen Blättern schmierige Storys verkaufte. »Welche Geschichte hat er Ihnen angeboten?«, fragte ich. »Worum ging es, Frau Klein? Und erzählen Sie mir nicht, Sie hätten keine Ahnung.«

»Um Sport«, sagte sie und legte den Kopf schief. »Er versprach mir brandheißes Material aus der Leichtathletikszene. Details rückte er nicht heraus.«

»Welcher Bereich der Leichtathletik? Ging es um bestimmte Sportler oder die Szene überhaupt? Um Funktionäre, um Sportpolitik?«

»Ich weiß es wirklich nicht.«

Wie bedröppelt sie dreinschaute! Gleich würde sie in eine Arie über die Schlechtigkeit der Welt ausbrechen. Ich hasse Arien, vor allem von Walküren gesungene, daher stand ich auf und sagte: »Hat mich gefreut, Frau Klein. Soll ich meinen Kaffee selbst zahlen?«

»Geht selbstverständlich auf Kosten der Redaktion«, lächelte sie. Danach herrschte eine Sekunde lang Stille zwischen uns. Vielleicht war es auch bloß eine halbe Sekunde oder noch weniger, aber die Zeit dehnte sich endlos, denn sie war gefüllt mit Erwartung. Eine Zerreißprobe, die Atemlosigkeit vor dem Startschuss. So wie ich spürte, dass die Klein ihr Lächeln nur mit Mühe beibehielt, sah man mir wahrscheinlich an, dass ich alles Mögliche vorhatte, nur nicht zu gehen.

Ihr Räuspern ließ die Spannung zwischen uns wie eine Seifenblase platzen. »Ich glaube«, sagte sie und atmete tief durch, »ich glaube, es ging um Doping.« Sie lehnte sich zurück.

»Um Doping?«

»Ja, Tietje erwähnte so etwas einmal.«

Ich wartete. War das nun ein Köder, um mich an den Tisch zurückzulocken? Mal schnell einen Begriff in die Runde werfen, der alle hellhörig macht und der doch nichts sagt? Sprach man von Sport, ging es immer irgendwie um Doping. Am Stammtisch, im Verein, in der Politik.

»Geht es ein bisschen präziser?«, sagte ich.

»Nun setzen Sie sich schon«, seufzte sie. »Und bitte lassen Sie diese Muskelspielchen, Herr Koller. Ich bin sicher, dass auf beiden Seiten das Interesse an Informationen gleich groß ist. Also unterhalten wir uns wie zivilisierte Bürger.«

Ich tat ihr den Gefallen und nahm wieder Platz. Allerdings nicht ohne zuvor ein Bier zu bestellen.

»Doping also«, sagte ich. »Nichts liegt näher. Wer, wann, womit?«

Sie lächelte. »Warum rede eigentlich ich die ganze Zeit? Aber gut, einer muss ja den Anfang machen. Unsere Redaktion hatte vor einigen Jahren schon einmal Kontakt zu Tietje. Es ging damals um die Sexaffäre eines Berliner Politikers. Nun trat er von sich aus an mich heran und behauptete, Informationen über flächendeckendes Doping im deutschen Spitzensport zu besitzen. Er wollte Namen liefern: Athleten, Hintermänner, Substanzen. Das weckte natürlich unser Interesse.«

»Namen aus der Leichtathletikszene, wie Sie sagten.«

»Richtig.«

»Welche Disziplin? Läufer, Techniker, Frauen, Männer?«

»Das behielt er für sich. Aber Sie können davon ausgehen, dass es sich um Topathleten handelt, Olympiakandidaten. Sonst hätten wir nicht zugegriffen.«

»Frauen oder Männer?«

Sie zuckte bloß mit den Schultern.

Mein Bier kam. Ich nahm das Glas in Empfang und stellte es vor mich auf den Tisch. Anschließend drehte ich es mit den Fingerspitzen hin und her, strich das Tischtuch glatt, griff nach einem Bierdeckel. Und all das nur, um meinen wild umherschwirrenden Gedanken eine Richtung zu geben. Wenn es tatsächlich um Doping ging – was hatte Tietje dann bei Katinka gewollt? Warum stand er hinter ihrem Haus, warum beobachtete er sie in Kienbaum? Weil sie für ihre strikte Antidoping-Haltung bekannt war? Weil diese Haltung vielleicht nur die Oberfläche darstellte, die makellose Fassade? Weil Tietje sie beim Dopen erwischen wollte, auf frischer Tat sozusagen?

»Ihre Ermittlungen drehen sich ebenfalls um Doping«, hörte ich die Journalistin sagen. »Habe ich recht?«

Ich hob den Kopf und starrte in ihr flaches, unter einer

dicken Schicht von Schminke verborgenes Gesicht. Frau Doktor beim Schmuddelblatt. Eine Riesennase, aus der nur Quäklaute drangen. Lauter Widersprüche!

»Habe ich recht?«, wiederholte sie.

»Nein. Man hat mich als Personenschützer engagiert. Ein Sportler aus der Region fühlt sich bedroht. Ob zu Recht oder zu Unrecht, kann ich noch nicht sagen. Ich begleite ihn, wenn er unterwegs ist. Von Doping war nie die Rede.«

»Und Tietje?«

»Er fiel mir auf, als er in Kienbaum durchs Gelände streifte. Ich weiß nicht, wen er dort beobachtete oder ob er jemanden treffen wollte. Als ich ihn zur Rede stellte, schwieg er. Gab mir nur den Rat, ihm nicht weiter nachzuspionieren.«

»Welche Sportler waren in Kienbaum zugange?«

»Alle möglichen. Ruderer, Turner, Leichtathleten.«

»Ihr Schützling auch?«

»Ja.«

»Meinen Sie, Tietje war seinetwegen dort?«

»Das kann ich nicht beurteilen«, wich ich aus. »In dieser Hinsicht ließ sich der Kerl nichts entlocken. Er deutete bloß an, dass er hinter einer großen Sache her war.«

»Verraten Sie mir die Disziplin Ihres Klienten?«

Ich schüttelte den Kopf. »Tut mir leid.«

»Aber wie kam es, dass Sie Tietjes Leiche entdeckten?«

»Aber Frau Klein!«, grinste ich. »Ich dachte, Sie hätten ein Redaktionsohr immer am Polizeifunk.«

Sie zuckte die Achseln. »Erzählen Sie es mir einfach.«

»Ganz banal: Man gab mir einen Tipp. Ich war am Samstag privat unterwegs, Osterferien, als ich einen Anruf bekam. Anonym. In der Kältekammer von Kienbaum sei ein Osterei für mich versteckt.«

»Tietje.«

»Richtig.«

»Anonym, sagen Sie? Kein Hinweis auf die Identität des Anrufers?«

»Ein Deutscher, mehr kann ich nicht sagen. Nie gehört, die Stimme.«

Madeleine Klein zog die Brauen zusammen. »Interessant. Dass Tietje bei seinen Ermittlungen irgendjemandem auf die Füße getreten sein muss, liegt auf der Hand. Aber warum informiert man dann Sie?«

»Vermutlich hat der Anrufer von meinem Gespräch mit Tietje erfahren.«

»Ja, aber warum sollten Sie die Leiche finden, Sie persönlich? Darauf gibt es nur eine Antwort: Das Ganze war als Warnung gedacht. Heute Tietje, morgen vielleicht Sie.« Sie sah mich scharf an. »Und eine Warnung macht nur dann Sinn, wenn Sie eine Gefahr für diese Leute darstellen. Also wissen Sie etwas, Herr Koller.«

»Ich wurde gewarnt, weil ich denselben Beruf habe wie Tietje.«

»In Berlin gibt es Dutzende von Privatdetektiven, die nicht informiert wurden. Nur Sie! Das kann kein Zufall sein.« Mit einem Ruck setzte sie sich noch straffer hin als zuvor und machte einen auf Walkürenritt: flammender Blick, bebende Brust, hüpfender Adamsapfel. »Nun geben Sie doch zu, dass Sie über Tietjes Recherchen Bescheid wissen!«

»Ach, was!« Ich nahm einen großen Schluck Bier und tupfte mir anschließend mit einer Serviette den Schaum aus den Mundwinkeln. »Möglich, dass man in mir eine potenzielle Gefahr sieht. Aber nur, weil ich Kontakt zu Tietje hatte. Ein Ermittler trifft einen anderen. Sofort wird vermutet, dass dabei eimerweise Informationen ausgetauscht wurden. Sie glauben das ja auch! Leider stimmt es nicht. Ich tappe genauso im Dunkeln wie Sie. Der Sportler, den ich begleite, fiel noch nie im Zusammenhang mit Doping auf. Ob er Teil von Tietjes Enthüllungsstory sein sollte, kann ich nicht sagen. Es scheint mir aber extrem unwahrscheinlich.«

Sie setzte zu einer Entgegnung an. Quäkend erregt, wie ich annahm. Da aber wurde die klemmende Tür der Kneipe aufgewuchtet, und herein strömten Menschen. Viele Menschen. Als wir dachten, jetzt ist es aber genug, kamen noch mehr. Und die riefen den draußen Wartenden zu, es gebe jede Menge Platz in der Kneipe.

»Muss das sein?«, stöhnte Madeleine Klein. »Diese Nervensägen!«

Ganz offensichtlich überblickte sie die Situation schneller als ich. Ob die Neuankömmlinge Nervensägen waren, wagte ich nicht zu beurteilen. Sie waren jung, viele von ihnen waren geschminkt und kostümiert, einige trugen Masken. Sie führten Plakate und Transparente mit sich, ich entdeckte auch eine Piratenflagge. Und laut waren sie. 50 Personen, die sich unterhielten, die Witzchen machten, die einander über die ganze Breite der Kneipe grüßten und zuwinkten. Zwei testeten ihre Trillerpfeifen, ein paar andere sangen vor sich hin.

Nur die Bedienung glotzte noch fassungsloser als ich.

»Immer was los in Berlin«, murmelte ich.

»Occupy goes Ostermarsch«, schnob die Klein verächtlich.

Die Letzten der Gruppe drängten noch zur Tür herein, als die Vordersten bereits Getränke bestellten. Und was zu essen! Brote! Eine Suppe! Pizza! Warm oder kalt, Hauptsache schnell. Im Handumdrehen waren sämtliche Stühle der Kneipe belegt. Wer keinen Sitzplatz ergattert hatte, suchte sich eine Alternative: einen Schoß, den Fußboden, den Tresen. Knutschen stand hoch im Kurs, Umarmungen noch höher. Panisch forderte die Bedienung Verstärkung aus der Küche an, dann versuchte sie, die eingehenden Bestellungen zu ordnen.

»Occupy?«, sagte ich und kratzte mich am Kopf. »Ach so, deshalb die Masken.«

Einige der Jugendlichen hatten Politikerköpfe aus Plastik übergestülpt – ich zählte einen Obama und zwei Merkel –, deutlich größerer Beliebtheit jedoch erfreute sich das Grinsegesicht von Guy Fawkes, der damals versucht hatte, das englische Parlament in die Luft zu jagen. Freie Backen waren mit »99%«-Stempel versehen. »Besetzt die Banken!« las ich auf einem Bettlaken, das sich ein Aktivist wie eine Toga um den Körper geschlungen hatte. Passenderweise steckten seine nackten Füße in Sandalen. Ein anderer kam auf uns zu und griff nach den beiden unbesetzten Stühlen an unserem Tisch.

»Braucht ihr die?«

Ich schüttelte den Kopf. Madeleine Klein spielte missmutig auf ihrem Netbook herum. War das schon das Ende unseres Gesprächs? So hungrig, wie die Leutchen aussahen, würden sie erst gehen, wenn auch der Letzte verpflegt war.

»Danke für eure Solidarität«, sagte der mit den Stühlen und zückte zwei Flyer, die er uns reichte. »Am 29. April haben wir unseren Aktionstag. Ihr gehört zu uns, wir sind 99 Prozent.«

»Ich auch?«, sagte ich.

»Bist du Banker? Millionär? Spekulant? Falls nicht, gehörst du zu uns. Am Tag vor Walpurgis besetzen wir die Banken.«

Eigentlich sah er ganz nett aus, der Typ. So eine Mischung

aus Frauenversteher und Holzfäller. Nicht besonders gut rasiert und ähnlich übernächtigt wie ich. Umsturz macht müde. Er nickte uns noch einmal zu und gesellte sich zu den anderen. Die ersten Schrippen landeten an ihrem Bestimmungsort.

»Wie viele Suppen?«, schrie die Bedienung. »15, ja? Mehr is eh nich!«

»Kann ich hier mit meiner Goldcard zahlen?«, rief einer und lachte sich halb tot, als die Meute zu murren begann. »Mensch, das war doch 'n Witz! Goldcard, also echt!«

Ich fand den Witz gar nicht so übel, nur Madeleine Klein schaute angewidert drein.

»Machen Sie eine Story über die da«, riet ich ihr. »So nah kommen Sie nie wieder an diese Leute ran. Beim Suppeschlürfen, überlegen Sie mal!«

»Wir haben keine Gutmenschenseite in unserem Blatt«, giftete sie. »Was ist nun, Herr Koller? Reden wir draußen weiter?«

»Auf der Straße? Ich glaube, es bringt so oder so nichts.«

»Wie bitte?«

»Es bringt nichts«, rief ich ihr zu. »Sie glauben mir nicht – und ich Ihnen auch nicht. Doping kann nicht der Anlass für Tietjes Ermittlungen gewesen sein.«

Ihr überschminktes Brünnhildengesicht verzog sich, weil in diesem Moment die halbe Kneipe Enteignungsparolen zu skandieren begann. Dabei wurde gehüpft und Polonaise getanzt. Es war, als würde Che Guevara Weiberfastnacht feiern.

»Wieso?«, fauchte sie mich an.

»Wer würde schon wegen Doping morden?« Auch diesen Satz musste ich gegen den anschwellenden Lärm wiederholen. Prompt nahmen uns zwei Mädchen ins Visier, auch wenn sie unmöglich verstanden haben konnten, was ich gesagt hatte. »Es muss um mehr gehen«, fuhr ich fort. »Um sehr viel mehr als ein bisschen Sportbetrug.«

»Doping im großen Stil! Begreifen Sie das nicht?«

Wir schwiegen, denn der frauenverstehende Holzfäller stand wieder an unserem Tisch, haufenweise Knabberzeug in der Hand. Er bot uns KitKat und Lion an. »Nestlé ist zwar scheiße«, sagte er, »aber die haben hier nichts anderes. Nun nehmt schon, wir gehören doch zusammen.«

»Was läuft hier eigentlich?«, fragte ich. »Besetzt ihr jetzt die Banken?«

»Am Ostermontag? Hat doch keine auf.« Er beugte sich zu uns herab, um nicht schreien zu müssen. »War bloß 'ne Demo heute, aber am 29., da geht's rund. Ihr seid herzlich eingeladen.«

»Vielen Dank, ich bin als Tourist hier.«

»Und woher? Bei euch gibt es bestimmt auch eine Occupy-Gruppe.«

»Süddeutschland. Heidelberg.«

»Dir gehört aber nicht der Smart da draußen?« Väterlich schüttelte er den Kopf. »Ich meine, so berauschend kam das nicht, als wir eben die Werbung für die Deutsche Bank sahen.«

»Soll heißen, ihr habt den Wagen in seine Einzelteile zerlegt?«

»Nicht mein Stil.«

»Oder die Aufschrift zugesprüht?«

»Auch nicht. Wir sind friedlich. Wollen die Leute überzeugen. Vergiss unseren Aktionstag nicht. Da wird auch in Heidelberg was laufen.«

Damit ging er. Auch die Journalistin stand auf. Sie tippte mit grellrotem Fingernagel auf die Karte, die sie mir zugeschoben hatte. »Überlegen Sie es sich, Herr Koller. Nur bei uns können Sie Ihre Informationen zu Geld machen. Wir wollen ja nicht, dass Sie in einer Kühlkammer enden.«

»Besetzt die Redaktionen!«, rief ich ihr hinterher. Einer der Guy-Fawkes-Typen signalisierte mit erhobenem Daumen seine Zustimmung.

28

Blau.

Zwischen den blinzelnden Lidern: blau. Nicht Meer, nicht Kornblumen, nicht Ultramarin, sondern Kunststoffkampfbahnenblau. Das Rasenviereck der Hertha spielt grüne Insel. Ich bin müde. Die Stimme unseres Guides entfernt sich immer weiter; sie erzählt von den Anfängen, vom Grunewaldstadion, das platt gemacht wurde auf Geheiß des Führers. Als ich unseren Guide Führer nannte, drohte er mir mit dem Finger. Nein, diesen Namen führ er, obwohl Führer, nicht. Bloß Guide. Wa? Ich bin müde.

Ja, ich bin müde, und deshalb gähne ich das ganze Olympiastadion weg. Spucke es gleich wieder aus, schon wegen dem Guide, und sehe Rot. Rote Aschenkampfbahn. Jesse Owens dreht staubige Aufwärmrunden. Der Weltrekordneger, den das Publikum bejubelt, sehr zur Verwunderung eines Avery Brundage, der das Aussperren von Juden und Schwarzen doch als völkerverbindendes Element des Sports betrachtet, als global olympischen Geist. Olympischer Gruß und Deutscher Gruß, zum Verwechseln ähnlich. Und deshalb sind die Deutschen die wahren Olympier, mit Medaillen im Überfluss, Nummer eins der Nationenwertung. Fechtend trägt die Jüdin Helene Meyer dazu bei und im Eishockey der Halbjude Rudi Ball. Jakob Bamberger, Sinto und Boxer, wird in Dachau gefoltert, Kollege Harbig fällt an der Front.

So erzählt es unser Guide. So ist es der Aschenbahn eingeschrieben, Rot auf Rot. Ich bin müde.

»He, Schlafmütze!«

Ich schrecke hoch. Ein 14-jähriges Mädchen, Berliner Schülerin, packt mich an der Hand. Das Gesicht kenne ich doch!

»Unser Auftritt, Max!«

Katinkas Oma. Ein Engelchen in Weiß und Goldgelb, derselbe entschlossene Blick wie 76 Jahre später die Enkelin. Sie zerrt mich von meinem Tribünenplatz hoch, führt mich durch die Reihen feixender Zuschauer zu den Treppen.

»Ich kann das nicht«, sage ich. »Hab doch gar nicht trainiert!«

»So eine Chance bekommt man nur einmal im Leben. Eine Olympiateilnahme, denk nur!«

Da hat sie natürlich recht. Auch wenn ich so verdammt müde bin. Die Nacht ist angebrochen über Berlin, die hell erleuchtete Nacht der Nazis. Flakscheinwerfer gehen in Stellung, um Beethovens Freudentöne an den Himmel zu malen. Da, die Glocke! Es geht also los. Wir haben die Rundbahn erreicht.

»Die Kampfbahn«, verbessert mich die 14-jährige Großmutter.

Die Kampfbahn, entschuldige. Vor uns wimmelt es. 3400 Kinder strömen durch das Marathontor auf den Rasen, färben ihn weiß, unschuldig weiß, die Gören aus Wilmersdorf, Steglitz und Schöneberg. *Es leuchtet die Sonne ins kindliche Herz*. Spiel, Reigen, Gewimmel. Neun Jahre später wird es wieder wimmeln, vor dem Stadion, wenn der Führer Freiwillige für die letzte Schlacht sucht, die Verteidigung des Olympiastadions gegen die Rote Armee. Jugendliche vor! Der Führer wird verhindert sein, Bunkerexistenz, aber er hat seinen Sprecher geschickt, den Sportlehrer Carl Diem, zur Weckung kindlicher Begeisterung. *Sie wissen noch nicht vom Walten des Schicksals.*

»Und wir?«, frage ich. »Wann sind wir dran?«

»Jetzt.« Katinkas Oma greift mit einer Hand in die Schwärze der Augustnacht, erwischt einen dünnen silbernen Faden, der an einem Haken endet. Den hängt sie in eine an ihrem Rücken angebrachte Metallöse.

Vergeblich versuche ich, ein Gähnen zu unterdrücken. »Was soll das denn?«

»Hast du schon einmal ein Marionettentheater ohne Marionetten gesehen?« Sie geht um mich herum und tastet meinen Rücken ab. »Komisch. Du hast ja gar keine Aufhängevorrichtung. Verloren?«

»Ein Wildschweinunfall. Mich hat ein unkastrierter Keiler umgerannt.«

»Wirklich? Na, es wird auch so gehen.«

Ich sehne mich nach der blonden Heidi aus München. Doch da sind nur Kinder: die 11- und 12-Jährigen vor uns auf dem Rasen, die älteren um uns herum. *Anmut der Mädchen.*

»He, ich bin kein Mädchen!«, rufe ich, aber da werde ich schon vorwärts geschoben und gedrückt und stolpere fluchend über die Kampfbahn, die aschenrote, auf den heiligen Rasen der Hertha. Die alte Dame!

Die alte Dame hüpft als junges Mädchen neben mir her. Schwingt Keulen, wirft den Ball, lässt den Reifen kreisen. Wir sind Tausende, weiß und goldgelb, mit flatternden Schulterbändern. Schmeißen unsere Marionettenbeine in die Berliner Luft, die Marionettenarme in den Berliner

Nachthimmel, nach der Choreografie Olympias und zu den Worten von Sportlehrer Diem. *Frohlockende Herzen in fröhlichen Scherzen*. Hoffentlich erkennt mich keiner! Ich bin der unkastrierte Keiler unter all den Engelchen. Aus großen Pilzlautsprechern, um die wir tanzen, klimpert es Orffsch. Sechs urdeutsche Konsonanten hintereinander sind das, o-r-f-f-s-c-h, und genau so klingt auch die Musik. Habe sie ja schon in München gehört, 36 Jahre später. Da darf der alte Orff noch mal ran, aber hier fehlt mir die langbeinige Heidi.

Dafür kommt: die Palucca. DIE Palucca! Natürlich, jetzt erkenne ich sie: die Inkarnation des Tanzes, wie es heißt. Fest klebt die Frisur an den Schläfen, drahtig der Körper. So viel Ausdruck! Selbst der Führer in der Loge bekommt Stielaugen. Moment, das kann ich auch. Ich hüpfe an die Seite der Palucca, schmeiße meine eigenen Haxen, so hoch ich nur kann. Weltrekordverdächtig, jedenfalls für einen Keiler. Die Palucca staunt. Der Führer ist begeistert. Soll ich euch meine Fahne zeigen? Meine Münchner Testosteronfahne, die überragt sogar den Glockenturm, drüben hinterm Maifeld. *Männerwille, Männertaten wachsen auf* – sehr richtig, Sportvater Diem! Wenn die Palucca nicht so walkürenmäßig überschminkt wäre, könnte sie fast die blonde Heidi ersetzen. Wir walzern uns in einen Rausch. Bis ich gegen die Ellbogenspitze von Katinkas Oma laufe.

»Mach dich nicht zum Gespött der Leute«, raunt sie. »Halb Berlin lacht schon über deine Faxen.«

Beleidigt ziehe ich mich zurück. Meine Schulterbänder flattern. Gold im Faxenmachen geht an Max Koller. An all den tanzenden, hüpfenden, springenden Pennälermarionetten vorbei schlurfe ich zur Kampfbahn. Als ich mich auf einen Startblock setzen will, kommt ein Hausmeister mit einem Schild angeflitzt: »Dieser Startblock ist juden- und faxenmacherfrei.« Gut, nehme ich halt den nächsten. Aber da steht schon Avery Brundage und rammt ein Schild in die rote Asche: »No niggers, jews or faxenmachers!« Mir reicht's, ich schnipse so laut mit den Fingern, dass es der Führer hört und die Schilder sofort entfernen lässt. 18.000 Brieftauben schwärmen hinaus in die Nacht. Friedensvögel aus Heeresbeständen.

Jetzt wird es langweilig. Musik, Musik und noch mal Musik. Und für diesen Aufguss gab es eine Goldmedaille? Deutschland, Platz eins in der Nationenwertung. *Kampf der Kräfte, Kampf der Künste*. Das Gau-Landesorchester müht sich auf seinen kernigen Instrumenten ab, ist den Lautsprechern hinten im Stadion aber immer einen Takt voraus. Ergriffenheit des Publikums, wie in Stein gemeißelt. 110.000 zahlende Gäste.

»Lassen Sie uns über Geld reden«, höre ich eine kernige Stimme neben mir. Ich wende den Kopf.

Ah, der andere Startblock. Besetzt durch einen Mann oder besser: durch eine Skulptur von Mann, der alle paar Sekunden eine neue Kraftpose einnimmt. Ehemaliger Zehnkämpfer, ganz bestimmt.

»Ich bin ehemaliger Zehnkämpfer«, sagt der Mann.

»Sieht man.«

»Halt.«

»Wieso halt? Womit halt?«

»Halt ist mein Name. Karl Ritter von Halt.« Er streckt mir seine Zehnkämpferhand hin.

»Ist halt Ihr Name«, echoe ich.

»Olympiateilnahme 1912«, erklärt er. »Vielfacher deutscher Meister. Jetzt Sportfunktionär. Mitglied von IOC und SA. Im Ersten Weltkrieg durfte ich mir das Ritterkreuz verdienen. Aber lassen Sie uns über Geld reden.«

»Worüber sonst?«

»Was glauben Sie, was das alles hier kostet?« Seine Hand fährt einmal durch das hellerleuchtete Stadion. Es sieht aus, als wolle er den Bau packen und kräftig durchschütteln wie eine Spardose. Mitsamt den Tausenden von Kindern und Hunderttausenden von Zuschauern und dem einen Führer.

»Das hier?«, frage ich. »Das alles?«

Er nickt.

»Viel«, sage ich. »Sehr viel.«

»Allerdings«, bestätigt er, erfreut über mein Verständnis. »Sehr, sehr viel sogar. Nicht nur Olympia. Nicht nur das Stadion, das Maifeld, die Dietrich-Eckardt-Bühne, die große Prachtstraße, die Renovierung des Rathauses und das Olympische Dorf. Sondern auch das KZ Sachsenhausen, das wir gerade bauen.« Er weist über die Schulter Richtung Nordwesten.

»Verstehe.«

»Oder das Zigeunerlager in Marzahn. Gestern erst startete die Legion Condor drüben in Döberitz.« Jetzt zeigt er nach Westen. »Was das kostet! Herrschaftszeiten. Und deshalb lasse ich SS-Führer Himmler regelmäßig einen bestimmten Geldbetrag zukommen, in aller Freundschaft, versteht sich. Ich bin nämlich nicht nur Sportler, sondern auch Direktor der Deutschen Bank.«

»Ach, die existiert schon?«

»Na, hören Sie mal!« Er ist fast ein wenig empört. »Wir sind älter als jedes Grundgesetz. Wir entstammen vordemokratischen Zeiten! Und wenn ich die SS alimentiere, ist das gewissermaßen eine Spekulation auf den Erfolg des Nationalsozialismus. Wir investieren ins Braune, zocken mit dem Hakenkreuz.«

»Kennen Sie Occupy?«

»In welcher Disziplin treten die an? Sind die überhaupt qualifiziert?«

»Wenn ich das wüsste! Sie tragen Gesichtsmasken.«

»Fechter wahrscheinlich. Da werden sie gegen uns Deutsche keinen Stich machen.«

Ein dumpfes Grollen lässt ihn verstummen. Aus den Pilzlautsprechern tropft Theaterblut, das den Orchesterklang verklebt. Katinkas Oma, die 14-jährige Olympiateilnehmerin, steht am Rand des Rasens und zieht eine kleine Leica. Denn jetzt kommen die echten Helden, die keine Maske brauchen. Waffentragende Olympioniken: bronzene Haut, silbernes Schwert, goldener Heiligenschein. *Vaterlandes höchst Gebot in der Not: Opfertod.* Der Boden zittert.

»Was war das?«, frage ich Ritter von Halt. »Ein Erdbeben?«

Er lacht dröhnend. »Keine Angst, das kam aus den Blaupunkt-Werkstätten in den Katakomben. Dort wird Kriegswaffenzubehör hergestellt. Und wo gehobelt wird – Sie wissen ja.«

Beifall für die Tänzer, die sich auf schwankendem Rasen duellieren. Rufe aus dem Publikum: 100 Reichsmark auf Kreutzberg! 200 auf Stammer! Wer bietet mehr? Ritter von Halt schüttelt nur den Kopf. *Sie wissen noch nicht vom Walten des Schicksals.* Katinkas Oma knipst. Aus der Führerloge schält sich ein Megafon, eine überdimensionale Flüstertüte, und schon schallen Worte durchs Stadion, auf gut Kerndeutsch geschrien, dass es kein Ausländer versteht: »Die deutsche Armee muss in vier Jahren einsatzfähig sein! Die deutsche Wirtschaft muss in vier Jahren kriegsfähig sein!«

Ritter von Halt zuckt zusammen. »Vier Jahre?«, murmelt er. »Das wird knapp. Das wird sehr knapp, mein Führer.«

Auch die Musik scheint zusammengezuckt, die Plattenspielernadel muss einige Rillen zurückgesprungen sein. Hin und her wogt der Kampf der beiden Tänzer, bis der eine aushaucht sein glorreiches Leben. *Vaterlandes*, krächzt es erneut aus den Lautsprechern, *Vaterlandes höchst Gebot …*

Ich warte.

»Sehr knapp«, murmelt Halt.

… höchst Gebot … in der Not …

»Ja was denn nun?«, rufe ich, vom Schluckauf geschüttelt. »Was ist das höchste Gebot?«

Opfertod!, brüllt das ganze Stadion gut gelaunt, und die Musik wirft sich ins Zeug, die Flakscheinwerfer strahlen auf, die Pilzlautsprecher blinken in den Farben des Regenbogens. Oben beginnt der Führer, mit Goebbels und Riefenstahl zu schunkeln. Opfertod!, jubelt 400-Meter-Rekordler Harbig und stürmt gen Osten. Opfertod!, schwäbelt Luz Long, der sich per Handshake von Owens, seinem Konkurrenten, verabschiedet. Opfertod!, brummen Ruderer und Fußballer, bevor sie ihre Asche auf den Feldern der Ehre verstreuen.

Ich springe auf. »Moment! Ich will auch gefragt werden!«

»Setzen Sie sich!«, zischt von Halt.

»Ihr könnt mich mal mit eurem Opfertod! Ich will leben! Einfach nur leben.«

»Einen Arzt, bitte.«

Schon rückt die medizinische Abteilung an, an ihrer Spitze der deutsche Olympiaarzt. Dr. Karst sieht er überhaupt nicht ähnlich, heißt auch nicht Karst, sondern Gebhardt und ist zugleich Leibarzt Himmlers. Ein Experte auf dem Gebiet der körperlichen Leidensfähigkeit, wie mir Halt im Flüsterton versichert. Für Gebhardt ist Olympia ein einziger Menschenversuch. Und nach Ende der Spiele wird er weiter experimentieren, Körper für Körper, Versuchsmensch für Versuchsmensch.

»Womit kann ich dienen?«, erkundigt sich der Mediziner.

Ich laufe los. Laufen kann ich ja inzwischen! Sie werden mir doch nicht das Leben nehmen, das bisschen an wildsäuischem Leben, das ich habe. Ich drängle mich durch die Reihen der Jungen und Mädchen, durch *Anmut* und *Jugendglück* – als ich plötzlich Katinka sehe. Sie ist in den Waffentanz geraten, der just in diesem Moment mit dem Schwerttod endet, und bekommt einen Lorbeerkranz in die Hand gedrückt. Hier, für den Unterlegenen. Nun mach schon! Blubbernd bombastische Musik. Langemarck-Schauer überrieseln die Sportwelt. *Allen Spiels heil'ger Sinn*, krächzt es durch die Führerflüstertüte. Das muss Carl Diem sein, der heisere Souffleur. Alles hält den Atem an. Worin besteht er nun, der Sinn der Spiele? Sag du es uns, Katinka!

Opfertod!, dröhnt es weit über das Maifeld. Dort hinten, im Untergeschoss des Glockenturms, dieses pulsierenden Riesenphallus, wandeln die Geister von Langemarck, üben sich im Schattenboxen. Deutsche Olympiasieger, zeugt noch einmal Nachwuchs, bevor ihr im Kampf gegen die Minderrassigen fallt! Eure Leiblichkeit soll erhalten bleiben, euer arischer Samen soll aufgehen auf dem Maifeld, nach dem Willen Himmlers.

»Katinka!«, rufe ich. »Tu's nicht! Lass uns abhauen!«

Ich sehe, wie sie zögert. Wie sie den Lorbeerkranz durch ihre Finger gleiten lässt. Ein großer Moment, der in Riefenstahls Film den Höhepunkt bilden könnte. Katinkas Oma dagegen hat die Kamera abgesetzt.

»Denk an Simon«, bittet sie ihre Enkelin.

Katinka atmet schwer. Hinter ihr steht Mary Wigman,

die Totenpriesterin des Tanzes, ungeduldig auf ihren Einsatz wartend. Die Olympiaglocke dröhnt, die Flamme lodert, oben auf der 13 Meter breiten Anzeigentafel erscheint eine Schrift, von 21 Helfern auf drei Geschossen bedient.

Allen Spiels
heil'ger Sinn:
Vaterlandes Hochgewinn.
Vaterlandes höchst Gebot
in der Not:
Opfertod!

»Verschwinden wir!«, brülle ich.

Endlich lässt Katinka den Lorbeerkranz fallen. Als sie losrennt, stiebt das Berliner Jungvolk auseinander. Aber nicht wegen ihr! Die Wehrmacht strömt durch das Marathontor ein, zuerst die Marinesoldaten, dann die Luftwaffe in Blaugrau. Rum-ta-ta! Katinka schreckt zurück. Ein Riesenorchester intoniert alte Landsknechtsmärsche und die Freischütz-Ouvertüre, Wagner, Strauß und natürlich den Badenweilermarsch, Hitlers Favorit. In Kultur eine Goldmedaille! Über 3000 Mitwirkende beim großen Zapfenstreich. Der Reichsarbeitsdienst jongliert mit Baumstämmen.

»Olympiateilnehmer«, höre ich Katinkas Vater seufzen. »Einmal nur!«

Über uns braust die Legion Condor Richtung Spanien.

»Einmal nur!«

Ich weiche einem wirbelnden Baumstamm aus. Plötzlich sehe ich die Welt klarer, als sie ist. Weil Hitler die Juden – weil die Juden Palästina – weil die Palästinenser Fürstenfeldbruck. So schließen sich die Olympischen Ringe, alles fließt ineinander, gehört irgendwie zusammen. Anderes Beispiel: Wir sind wieder wer – weil Weltmeister dank

Pervitin – erprobt durch die Weltkriegspiloten – verordnet durch Hitler. Noch so ein sich schließender Kreis. Ich gähne. Mein Mund ein O: wie Orff, wie Olympia, wie Occupy.

Ich bin müde. Ich werde wach. 110.000 Festspielbesucher klatschen mich aus dem Schlaf.

Das grüne Rasenviereck.

Die Wolken über Berlin.

Blau.

Blinzelnd richte ich mich auf. Irgendwo weit weg die Stimme unseres Stadionguides. Was klebt da an meiner Backe?

Ich taste und halte ein Occupy-Flugblatt in der Hand. »Wir sind 99%«, steht auf dem Zettel, doch die Zahl ist völlig verblasst.

Wahrscheinlich steht sie jetzt schwarz und kräftig auf meiner Backe.

29

Als der Aprilregen die letzten Ostereier aus den Gärten spülte, lag ich zu Hause und holte Tonnen von Schlaf nach. Spät am Montagabend war ich in Heidelberg angekommen, hatte mich ins Bett fallen lassen, um erst am nächsten Mittag wieder aufzuwachen. Auf dem Küchentisch lag ein Zettel mit all den Namen von Leuten, die nach mir gefragt hatten. Einige von ihnen hatte Christine unterstrichen. Kommissar Fischer war sogar zweimal vertreten. Ich nahm den Zettel und warf ihn in den Papierkorb. Anschließend legte ich mich wieder hin.

»Erzähl doch mal«, sagte Christine beim Abendessen. Draußen pladderte der Regen gegen die Scheiben, in den Zeitungen warnten sie vor übertriebenem sportlichen Ehrgeiz. Schon wieder sei ein ambitionierter Läufer mittleren Alters bei einem Halbmarathon kurz vor dem Ziel zusammengebrochen und liege auf der Intensivstation. »Tödliches Joggen!«, titelte die Bild-Zeitung.

»Darf ich nicht«, entgegnete ich mit vollem Mund. »Alles streng geheim.« Dann erzählte ich. Von der Fahrt nach Leipzig, von de Weerts Herzinfarkt, von der Kältekammer und Tietjes abgebrannter Hütte. War ja auch einiges los gewesen, seit ich mich am Freitag mit Katinka auf den Weg gemacht hatte.

»Und nun rate mal, wer 1936 in Berlin den Ticketverkauf organisiert hat. Na? Die Deutsche Bank. Vier Reichsmark die billigsten Plätze.«

»Woher weißt du das? Du interessierst dich doch sonst nicht für Geschichte.«

»Hab eine Führung mitgemacht.« Ich ging zum Kühlschrank, meinem Freund, der immer eine Flasche Bier für mich bereithielt. »Sag mal, du hast doch ein Konto bei der Postbank?«

»Mehrere.«

»Wurde die nicht vor Jahren von der Deutschen Bank aufgekauft?«

»Kann sein.«

»Dann lass dich nicht von einem Occupy-Aktivisten erwischen. Die finden das gar nicht gut.«

Sie lachte verblüfft. »Und wo soll ich dann ein Konto eröffnen? Denkst du, die anderen Banken seien ein Deut besser?«

Da hatte sie auch wieder recht. Bei meinem nächsten Berlinbesuch würde ich den Holzfäller fragen, ob er mir eine

Tugendbank mit Gutmenschsiegel nennen könnte. Ansonsten trank ich an diesem Abend mehr Bier, als mir gut tat, und bekam sentimentale Anflüge, die mir am nächsten Tag peinlich waren.

Christine war es nicht peinlich. Sie fand, ich solle öfter so drauf sein.

Die Woche verging ohne größere Ereignisse. Christine hatte frei, der Regen hielt an. Wir unternahmen einen Ausflug ins Neckartal, der wie erwartet völlig in die Hose ging, weil zu nass, zu kalt, zu teuer. Mit Horden von Touristen zwängten wir uns in eine ungeheizte S-Bahn, deren Scheiben von innen beschlagen waren. Ein pitschnasser Riesenhund schmiegte sich an meine letzten trockenen Stellen. In Neckarsteinach soll es vier Burgen geben, die man von einem bestimmten Punkt aus gleichzeitig sehen kann. Wir sahen nicht mal eine.

»Die Wochenende wird schön«, verkündete ein amerikanischer Tourist tapfer. »Dann kommt die Sommer!«

Aber so lange konnte ich nicht warten. Schon am Mittwochnachmittag holte ich mein Rad aus dem Hof und machte eine kleine Ausfahrt. Im Dauerregen. Das Training mit Katinka hatte Spuren hinterlassen: Ich war süchtig.

Vor allem aber brauchte ich eine Auszeit, um mir den ganzen Fall noch einmal durch den Kopf gehen zu lassen. Tietje, de Weert, Katinkas Familie, Madeleine Klein – da verlor man ja den Überblick. Nicht zu vergessen Andreas Karst, Arzt im Dauereinsatz. Komisch, dass er ausgerechnet bei der Entdeckung eines Toten seine aufdringlich gute Laune verloren hatte. Als er beruflich gefordert war! Okay, das stimmte so natürlich nicht. Karsts Metier waren Bänderdehnungen und Schambeinentzündungen. Vor einem schockgefrorenen Körper durfte sogar der Arzt des Jahres kapitulieren. Wahrscheinlich sprach nur der Neid auf den erfolgreichen Strahlemann aus mir. Trotzdem galt es, die Augen offen zu halten.

Karst hin oder her, eine andere Frage drängte sich immer stärker in den Vordergrund: Waren sämtliche Aufzeichnungen Tietjes durch den Brand vernichtet worden? Typen wie er pflegten sich doch rückzuversichern. Indem sie ihr Material an einem sicheren Ort zwischenlagerten. Bei einem befreundeten Anwalt zum Beispiel. Bei Vertrauten. Oder in einem Schließfach am Bahnhof. Diese Möglichkeiten war ich ja schon mit dem Berliner Kommissar durchgegangen.

Ich versuchte, mir Tietjes Schlüsselbund in Erinnerung zu rufen. Wenn mich nicht alles täuschte, war unter seinen Schlüsseln keiner, der zu einem Schließfach gepasst hätte.

Aber was hieß das schon?

Wieder zu Hause informierte mich Christine, dass Kommissar Fischer angerufen habe und um Rückruf bitte.

»Welcher Fischer? Heidelberg oder Berlin?«

»Der, den ich nicht kenne.«

»Der so schön lispelt.« Fast freute ich mich, ihn wieder sprechen zu dürfen. Was für Wunder so eine kleine Trainingseinheit wirkte! Als ich ihn jedoch am Apparat hatte, verflog die Freude.

»Wir brauchen Sie hier noch einmal, Herr Koller. Sie und Dr. Karst. Können Sie am Freitag kommen?«

»Wohin?«

»Na, zu uns nach Berlin.«

»Nicht schon wieder! Bitte nicht.«

»Was haben Sie gegen uns?«

»Nichts. Aber meine Familie vermisst mich.«

»Ihre Exfrau?«

»Ja, die vor allem. Ich beweise es Ihnen. Christine!«, brüllte ich durch die Wohnung. »Ich muss nach Berlin. Vermisst du mich?«

»Im Moment nicht«, kam es von der Toilette.

»Wir zahlen Ihnen den Flug«, versprach der Kommissar.

»Und warum muss ich noch einmal anrücken?«

»Es geht um die Details von Samstagabend. Wie und wann Sie Tietje gefunden haben. Unsere Spezialisten tun sich schwer mit der Bestimmung des exakten Todeszeitpunkts.«

»Ist das so wichtig?«

»Natürlich. Außerdem sollten wir uns über Tietje unterhalten.«

»Das können wir auch am Telefon. Schon gut, schon gut, ich beuge mich der Gewalt und werde kommen. Hat sich in Tietjes Büro noch etwas gefunden?«

»In der Hütte? Nichts, was auf seine aktuelle Tätigkeit schließen ließe. Klar ist allerdings, dass er die Bude mit allen möglichen Gerätschaften ausgestattet hatte. Eine regelrechte Abhöranlage war da installiert. Alles vom Feinsten.«

»Das ist nicht meine Welt«, seufzte ich und legte auf. Ich hatte gut seufzen! Was half Tietje all sein modernes Instrumentarium, wenn ihm rohe menschliche Gewalt zusetzte? Zack, eins über den Schädel und ab in den Eispalast!

Das Ding ist zu groß für dich, Koller …

Eine Abhöranlage! Ich tippte mir an die Stirn. Reine Spielerei, wenn man mich fragte.

Aber irgendetwas war durch das Gespräch mit Fischer zwo in Gang gekommen. Irgendein Gedanke hatte sich gelöst. Nur welcher? Ich tappte hinunter in den Hof, wo ich mir ein Büro in einem alten Schuppen eingerichtet hatte: nicht halb so groß wie Tietjes Hütte und nicht einen Bruchteil so modern eingerichtet, dafür heil und gebrauchsfähig. Während mein PC hochfuhr, überlegte ich mir eine Strategie. Dann suchte ich im Netz nach der Adresse und Telefonnummer einer Berliner Kneipe, die ich ohne zu zögern anwählte.

»Zum alten Leuchtturm«, drang es aus dem Hörer.

»Ich weiß nicht, ob Sie sich an mich erinnern«, sagte ich. »Vor etwa zehn Tagen war ich bei Ihnen. Hab mich erst mit Ralf Tietje unterhalten und später beim Verlassen Ihres Lokals einen Tisch umgeschmissen. Ganz aus Versehen natürlich.«

Ich hörte jemanden tief Luft holen. Und dann ging es los, das Trommelfeuer: »Bist du bekloppt, du Arschloch? Auch noch anzurufen! Komm vorbei, wenn du Eier hast, dann unterhalten wir zwei uns mal.«

»Hören Sie, es tut mir leid, was passiert ist. Ich bin bereit, für den Schaden aufzukommen.«

»Red keinen Müll!«

»Vor allem aber tut mir leid, was mit Tietje passiert ist. Wir hätten zusammen …«

»Halt's Maul!«, brüllte der Wirt. Der Rest seines Geschreis bestand in Flüchen, die entweder nicht druckreif oder nicht hochdeutsch waren. Ich wartete.

»Schon gut«, sagte ich, als er fertig war. »Ich verstehe, dass Sie wütend sind. Mit dem Mord habe ich allerdings nichts zu tun. Im Gegenteil, wahrscheinlich bin ich der Nächste, dem es so geht wie Tietje. Oder Sie und die beiden, die auf mich aufpassen sollten.«

»Was?«, keuchte es.

»Ich will herauskriegen, was da gelaufen ist. Tietje muss bei seinen Ermittlungen irgendwelchen Leuten auf die Füße getreten sein. Wissen Sie, hinter was oder wem er her war?«

»Erstens habe ich keine Ahnung, und zweitens wüsste ich nicht, was dich das angeht!«

»Das sagte ich doch gerade: Könnte sein, dass die jetzt

mich auf dem Kieker haben. Oder den Leuchtturm. Tietje und ich sind uns zufällig in die Quere geraten. Wir hätten zusammenarbeiten sollen. Dazu ist es jetzt zu spät. Das Einzige, was ich tun kann, ist, seine Ermittlungen fortzuführen. Aber ich weiß ja nicht einmal, worum es geht.«

»Da kann ich dir nicht helfen«, brummte der Wirt. »Vergiss es!«

»Wenn Sie mir Informationen geben, komme ich für den Schaden auf. Versprochen!«

»Ich weiß aber nix!«

»Dann sagen Sie mir wenigstens, wo ich Alice finden kann.«

»Wen?«

»Alice, Tietjes Freundin.«

»Kenne ich nicht.«

»Dachte ich mir fast. Aber vielleicht überlegen Sie es sich noch einmal. Ich melde mich.«

Aufatmend beendete ich das Gespräch. Sonderlich erfolgreich war es nicht gewesen. Aber man musste die Details sehen: Am Ende hatte der Wirt mich nicht mehr angebrüllt, sondern zugehört, was ich zu sagen hatte. Das lohnte auf jeden Fall einen zweiten Versuch.

Gegen einen Versuch an anderer Stelle war allerdings auch nichts einzuwenden. Ich besaß ja noch die Visitenkarte von Dr. Klein. Sie selbst war nicht am Arbeitsplatz, ich erreichte nur ihre Mailbox. Nach kurzem Zögern hinterließ ich eine Nachricht: »Hier Koller. Frau Klein, mir ist noch etwas eingefallen. Tietje erwähnte mal eine Freundin namens Alice. Vielleicht kann diese Frau uns weiterhelfen. Nachname und Adresse weiß ich nicht. Versuchen Sie herauszufinden, um wen es sich handelt. Das Eruieren ist doch Ihre zweite Natur. Aber bitte unternehmen Sie nichts, ohne mich vorher zu informieren.«

Dass Madeleine Klein dieser Bitte nachkommen würde, war zwar höchst fraglich. Ohne Hilfe würde ich Tietjes Liebschaft allerdings niemals aufspüren. Nicht aus der Entfernung von 500 Kilometern.

»Hast du Lust zu kochen, Max?«, empfing mich Christine, als ich wieder oben in der Wohnung war. »Von mir aus können wir uns auch eine Pizza bestellen.«

Ich brummte etwas Unverständliches. Warum war ich eigentlich nach oben gegangen? Noch hatte ich meine Testbohrungen nicht ganz abgeschlossen. Der Gedanke von vorhin, er drückte und nagte weiterhin. Mit Madeleine Klein hatte es nichts zu tun, mit dem Wirt des Leuchtturm auch nicht. Sondern mit dem, was Fischer zwo mir erzählt hatte, der junge Kommissar. Die Abhörsache.

»Was jetzt?«, ließ sich Christine erneut vernehmen. »Pizza oder nicht?«

»Pizza ist gut. Ich mache dir gleich eine.« Meine Ex schaute mir überrascht nach, wie ich nachdenklich den Rückweg antrat. Tapp, tapp, die Treppe wieder hinunter, über den Hof und rein in mein enges, stickiges Ermittlerbüro. Das außer einem altersschwachen PC und einem Telefon keinerlei technisches Instrumentarium enthielt. Tietje dagegen hatte eine komplette Abhöranlage betrieben.

Wozu eigentlich? Wen oder was hatte er da abgehört?

Reflexartig griff ich in meine Taschen. Wo war der Smart-Schlüssel? Oben natürlich, am Schlüsselbrett. Also wieder hoch und rein in die Wohnung, mochte mich meine Ex auch für verrückt halten. Mit dem Schlüssel in der Hand ins Erdgeschoss, aber im 400-Meter-Tempo. Den Smart hatte ich Montagnacht in der Bergheimer Straße geparkt und seither nicht mehr angerührt. Ich betätigte die Entriegelung und riss die Beifahrertür auf.

Wo anfangen? Warum nicht mit der Tür?

Es dauerte keine fünf Minuten, bis ich fündig wurde. Tietje hatte sich keine große Mühe gegeben, die Wanze zu verstecken. Sie klebte auf der Beifahrerseite unterhalb des Handschuhfachs; man musste tief in den Fußraum langen, um sie zu ertasten. Es war ein rechteckiges schwarzes Kästchen, etwas größer als eine Streichholzschachtel, mit einem USB-Anschluss und einem Fach für die SIM-Card. Im Internet bekam man die Dinger nachgeschmissen, wobei Tietje bestimmt seine speziellen Bezugsquellen hatte. Um mitzuhören, wählte man sie einfach per Handy an, und zwar von jedem beliebigen Standort auf der Erde. Die übliche Betriebsdauer der Akkus war auf ein bis zwei Wochen begrenzt, es gab aber auch Modelle mit Standby-Betrieb und Geräuscherkennung, die sich erst bei entsprechendem Lärmpegel einschalteten.

Tietje konnte die Wanze also schon vor Wochen hier versteckt haben.

Scheiße! Mein Ärger entlud sich in einem Schwall von Flüchen. Anschließend trat ich gegen einen Vorderreifen des Wagens, obwohl der am wenigsten für die Situation konnte. Zwei schwarz verpackte Türkinnen, die gerade vorbeikamen, schauten irritiert zu mir herüber. Irritiert und eingepackt, das muss man sich mal vorstellen. Glotzt nicht so blöd! Du auch nicht, du Knirps auf deinem albernen Fahrrad. Halt dir die Ohren zu, wenn ich dir zu unflätig bin! Man wird doch wohl noch fluchen dürfen in diesem Land!

Der nächste Passant war ein uniformierter Kopfgeldjäger vom Ordnungsamt, der nur darauf gierte, mir irgendeinen Verstoß gegen die Verkehrsregeln nachweisen zu können. Reifentreten gehörte bestimmt dazu. Also schloss ich den Smart ab und stürmte, Tietjes Wanze in der Faust, hoch in unsere Wohnung.

Das Ding auf den Küchentisch pfeffern, Christines Verständnislosigkeit genießen, noch einen Fluch vom Stapel lassen. Aber kräftig!

»Na, was sagst du dazu?«

Meine Ex legte den Flyer eines Pizza-Services zur Seite und griff mit zwei Fingern nach dem Mitbringsel. »Wo hast du das her?«, fragte sie, während sie es sich von allen Seiten besah.

»Nun rate mal, was das ist!«

»Eine Wanze?«

Jetzt war ich es, dem die Verblüffung sämtliche Gesichtszüge verrutschen ließ. »Wie meinen?«, stotterte ich, überzeugt, mich verhört zu haben.

»Keine Wanze?«

»Doch … Aber woher weißt *du* das?«

»Ich habe zuletzt einen Film gesehen, in dem kam so ein Ding vor.«

»Einen Film!«, stieß ich voller Verachtung hervor. »Ich höre nur: Film! Das hier ist eine echte Wanze, verstehst du? Mit ihr hat dieses Aas von Tietje Katinka abgehört. Bleib mir vom Hals mit deinen zusammengeflickten James-Bond-Fakes!«

»Es sah aber so aus«, beharrte Christine. »Genau so.«

»Na, und?«

»Ach, Max«, seufzte sie und reichte mir den Flyer. »Ich nehme eine Margarita. Die sind eh so fett, diese Pizzas, da braucht es nicht auch noch Massen von Belag.«

»Ist dir eigentlich klar, was das heißt? Eine Wanze in Katinka Glücks Auto!«

»Es heißt, dass dein Kollege eure Gespräche mitgehört hat.«

»*Ihre* Gespräche!«, rief ich und begann, in der Küche herumzulaufen. »Ihre, verstehst du nicht? Also schon unsere, sie wird ja keine Selbstgespräche … Herrje, wie kann man nur so begriffsstutzig sein? Es bedeutet, dass Tietje ganz gezielt hinter Katinka her war. Und der Zeitungstante hat er etwas von Doping gesteckt. Na, wie sieht das für dich aus?«

»Ich dachte, deine Katinka Glück sei eine ausgesprochene Antidopingkämpferin?«

»In Worten, ja! Aber auch in Taten? Letztes Jahr läuft sie Bestzeit, gegen alle Erwartungen. Sie ist stark wie nie. Ihre Oma und ihr Vater beten ihr vor, dass Olympia das Größte sei, die Chance ihres Lebens. So etwas darf man sich nicht entgehen lassen! Dafür muss man jedes Mittel einsetzen!«

»Jedes? Sie hat doch Kinder.«

»Ja, hat sie. Vielleicht war sie ja bisher clean. Aber jetzt, da der Nachwuchs auf der Welt und die Familienplanung abgeschlossen ist, kann man womöglich ein bisschen herumexperimentieren. Im Zweifelsfall schädigt man nur sich selbst. Zum Abschluss der Karriere noch einmal internationale Aufmerksamkeit. Endlich ran an die Fleischtöpfe des Spitzensports! Nachvollziehbar?«

Christine schwieg. Ihre Blicke wanderten von meinem wütenden Gesicht zu dem Pizzaflyer, den ich achtlos in den Fingern zerknitterte, und wieder zurück. »Dir scheint ja viel an der Frau zu liegen«, meinte sie schließlich, »wenn du dich so darüber aufregst.«

»Quatsch!«, fuhr ich auf. »So ein Schwachsinn!«

»Hoppla.« Sie grinste. »So dünnhäutig? Fast könnte man glauben, du seist gekränkt. In tiefster Seele verletzt und gedemütigt! Dass ich das noch erleben darf …«

»Halt keine Predigten«, murmelte ich und ließ mich auf einen Stuhl fallen. Legte den Kopf in den Nacken und schloss die Augen, um sie nie, nie wieder zu öffnen.

»Auch eine Margarita, Max?«, drang es durch das Dunkel.

»Frutti di Mare«, seufzte ich. »Mit zwei Zentimetern Käse oben drauf.«

30

Sehr viel Zeit sparte ich durch den Flug nach Berlin nicht. Dank Transfers, Ein- und Auschecken war ich am Ende fast vier Stunden unterwegs, gerade mal eine Stunde kürzer, als wenn ich den Wagen genommen hätte. Bequemer war es natürlich. Ich las die halbe Süddeutsche bei meinem Sitznachbarn mit und machte zwischendurch ein Nickerchen. Und ich lernte einen Beruf kennen, von dem ich charakterlich womöglich noch weiter entfernt war als vom Kunstlehrer: Stewardess.

Wobei es auf einen Versuch ankäme.

Im Flur des Polizeipräsidiums traf ich Dr. Karst, der längst wieder sein Optimistengesicht aufgezogen hatte und mich mit kräftigem Handschlag begrüßte. Eher pro forma jammerten wir ein bisschen über unsere staatsbürgerlichen Pflichten, die uns aus den wohlverdienten Ferien gerissen hatten.

»Wie hat Katinka den Halbmarathon überstanden?«, erkundigte er sich.

»Gut, denke ich. Wahrscheinlich jagt sie gerade ihren Mann dreimal um den Brocken. Als ich gestern mit ihr telefonierte, war alles in Butter. Sportlich zumindest.«

Seine Miene verdüsterte sich kurz. »Wenigstens das«, murmelte er.

»Und Sie? Wie ist das Wetter an der Ostsee?«

»Schön, sehr schön sogar.« Prompt strahlte er wieder. »Wir sind jeden Tag am Strand. Die Kinder genießen es.«

»Vor allem genießen sie es, ihren Papa mal um sich zu haben, oder?«

Seine Antwort fiel dem Auftritt von Kommissar Fischer zum Opfer, der sich umständlich, aber nun mal herrlich lispelnd für die Umstände entschuldigte. Er bat uns beide herein, reichte den Arzt an einen Kollegen weiter und bot mir einen Kaffee an.

»Was meinen Sie, wem es wieder besser geht?«, freute er sich händereibend.

»De Weert?«

»Aber nein! Unserem Maschinchen!«

»Dann hat sich die Reise schon gelohnt.«

Ja, der Kaffee. Das Krönchen, das Schäumchen, das Zückerchen. Fischer war umgänglicher denn je, und so ähnelte unsere Unterhaltung anfangs einer Plauderei unter Freunden. Gottchen, der Tietje! Der hat sich aber auch ein bisschen zu weit aus dem Fenster gelehnt. Und jetzt? Schön ist das nicht. Fischer legte mir einen Ablaufplan der Ereignisse vom Samstagabend vor: den Zeitpunkt unseres Eintreffens, die Minuten, die wir in der Kältekammer zugebracht hatten, wann Dr. Karst das Icelab abgeschaltet hatte und so weiter. Viel helfen konnte ich ihm nicht, da ich ja nicht dauernd auf die Uhr geschaut hatte. Aber ich gab mein Bestes.

»Haben Sie noch irgendwo verwertbare Unterlagen Tietjes gefunden?«, fragte ich irgendwann.

Er schüttelte den Kopf. »Bislang nicht. Wir sind seinen Freundeskreis durchgegangen, der übrigens nicht besonders groß ist, aber dort wusste niemand, woran Tietje gerade arbeitete. Zwischen Beruf und Privatsphäre hat der Kerl eine Demarkationslinie gezogen.«

»War er nicht verheiratet? Keine Freundin?«

»Zurzeit wohl nicht.«

»Das heißt, es gibt weiterhin keinen Hinweis darauf, womit sich Tietje in den letzten Wochen beschäftigte?«

»Keinen. Dass er im Bereich Sport ermittelte, liegt nahe. Mehr wissen wir leider nicht.«

»Oder wollen es mir nicht sagen.«

»Aber, Herr Koller«, grinste er. »Warum so misstrauisch? Wir spielen doch mit offenen Karten, nicht wahr?« Und als ich schwieg, langte er nach einer Mappe, der er ein Foto entnahm. »So offen spielen wir, dass wir Ihnen dies hier nicht vorenthalten wollen.« Er reichte mir den Abzug.

Ich erkannte Tietjes Dartscheibe sofort wieder. Die aus dem Schlafzimmer. Nur dass über der 12 nicht mehr der Lockenkopf des Unbekannten prangte.

Sondern meiner.

»Rasend komisch«, sagte ich.

»Finden Sie?«

»Schon. Wo haben Sie das her?«

»Aus Tietjes Wohnung. Aus seinem Schlafzimmer, genauer gesagt. Vielleicht warf er sich so für den Tag warm, oder er schlief besser, wenn er sich an seinem Lieblingsfeind abreagieren konnte. Seltsam nur, dass Sie dieser Feind gewesen sein sollen. Sie haben ihm doch nichts getan, oder?«

»Er dachte wohl, ich schnüffle in seinem Revier.«

»Mehr nicht? Deshalb bewirft er Sie mit Dartpfeilen?«

»Man kann in die Leute nicht hineinsehen.«

»Das ist wahr.« Fischer nahm mir den Abzug aus der Hand und hielt ihn sich dicht vor die Augen. »Aber wie kam Tietje an Ihr Foto?«

»Vermutlich hat er mich in Kienbaum geknipst. Ich trug damals diese Jacke.«

»Verstehe.« Noch immer betrachtete er das Foto. »In Tietjes Wohnung waren Sie aber nicht?«

»Nein«, sagte ich und begriff im selben Moment, dass Fischer zwo mir eine Falle gestellt hatte. Wie sich seine Augen an dem Bild festsaugten! Bloß nicht hochschauen, hieß dieser Saugeblick, bloß keinen verräterischen Wimpernschlag! »Außer«, setzte ich hinzu, »als wir miteinander quatschten, Tietje und ich. Da schon.«

Prompt sah er auf. »Sie waren in der Wohnung?«

»Nur kurz. So viel hatten wir uns auch wieder nicht zu sagen.«

»Davon haben Sie nie etwas erzählt!«

»Nein?«

»Nein! Sie sagten, Sie seien Tietje von Kienbaum nach Berlin gefolgt und hätten ihn abgefangen, als er aus dem Auto stieg. In der Landsberger Allee.«

»Habe ich das? Stimmt ja auch. Am Ende gingen wir noch zu ihm hinein. Aber wirklich nur ganz kurz. In sein Schlafzimmer ließ er mich natürlich nicht.«

»Das heißt, die Dartscheibe haben Sie nie gesehen?«

»Nein. Wobei ...« Ich drehte das Foto so, dass ich einen Blick darauf werfen konnte. »Wenn ich mich recht erinnere, lag ein Pfeil auf dem Wohnzimmertisch. Mit dem werde ich ein wenig herumgespielt haben.«

»Mit einem Dartpfeil?«

»Ja.« Ich grinste. »Kann also gut sein, dass Sie darauf Fingerabdrücke von mir finden.«

Fischer bedachte mich mit einem finsteren Blick, hatte sich aber gleich wieder im Griff. »Schön«, sagte er leichthin. »Dann ist es ja gut, dass wir Bescheid wissen. Sonst hätten wir uns noch gewundert, wie Ihre Fingerabdrücke in Tietjes Wohnung kommen.«

»Deshalb sage ich es ja.«

»Eben.«

Ich nahm einen Schluck Kaffee. Tolle Maschine, wirklich. Fischer steckte das Foto zurück. Um ihn auf andere Gedanken zu bringen, zeigte ich ihm die Wanze, die ich in Katinkas Wagen entdeckt hatte. Tatsächlich stieg er sofort darauf ein.

»Wer saß denn gewöhnlich in dem Auto?«

»Frau Glück und ich. Tietje wird sie an dem Abend, als er im Garten der Glücks auftauchte, eingebaut haben. Vielleicht wollte er sie zuerst am Haus selbst anbringen und entschied sich dann um.«

»Oder es gibt noch eine zweite Wanze.«

»Möglich.«

»Über Ihre Rolle war Tietje also im Bilde. Und er wusste immer genau, wo Sie und Frau Glück sich befanden. In Kienbaum, in Leipzig, zu Hause.«

»Apropos Leipzig: Wie geht es de Weert denn nun?«

»Schlecht. Die Ärzte haben den Daumen gesenkt. Wir checken gerade sein Umfeld. Aber zurück zu Ihrer Wanze. Sollte Tietje sie tatsächlich an jenem Abend eingebaut haben, als er hinterm Haus gesehen wurde, ging es ihm ausschließlich um Frau Glück. Denn Sie waren zu diesem Zeitpunkt noch gar nicht in die Sache involviert.«

»Korrekt.«

»Die Überwachung«, fuhr Fischer zwo fort, »galt also einzig und allein ihr. Er wollte im Bilde sein, wo sie sich gerade befand, mit wem sie unterwegs telefonierte, wer bei ihr im Wagen saß.«

»Witzigerweise hat er sich dazu den falschesten Platz von allen ausgesucht. Katinka Glück hat eine ausgewachsene Autophobie. Sie hasst es, selbst zu fahren.«

»Aber warum Frau Glück? Was interessierte ihn so sehr an ihr?«

»Das wüsste ich auch zu gern.«

Er nickte nachdenklich. Keine Ahnung, ob er mir glaubte. Ich traute ihm ja auch nicht über den Weg! Fischer war in Ordnung, mit ihm konnte man reden, genau wie mit seinem Namensvetter in Heidelberg. Und doch blieb er Polizist und ich Privater. Ein gesundes Misstrauen gehörte auf beiden Seiten einfach dazu. Kaffee hin oder her. Sollte Madeleine Klein mit ihrer Dopingtheorie ins Schwarze treffen, hatte der Kommissar diese Witterung bestimmt längst aufgenommen. Da mochte Tietjes Hütte noch so heruntergebrannt sein und seine Wohnung steril bis in den hintersten Winkel – etwas fand sich immer. Und wenn es das städtische Büchereikonto des Detektivs war, das ungewöhnlich viele Titel zum Thema Doping aufwies. Oder die Telefonnummer eines Labors in Köln, die Tietje vor vier Wochen gewählt hatte. Fischer zwo und seine Leute hatten ganz andere Möglichkeiten als ich, dem Kerl auf die Spur zu kommen.

Fragte sich bloß, wer als Erster am Ziel war.

Und deshalb lotste ich das Taxi, das mich zurück zum Flughafen bringen sollte, um nach Lichtenberg. Dem Fahrer nannte ich die Adresse des Alten Leuchtturms, die ich mir am Mittwoch, zusammen mit der Telefonnummer, notiert hatte.

Als ich eintrat, war die Happy Hour noch nicht angebrochen. Kein Problem, ich war ja nicht zum Saufen hier. Der Wirt stand mit dem Rücken zum Eingang hinterm Tresen und sortierte CDs. Die fidelen Moabiter wahrscheinlich. Es gab noch zwei weitere Gäste, die dem Seehund und seinem Kompagnon aber nicht einmal entfernt ähnlich sahen. Die Häkelvorhänge hingen strack bodenwärts, unter meinen Schuhen knarzten die Dielen. Mir fiel das Löwenweib ein, das mir mit seinem spektakulären Auftritt die Flucht ermöglicht hatte.

Dann drehte sich der Wirt um und machte ein Gesicht wie Heinrich de Weert in dem Moment, als sein Herzmuskel den Dienst quittierte.

»Du?«, röchelte er. »Du traust dich …?«

»Warum können wir uns nicht normal unterhalten?«, fuhr ich ihm in die Parade. »Herrgott, ich bin gekommen, um meine Schulden zu begleichen, geht das nicht in Ihren Schädel rein? Ralf Tietje wurde ermordet, und Sie regen sich wegen eines umgestürzten Tisches auf! Hier, reicht das?« Ich zückte mein Portemonnaie und legte drei Hunderter auf den Tresen.

Die Gäste glotzten, der Wirt ebenfalls. Er schob sich sein graues Haar, das dringend geschnitten und noch dringender gewaschen gehörte, aus der Stirn und murmelte etwas Unverständliches.

»Ein Bier würde ich auch nehmen«, sagte ich.

Reflexartig griff er nach einem frischen Glas. Bevor er es jedoch füllte, pflückte er die drei Scheine vom Tresen und steckte sie in die Tasche. Dann erst öffnete er den Zapfhahn.

»Manne hat immer noch Knieschmerzen«, maulte er.

»Der Arme. Sagen Sie ihm einen schönen Gruß von mir und dass ich Bewegung empfehle. Eine halbe Stunde Joggen, und der Schmerz ist weg. Wer hat Tietje umgebracht?«

Überrumpelt schaute er mich an. »Wie soll ich das wissen?«

»Sie kannten ihn doch.«

»Ja, aber über seinen Job hat er nie geredet. Mit mir nicht und mit den anderen auch nicht. Vor Jahren ist er mal auf die Fresse gefallen, als er zu vertrauensselig war und mit einem Kumpel über Details quatschte. Seither: nichts mehr. Kein Wort, zu niemandem.«

»Woran er zuletzt saß, wissen Sie also nicht?«

»Nee.« Er schob mir das Bier über den Tresen. »Wohl bekomm's.«

»Und Alice, seine Freundin?«

Stirnrunzeln. »Nach der hast du mich doch schon am Telefon gefragt. Ich weiß von keiner Alice.«

»Hatte Tietje keine Partnerin?«

»Nee, schon lange nicht mehr. Seit er mal vor Jahren auf die Fresse gefallen ist …« Er brach ab, als er sah, wie ich die Augen verdrehte. »Ist aber so«, murmelte er beleidigt. »Ralf und Frauen – vorbei, abgehakt.«

»Frauen sind eh eine Zumutung«, sagte einer der Gäste, der gute Ohren haben musste. Keinen Grips, aber gute Ohren.

Schweigend öffnete ich meinen Rucksack und suchte nach den DIN-A4-Ausdrucken der beiden Dartscheibenfotos aus Tietjes Wohnung. Die Fotos hatten nur Handyqualität, weshalb die Vergrößerung ziemlich unscharf geraten war. Trotzdem ließen sich die Gesichtszüge des Lockenkopfs mehr als nur erahnen.

»Kennen Sie den?«, fragte ich den Wirt.

Er nahm die zwei Blätter entgegen und überlegte. Legte das eine beiseite, um sich am Kopf kratzen zu können, und nickte schließlich. »Der war mal hier.«

»Und wer ist es?«

»Keine Ahnung. Ist auch schon einige Wochen her. Er und Ralf saßen zusammen und quatschten.«

»Worüber, wissen Sie natürlich nicht?«

»Nee.«

»Und sonst? Name, Adresse, Beruf, Nationalität? Verbinden Sie überhaupt irgendetwas mit dem Mann? War er ein Freund von Tietje? Sein Auftraggeber vielleicht? Ging es um Geschäftliches oder Privates?«

Mein Gott, da ratterte ich meine Fragen herunter, aber dieser Prachtkerl von Spelunkenwirt schüttelte nur den Kopf und gab den Ratlosen. »Nee«, murmelte er, »keine Ahnung … ein Freund war das nicht.« Er brummte und verneinte, ich überlegte mir weitere Stichworte, die ich ihm als Köder vorsetzen konnte, und weil uns beide dieses Spiel so beschäftigte, achtete ich nicht auf die Schritte in meinem Rücken. Natürlich merkte ich, dass da jemand war, aber dieser Jemand konnte warten. Und als ich mich umdrehen wollte, war es zu spät.

Ein Arm schlang sich von hinten um meinen Hals. Mein Kopf wurde mit solcher Gewalt zurückgerissen, dass es in meiner Wirbelsäule knackte. Von einem Moment auf den anderen starrte ich an die Decke der Kneipe. Außerdem roch es nach Seehund.

Nach Seehund?

Okay, das ist jetzt übertrieben. Trotzdem wusste ich gleich, dass der Typ von vor zwei Wochen hinter mir stand. Der mit den Knieschmerzen. Und er war gewillt, sie mir doppelt und dreifach zu vergelten.

»Schau an, wen haben wir denn da?«, zischte er so nahe an meinem Ohr, dass mich sein Schnauzer kitzelte. »Dieses kleine Arschloch! Wiedersehen macht Freude, was?«

Selbst wenn ich gewollt hätte: Zu einer Antwort war ich in dieser Situation nicht fähig. Ich krallte meine Hände in seinen Arm, um seinen Griff zu lockern, doch Erfolg zeitigte diese Maßnahme nicht.

»Lass ihn, Manne«, hörte ich den Wirt sagen. »Er hat sich entschuldigt.«

Von so einem lauwarmen Einwurf ließ sich ein Berliner Schnauzbart natürlich nicht um seine Rache bringen. Er drückte nur noch fester zu. Dabei schaukelte er mich hin und her, wie eine Mutter ihr Neugeborenes.

»Hnng«, machte ich. »Hrrg!« Comicsprechblasen. Manne lachte sich eins.

»Ist ja gut«, sagte der Wirt. Die anderen Gäste feixten wahrscheinlich.

Okay, mit roher Gewalt konnte ich dem Seehund in meiner momentanen Lage nicht kommen. Ich musste auf ein Terrain ausweichen, auf dem ich ihm überlegen war. Auf das Terrain von Spontaneität und Geistesgegenwart, so wie vor zwei Wochen. Leider war diesmal keine Braut in Stöckelschuhen zur Hand. Allerdings hatte der Seehund noch eine andere Schwäche.

Und zwar Bier.

Mit einer Hand langte ich nach meinem Pilsglas und schüttete seinen Inhalt über meine rechte Schulter. Treffer! Manne ließ ein überraschtes Grunzen hören und lockerte seinen Griff. Zack!, bekam er einen Ellbogenstoß in den Magen, dass er zwei Meter zurücktaumelte. Ich war frei, stellte das Glas ab und rückte meinen Adamsapfel zurecht.

»Muss das sein?«, regte sich der Wirt auf. »Ihr zwei saut mir den ganzen Laden …«

»Verdammte Scheiße!«, brüllte ich. »Noch ein Wort, und ich rufe die Polizei! Ihr seid wirklich die Letzten in dieser Stadt! Sei froh, wenn ich dir nicht deine Kaschemme vollkotze.«

Der Grauhaarige schwieg. Für den Augenblick sah eher mein Gegner so aus, als müsse er sich übergeben. Gekrümmt torkelte er durch den Raum und vollführte Schluckbewegungen, dass sein biertriefender Schnauzer zitterte.

»Los jetzt, bemüh dich ein bisschen!«, herrschte ich den Wirt an und griff nach den beiden Ausdrucken. »Erinnerst du dich an irgendetwas im Zusammenhang mit dem Mann hier?«

Er schüttelte den Kopf.

»Und ihr?« Auch den Gästen und dem Seehund hielt ich die Fotos hin. Achselzucken.

Okay, ich hatte nichts anderes erwartet. Der Leuchtturm war für mich verbrannte Erde, so schief das Bild auch sein mag. Ich steckte die Blätter wieder ein und ging.

31

Als ich endlich wieder mit Katinka im Wald unterwegs war, herrschte gedrückte Stimmung. Sie erzählte, dass sie sich eine neue Katze anschaffen wollten, aber nicht sofort. Erst wenn geklärt sei, wer Nanuschka überfahren habe. Erst wenn diese ganze ekelhafte Geschichte überstanden sei.

»Kann ich verstehen«, sagte ich.

Wir drehten unsere übliche Runde. Hoch und runter, über breite Forstwege und schmale Wurzelpfade. Am Prinzensitz vorbei, über Münchel, Tanzplatz und wie die versteckten Orte zwischen Ziegelhausen, Wilhelmsfeld und Schönau alle hießen. Mal fuhr ich ein Stück voraus, mal musste ich mich um Anschluss bemühen. In den Wipfeln flatterten die Waldvögel auf, ein Habicht zog still seine Kreise, zwei Eichhörnchen verfolgten sich. Es war warm, aber unangenehm feucht; Regen hing in der Luft. Das typische Heidelberger Mikroklima.

Ich fragte, ob sie mit ihrer Familie noch einmal über ihre Olympiateilnahme gesprochen habe. Nein, um dieses Thema hätten sie einen Bogen gemacht. Ein paar Bemerkungen ihres Vaters zu München 1972, hin und wieder ein Seufzer ihrer Großmutter beim Gedanken an Berlin. Katinka und Heiner waren nicht darauf eingegangen.

»Von Tietje willst du ihnen nichts erzählen?«

»Auf keinen Fall. Es reicht, wenn es uns belastet. Sollte ich tatsächlich auf den Start in London verzichten, sage ich ihnen alles. Vorher nicht.«

»Und? Verzichtest du?«

Keine Antwort.

Ich bremste, weil ich einem großen, wassergefüllten Schlagloch auf meiner Seite ausweichen wollte. Als ich wieder aufgeschlossen hatte, hörte ich sie sagen: »Kim hat die Quali.«

»Was? Kim Starke hat die Olympia-Quali geschafft?«

»Am Sonntag in Rotterdam. Eine 2:29. Genau wie ich und Birthe.«

»Ich glaub's nicht! Dann seid ihr ja wieder drei.«

»Noch«, sagte sie bitter.

»Ist das nun eine gute oder eine schlechte Nachricht?«

»Das wüsste ich auch gern.«

»Na, komm! Sieh es positiv: Ihr habt ein schlagkräftiges Team. Nach Romys Rückzug das Beste, was euch passieren konnte.«

»Vielleicht.«

Ja, vielleicht. Ich wusste selbst, dass meine Worte nicht als Aufmunterung taugten. Nicht bei dem Druck, der auf Katinka lastete. Nicht, wenn man sich fragen musste, warum die eine Konkurrentin plötzlich so stark war und die andere aus heiterem Himmel auf Olympia verzichtete.

Zwei Läufer kamen uns entgegen. Sie hatten ein flottes Tempo angeschlagen und grüßten Katinka wie alte Bekannte.

»Freunde von dir?«, fragte ich.

»Kenne sie nicht. Aber sie anscheinend mich.«

»Apropos: Wer ist eigentlich Simon?«

»Wieso?«

»Deine Oma erwähnte den Namen an ihrem Geburtstag. Im Zusammenhang mit Olympia.«

»Mein Bruder.«

»Dein Bruder? Von dem hast du noch nie erzählt.«

»Kann sein.«

»Ja und? Was ist mit ihm? Läuft er auch?«

»Jetzt nicht mehr.«

»Aha.«

Dabei blieb es. Katinkas verschlossener Miene nach zu urteilen, handelte es sich bei ihrem Bruder um das schwarze Schaf der Familie. Große Anlagen, noch größere Trägheit – so was in der Art. Wahrscheinlich hatte er sich eine hübsche Freundin angelacht, anstatt für Olympia zu trainieren, und nun war es an Katinka, die Ehre der Glücks zu retten.

Was ihr augenscheinlich wenig Freude bereitete.

Später, wir waren bereits auf dem Rückweg, begann es leicht zu regnen. Und plötzlich meldete sich mein Handy. Im Frühlingswald mit seinen Naturgeräuschen, dem Rascheln welker Blätter auf dem Boden, dem Knacken der Äste und dem sanften Tröpfeln des Regens, nahm sich der Klingelton fast unwirklich aus. Auf Wunsch Eichelscheids und Harboths trug ich das Telefon bei jeder Ausfahrt bei mir. Zum Einsatz war es allerdings noch nie gekommen. Ich nestelte es aus meiner Rückentasche und nahm das Gespräch an.

»Hier Heiner«, hörte ich Katinkas Mann in ungewohnter Hast. »Bitte sag ihr nicht, wer dran ist. Ich brauche dich. Dringend.«

»Was gibt's denn?« Der Weg führte bergab, deshalb war ich Katinka wenige Meter voraus.

»Moritz ist verschwunden. Ich war mit den beiden auf dem Spielplatz und habe ihn für ein paar Minuten aus den Augen gelassen. Er lag im Kinderwagen und schlief. Als ich zurückkam, war er fort.«

»Die Gurken?«, rief ich. »Mensch, Christine, die liegen doch auf dem Balkon!«

»Katinka darf es nicht erfahren. Ich mache mir solche Vorwürfe. Vielleicht klärt sich ja alles auf, aber im Moment bin ich ratlos. Kannst du kommen?«

»Ja, klar. Sobald wir hier fertig sind.«

»Und soll ich die Polizei rufen? Was meinst du?«

»Mach das. Auf jeden Fall.«

»Okay. Aber komm du bitte auch. Ihr müsstet ja demnächst zu Hause sein, oder?«

»Wohin soll ich denn fahren … ich meine, um das Brot zu besorgen?«

»Du kennst doch den Spielplatz, zu dem wir immer gehen. Ein Stück unsere Straße runter.«

»Dann bis nachher. Tschüs, Christine!«

Ich steckte das Handy wieder ein. Katinka hatte aufgeschlossen.

»Frauen«, zwinkerte ich ihr zu. Sie lächelte schwach.

Die letzten Minuten unseres Laufs zogen sich. Zäh wie ein Riesenkaugummi. Ich war Katinka immer einen Meter voraus, doch sie blieb stur bei ihrem Tempo. Eine Serpentine und noch eine. Verdammter Odenwald! Verstohlen linste ich zur Uhr. Am Ende bekam Katinka noch Lust auf eine Extraschleife!

»Heute bin ich froh, wenn ich zu Hause bin«, sagte ich und brachte ein herzzerreißendes Gähnen zustande. »Ist nicht mein Tag.«

Katinka schwieg.

Endlich waren wir am Ziel. Das Haus der Glücks lag verlassen da, hinter dem Gartentürchen stand Fionas rotes Bobbycar und wartete auf seinen Einsatz. Katinka wischte sich über das feuchte Gesicht und sagte: »Bis Dienstag. Komm gut nach Hause, Max.«

»Mach ich. Gehe nur noch schnell das Brot besorgen.«

Zack, fort war ich. So knapp hatten wir uns schon lange nicht mehr voneinander verabschiedet. Ein paar Meter radelte ich in normalem Tempo, um dann Fahrt aufzunehmen und den Spielplatz nach nicht einmal einer Minute zu erreichen. Neben der Umzäunung parkte ein Streifenwagen. Heiner winkte mir aufgeregt zu.

Ich stellte mein Rad ab und ging zu ihm. Zusammen mit seiner Tochter und den beiden Polizisten, einem Mann und einer Frau, hatte er sich unter das winzige Vordach eines Toilettenhäuschens gestellt, obwohl es nicht mehr regnete. Heiner war blass, auch die kleine Fiona schaute eingeschüchtert. Der Polizist meinte eben, man solle die Mutter informieren, vielleicht wisse die etwas über den Verbleib des Kindes.

»Weiß sie nicht«, sagte ich. »Ich war zwei Stunden mit ihr im Wald.«

»Im Wald?«, echote der Typ und konnte sich nicht verkneifen, die Brauen so hoch zu heben wie nur möglich. »Mit der Mutter?«

»Ja, im Wald. Was ist passiert, Heiner? Wieso hast du Moritz aus den Augen gelassen?«

»Fiona musste mal«, rechtfertigte er sich. Dabei war meine Frage gar nicht als Vorwurf gedacht. »Ich bin mit ihr auf die Toilette, und das dauerte halt ein paar Minuten. Moritz schlief. Der Wagen stand dort drüben unterm Baum, mit hochgeklapptem Regenschutz. Auf der Straße war kein Mensch zu sehen. Wer rechnet auch damit, dass sich hier Kindesentführer herumtreiben könnten?«

»Na, so weit sind wir noch nicht«, meldete sich die Polizistin zu Wort. »Überlegen Sie mal, ob nicht einer Ihrer Nachbarn Ihren Sohn mitgenommen haben könnte. Möglicherweise kam jemand vorbei, sah den Wagen im Regen stehen, erkannte Moritz und dachte sich, den bringe ich schnell nach Hause.«

»Da war aber nichts«, sagte ich. »Ich komme ja von den Glücks. Kein Kinderwagen vorm Haus, keiner unterwegs.«

»Dann hat ihn vielleicht jemand mit zu sich genommen, bis der Regen nachlässt.«

Ich sah zum Himmel. »Es regnet doch gar nicht mehr.«

»Keiner unserer Nachbarn würde das tun«, rief Heiner. »Die wissen ganz genau, dass ich Moritz niemals allein auf dem Spielplatz zurücklassen würde.«

»Höchstens für ein paar Minuten«, lächelte der Polizist säuerlich und zog die Mütze ab, um seinen Scheitel zu justieren. »Jedenfalls hat meine Kollegin recht, wenn sie erst einmal die naheliegenden Möglichkeiten überprüft, bevor wir hier das ganz große Geschütz auffahren. Bitte denken Sie noch einmal nach, wer in der Nachbarschaft Ihren Sohn zu sich genommen haben könnte.«

»Niemand!« In Heiners Augen flackerte Panik. »Frau Osterloh hat ein paar Mal auf ihn aufgepasst, aber die würde doch nie und nimmer …« Verzweifelt schüttelte er den Kopf.

Ich winkte die beiden Beamten ein Stück zur Seite. »Sie wissen wahrscheinlich nicht«, sagte ich mit gesenkter Stimme, »dass Herr Glück und seine Frau seit einigen Wochen bedroht werden. Es gab da eine Reihe von verdächtigen Vorfällen, Ihre Kollegen in Heidelberg sind informiert. Verstehen Sie, wir müssen einfach davon ausgehen, dass etwas passiert ist.«

»Nanuschka ist überfahren worden«, tönte ein Stimmchen in meinem Rücken. Ich drehte mich um. Klein Fiona sah mich aus großen Augen an. »Nicht wahr, sie ist jetzt im Katzenhimmel?«

»Tja.« Ich suchte Blickkontakt mit Heiner. Den nächsten Hörtest konnte sich seine Tochter sparen. »Sieht so aus«, sagte ich und fuhr dem Mädchen übers Haar. »Aber du bekommst sicher eine neue Katze.«

Heiner nickte.

»Gut«, räusperte sich der Polizist, »dann sagen wir jetzt den Kollegen Bescheid. Trotzdem möchten wir Sie bitten, Herr Glück, uns die Namen und Adressen von Nachbarn zu nennen, bei denen Ihr Sohn eventuell untergekommen sein könnte.« Er wandte sich an mich. »Und Sie sind bitte so freundlich und fahren noch einmal die Straße zum Haus der Glücks ab.«

Ich zuckte die Achseln. »Kann ich machen.«

»Ich will eine goldene Katze«, flüsterte Fiona ihrem Vater zu. »Bitte, bitte, eine goldene mit ganz fluschigem Fell.«

Während Heiner den beiden Polizisten widerstrebend die Namen von Nachbarn diktierte, nahm ich die Stelle in Augenschein, an der Moritz im Kinderwagen geschlafen hatte. Eine alte Fichte mit dichtem Nadelkleid stand dort, um den Stamm herum war der Boden noch trocken. Flach war die Stelle auch, der Wagen konnte also nicht aus Versehen weggerollt und irgendwo im Grünzeug ringsum gelandet sein. Zwischen der Fichte und dem Eingangstürchen im Zaun lagen dagegen nur ein paar Meter.

Ich fluchte leise. Alles sprach für eine Entführung.

»Okay, ich fahre dann mal los«, rief ich den drei Erwachsenen zu. »Heiner, mach dir keine Sorgen! Es wird sich alles klären.«

Keine Reaktion. Als Lügner brauchte ich dringend Nachhilfeunterricht.

Mit einem flauen Gefühl im Magen schwang ich mich aufs Rad. Wie sollte ich das Katinka erklären? Da begleitete man die Frau auf Schritt und Tritt, bis in die Lüneburger Heide und in den Harz – und dann wurde ihr Sohn entführt. Am helllichten Tag einfach geklaut. Okay, die Straße lag am Ortsrand, und wegen des Regens war niemand unterwegs gewesen. Nur die Entführer. Was waren das für Leute? Sie mussten uns ständig im Blick haben.

Der Asphalt glänzte. Die Schlaglöcher kamen mir noch tiefer vor als sonst. Dort oben war schon das Haus der Glücks. Verdammt, wenn Katinka jetzt aus dem Fenster schaute, musste ich ihr erklären, was geschehen war. Warum hatte Heiner nicht besser aufgepasst? Und wie dreist waren diese Typen, dass sie eine zufällige Gelegenheit derart gnadenlos ausnutzten?

Im nächsten Moment hörte ich auf zu treten.

Dreist war es wirklich. Am helllichten Tag. Auf offener Straße. Zu dreist? Was, wenn Heiner die ganze Geschichte nur erfunden hatte? Gab es denn Zeugen? Es hatte geregnet. Kein Mensch auf dem Spielplatz. Nur Papa Glück mit seinen beiden Kindern.

Langsam fuhr ich weiter. Woher rührten eigentlich solche Gedanken? Warum verdächtigte ich ausgerechnet den netten Heiner?

Ich erreichte das Ende der Straße. Rechts das Haus der Glücks. Und davor … ein Kinderwagen! Die letzten Meter wurden wieder im Eiltempo zurückgelegt. Ja, es war ein Kinderwagen, dunkelblau, der Regenschutz hochgeklappt. Mit quietschenden Reifen hielt ich an und plumpste mit den Augen schier ins Wageninnere. Da lag Moritz und schlief. Friedlich.

»Meine Fresse!«, stöhnte ich und schloss die Augen. Einfach der Geröllllawine nachlauschen, die mir gerade vom Herzen plumpste. Ich hätte nicht gewusst, wie ich es Katinka beibringen sollte.

Allerdings währte die Freude nur kurz. Wie, um alles in der Welt, hatte Heiner es geschafft, Moritz hierher zu bringen, während ich auf dem Weg zum Spielplatz war? Nun, die Antwort fiel leicht: gar nicht! Es musste einen Komplizen geben. In den 60 Sekunden zwischen meinem Abschied von Katinka und der Ankunft am Spielplatz konnte er den Wagen unmöglich vorm Haus abgestellt haben. Erst recht nicht, wenn ihm Fiona die ganze Zeit am Rockzipfel hing.

Ein Komplize also. Aber wer?

Ich lehnte mein Rad an den Zaun und beugte mich über das schlafende Kind. Während ich die Decke vorsichtig zur Seite zog, um zu überprüfen, dass ihm niemand etwas getan oder in den Wagen gelegt hatte, öffnete sich eine Haustür. Ich schreckte hoch. Katinka, noch in Laufklamotten, kam auf mich zu.

»Was ist los, Max? Hast du etwas vergessen?«

»Nö«, sagte ich. Vergessen? Nichts. Aber auch keinen Schimmer, was ich ihr vorflunkern sollte.

»Bringst du mir Moritz?«

»Genau.« Ich wies die Straße abwärts. »Dein Mann hat mich drum gebeten. Er kommt gleich nach. Vom Spielplatz. Mit Fiona.«

»Und wieso?« Lächelnd sah sie in den Kinderwagen. »He, du Schlafmütze! Wieso lässt du dich von Max herumkutschieren?«

»Weil … wegen des Regens.«

»Es hat doch aufgehört.«

»Ja. Jetzt.«

Sie deckte Moritz wieder zu. »In jedem Fall vielen Dank.« Dann fiel ihr Blick auf mein Fahrrad. »Hast du den Wagen nebenher geschoben? Bergauf?«

»Nee«, sagte ich und holte Luft. »Das war so: Dein Mann

rief mich an, als ich eben nach Hause fahren wollte. Ob ich Moritz nicht … Und dann bin ich zu Fuß zum Spielplatz und zu Fuß zurück.«

»Ach so.«

»Deshalb ist mein Fahrrad jetzt hier.«

Sie nickte.

»Und Moritz auch.«

»Schön. Danke noch mal. Tschüs.«

Endlich durfte ich los. Ich rollte mit geschlossenen Augen bergab. Alles war gut.

Alles war gut.

Alles.

»Scheiß Tag«, flüsterte ich und schlug die Augen auf.

32

Auch der folgende Tag versprach keinerlei Besserung. Christine weckte mich, bevor sie zur Arbeit ging, um mich mit verschiedenen Aufträgen zu piesacken, die ich sofort wieder vergaß. Irgendetwas war mit der Spülmaschine, dann sollte ich einkaufen, aber was? – und ein Mensch von den Stadtwerken hatte sich auch angekündigt. Ich sagte Ja und Nein und Dukannstmichmal und steckte den Kopf unter das Kissen, wo ein Mann, der aussah wie Heiner Glück, einen Kinderwagen mit einer toten Katze durch das Dunkel bugsierte.

War wohl doch ein Bier zu viel gestern Abend.

Später kam der Typ von den Stadtwerken, dem ich sagte, er solle die Spülmaschine reparieren, aber komisch, die interessierte ihn gar nicht. Stattdessen fummelte er an unseren

Leitungen herum und moserte über den Kabelanschluss. Den müsse wohl ein Amateur verlegt haben.

»Das war der Liebhaber meiner Frau«, sagte ich. »Als Elektriker ein Amateur, als Liebhaber ein Profi.«

Kaum zu glauben, aber das fand er lustig. »Ich sach ja nur«, grinste er immer wieder. »Die Kabel müssen stimmen. Weil, am Ende schneit's in sämtlichen Programmen. Und Sie wollen doch fernsehen, oder?«

»Logo. Freue mich schon auf Olympia. Sommerspiele, ohne Schnee. Die gucke ich hoch und runter.«

Aber Sport interessierte ihn genauso wenig wie die Spülmaschine. »Da holt man sich nur den Tod. Haben Sie's nicht gelesen? Letzte Woche ist schon wieder einer umgekippt beim Laufen. Herzstillstand, einfach so!«

»Der soll aber einen Grund gehabt haben. Fürs Umkippen, meine ich.«

»Ich sach ja nur.«

»Schon klar.«

So quasselte ich mich durch den Tag, handelte mir eine gesalzene Rechnung von den Stadtwerken ein und spülte zur Strafe von Hand. Den Einkauf erledigte ich nach dem Mittagsschlaf. Lauter Sachen, die meine Ex nicht mochte: Bohnen mit Speck, Zungenwurst, gelierte Früchte, beim Türken Okraschoten und superscharfe Peperoni. Vor den Tiefkühlwaren blieb ich eine Weile versonnen stehen. Wie schaffte man es eigentlich rein technisch, einen Raum auf minus 110 Grad Celsius zu kühlen?

Der Supermarktangestellte, den ich fragte, wusste es auch nicht.

Auf dem Heimweg nieselte es. Ich ging den gestrigen Tag noch einmal in Gedanken durch und kam zu dem Schluss, dass Heiner nichts mit der ganzen Sache zu tun hatte. Nichts mit der Entführung und schon gar nichts mit den

Ereignissen in Kienbaum und Berlin. Um Moritz still und heimlich vorm Haus abzustellen, brauchte er einen Komplizen, und wer sollte das sein? Wenn Heiner seine Frau tatsächlich von einem Start in London abhalten wollte, hätte er zu subtileren Mitteln gegriffen. Diese Brutalomethoden waren nicht sein Stil. Nie und nimmer hätte er zugelassen, dass Nanuschka, Fionas Katze, getötet würde.

Es sei denn, da war etwas aus dem Ruder gelaufen. Etwas oder jemand. Ein Privatdetektiv, der plötzlich nach eigenem Gusto vorging. Vorschlaghammer statt Nadelstiche. Erst der schwarze Mann im Garten, dann die Warnung in Karlsruhe, später der Katzenmörder. Gab es eine Verbindung zwischen de Weert und Tietje? War der eine vom anderen beauftragt worden? Und wer hatte dann bei der Entführung mitgemischt?

Nein, Heiner war nicht mein Mann. Es durfte einfach nicht sein!

Ich machte mir eben einen Kaffee gegen das Gedankenkarussell und die miese Laune, als mein Handy klingelte. Schon wieder eine Berliner Nummer. Vorsicht, Max!

»Ja?«

»Hier Pollek«, meldete sich eine Stimme, die ich irgendwann, irgendwo einmal gehört hatte. In einem Zusammenhang, der mir nicht gefiel.

»Kenne ich nicht.«

»Der Wirt vom Leuchtturm.«

»Ach, nee!«, machte ich. Was wollte der Leuchtturmwärter von mir?

»Du bist doch der Schnüffler, der letzte Woche wegen Tietje hier war?«

»Bin ich. Hab immer noch einen steifen Hals. Die 300 Euro könnte ich als Schmerzensgeld zurückfordern!«

»Reg dich ab, ich hab was für dich. Moment.«

»Was denn?« Statt einer Antwort vernahm ich ein Rascheln und Knacken im Hörer. Oja, Deutschland war groß und Berlin so weit weg! Was in diesem Fall tätliche Auseinandersetzungen verhinderte.

Plötzlich eine ganz andere Stimme: »Hallo? Sind Sie noch dran?«

»Ich glaube schon.«

»Mein Name ist Böhnlein«, klang es tenoral aufgeräumt durch den Hörer. »Es hieß, Sie wollten mit mir sprechen. Wegen des Todes von diesem Tietze.«

»Tietje?«

»Richtig, Tietje.«

»Ich verstehe nicht. Wer sagte, dass ich mit Ihnen sprechen möchte?«

»Na, der Leuchtturm-Wirt.«

Da schau einer an. Hatte den Kneipier das schlechte Gewissen gepackt? Es geschahen noch Zeichen und Wunder!

»Wie standen Sie denn zu Tietje?«, fragte ich.

»Gar nicht«, lautete die fröhliche Antwort. »Den Namen habe ich heute zum ersten Mal gehört. Wenn ich den Wirt richtig verstanden habe, suchen Sie einen Herrn, mit dem er vor einigen Wochen hier im Leuchtturm war. Ein junger Mann. Schlank, dunkle Locken.«

»Kennen Sie ihn?«

»Auch nicht, tut mir leid. Er stellte sich mir nicht vor. Wir unterhielten uns bloß ein wenig über die Funktionsweise von Spielautomaten.«

»Worüber? Bitte, Herr Böhnlein, das müssen Sie mir erklären.«

»Sicher.« Er räusperte sich. »Sehen Sie, ich spiele für mein Leben gern. Brettspiele, Glücksspiele, Wetten – einfach alles. Wobei ich nicht spielsüchtig bin, ganz im Gegenteil. Es ist nur ein Hobby. Meine Leidenschaft, wenn Sie so wollen. Ich habe auch noch nie größere Summen verloren. Wenn ich ausgehe, nehme ich nur einen bestimmten Geldbetrag mit, dessen Verlust ich verschmerzen kann. Das gehört zu meinen Prinzipien, verstehen Sie?«

»Schon, aber was hat das mit Tietje zu tun?«

»Hier im Leuchtturm steht ein Spielautomat. Wussten Sie das?«

»Ich erinnere mich, ja.«

»Nun, ich bin kein häufiger Gast dieses ...«, er kicherte albern, »dieses Etablissements. Aber vor ein paar Wochen schaute ich mal vorbei und spielte eine Runde. Und dabei kam ich mit einem jungen Mann ins Gespräch, der vorher anscheinend bei diesem Herrn Tietze oder Tietje am Tisch saß. Er wollte gerade gehen, als er mich an dem Automaten sah. Da stellte er sich neben mich und erklärte mir, warum der Spieler auf lange Sicht immer gegen das Gerät verliert.«

»Das hätte ich Ihnen auch erklären können.«

»Aber nicht so wie er«, rief Böhnlein. »So nicht, mein Herr! Ich weiß ja selbst, wie der Hase läuft. Der Glücksspielhase. Dass es sich für das Unternehmen, das den Automaten betreibt, rechnen muss. Auf lange Sicht verliert unsereins natürlich. Was allerdings im nächsten Spiel passiert, ist offen. Das macht den Reiz aus. Jedenfalls warf dieser junge Mann mit Zahlen nur so um sich, mit Wahrscheinlichkeiten und Logarithmen und mathematischen Formeln. Er konnte mir genau sagen, wie hoch die Gewinnmarge für diesen Automaten war. Verstehen Sie, das rechnete der alles im Kopf aus.«

»Klingt ganz schön oberlehrerhaft.«

»Aber nein, es war hochinteressant! Ich fragte ihn, woher er all das wüsste, und da meinte er, Stochastik sei sein Metier.«

»Stochastik?«

»Die Lehre vom Zufall.«

»Sie glauben, er arbeitet in diesem Bereich? Als Wissenschaftler oder so?«

»Ich weiß es nicht. Auf mich wirkte er wie einer von der Uni. So ein junges Mathematikgenie.«

»Interessant. Aber einen Namen haben Sie nicht? Oder seinen Wohnort?«

»Nein, tut mir leid.«

»Und Sie haben ihn seither nie wieder gesehen?«

»Ich habe auch den Leuchtturm nicht mehr betreten. Bis heute.«

»Würden Sie den Mann wiedererkennen?«

»Oh …« Er zögerte. »Wissen Sie, der Blick für Menschen gehört nicht zu meinen Stärken. Er war jung und hatte dunkle Locken. Alles andere … tja.«

Tja. Böhnlein hatte vermutlich nur für eines einen Blick: für Automaten und Roulettetische. Was letztlich egal war, denn wie der Unbekannte aussah, wusste ich ja. Ich bedankte mich also brav und wünschte ihm viel Glück beim nächsten Spiel. »Könnten Sie mir den Wirt noch einmal geben, Herr Böhnlein?«

»Gern.«

Kurze Pause, die wie vorhin mit atmosphärischen Störungen in der Leitung Berlin – Heidelberg durchsetzt war. Dann hörte ich Polleks Stimme. Halblaut.

»Also, wenn du mich fragst, ist das eine ganz arme Sau, der Böhnlein. Aber eine ganz arme. So 'ne alte Tunte, die keine Freunde hat und von Kneipe zu Kneipe tingelt, um ein bisschen weniger allein zu sein.«

»Interessant. Diesen Blick für Mitmenschen hätte ich Ihnen gar nicht zugetraut.«

»Ich meine ja nur.«

»Und ich sage danke, Herr Pollek. Für den Anruf und die Infos.«

»Bild dir bloß nix darauf ein! Hab ich für Tietje getan.«

»Wie auch immer. Wenn ich weiß, wer ihn auf dem Gewissen hat, gebe ich Ihnen Bescheid.«

Wortlos legte er auf.

Ich drückte ebenfalls den Aus-Knopf meines Handys und ließ meine Blicke über die zehn Zifferntasten gleiten. Stochastik, Wahrscheinlichkeitsrechnung – das war einfach zu lange her. Grundkurs Mathe, Oberstufe. So ziemlich das Übelste, was mir in meiner gesamten Schulzeit begegnet war. Außer Kunst. Und Geräteturnen. Und Chorsingen. Und Latein natürlich.

Wie ich all das bloß überstanden hatte?

Ich sprang auf, eilte in mein Büro hinunter und schmiss den Computer an. Während er hochfuhr, warf ich ein paar Stichworte auf ein Blatt Papier, mit denen ich kurz darauf in wechselnden Kombinationen Google fütterte: Stochastik – Wahrscheinlichkeit – Logarithmus – Glücksspiel – Uni – Berlin. Ich erfuhr, dass an der Humboldt-Universität Vorlesungen und Seminare zum Thema Stochastik angeboten wurden und dass es an der Technischen Uni eine Arbeitsgruppe Stochastik und Finanzmathematik gab. Weitere Treffer führten zu Instituten, Forschungsprojekten und Lehrstühlen deutschlandweit. Vor allem Versicherungen, aber auch die Medizin und Umweltwissenschaften operierten mit den Auswirkungen des Zufalls.

Nun gut, das war auf seine Weise alles interessant, half mir aber kein Deut weiter. Wenn ich wenigstens einen Namen gehabt hätte, um ihn in die Suchmaschine einzugeben! Den Vornamen des Gesuchten, seinen Spitznamen oder den seines Arbeitgebers. Auf einem Stapel rechter Hand lag der

Ausdruck des Dartscheibenfotos. Die Lockenpracht war in der Tat das auffälligste Merkmal des Unbekannten. Dann sein gespaltenes Kinn, die fülligen Lippen und eine absolut werbetaugliche Zahnreihe. Zu blöd, dass ich nur dieses Foto von ihm besaß.

Sollte ich Kommissar Fischer anrufen? Den jungen, in Berlin? Der hatte noch ganz andere Möglichkeiten, die Identität des Mannes zu ermitteln. Fotoarchive, Bildscanner, Gesichtserkennungsprogramme … Ich dagegen hatte nur die Google-Bildsuche. Und als ich sie mit den Begriffen von oben ausprobierte, fiel ich fast vom Stuhl vor Überraschung.

Gleich an Position 5 des Suchprogramms lachte mich der Wicht aus dem Computer an!

Nach einer Schrecksekunde klickte ich das Bild an. Ich wurde auf die Seiten eines Instituts mit Sitz in Berlin gelenkt, das den schönen Namen »Institut für anwendungsoptimierte Stochastik« trug. Keine universitäre Einrichtung, wie ich zunächst meinte, sondern ein privatwirtschaftlich organisierter Thinktank, der sich projektweise mit Hochschulen zusammentat. Wer dort arbeitete, hatte in der Regel mehr Doktortitel als Vornamen: Mathematiker, Ökonomen, Soziologen, Psychologen, Neurologen sowie ein Theologe.

Und Dr. Ben Brose, 43. Er gehörte zu den Mathematikern und war mein Mann.

Irgendwie konnte ich nicht glauben, dass es so einfach gewesen war, ihn aufzuspüren. Verdammtes Internet! Über kurz oder lang würde es uns Privatdetektive überflüssig machen. Es war schneller als wir, gründlicher als wir und zuverlässiger. Gefeit gegen Wildschweinattacken und wahrscheinlich auch bei minus 110 Grad noch funktionsfähig.

Okay, genug gejammert! Was hatte ich? Broses Schwerpunkt innerhalb des Instituts wurde mit »Spieltheorie und ihre kreative Umsetzung« angegeben, wenn ich die englischen Begriffe richtig übersetzte. Im Netz grinste er übrigens genauso wie auf der Dartscheibe Tietjes. Vermutlich hatte der die Seite einfach ausgedruckt und das Foto so zurechtgeschnitten, dass es für seine Zwecke zu missbrauchen war. Brose musste ihm einen Anlass für Hassgefühle gegeben haben. Aber welchen?

»Bist du vielleicht auch bei Tietje eingestiegen?«, fragte ich mein Gegenüber im World Wide Web.

Eine rhetorische Frage, natürlich. Die sich jedoch auch direkt stellen ließ, denn unter dem Foto war eine Telefonnummer angegeben: Broses Durchwahl im Institut.

Ich sah auf die Uhr. Kurz nach fünf. Da hatten Leute wie er garantiert noch lange keinen Feierabend. Und wenn, würde ich mich nach seiner Privatnummer erkundigen.

»Institut für anwendungsoptimierte Stochastik«, meldete sich eine weibliche Stimme. »Was kann ich für Sie tun?«

»Mich mit Herrn Brose verbinden. Ist er da?«

»Tut mir leid, Dr. Brose ist zurzeit auf Geschäftsreise in Asien.«

»Und wann kommt er zurück?«

»Mitte nächster Woche. Wie lautet denn Ihr Name, bitte?«

»Koller. Kann ich ihn nicht irgendwie erreichen? Es ist sehr dringend, wissen Sie.«

»Sie können ihm gern eine Mail schicken, Herr Koller. Ich werde ihm ausrichten, dass er sich nach seiner Rückkehr mit Ihnen in Verbindung setzen soll. Worum geht es, wenn ich fragen darf?«

»Um Herrn Tietje.«

»Wie schreibt man das?«

Ich buchstabierte ihr den Namen. Sie versprach, Dr.

Brose von meinem Anruf in Kenntnis zu setzen, dankeschön, bitteschön, dann war das Gespräch beendet. Ich klickte Broses Mailadresse an. Aber was sollte ich ihm schreiben? Ihn provozieren, unter Druck setzen? Er konnte Tietjes Mörder sein – oder ein harmloser Mathematiker, der auf irgendeine unblutige Weise in das Geschehen verwickelt war. Geschäftsreise in Asien! Das sprach nicht dafür, dass es Dringendes in Deutschland zu erledigen gab.

Am Ende schrieb ich bloß einen einzigen Satz, in dem ich Brose ankündigte, mit ihm über Tietje sprechen zu wollen. Keine Begründung, keine näheren Umstände, keine Angaben zu meiner Person. Dann schickte ich die Nachricht ab.

Sollte der Tag also doch noch versöhnlich enden?

Denkste. Es lag nicht an Christine, die zwar über mein anarchistisches Einkaufsverhalten schimpfte, sich aber umso mehr über ihren angeblichen Liebhaber und Leitungspfuscher amüsierte, auch nicht am Regen oder der kaputten Spülmaschine. Sondern an Katinka Glück.

Gegen sieben rief mich Heiner an. »Ich habe es ihr erzählt«, sagte er.

»Was?«

»Die Sache mit Moritz. Noch gestern Abend.«

»Wie bitte?«, brüllte ich. »Bist du wahnsinnig? Warum habe ich die Polizisten beschworen, keinen Wind von der Entführung zu machen? Du warst auch dafür!«

»Ich kann meine Frau nicht anlügen.«

»Wieso nicht? Ist doch das Einfachste der Welt.«

Christine stand hinter mir und schaute skeptisch. Natürlich ahnte sie nicht, was das Einfachste der Welt war, aber meine Telefonierlautstärke gefiel ihr nicht.

Und mir gefiel verdammt noch mal nicht, dass Heiner gequatscht hatte! Das stank doch zum Himmel! Offenbar wollte der Kerl wirklich nicht, dass seine Frau bei Olympia startete!

»Vielleicht ist es besser, du kommst kurz vorbei«, fuhr er fort. »Sie ist nicht gut drauf.«

»Ach was! Ist sie nicht? Das wundert mich jetzt aber.«

»Ich wäre dir dankbar, wenn du kämst«, sagte er ruhig. »Hör dir vorher noch ihr Interview auf SWR 4 an. Es ist für halb acht angekündigt.«

»Mal sehen, verdammt.« Ich legte auf.

»Probleme?«, fragte Christine.

»Nö. Bloß Heimlichtuerei, Rücksichtnahme um jeden Preis, schlechtes Gewissen und Geständnisse zur falschen Zeit. Man nennt es Ehe.«

»Du musst es ja wissen.«

Ja, ich wusste es. War selbst mal verheiratet gewesen und lebte rätselhafterweise schon wieder mit der Frau, von der ich mich zu scheiden vergessen hatte, zusammen. Nur um mir solche Kommentare einzubrocken. Du musst es ja wissen! Wütend schaltete ich das Radio an. Schlimme Ansager, noch schlimmere Musik. Tütelü, schrumm-schrumm. Dagegen halfen nur die Peperoni vom Türken. Ich futterte zwei, die mir den Rachen ausbrannten. Karriere als Feuerspucker nicht aussichtslos. Dann hörte ich Katinkas Namen.

»... bangt die Metropolregion um eine ihrer aussichtsreichsten Olympiakandidatinnen. Marathonläuferin Katinka Glück gab heute bekannt, dass sie ihren Start in London aus gesundheitlichen Gründen wohl nicht wahrnehmen kann. Frau Glück, was genau ist das Problem?«

»Nun, ich spüre seit einiger Zeit Schmerzen im Hüftbereich, die vor allem im Training auftreten. Ich musste deshalb bereits Umfänge und Intensität reduzieren und sehe im Moment keine Möglichkeit, wieder auf Kurs zu kommen.«

»Ist die Ursache der Schmerzen denn nicht zu lokalisieren? Sie genießen doch umfassende medizinische Betreuung?«

»Sicher, und da möchte ich meine Ärzte, allen voran unseren DLV-Arzt Andreas Karst, eindeutig in Schutz nehmen. Es gibt nun mal unspezifische körperliche Reaktionen, bei denen sich verschiedene Symptome überlagern. Natürlich suchen wir weiter nach den Ursachen, aber derzeit sieht es nicht gut aus.«

»Wobei Sie noch am Ostersamstag ein hervorragendes Resultat über Halbmarathon erzielt haben.«

»Und seitdem treten die Schmerzen verstärkt auf.«

»Bedeutet dies das Aus für London? Das Ende aller Olympiaträume?«

»So weit möchte ich nicht gehen. Noch nicht. Allerdings schätze ich die Chancen auf eine Teilnahme aktuell als gering ein.«

»Das ist extrem bedauerlich. Wie fühlen Sie sich jetzt?«

Ich sprang auf und schaltete die Kiste aus. Christine kaute schweigend weiter.

»Jetzt haben sie, was sie wollten«, knurrte ich.

33

Der lange Arm Dr. Eichelscheids griff durch die Dämmerung nach mir und packte mich, als ich eben den Neckar überquerte.

»Haben Sie vorhin SWR gehört?«, kam es aufgeregt aus dem Handy. Ich sah förmlich vor mir, wie sein Haarkranz sich sträubte.

»Habe ich.«

»Das Interview war nicht mit uns abgesprochen. Mit niemandem! Ein absoluter Alleingang von Frau Glück. Diese Geschichte mit ihrer Verletzung, die stimmt doch nicht, oder?«

»Nein, sie hat Angst um ihre Familie.«

»Wie ich mir dachte. Hören Sie, ich werde mich gleich ins Auto setzen und nach Ziegelhausen kommen. Vielleicht könnten Sie auch …?«

»Bin schon unterwegs. Bis gleich.«

Im Fahren steckte ich das Handy zurück. War vielleicht gar nicht schlecht, wenn Eichelscheid uns Gesellschaft leistete. Dann blieb die Rolle des bösen Buben nicht allein an mir hängen.

Die letzten Sonnenstrahlen zitterten über den Horizont, als ich oben ankam. Nass geschwitzt wie immer. Das hier war mit Abstand der sportlichste Job meines Lebens. Wenn ich so weitermachte, qualifizierte ich mich auch noch für London.

Heiner öffnete. Er sah entspannt aus, fast erleichtert. War er am Ziel?

»Katinka bringt Moritz ins Bett«, sagte er. »Und Fiona ist auch gleich dran.«

»Will nicht ins Bett«, krähte die Kleine und suchte Schutz bei mir. Sie trug ein Nachthemd mit kleinen Bären darauf.

»Bist du nicht müde?«, fragte ich.

»Nö, warum?«

»Keine Ahnung.«

Gleich darauf läutete Dr. Eichelscheid, der ganz gegen seine Gewohnheit einen abgehetzten Eindruck machte. Wie er es in so kurzer Zeit zu den Glücks geschafft hatte, blieb sein Geheimnis. Er schüttelte uns die Hand und kniff Fiona in die Backe.

»Dann wollen wir mal hören, was uns Ihre Frau zu sagen hat«, meinte er mit kummervoller Miene.

Heiner zuckte die Achseln.

Dabei war es ganz einfach. Sie könne, sagte Katinka, als wir uns schließlich im Wohnzimmer versammelt hatten, sie könne nun mal nicht länger verantworten, dass ihre Familie ihretwegen in Gefahr schwebe. Ihr Gesicht war kalt und verschlossen, in ihren Augen lag jene Härte, die ich schon mehrfach an ihr hatte bewundern dürfen.

»Dass man mir selbst übelwill«, schloss sie mit einem Seitenblick auf Fiona, »damit kann ich umgehen. Aber nicht, wenn meine Kinder bedroht werden.«

»Was ist denn passiert?«, fragte Eichelscheid kopfschüttelnd.

»Moritz wurde entführt.«

»Nein!« Er sah von einem zum anderen. »Warum weiß ich davon nichts?«

»Ich habe es ja selbst mit Verspätung erfahren«, erwiderte Katinka mit bitterem Lächeln. »Erzähl es ihm, Heiner, während ich Fiona ins Bett bringe.«

»Mag nicht ins Bett!«, wiederholte die Dreijährige.

»Ich übernehme das«, erbot ich mich. »Wollte schon immer mal sehen, wie so eine Prinzessin wohnt.«

Katinka zog eine Braue nach oben, ihrer Tochter aber schien die Idee zu gefallen. Sie gab Küsschen, machte Winkewinke und sprang auf meinen Arm.

»Zähne schon geputzt?«, fragte ich sie unterwegs.

»Klar!«

Gott sei Dank. Ins Bett bringen war Herausforderung genug. Allerdings roch Madame nach allem Möglichen, nur nicht nach Pfefferminz.

»Singst du mir was?«, fragte sie, als sie sich in die Decke kuschelte.

»Okay. Aber nur, wenn du mir ein bisschen von gestern erzählst.«

»Gestern?«

»Als dich dein Papa aufs Klo brachte. Drüben auf dem Spielplatz. Hat es lang gedauert, bis ihr fertig wart?«

»Kacka«, nickte sie und formte mit den Händen einen Riesenball. »Ganz großes Kacka!«

»Verstehe. Und wo war Moritz in dieser Zeit?«

»Draußen schlafen. Unterm Baum.« Sie setzte sich auf. »Dann ist ein Mann gekommen und hat ihn weggefahren.«

»Ehrlich?«

»Hat Papa gesagt.«

»Der Kinderwagen war fort, als ihr vom Klo gekommen seid?«

Wieder nickte sie.

»Weil ihn jemand weggefahren hat?«

»Ein böser Mann war das.«

»Nicht dein Papa?«

Erstaunt schaute sie mich an. »Mein Papa ist doch kein böser Mann!«

»Stimmt auch wieder. Weißt du, mich interessiert halt, wie alles genau passiert ist. Weil ich den bösen Mann finden will.«

»Du bist nämlich ein Mannfinder«, grinste sie und legte sich wieder hin.

»Richtig. War dein Papa erschrocken, als er merkte, dass Moritz weg war?«

Sie runzelte die Stirn. »Er hat gesucht, überall. Und ein bisschen geweint.«

»Geweint? Echt?«

»Nur ein bisschen.« Sie legte Daumen und Zeigefinger zusammen. »So viel.«

»Okay.« Ich streichelte ihr über die Backe. »Danke, Fiona. Gute Nacht.«

»He, Max!«, krähte sie. »Singen!«

Ich stöhnte. Nach einer halben Strophe »Der Mond ist aufgegangen« und ein paar schrägen Takten der »Ode an die Freude« war ich huldvoll entlassen. Hoffentlich bekam das Kind keine Alpträume! Träume, in denen dreijährige Mädchen von singenden Sägen verfolgt wurden …

Im Wohnzimmer raufte sich Dr. Eichelscheid den Haarkranz. »Eine Entführung!«, jammerte er. »Wer denkt denn an so etwas! Was ist da nur los? Was ist da nur los?«

»Jemand will mit aller Macht verhindern, dass Katinka in London startet«, sagte ich und ließ mich in einen Sessel fallen. »An dieser Feststellung hat sich nichts geändert. Nur dass wir jetzt wissen, wie ernst es der Jemand meint.«

»Aber warum? Was bezweckt er damit? Haben die Ereignisse in Berlin Ihnen keinen Hinweis gegeben?«

Ich zuckte die Achseln. »Wir wären wahrscheinlich einen Schritt weiter, wenn wir wüssten, woran Ralf Tietje in den letzten Wochen gearbeitet hat. Aber das wissen wir nicht.« Ich machte eine Pause. »Eine Journalistin meinte, es gehe um Doping.«

Keine Reaktion bei Katinka. Eichelscheid schaute verständnislos in die Runde. »Das kann ich mir überhaupt nicht vorstellen. Frau Glück ist seit Jahren für ihren Einsatz gegen Doping bekannt. Warum sollte sie ausgerechnet jetzt …?« Er brach ab, nahm die Brille von der Nase und rieb sich die Augen. »Es sei denn, genau das ist der Grund: dass man eine Sportlerin, die den Finger in die Wunde legt, nicht dabei haben will.«

»Und wer ist dann *man*?«, fragte Heiner.

Schweigen. Schließlich setzte der Banker seine Brille wieder auf.

»Na gut. Wir können noch stundenlang im Nebel herumstochern und werden zu keinem Ergebnis kommen. Beschäftigen wir uns lieber mit der Frage, wie es weitergeht. In Ihrem Interview, Frau Glück, haben Sie sich ja ein Hintertürchen offengelassen, was Ihre Teilnahme an den Spielen betrifft.«

»Ich werde nicht teilnehmen«, sagte Katinka.

»Und wenn die Leute gefasst werden, die hinter all dem stecken? Sie brauchen das nicht zu beantworten, ich begreife sehr gut, in welcher Lage Sie sind. Aber wie sieht es mit den anstehenden Terminen aus? Übermorgen eröffnen wir unsere Filiale in der Bahnstadt. Sie stehen doch weiterhin zur Verfügung?«

Ihre Miene war ausdruckslos. »Selbstverständlich.«

»Gut. Dort wird die Presse Ihnen sicher weitere Fragen zu Ihrer Verletzung stellen. Und dann Ihre Schulbesuche, die Autogrammstunde … Die nehmen Sie alle wahr?«

Während Katinka die Termine Ihres Sponsors abnickte, beugte ich mich zu Heiner hinüber und flüsterte: »Können wir uns mal unter vier Augen sprechen?«

»Sicher.«

»Wir kommen gleich zurück«, sagte ich im Gehen. Eichelscheid nickte.

Heiner führte mich in sein Arbeitszimmer, das neben der Küche lag. Auf dem Schreibtisch stand ein eingeschalteter PC, daneben türmten sich die Ordner. Auch die Stühle musste man erst von Bücherstapeln befreien.

»Ich hole uns mal was zu trinken«, meinte Heiner und trollte sich.

Die Wartezeit überbrückte ich mit Heimkino. Über den Computermonitor liefen zufällig ausgewählte Fotos als Bildschirmschoner. Katinka beim Zielsprint, Fiona als Baby, Freunde, Verwandte, Urlaubsfotos. Auch ein Bild, das Katinka mit längeren Haaren zeigte, war dabei. Stand ihr gut, fand ich.

»Ist Whisky recht?«, fragte Heiner, die Tür hinter sich zuziehend.

»Superrecht.«

Er hatte eine Flasche Bunnahabhain mitgebracht, den ich noch nicht kannte. Trüb golden bis bräunlich, leicht torfig im Geschmack. Passte so gar nicht zu einem Grundschullehrer. Wir hängten unsere Nasen über die Flüssigkeit und sinnierten vor uns hin.

»Wessen Idee war das mit dem Interview?«, sagte ich schließlich.

»Ihre. Ich bin froh, dass sie es getan hat, aber es war ihre Entscheidung. Als ich ihr von der Entführung erzählte, war sie so niedergeschlagen, dass sie etwas tun musste. Sie hätte es anders nicht ertragen.«

»Und wie fühlst du dich mit ihrem Entschluss?«

»Für den Augenblick besser. Mir sitzt der Schreck schließlich auch noch in den Gliedern. Andererseits weiß ich, wie sehr sie nach London will.« Er lächelte. »Da ist das letzte Wort noch nicht gesprochen.«

»Du meinst, sie könnte einen Rückzieher machen?«

»Wie Dr. Eichelscheid schon sagte: Sie hat sich eine Hintertür offengelassen. Wunderheilungen sind immer möglich. Mit etwas Glück werden die Entführer gefasst, dann sieht die Welt ganz anders aus.«

»Mit Glück, ja. Oder mit Koller.«

»Übrigens: Wenn du mich fragst, dann bin ich dafür, die Sache öffentlich zu machen. Warum sollen die Leute in der Region nicht erfahren, dass ihre beste Marathonläuferin bedroht wird? Da begreife ich Dr. Eichelscheids Zurückhaltung nicht.«

Ich schwieg. Auf diesen Gedanken war ich noch gar nicht

gekommen. Aber er hatte recht: warum nicht die Öffentlichkeit einschalten?

»Vermutlich fürchtet er, sein Sponsoring könnte durch die Einschüchterungskampagne Schaden nehmen«, fuhr er fort. »So ticken sie ja, diese Wirtschaftsmenschen. Fragt sich nur, wie lange sich die Geschichte noch verheimlichen lässt.«

»Genau so lange, wie keine konkrete Straftat vorliegt. Bisher wurden nur Nadelstiche gesetzt. Der Mann im Garten, die Katze, der entführte Kinderwagen – für euch ist das eine akute Drohkulisse, und doch könnte es für alles eine harmlose Erklärung geben. Tietje war ein Spinner, Nanuschka wurde versehentlich überfahren, und um Moritz hat sich ein besorgter Nachbar gekümmert.«

»Glaubst du das?«

»Nein, natürlich nicht. Man könnte es aber so sehen. Noch ist niemand zu Schaden gekommen. Nadelstiche halt.«

Er nickte nachdenklich. Die Tür ging auf, und Dr. Eichelscheid kündigte seinen Abschied an.

»Ich werde mich mit Herrn Harboth abstimmen, wie es weitergeht«, sagte er, während er uns die Hände schüttelte. »Wir zählen natürlich auf Sie, Herr Koller. So sehr ich hoffe, dass es nun keine Übergriffe mehr gibt – ausschließen kann man es nie.«

»Danke für alles«, sagte Heiner.

»Keine Ursache. Ist doch selbstverständlich.«

Als Eichelscheid gegangen war, herrschte eine Weile Schweigen. Katinka löschte im Wohnzimmer das Licht, ihr Mann und ich hingen unseren Gedanken nach. Hatte ich tatsächlich eine derart schlechte Beobachtungsgabe, dass mir Heiners Reaktion auf die Entführung seines Sohns komplett entgangen war? Auch wenn er nur ein ganz kleines bisschen geweint hatte?

»Trinkst du ein Schlückchen mit?«, fragte Heiner, als Katinka ins Zimmer kam.

Sie nickte.

»Noch ist nicht aller Tage Abend«, sagte ich. Eigentlich gehören solche Sprüche nicht zu meinem Repertoire, aber ich meinte es ernst. Das Interview bedeutete zunächst einmal Zeitgewinn. Alles Weitere würde sich zeigen.

»Ich musste es tun«, sagte Katinka leise, den Whisky in Empfang nehmend. »Meine Eltern werden es nicht verstehen, aber ich muss doch an die Kinder denken.«

Wortlos hielt ich ihr mein Glas hin. Sie sollte anstoßen, und ich glaube, sie hätte es auch getan. Wenn ich nicht im selben Moment aufgesprungen wäre.

»Scheiße!«, rief ich. »Verdammte Scheiße!«

Katinka und Heiner rissen die Augen auf. Was war denn jetzt los?

»Da!«, schrie ich und zeigte auf den Bildschirm. »Der Typ dort!«

Als sie hinschauten, war das Foto verschwunden. Schon kam das nächste aus dem Festplatten-Orbit angeschwebt: Moritz, nackt im Garten. Zum Teufel mit dem Garten! Am liebsten hätte ich mein Glas gegen den Monitor gefeuert. Da bemühte man sich, diese Sportler zu verstehen, suchte händeringend nach Argumenten, die sie von einem Verdacht befreiten – und dann das!

»Woher kennt ihr Brose?«, zeterte ich.

»Wen bitte?«

»Brose, Dr. Ben Brose. Ihr kennt ihn! Gerade hat er mich von eurem Computer angelacht.«

Sie sahen zum Bildschirm, zu mir, wechselten Blicke. »Keine Ahnung, von wem du redest«, sagte Heiner.

»Ach nein?«

»Wirklich nicht!«

»Und du?«, herrschte ich Katinka an. »Du hast mich angelogen!«

»Wie bitte?« Ihre Augen versprühten Blitze.

»Okay.« Ich stellte mein Glas ab. »Ich will dieses Foto noch mal sehen. Bitte keine Ausflüchte oder Tricks. Ich weiß, dass es auf eurem PC ist, also zeigt es mir.«

»Aber wir kennen keinen Brose«, beharrte Heiner. »Was war das für ein Foto? Wer war noch drauf?«

»Was weiß ich? Ich habe nur auf ihn geachtet. Warte!« Ich schloss die Augen und versuchte, mich zu konzentrieren. »Eine Gruppe von Leuten, Brose am Rand. In der Mitte eine Frau. Läuferin. Könnte Birthe Möller gewesen sein. Die anderen auch in Trainingsanzügen, einer mit den deutschen Farben, glaube ich. Es sah aus wie eine Gratulation oder Ehrung.«

Heiner schaute ratlos zu seiner Frau hinüber. »Berlin«, sagte die.

Es dauerte keine Minute, dann hatten wir das Foto gefunden. Es war Teil eines Ordners »Berlin 2011«, der Bilder von Katinkas letztem Marathon enthielt.

»Ja, das ist Birthe«, sagte sie und zeigte auf die schlanke Frau in der Mitte. »Kurz vor oder nach der Siegerehrung. Heiner hat die Fotos gemacht.«

»Von deiner Konkurrentin?«

»Sie war ja beste Deutsche an dem Tag. Hier, das ist der Langstreckentrainer des DLV, dahinter Dr. Karst, der Rest gehört zum Verband oder zum Veranstalter. Ich stand auch ganz in der Nähe.«

»Und Brose?«

»Wen meinst du?«

Mein Finger trommelte gegen den Monitor. »Na, den hier! Du musst dich doch erinnern!«

»Nein, Max!«, rief sie. »Von dem hast du mir zuletzt schon ein Foto gezeigt!«

»Eben. Und wer ist das?«

»Keine Ahnung! Der Raum war voller Leute, die ich nicht kannte. Vielleicht gehört er zu den Berlinern, oder er ist neu im DLV oder irgendein Journalist – sag du es mir!«

»Mist! Und du?«, wandte ich mich an Heiner.

Kopfschütteln.

»Er ist Mathematiker«, erklärte ich wütend. »Mathematiker, Stochastiker oder so was. Bin auf seinen Namen ja selbst erst heute gestoßen. Und prompt begegne ich ihm hier wieder. Wie, verdammt noch mal, kann das sein?«

»Vielleicht macht er die Statistik für den Verband«, sagte Katinka. »Was ist denn so Besonderes an ihm?«

»Das Besondere? Das kann ich dir sagen. Das Besondere an ihm ist die Tatsache, dass er Tietje kannte. Dass er möglicherweise Tietjes Auftraggeber war. Capito?«

Na, das mussten sie erst einmal verdauen. Ich auch irgendwie. Ein Griff zur Whiskyflasche – wozu braucht der Mensch Gläser? Seufzend nahm ich wieder Platz.

»Okay«, meinte Katinka schließlich. »Das wirft natürlich ein seltsames Licht auf ihn. Trotzdem kann ich nur noch einmal erklären, dass wir den Mann nicht kennen.«

Heiner nickte.

Vielleicht hätte ich das so akzeptieren sollen. Schweigen, Mund abwischen, heimgehen. Aber ich konnte nicht. Die beiden waren nicht irgendwer; sie waren mir – verflucht, ich sag's ungern – im Laufe der Zeit ans Herz gewachsen, da genügen einem solche Behauptungen nicht.

Also holte ich Luft und sagte, erst leise, dann immer lauter: »Schön. Leider glaube ich euch nicht. Ich glaube euch beiden einfach nicht. Versteht ihr, ich würde es gern glauben, aber es geht nicht!« Ich sprang auf und ging im Zimmer umher. War schon beim Rufen angelangt: »Die ganze

Zeit frage ich mich, worin die Verbindung zwischen dir und Tietje besteht, Katinka. Was hat ihn so interessiert an dir, warum hat er dich abgehört, wer brachte ihn auf deine Spur? Und jetzt habe ich endlich eine Antwort, ich habe ein Gesicht und einen Namen – aber ihr streitet alles ab. Kennen wir nicht, nie gesehen, keinen Schimmer.« Jetzt, brüllend: »Und das soll ich glauben?«

»Dann lass es halt«, sagte Katinka und stampfte hinaus.

»Beschafft er dir Dopingmittel?«, rief ich ihr nach.

Sie fuhr auf dem Absatz herum. »Du spinnst wohl!«, stieß sie hervor.

»Kann sein, dass ich spinne. Aber ich bin immer noch klar genug, um sicher zu sein, dass ihr Brose kennt.«

»Du verrennst dich.«

»Und wenn ich bei euch in den Medikamentenschrank schauen würde, was würde ich dann finden?«

Sie starrte mich an. Dann machte sie einen Schritt auf mich zu, packte mich am Arm und zog mich aus dem Zimmer. Durch den Flur ging es, die Treppe nach oben bis ins Bad. Dort erst ließ sie mich los, um eine Schranktür aufzusperren.

»Das würdest du finden«, zischte sie. »Zufrieden?«

Mir fielen fast die Augen aus dem Kopf. Der Schrank war nicht besonders breit, aber hoch, typischer Badezimmerschrank eben. Sechs oder sieben Regalfächer, und sie alle waren vollgestopft mit Medikamenten. Schachteln, Döschen, Tuben, Ampullen, Flaschen – die reinste Lazarettausrüstung.

»Das hier«, fuhr Katinka fort, aber im Flüsterton, wegen der Kinder, »sind alles legale Mittel. Du wirst nicht ein verbotenes Medikament finden, nicht ein einziges, und wenn du dich auf den Kopf stellst. Von dem Asthmaspray hier abgesehen, aber für das habe ich eine Ausnahmegenehmigung. Außerdem brauche ich es schon lange nicht mehr.«

Ich war immer noch sprachlos. Zeigte mir Katinka ihr medizinisches Arsenal etwa, um sich zu entlasten? Das war absurd! Völlig verrückt war das!

»Willst du etwas mitnehmen und überprüfen lassen?«, fragte sie ungeduldig, die Schranktür in der Hand.

»Moment«, krächzte ich. Und dann noch einmal, leiser: »Moment, Katinka. Sind diese Medikamente alle für dich?«

»Nicht alle. Die meisten. Dort unten stehen die Sachen für die Kinder.«

»Das ist doch Wahnsinn! So was habe ich noch nie gesehen, außer im Krankenhaus. Bist du krank, Katinka? Willst du in den Krieg ziehen?«

Heiner, der am Türrahmen lehnte, legte einen Finger auf die Lippen. Katinka sah mich verständnislos an.

»Wie viele Mittel sind das?«, fuhr ich fort. »100, 200? Du bist die gesündeste, sportlichste Frau, die mir jemals begegnet ist, und brauchst derart viel Zeug? Erklär mir das!«

»Hallo? Schon mal was von Verletzungen gehört? Von Migräne, Bauchschmerzen, ja? Bist du nie krank?«

»Ich habe eine Schachtel Aspirin zu Hause, das reicht mir! Wenn ich mehr brauche, lasse ich mir was verschreiben.«

»Ich auch!«, funkelte sie mich an. »Und ich brauche mehr! Ich betreibe Leistungssport, schon vergessen? Das ist Schinderei für den Körper, und ohne diese Mittel könnte ich sie nicht ertragen. Hier, ein Muskeltonikum. Nimmt auch meine Oma. Etwas gegen Entzündungen, gegen Sodbrennen, für Gelenke und Bänder. Das hier sind Vitaminpräparate, völlig legal. Besorg dir eine Liste der verbotenen Substanzen und geh die Sachen durch. Du wirst nichts finden, Max!«

»Trotzdem Wahnsinn!« Ich griff wahllos nach Schachteln, die mir bekannt vorkamen. »Wie viele verschiedene Schmerzmittel sind das? Da fängt es schon an. Pumpst du dich vor jedem Wettkampf damit voll?«

»Und wenn? Du hast doch keine Ahnung von unserem Leben. Wenn ich bei 200 Trainingskilometern pro Woche keine Schmerzen hätte, wäre mein Körper klinisch tot. Schmerzen sind mein ständiger Begleiter. Was soll ich tun? Hätte ich vor dem Halbmarathon in Leipzig einen Rückzieher machen sollen? Nur weil mir das Knie wehtat? Das kann ich nicht, Max! Ich muss funktionieren.«

»Aber wo ist da der Unterschied zum Doping? Das hat doch mit natürlicher Leistungsfähigkeit nichts mehr zu tun!«

»Oh, ich weiß«, erwiderte sie sarkastisch. »Wir Spitzensportler sind so überzüchtet, dass wir ohne die Pharmaindustrie gar nicht lebensfähig wären. Stimmt's?«

»Sei mir nicht böse, aber genau so sieht es aus. Ich frage mich schon die ganze Zeit, warum du nicht wie ein normaler Mensch in ein Auto steigen kannst. Sind das die Nebenwirkungen von dem Zeug hier?«

Keine Ahnung, warum ich ausgerechnet jetzt damit kam. Wahrscheinlich, weil mir die Argumente ausgingen. Katinka jedenfalls wurde aschfahl. Ohne mich noch eines Blickes zu würdigen, verließ sie das Badezimmer.

Anschließend herrschte erst einmal Stille.

»Das«, kratzte sich Heiner am Kopf, »war jetzt nicht so clever.«

Komisch. So etwas Ähnliches lag mir auch auf der Zunge.

34

Entschuldigungen sind nicht so meine Stärke.

Ich kann einige Dinge ganz gut, Fahrrad fahren zum Beispiel und den Leuten Frechheiten an den Kopf werfen, auch im Schach bin ich nicht schlecht – aber Sachen, die ich nicht kann, gibt es natürlich viel, viel mehr, und das Formulieren einer Entschuldigung gehört dazu. Deshalb blieb ich den folgenden Tag zu Hause, lümmelte zwischen Bett und Sofa herum und tat, als hätte ich zu viel Whisky gesoffen. Was wahrscheinlich auch der Fall war. Immerhin hatten Heiner und ich noch eine ganze Weile zusammengesessen, um über dies und jenes zu quatschen. Über Katinka. Über ihre Familie. Über ihren Bruder.

Gegen Mitternacht war die Flasche Bunnahabhain leer, und ich stürzte mich mit Todesverachtung hinab in das tintenschwarze Neckartal. Anstatt jedoch gegen den nächstbesten Laternenpfahl zu rauschen, traf ich wider Erwarten heil zu Hause ein. Nicht eben nüchtern, aber heil. So leicht kam ich also nicht um meine Entschuldigung herum.

»Heute kein Training?«, fragte Christine am Nachmittag.

Nein, heute keins. Vielleicht nie wieder. War ja auch nicht nötig. Katinka hatte ihren Startverzicht erklärt oder zumindest in den Raum gestellt, nun würden die Katzentöter und Kidnapper wohl Ruhe geben. Tietje? Der hatte ein halbseidenes Ding gedreht und war auf die Schnauze gefallen. Warum und wieso – Schwamm drüber. Nicht mal die Fischers standen mir noch auf den Zehen. Weder der Heidelberger noch der aus Berlin.

»Ich bin krank«, sagte ich zu meiner Ex. »Man sieht es mir zwar nicht an, aber ich bin krank.«

»Wusste ich's doch: Auch Männer haben ihre Tage.«

Der nächste Termin, der anstand, war Eichelscheids großartige Filialeröffnung in der Bahnstadt. So eine mit Luftballons und Hostessen und Prosecco vorm Mittagessen. Erst erklärte ich mich mannhaft zur Teilnahme bereit, dann moserte ich, es gebe Wichtigeres als diese Reklameveranstaltung, zum Beispiel die Übertragung eines Drittligaspiels im Rhein-Neckar-Fernsehen – bis mich Christine unter Gewaltanwendung aus der Wohnung jagte.

»Jammerlappen!«, schimpfte sie. »Heulsuse! Weichei!«

Lustlos machte sich das Weichei auf in den Heidelberger Westen. In einen Stadtteil, der noch gar nicht existierte. Was alle Welt Bahnstadt nannte, bestand bis dato im Wesentlichen aus Baugruben und Erdmoränen, zwischen denen Kräne emporragten und ab und zu ein Betonskelett. Abgemildert wurde die Kriegskulisse durch fröhliche Computervisionen, die als Schautafeln um das zukünftige Viertel liefen. Geschäfte, Stadthäuser, Kindergärten, Gewerbe, ein Campus: alles da, alles geplant. Und Eichelscheids Arbeitgeber spielte den Pionier, der dem zu besiedelnden Land das erste Pflänzchen schenkte.

Aber wie in der Fabel vom Hasen und dem Igel blieb die Deutsche Bank nicht lange allein. Vorm Eingang zur neuen Filiale verteilten meine Freunde von Occupy Flugblätter.

»Die nächste Finanzkrise, hier beginnt sie«, posaunten sie. »Boykottiert das Investmentgeschäft der Deutschen Bank!«

Sie waren zu zweit. Ein junger Mann, eine Frau. Der Junge wollte mich in ein Gespräch verwickeln, doch ich sagte, ich sei in Berlin auf einer Occupy-Fortbildung gewesen und daher umfassend im Bilde. Auch über ihren Aktionstag.

»Cool«, sagte er und drückte mir sein Flugblatt in die Hand. »Dann hauen wir auf den Putz!«

»Außerdem bin ich nur wegen der Häppchen da.«

»Selbst Häppchen können eine Finanzkrise auslösen«, zwinkerte er mir zu.

Drinnen traf ich eine ganze Reihe von Bekannten. Gleich als Ersten den Oberbürgermeister, der sich aber seltsamerweise nicht an mich zu erinnern schien. Oder er wagte nicht, seine hochdotierten Gesprächspartner im Stich zu lassen, um mich zu begrüßen. Dafür bestätigte mir Harboths kräftiger Händedruck meine Zugehörigkeit zu den besseren Kreisen, auch Dr. Eichelscheid, obwohl heftig smalltalkend, nickte mir aus der Ferne zu. Der junge Steffen, Harboths Assi für besondere Anlässe, war da, und schließlich entdeckte ich sogar den breiten Rücken von Kommissar Fischer. Entdecken ist vielleicht das falsche Wort; ich rumpelte gegen ihn, als ich versuchte, einer Bankergattin mit Rekordimplantaten auszuweichen.

»Schade, dass ich keine Handschellen dabei habe«, knurrte Fischer. »Ich würde Sie sofort anketten lassen.«

»Wenn du zum Kapital gehst, vergiss die Handschellen nicht«, konterte ich. »Hat schon der alte Nietzsche gesagt.«

»Sie kennen Nietzsche, Sie Schlaumeier?«

»Klar. 1936 Goldmedaille in Philosophie. Wussten Sie nicht? Aber jetzt mal im Ernst: Wo sind Ihre Leute?«

»Ich bin privat hier«, behauptete er und wich von diesem Standpunkt auch nicht ab, als ich erklärte, dass es für Polizisten keine Privatheit gebe, niemals und nirgendwo, schon gar nicht in einer Bankfiliale. Stattdessen zeigte er zur Decke und fragte mich, was ich von dem neuen Gebäude hielte.

Ich sah mich um. Naja, es war eine Bank. Eine Bank und kein Tempel. Auch wenn sie so tat: ein kreisrunder, lichtdurchfluteter Raum, mit spiegelnder Wandverkleidung und sternenartigen Spots und einem Glasdach, durch das jeden Moment der Heilige Geist zu schweben versprach. Oder ein Koffer voller Golddukaten. Unten auf dem Boden, im Zentrum der Halle, prangte das Logo der Deutschen Bank. Lustigerweise blieb es frei, so viele Menschen sich auch eingefunden hatten. Niemand wagte, es mit Füßen zu treten.

»Das Antlitz des Herrn«, flüsterte ich Fischer zu, doch er verstand nicht.

Ich flüsterte, weil ringsherum Stille eingekehrt war. Dr. Eichelscheid hatte mit ein paar anderen Herren in Nadelstreifenzeug neben weiß überhängten Bistrotischen Aufstellung genommen. Ganz entspannt, ganz volksnah. Weltklasse aus der Region sozusagen, und genau diesen Spruch las man auf einem großen Transparent linker Hand. Dort, wo Katinka an einem Tischchen lehnte. Die Fotografen drängten sich nach vorn und schossen ihre Blitze ab. Auf der gegenüberliegenden Seite, hinter der hochgewachsenen Gestalt des Oberbürgermeisters, prangte das unvermeidliche Klassiker-Zitat, Hesse diesmal: »Allem Neuen wohnt ein Zauber inne.«

Und deshalb kam als Nächstes ein Zauberer.

Er trug Frack, Zylinder und weiße Handschuhe, und er sah dem Zauberer aus den Münchner Katakomben verdammt ähnlich. Was außer mir natürlich keinem auffiel. Ohne ein einziges Wort zu sprechen, vollführte er Kunststückchen, die das Publikum zu Begeisterungsstürmen hinrissen. Auch die Banker klatschten höflich. Vor aller Augen ließ der Zauberer Uhren, Taschentücher und eine volle Wasserflasche, die er von einem der Bistrotische nahm, verschwinden. Manches tauchte wieder auf, die Flasche nicht. Ich wartete gespannt darauf, ob er auch Bargeld wegzaubern würde, doch das überließ er wohl den Profis an den Tischen. Am Ende gab es eine Explosion mit rosa Rauchwolken, und unter jämmerlichem Quieken jagte ein Ferkel durch die Bankfiliale. Der Zauberer winkend hinterher.

Was für eine Gaudi!

»Kastriert oder unkastriert?«, fragte ich Kommissar Fischer.

»In Biersoße und mit einer Zitrone im Maul.«

Das leuchtete mir ein. Außerdem half es, die beiden Eröffnungsreden zu ertragen. Erst hieß Dr. Eichelscheid alle willkommen, anschließend entbot der Oberbürgermeister sein Grußwort. Einen der beiden stellte ich mir in Biersoße und mit Zitrone im Maul vor, ich verrate aber nicht, wen. Die Reden waren vergleichsweise kurz, man gab sich jovial, malte die Zukunft des neuen Stadtteils in den leuchtendsten Farben, dann kam erneut der Zauberer.

Er zauberte diesmal nicht – oder nur im Vorbeigehen, Eichelscheids Einstecktuch musste dran glauben –, sondern schritt im Stil eines Conférenciers von einem Promi zum nächsten und kitzelte jedem Lobeshymnen auf die Bank und ihre neue, in jeder Hinsicht zukunftsweisende Filiale aus dem Jackett. Irgendwann stand er auch neben Katinka, zückte sein Mikro und stellte die dümmste aller Fragen: was Spitzensport und Ökonomie miteinander zu tun hätten. Katinka lächelte ihn TV-tauglich an, ihr kurzes Haar war dick gegelt, und irgendetwas hatte sie mit ihren Lippen gemacht, aber ihre Stimme war klar wie immer, als sie antwortete.

Sie sagte: »Nun, ich glaube, uns Sportler treibt im Wesentlichen dasselbe an wie erfolgreiche Unternehmer: der Wunsch, die selbst gesteckten Ziele zu verwirklichen, die eigenen Leistungsgrenzen auszuloten und, wenn möglich, zu überschreiten.«

Der Zauberer nickte. Ich rempelte Kommissar Fischer an: »Haben Sie sein Mikro gesehen? Es ist verhext!«

Fischer runzelte die Stirn. Natürlich, das konnte er sich nicht vorstellen: dass Katinkas Antwort durch das Zaubermikrofon völlig entstellt worden war. Geradezu ins Gegenteil verkehrt! Denn eigentlich hatte sie etwas ganz anderes gesagt.

Sie hatte gesagt – Achtung, Ohren auf: »Kannten Sie meinen Bruder? Simon Glück, schon mal gehört? Sehen Sie, wegen ihm laufe ich, und mit irgendwelchen Wirtschaftsfuzzis hat das nichts zu tun.«

Jetzt nickte ich, und dem Zauberer blieb die Spucke weg.

Katinka nahm ihm das Mikro aus der Hand. »Ich war es, die ihn damals gefunden hat. In unserer Garage. Sieben Jahre ist das jetzt her. Als Läufer war Simon viel talentierter als ich. Aber auch sensibler. Verwundbar. Im tiefsten Inneren so klein. Außerdem war er ein Mann, der Sohn seines Vaters.«

»Der sich damals nicht für München qualifiziert hat«, flüsterte ich dem Kommissar zu. Fischer konnte ja nicht alles wissen!

»Simon war sehr schwankend in seinen Leistungen«, fuhr Katinka fort. »Mal deutsche Spitze, dann wieder weit unter seinem Niveau. 2004, in der Olympiasaison, war es am schlimmsten. Über 3000 Meter lief er knapp am deutschen Rekord vorbei, danach passte nichts mehr zusammen. Mein Vater mischte sich ein, aber das führte nur zu Streit. Über die Trainingsmethoden, die Ernährung, die Lebensführung allgemein. Als Simon an der Norm scheiterte, war das Verhältnis unwiderruflich im Eimer. Ein Jahr später machte er Schluss. Endgültig.«

»Verstehen Sie«, erklärte ich Fischer, »der Junge sitzt in der Garage, bei laufendem Motor, und seine Schwester findet ihn. Der Gestank, die Enge … er war sogar angeschnallt, sagt Heiner. Sie hat noch versucht, ihn zu retten, mit Beatmung und all dem Kram, aber keine Chance.«

»Nun bin ich es, die in London laufen wird«, schloss Katinka. »Ich meine, einer muss es ja tun. Dass aus meinen Kindern einmal Spitzenläufer werden ...« Sie lächelte. »Naja, Sie kennen meinen Mann nicht.«

Der Zauberer nahm das Mikrofon wieder in Empfang.

»Und seitdem«, sagte ich, »hat sie einen Schlag weg. Kann man doch verstehen, oder? Ein Jahr lang ist sie in kein Auto mehr gestiegen, fährt überhaupt nur, wenn es sein muss. Fenster auf, Lüftung an und solche Spielchen. Geschlossene Räume: ein Horror. Tiefgaragen: schlimm. Normale Garagen: ganz schlimm.« Ich schüttelte den Kopf. »So ein Dreck aber auch.«

»Wir danken«, rief der Zauberer, »unserer Olympionikin Katinka Glück für diese Ausführungen zum Thema Erfolge in Wirtschaft und Sport. Ich übergebe nun das Wort an ...«

»Wes Brot ich ess, des Lied ich sing«, knurrte Kommissar Fischer neben mir. »Ganz schön windschnittig, Ihre Frau Glück.«

Jetzt war ich es, der ihn stirnrunzelnd anblickte. Hatte er etwas anderes gehört als ich?

Aber schon wurde vorn ein neuer Redner herbeigezaubert, Abgesandter der Frankfurter Zentrale, Aufsichtsratsmitglied und somit Oberhaupt jener Sippe, deren jüngster Spross die Bahnstadtfiliale war. Er ging die Sache von der nüchternen Seite an, unterfüttert mit so vielen Zahlen und Statistiken, dass meine Gedanken unwillkürlich zu Brose, dem Mathematiker, abschweiften. Wirtschaft war doch auch eine Art Glücksspiel. Vielleicht hingen bald Automaten neben den Bankschaltern. Man steckte seine EC-Karte in den Schlitz, die Felder rotierten und blieben auf Finanzkrise stehen. Oder auf Wachstum. War es das, wogegen Occupy kämpfte? Und was hatten Tietje und Brose damit zu tun?

Meine Gedanken waren schon einmal klarer strukturiert gewesen als in diesem Moment, aber das lag wohl an der funkelnden Tempelanlage um mich herum und an dem Blick, den mir Katinka unter ihrer Wimperntusche zuwarf. Wie auch immer, es wunderte mich kein bisschen, als ich plötzlich, noch mitten in der Rede des Finanzheinis aus Mainhattan, Guy Fawkes zu Gesicht bekam.

Genauer gesagt: drei Mal Guy Fawkes. Drei Masken mit dem Antlitz des Attentäters von 1605. Und das nur, weil ich, ganz ohne konkreten Anlass übrigens, über die Schulter geschaut hatte. Um den gesamten Raum lief eine Empore, von der mehrere Türen abgingen. Dort oben standen sie, die drei maskierten Gestalten, im Rücken des Publikums, und jede hielt etwas in der Hand, das aussah wie wassergefüllte Luftballons.

Pulver, wie damals bei der Verschwörung in London, war es jedenfalls nicht. Der erste Maskierte holte aus, schleuderte das Ding nach vorn und traf das Transparent. Paff! Über dem Hesse-Zitat breitete sich ein großer roter Fleck aus. Sofort brachen Schreie des Entsetzens los, die einmal mehr belegten, was für eine wunderbare Akustik das neue Gebäude besaß. Jetzt der zweite Wurf. Weil der Redner in Deckung ging, verfehlte ihn der Farbbeutel, um stattdessen auf dem Bistrotisch zu zerplatzen, an dem Dr. Eichelscheid stand. Den Armen färbte es rot bis zur Brille. Bevor Guy Fawkes zum dritten Mal zuschlagen konnte, sammelten sich die Verteidiger der Bank. Sie stürmten die Treppe zur Empore hoch, ich hinterher. Farbbeutel Nummer drei traf wieder das Transparent, somit war Dr. Eichelscheid der einzige direkt Geschädigte des Überfalls.

Als wir auf der Empore ankamen, hatten die Maskierten bereits das Weite gesucht. Ihre Schritte hallten durch einen Flur, der in den rückwärtigen Teil des Gebäudes führte. »Da lang!«, schrie ein beleibter Mann, dessen Kopf hochrot aus dem Hemd quoll. Wir folgten ihm in den Flur. Was mir die anderen an Grundschnelligkeit voraushatten, machte ich durch meine neugewonnene Ausdauer wett. Außerdem war ich nicht durch Krawatten, eng geknüpfte Westen oder Lackschuhe gehemmt. Der Flur endete an einer weiteren Treppe, die zurück ins Untergeschoss führte und von dort wieder in die runde Schalterhalle. Leistungssportler waren die drei Flüchtenden nicht. Noch bevor wir den Ort des Attentats erreicht hatten, holte ich einen von ihnen ein und packte ihn am Schlafittchen.

Oder besser: eine von ihnen. Denn als sich meine Beute windend um die eigene Achse drehte, stellte ich fest, dass ich eine junge Frau erwischt hatte.

»Was macht ihr für einen Scheiß?«, herrschte ich sie an. »Glaubst du, das bringt euch weiter?« Ich zog ihr die Maske vom Kopf und starrte in ein verschwitztes Gesicht. Ein Gesicht, das ich kannte.

Kommissar Fischer!

Natürlich war es nicht Fischer, aber sozusagen sein Fleisch und Blut. Die Konfirmandin! Seine Nichte, von der er mir Fotos gezeigt hatte. Wie hatte er sie genannt? Bockig, genau.

»Ist dir klar, was du deinem Onkel antust?«, rief ich.

»Und was hat die Deutsche Bank meinen Großeltern angetan?«, japste sie. »Super Fonds, todsichere Rendite – ich scheiß drauf!«

»Und deshalb schmeißt ihr mit Farbe um euch?«

Bevor sie antworten konnte, waren wir von mehreren Leuten umringt. »So was gehört eingesperrt«, rief ein junger Schnösel. »Wissen Sie, was man denen …« Atemnot kappte seinen Satz.

»Sie sollten an Ihrer Kondition arbeiten, anstatt Sprüche zu klopfen«, fuhr ich ihn an.

»Ich rufe die Polizei«, drohte der Beleibte.

»Die ist schon im Haus. Und das ist *meine* Gefangene.« Ohne meinen Griff zu lockern, schubste ich die Nichte Richtung Schalterhalle. Dort hatte Herr Harboth ebenfalls einen Attentäter erwischt und bleckte triumphierend sein altersloses Gebiss. Jaja, die Qualitäten eines Mittelstrecklers!

Durch ein Spalier von Lynchstimmung und Schadenfreude bugsierte ich mein Opfer zu Kommissar Fischer. Noch nie hatte ich ihn so niedergeschlagen erlebt. Die Schultern, die Backen, die Brauen, sogar die Ohren: Alles zeigte traurig nach unten, hing schlapp von seinem Polizistenkörper. Wirklich, er tat mir in der Seele leid!

»Na«, sagte er heiser, »dann werden wir mal … Ich rufe Verstärkung.«

»Deshalb also können Sie Eichelscheid nicht ausstehen«, raunte ich ihm zu und drückte seine Nichte auf einen Stuhl. »Ich habe es sofort gemerkt.«

Schweigend warf er dem Mädchen einen wehmütigen Blick zu.

Ich gab ihm einen aufmunternden Klaps, dann drehte ich mich um und suchte nach Katinka. Verdammt, wo steckte sie? Hektisch drängte ich mich an durch die Welt telefonierenden Anzugmenschen und den teilweise umgestürzten Bistrotischen vorbei. Der Oberbürgermeister und der Chefbanker aus Frankfurt hatten sich längst hinter die breiten Rücken ihrer Leibwächter verkrümelt. Nur Dr. Eichelscheid stand noch immer an seinem Platz, während zwei Hostessen versuchten, ihm und seinem Jackett ihre ursprüngliche Farbe wiederzugeben. Aber so sehr sie auch wischten und rubbelten, Eichelscheid wurde höchstens hellrot.

»Erst mein Auto, jetzt ich«, klagte er, als er mich sah. »Die sind doch von allen guten Geistern verlassen, diese Leute!«

»Welches Auto? Meinen Sie den Smart?«

Er schüttelte den Kopf. »Nein, mein eigenes. Als ich im Februar nicht nach Ziegelhausen kommen konnte.«

»Ich dachte, es sei ein Unfall gewesen.«

»Sie haben mir die Scheinwerfer eingetreten. Blinder Fanatismus!« Er bekam einen Hustenanfall und wurde von der einen Dame gebeten, nicht so zu wackeln.

Nun, Scheinwerfer ließen sich reparieren, Eichelscheids schöner Filialeinweihungsanzug hingegen war perdu. Sollte ich ihn ebenfalls trösten? Immerhin war er mein Arbeitgeber. Aber ich entschied, mein Schulterklopfreservoir für heute ausgeschöpft zu haben. Wo Katinka steckte, wusste er übrigens auch nicht. Ich suchte also weiter und fand sie schließlich außerhalb des Gebäudes auf dem Parkplatz der Filiale. Sie saß auf dem Boden, gegen die Hauswand gelehnt, Augen geschlossen, die Beine weit von sich gestreckt. Jenseits der Parkplätze begann die Mondlandschaft der Bahnstadt, mit ihren Gruben und Erdhügeln, Wasserlöchern und Baggerspuren. Kräne und schwere Maschinen, so weit man sah.

Ich setzte mich neben sie.

Eine Weile saßen wir so, hielten das Gesicht in die Sonne und schwiegen. Aus der Schalterhalle drang kein Geräusch zu uns. Lautlos huschte eine Eidechse vorbei. Ein Schmetterling kam, setzte sich auf meine Fußspitze, flatterte weiter.

»Also, das mit vorgestern Abend«, sagte ich schließlich und fand, meine Stimme hörte sich komisch an, »das war blöd. Saublöd irgendwie. Tut mir leid.«

Katinka blinzelte. Ihre Brust hob und senkte sich wieder. Erst jetzt sah ich die feinen roten Sprenkel in ihrem Gesicht. Sie musste etwas abbekommen haben, als die Farbbombe auf Eichelscheids Tisch geplatzt war.

»Weißt du«, sagte sie, »ich brauche die Sponsoren. Sonst könnte ich von meinem Sport überhaupt nicht leben. Heiner hat sein Deputat wegen mir reduziert, und ist dir klar, wie viel ein Grundschullehrer verdient?« Sie machte eine Pause. »Die Deutsche Bank stellt mir für ein Jahr ein Auto. Nach Olympia ist Schluss damit. Ein Auto plus Benzin, mehr nicht. In Deutschland fährt jeder zweite Angestellte einen Dienstwagen, und alle finden es in Ordnung. Aber mir schmeißen sie Farbbeutel hinterher.«

»Die Aktion galt nicht dir, Katinka. Sondern diesem Typen aus Frankfurt und seiner Korona.«

»Natürlich galt sie auch mir«, erwiderte sie müde. »Genau wie die Schmierereien damals im Parkhaus. Denkst du, mir macht es Spaß, für Banken und Unternehmen den Werbeclown zu spielen? Aber ich habe keine Wahl. Oder soll ich mich auf mein Dasein als Hausfrau und Mutter konzentrieren?«

Ich schwieg. Klang so jemand, der seinen Olympiastart ad acta gelegt hatte?

»Es hilft nichts«, sagte sie. »Ich muss wieder rein. Die Presse wird nicht eher abziehen, bis ich genau erklärt habe, wo es mir wehtut und warum man deswegen keinen Marathon laufen kann.«

»Warte.« Ich zog ein einigermaßen sauberes Taschentuch hervor, feuchtete es mit der Zunge an und wischte ihr die roten Spritzer aus dem Gesicht. Ihre dunklen Augen folgten jeder Bewegung. Als ich schließlich fertig war, lächelte sie schwach.

»Danke.«

»Moment.« Ich hielt sie am Arm fest. »Das mit deinem Bruder … scheiße, wie sollte ich das wissen? Ich könnte mir in den Arsch beißen! Manchmal sage ich halt Sachen, die mir hinterher dämlich vorkommen. Ich bin diplomierter Depp und mache gerade den Doktor im Fach Idiotie. Sorry.«

Sie nickte und stand auf. »Schon gut. Aber diesen Brose kennen wir wirklich nicht, Heiner und ich.«

35

»Wo bewahrst du eigentlich deine Medikamente auf?«, fragte ich Christine am nächsten Morgen.

»Was für Medikamente?«

»Alles. Hustensaft, Rheumamittel, Tabletten.«

»Ich habe kein Rheuma. Außerdem weißt du, wo die Sachen sind. Im Bad, in dem Hängeschränkchen neben dem Spiegel.«

»Ist das alles?«

»Warum fragst du? Brauchst du was?« Kopfschüttelnd schmierte sie sich ein Honigbrot. »Einiges ist noch in einer Tasche im Keller. Das Meiste vermutlich abgelaufen.«

»Wieso im Keller?«

»Weil du Rumpelstilzchen spielen würdest, wenn du sähest, was Frauen in meinem Alter brauchen.«

»Echt? Ist es so viel?«

»Nein, ist es nicht. Nur in deinen Augen.«

Schweigend schlürfte ich meinen Kaffee. Nur in meinen Augen? Alles bloß eine Frage der Wahrnehmung? Okay, ich wollte gern zugestehen, dass ich in diesem Fall, mit meinen lächerlichen zwei Schachteln Aspirin, eine spezielle Sicht auf die Dinge hatte. Außerdem war ich ein Mann. Und damit offenbar befangen.

»Vor ein paar Tagen hatte ich das Vergnügen, einen Blick in Katinka Glücks Medikamentenlager zu werfen«, erklärte ich. »Ich sage dir, die könnte eine komplette Intensivstation bestücken.«

»Sie ist Sportlerin.«

Ich verdrehte die Augen. Dieses Argument aus dem Mund meiner Exfrau!

»Und sie hat Kinder«, ergänzte Christine. »Das lässt deinen Bestand explodieren, frag meine Freundin Paula. Fieberzäpfchen, Nasentropfen, Mittel gegen Durchfall – dauernd rennst du zur Apotheke.«

»Mag sein.«

»Läusemittel nicht zu vergessen. Hatte deine Katinka kein Läusemittel im Schrank?«

»Weiß ich nicht«, sagte ich genervt und stand auf. Herrje, was interessierten mich anderer Leute Läuse? Und wie sollte ich meinen Mitmenschen klarmachen, dass ich insgeheim den Traum vom Öko-Sportler geträumt hatte, der sich nur von Wasser ernährt? Oder sagen wir: von Bier und Wasser. Ich war ein dämlicher Romantiker, aber das ging keinen etwas an.

In der Zeitung gab es wunderbare Fotos von der gestrigen Farbbeutelattacke. Grellrot leuchtete Dr. Eichelscheids Anzug von Seite 1. Die jugendlichen Attentäter, so stand darunter zu lesen, müssten die 800 Euro, die das Kleidungsstück gekostet habe, persönlich aufbringen. Nun wusste ich zufälligerweise von meinem Freund Covet, dass auch einige Lokalredakteure der Neckar-Nachrichten zu den Geschädigten der Finanzkrise gehörten. Damit entpuppte sich die belanglose Meldung in meinen Augen als Einfalltor für Leserbriefe: »800 Euro? Typisch! So was können sich nur Banker leisten! Und wir kleinen Sparer können bis zum Sankt-Nimmerleins-Tag auf Entschädigungen warten.«

Der arme Friedemann Eichelscheid. So viele Menschen hatte er gegen sich aufgebracht!

Zeitung zur Seite, Anruf bei Kommissar Fischer. Den ich jedoch nicht ans Telefon bekam. Krankgeschrieben, beschied ein kurz angebundener Kollege.

»Der Kommissar ist krank?«

»Krankgeschrieben.«

Bei dieser Diagnose blieb es. Ich verzichtete auf einen Anruf bei Fischers zu Hause. Wollte den Nachkonfirmationskater nicht stören.

Was tun? Schon schwebte mein Finger über den Tasten, um die Nummer des Berliner Fischers zu wählen, doch dann ließ ich es. Wenn der Lispler mir etwas mitzuteilen hatte, würde er sich melden. Ich hätte ihn gern nach weiteren Erkenntnissen in Sachen Tietje gefragt, nach de Weert und seinen Überlebenschancen, aber wer garantierte, dass mir der Polizist die Wahrheit sagte? Oder wenigstens einen Teil der Wahrheit?

Brose? Der gehörte mir. Ich wollte nicht umsonst gegen einen Seehund gekämpft haben.

Und dann wählte ich doch eine Berliner Nummer. Madeleine Klein klang so frisch, als habe sie an diesem Morgen bereits drei Enthüllungsstorys eingetütet. Frisch und unverschämt, um exakt zu sein.

»Wenn Sie glauben, Sie könnten mich an der Nase herumführen, Herr Koller, haben Sie sich geschnitten. Es gibt keine Alice in Tietjes Umgebung, überhaupt keine! Ich habe wirklich Besseres …«

»Natürlich gibt es sie. Dann haben Sie eben nicht sorgfältig genug eruiert.«

»Wollen Sie mir vorschreiben, wie ich meine Arbeit zu tun habe?«

»Soll ich vielleicht nach Berlin kommen und alles selbst machen?«

»So allmählich wird mir klar, warum Ihnen Tietje nichts anvertraut hat!«

»Aber Ihnen!«

Piff-paff, so ging es hin und her zwischen der Klein und dem Koller. Ihre Turmmähne loderte götterdämmerungsmäßig bis herüber in die Kurpfalz, ich hielt dagegen. Zum Teufel mit diesen Revolverblättern! Schafften es nicht mal, das Schätzchen eines Privatdetektivs aufzuspüren.

Und wenn es sich bei Alice doch nicht um Tietjes Freundin handelte? Wer war sie dann?

Darauf fiel mir an diesem Freitag keine Antwort mehr ein und am folgenden Wochenende auch nicht. Den Samstag verbrachte ich mit Tätigkeiten, die nicht einmal von Ferne an den Fall erinnerten. Erst half ich einem Kumpel beim Umzug, dann feierten wir eine Umzugsparty. Tags darauf schwitzte ich den überflüssigen Alkohol im Wald wieder aus. An der Seite Katinkas, bei einem ihrer Überdistanzläufe. Trotz ihres Radiointerviews zog sie ihr Vorbereitungsprogramm gnadenlos durch. Aber ich merkte, wie schwer ihr die letzten Kilometer fielen.

»Am Mittwoch bin ich wieder bei Dr. Karst«, sagte sie zum Abschied. Sie sah blass aus.

»Der übliche Medizincheck?«

Sie nickte.

Auch ich war froh, wieder zu Hause zu sein. Duschte ausgiebig, ging mit Christine ins Kino und wachte am nächsten Morgen erfrischt auf. Mal sehen, wer am Wochenende außer Katinka und mir noch Sport getrieben hatte! Schau an, die Saison der Radfahrer hatte begonnen. In Italien und Belgien pinselten sie wieder die Namen ihrer Idole auf den Asphalt. Alle Tests negativ, die Stimmung positiv. Von den algerischen Fußballstars der Neunziger konnte man das nicht behaupten, denn die gebaren lauter behinderte Kinder und fragten sich, was für Spritzen sie damals bei ihren Klubs in Europa bekommen hatten. Auf den Ampullen waren die Inhaltsstoffe ja nicht verzeichnet gewesen, und wenn, dann nicht in Arabisch. Ansonsten: alles in Butter bei König Fußball. Doping ist kein Thema für uns, ließ Meistertrainer Klopp verlauten. Die EM konnte kommen. *Der Sturmlauf durch Polen, der Siegeslauf in ein besseres Europa*, um mit Sportlehrer Diem zu sprechen. Schon 1936 war Deutschland nicht zu stoppen gewesen. 1939 erst recht nicht.

Ganz hinten, kurz vor den Todesanzeigen, fand ich eine kleine Rezension des Buchs von Daniela Werner-Buttgereit. Bemerkenswert, lobte der Rezensent, fast eine Pflichtlektüre, nur leider ohne neue Erkenntnisse. Ich erinnerte mich an das Porträt eines Kraftsportlers aus der Region vor einigen Tagen. Es war etwa dreimal so ausführlich geraten.

Egal, der wahre Kraftsportler hieß Max Koller! Wo ist der Berg Arbeit, den ich abtragen kann? Wo stecken die Herausforderungen? Christine hatte mir einen Zettel unter den Kaffeebecher gelegt, mit all den Dingen, die ich einkaufen sollte. Das konnte warten. Lieber rief ich einen meiner vielen Berliner Freunde an.

Aber wen? Fischer zwo? Die Klein? Den Leuchtturm-Wirt?

Nein, da gab es noch einen. Wie viele Tage waren eigentlich vergangen, seit ich mich um einen Kontakt zu Brose bemüht hatte? Fast eine Woche! Und sollte er nicht demnächst aus Fernost zurückkehren? Ich suchte in meinem Handy nach der Berliner Institutsnummer und bekam dieselbe Sekretärin wie zuletzt an den Apparat.

»Tut mir leid, Herr Brose ist noch immer unterwegs. Soll ich ihm etwas ausrichten?«

»Angeblich wollten Sie das schon bei meinem letzten Anruf tun. Bitte, die Sache ist wirklich dringend. Sagen Sie ihm, es geht um Herrn Tietje, dann weiß er Bescheid.«

»Gern. Wiedersehen, Herr Koller.«

»Du mich auch«, knurrte ich, nachdem die Verbindung beendet war. Gab es etwas Nutzloseres als Sekretärinnen? Im Biologieunterricht hatten wir vor Ewigkeiten mal gelernt, was eine semipermeable Membran ist: eine Zellenwand, die Substanzen nur in eine Richtung durchlässt. Sekretärin war bloß ein anderes Wort dafür: Infos vom Chef raus in die Welt, keine Infos rein zum Chef. Die semipermeable Vorzimmerdame. Sollte ich vielleicht persönlich um die halbe Welt jetten, um mit diesem Schnösel ein Wörtchen zu wechseln?

Nun, die Flugkosten konnte ich mir sparen. Keine zehn Minuten waren seit dem Anruf in Berlin vergangen, und ich hatte noch nicht einmal meinen Computer für eine Mail an Brose angeworfen, als mein Handy in Gang kam.

»Hier ist Brose. Ich soll Sie zurückrufen, hieß es im Institut.«

»Na, da bin ich aber platt«, sagte ich und meinte es ehrlich. »Wo stecken Sie gerade?«

»Aktuell im Stau. High Noon in Bangalore. Was ist, Herr Koller, wo drückt der Schuh?«

Ich zögerte. Besonders gut war die Verbindung nicht, doch im Hintergrund hörte ich deutlich Verkehrsgeräusche: startende und bremsende Wagen, Hupen und erregte Stimmen. Alltagstrott auf einem anderen Kontinent. »Nun, ich würde mich gern mit Ihnen über Herrn Tietje unterhalten. Wäre das möglich?« Und weil Brose nicht sofort reagierte, setzte ich hinzu: »Vielleicht nach Ihrer Rückkehr?«

»Über Tietje? Klar, immer. Sie wohnen aber nicht in Berlin, sagte mir meine Sekretärin.«

»In Heidelberg.«

»Gibt's da einen Flughafen? Oder können Sie nach Frankfurt kommen?«

»Am Mittwochnachmittag bin ich ohnehin dort.«

»Na, bestens. Dann treffen wir uns am Mittwoch auf dem Frankfurter Flughafen. Eigentlich habe ich nach Berlin gebucht, aber das lege ich um. Hab noch genügend Meilen übrig.«

»Echt? Also, das ist mir jetzt aber ...«

»Oder wollen Sie nach Berlin kommen?«

»Wenn ich ehrlich bin: Frankfurt wäre mir lieber. Wenn es Ihnen keine Umstände macht.«

»Regelt eh meine Sekretärin. Ich schreibe Ihnen noch, wann und wo. Hätten Sie eine Mailadresse für mich, damit ich Sie erreiche?«

»Ich habe Ihnen letzte Woche eine Mail geschickt. An Ihre Institutsadresse. Am besten, ich schicke noch eine zur Sicherheit hinterher.«

»Machen Sie das. Ich melde mich.«

Und schon war das Hörfenster nach Indien wieder geschlossen. Ich kratzte mich im Ohr, als traute ich meiner eigenen Sinneswahrnehmung nicht. Brose hatte mir kurz zugezwinkert wie der Kasperl im Puppentheater, wenn er zwischen den Vorhangfalten auf seinen Auftritt wartete. Ich melde mich. Und das sollte ich glauben?

Noch am selben Abend erhielt ich eine kurze Mail von Brose, in der er mir seine Flugnummer und die Ankunftszeit mitteilte. Mittwoch, 16.30 Uhr auf dem Frankfurter Flughafen. Bis dann, BB. Keine weiteren Anmerkungen.

Ich machte mir eine Flasche Bier auf und setzte mich ans offene Fenster. Christine lag mit Kopfschmerzen im

Bett. War das nicht seltsam? Ich musste bloß Tietjes Namen erwähnen, schon kam Brose nach Frankfurt. Ohne weitere Nachfrage. Als wüsste er, was ich von ihm wollte und worüber wir uns unterhalten würden. Als wenn er mit dem Anruf gerechnet hätte. Dabei hatte er alles andere als ertappt gewirkt, von schlechtem Gewissen keine Spur. Klar, Herr Koller, immer … Und dann buchte er sogar seinen Flug um! Gut, für Geschäftsreisende und Vielflieger mochte das Routine sein; ich fand es ungewöhnlich. Was erhoffte er sich von unserem Gespräch?

Ich war gespannt.

36

Der Flieger aus Bangalore hatte eine halbe Stunde Verspätung. Ich aber war bereits um 16 Uhr in der Ankunftshalle gewesen. Macht in summa eine komplette Stunde, in der ich mir die Füße platt trat und mich über das internationale Reisegesocks ärgerte, das den Flughafen bevölkerte. Die einen übermüdet, die anderen überdreht, manche blass, viele braungebrannt. Und manche alles zusammen. Sie rochen nach Schweiß und Sonnencreme, fuhren mir mit ihren Trolleys über die Zehen und rammten mir ihre Mitbringsel ins Gesicht. Daueralkoholisiert kehrte ein Westerwälder Fußballverein aus Malle zurück. Verschleierte Arabermuttis begehrten hüftbreit Durchlass. Als Brose endlich zwischen den Schiebetüren auftauchte, hatte ich bereits diverse Schlachten geschlagen.

»Hey, hey«, kam er auf mich zu, in Anzug und offenem Hemd, einen schwarzen Rucksack mit zwei Fingern über der Schulter tragend. Er griff nach meiner Hand und drückte sie, als sei das eine olympische Disziplin. »Unser Mann in Heidelberg, richtig? Gehen wir was trinken?«

Wenn ich erwartet hatte, Brose sei vom Jetlag gezeichnet, so hatte ich mich getäuscht. Er wirkte eher, als habe er nur darauf gewartet, der Enge des Fliegers entkommen zu können. Seine Hauptbeschäftigung: das Bäumeausreißen.

»Guten Flug gehabt?«, fragte ich. Wie man das so fragte.

»Welchen meinen Sie?«, gab er zurück und kicherte sich eins. Dann zeigte er auf eine Bar mit quietschgelbem Ledermobiliar, in der bis auf die üppig ausgeleuchteten Aquarien Kargheit Trumpf war. Die Sitzgelegenheiten hatten keine Lehnen, die Beleuchtung war zu blassen Spots verkümmert, das Personal übte sich in Sprachlosigkeit. Selbst bei der Getränkeauswahl hielt man sich vornehm zurück. An den Tischen saßen einzelne Geschäftsreisende und lasen.

»Kaffee«, bestellte ich gähnend.

»Kaffee«, nickte Brose und ließ die Fingergelenke knacken. »Okay, Herr Koller, kommen wir gleich zur Sache. Mein Anschlussflug geht in zwei Stunden, und ich muss vorher noch ein paar Mails verschicken. All right?«

»Gern.«

»Dann helfen Sie mir bitte auf die Sprünge: Über wen wollten Sie mit mir sprechen?«

Ich ließ die Kinnlade fallen. Verdammt noch mal, was sollte das jetzt? Erst änderte der Kerl seine Reisepläne für ein Gespräch mit mir, und nun wusste er nicht einmal mehr, worum es ging! War ihm unser Treffen nun wichtig oder nicht?

»Über Tietje«, antwortete ich finster.

»Tietje«, nickte er und sah mich an, als höre er den Namen zum ersten Mal.

»Der Privatdetektiv.«

»Ach der! Natürlich, das sagten Sie ja am Telefon.« Grinsend fuhr er sich durch seine Lockenpracht. »Vielleicht erklären Sie mir erst einmal, warum Sie Kontakt zu mir aufgenommen haben. Außer Ihrem Namen weiß ich nichts von Ihnen.« Er breitete beide Arme aus. »Gar nichts!«

»Sicher.« Ich wartete mit meinen Erläuterungen, bis die Bedienung unseren Kaffee serviert hatte. Im Prinzip gab ich Brose dieselben Informationen wie damals Madeleine Klein: Tietje sei ein Kollege von mir, dem ich aus Zufall über den Weg gelaufen sei. Dabei müsse ich irgendjemandes Verdacht erregt haben, der mich daraufhin die Leiche in der Kältekammer entdecken ließ. Zuletzt fügte ich noch an, dass mich ein Tipp aus Tietjes privatem Umfeld auf die Spur Broses gebracht habe. Von dem Dartscheibenfoto sagte ich nichts.

»Mich interessiert, welchem Auftrag Tietje in den letzten Wochen nachging«, schloss ich. »Ich habe ein paar Anhaltspunkte, aber nichts Konkretes. Aber vielleicht können Sie mir weiterhelfen.«

»Ein Tipp aus Broses privatem Umfeld«, sinnierte der Lockenkopf. »Das klingt ja nebulös. Für wen arbeiten Sie eigentlich, wenn ich fragen darf? Oder ermitteln Sie auf eigene Faust?«

»Es gibt einen Auftrag. Mit dem Tod Tietjes hat er allerdings nichts zu tun. Höchstens indirekt. Seit ich die Leiche entdecken durfte, ist es vor allem persönliches Interesse, das mich umtreibt.«

»Verstehe.« Er zog eine Grimasse und kratzte sich mehrmals an seinem nachlässig rasierten Kinn. »Und jetzt wollen Sie von mir wissen …?«

»Was Sie mit Tietje zu tun hatten.«

Noch immer bearbeitete er sein Kinn. Der Blick, den

er mir zuwarf, war schwer zu deuten. Begriff er die Frage nicht? Litt er doch unter den Reisestrapazen? Oder überlegte er sich gerade eine Gesprächstaktik?

»Sie hatten doch Kontakt zu Tietje?«, beharrte ich.

»Na, logo!«, rief er. »Klar hatte ich. Im Auftrag des Instituts. Tietje arbeitete für uns. Letztes Jahr und Anfang dieses Jahres. Was genau, darf ich Ihnen leider nicht verraten, Sie kennen das. Ich habe ihn ein paar Mal getroffen, das letzte Mal vor …«, er überlegte, »vor sechs Wochen, glaube ich. Mindestens!«

»Und worum ging es bei dem Auftrag? Geben Sie mir wenigstens ein Stichwort.«

»Tut mir leid.«

»Ging es um Sport?«

»Um Sport?« Er schaute überrascht. »Wie kommen Sie darauf? Nein, es war eine völlig harmlose Geschichte, die nichts mit seinem Tod … Glauben Sie mir, ich war völlig vor den Kopf gestoßen, als ich hörte, was passiert ist. Tietje muss noch an einer anderen Sache dran gewesen sein.« Er kniff sich ins Ohrläppchen, ließ ein verlegenes Lachen hören, um dann fortzufahren: »Okay, es war so: Unser Institut brauchte Informationen über einen Kunden, mit dem wir zusammenarbeiten wollten. Und weil wir diese Informationen nicht auf normalem Wege beschaffen konnten, wandten wir uns an Herrn Tietje. So weit, Herr Koller. Mehr ist nicht. Keine Chance.«

»Sie meinen, er sollte für Sie diesen Kunden ausspionieren?«

»Informationen beschaffen. Über gewisse ökonomische Details. Und wenn ich Kunde sage, sollten Sie nicht an Lieschen Müller aus Iserlohn-Nord denken, sondern an gestandene Unternehmen. An Investoren, verstehen Sie?«

»Und Sport war dabei kein Thema? Leichtathletik?«

»Überhaupt nicht.« Er schüttelte den Kopf, dass die dunklen Locken flogen. »Ich hasse Sport! Meine Eltern steckten mich in den Fußballverein, das hat mir fast den Glauben an die Menschheit geraubt. Ein einziger Skikurs, aber ein doppelter Wadenbeinbruch. Seit ich arbeite, gehe ich regelmäßig joggen, das war's. Ansonsten halte ich es mit Churchill: no sports!«

»Soso.« Während ich einen Schluck Kaffee nahm, beobachtete ich ihn verstohlen. Churchill war doch so ein fetter britischer Ochse gewesen. Dagegen wirkte Ben Brose regelrecht durchtrainiert. Entweder er lief deutlich mehr, als er zugeben wollte, oder er hatte von Natur aus einen athletischen Körper.

»Im Übrigen«, setzte er hinzu, »war unsere Zusammenarbeit mit Tietje beendet, falls es Sie interessiert.«

»Dann frage ich mich, wer ihn ermordet hat.«

Er lachte auf. »Hey, das wüsste ich auch gern! Wenn Sie es herauskriegen: Bitte sagen Sie es mir! Ich meine, ich war nicht gerade ein Fan von dem Herrn, aber er hat ordentliche Arbeit abgeliefert, und wir wären gegebenenfalls wieder auf ihn zugekommen.« Er hob die Tasse, nur um sie gleich wieder zurückzustellen. »Oder waren Sie es, Herr Koller? Na klar, Sie wollten an Tietjes Aufträge kommen, geben Sie es zu! Deshalb sitzen wir zwei jetzt hier!« Jetzt erst nahm er einen Schluck, schnalzte mit der Zunge und nickte nachdenklich. »Aber deswegen gleich einen Menschen umzubringen …«

Wortlos zog ich den DIN-A4-Ausdruck des Dartscheiben-Fotos aus meinem Rucksack und legte ihn so auf den Tisch, dass er ihn betrachten konnte. Brose kratzte sich am Kopf.

»Versteh ich nicht«, sagte er.

»Das hing in Tietjes Wohnung. Mit einem Pfeil in Ihrem Gesicht.«

»Sieht aus wie eine Voodoo-Beschwörung.«

»Richtig. Warum hatte Tietje so einen Hass auf Sie?«

Schweigend betrachtete Brose den Ausdruck. Schließlich zuckte er die Achseln und sagte: »Geld.«

»Geld? Wessen Geld?«

»Sein Honorar. Es gab da ein paar Differenzen. Leute wie Tietje kommen immer noch mit Zusatzkosten und Extraspesen angeeiert, wenn die Sache längst erledigt ist. Und das war sie. Wir haben ihn genau so bezahlt wie zuvor abgesprochen. Wenn er das anders sah, kann ich auch nichts dafür.«

»Sie müssen zugeben, dass das komisch wirkt: Er malträtiert Sie mit Dartpfeilen, weil er sich ungerecht entlohnt fühlt, und kurz danach ist er tot.«

Wieder lachte er. Ein jungenhaft schallendes, immer ein wenig verblüfft klingendes Lachen. »Hey, Mann, was soll das? Es ging ja nicht um mein Geld. Sondern um das des Instituts. Wir hätten ihm auch die zehnfache Summe gezahlt, wenn es das wert gewesen wäre. Aber irgendwo muss man ja glaubhaft bleiben.«

»Glaubhaft«, nickte ich und begann, mit dem Kaffeelöffel herumzuspielen. Ihr Wort in Gottes Ohr, Herr Brose! War es vielleicht glaubhaft, was mir der Kerl da erzählte? Ja – wenn die Erde eine Scheibe war und der Papst unfehlbar.

»Was machen Sie da eigentlich in Ihrem Institut?«, fragte ich. »Angewandte Stochastik – darunter kann ich mir nichts vorstellen.«

»Optimierte«, verbesserte er mich mit hochgerecktem Zeigefinger und sarkastischem Blick. »Anwendungsoptimierte Stochastik. Das ist ein Unterschied.«

»Meinetwegen. Trotzdem klingelt da nichts bei mir.«

»Muss auch nicht. Für die meisten Menschen ist es völlig uninteressant, was wir so anstellen.«

»Und wenn ich es doch wissen möchte?«, grinste ich.

»Oje.«

»Genau: oje.«

Brose reckte sich. Dazu ließ er ein Grummeln hören, das an junge Gorillas erinnerte, wenn sie zum ersten Mal den Papa nachahmen. Kopfbeugen nach rechts und links, bis der Hals überstreckt war, Kieferkreisen, Naserümpfen. War's das, Herr Brose? Das war's. Er griff nach einer Edelstahldose, die auf dem Tisch stand, und entnahm ihr ein Stück Würfelzucker. »Wie viele Seiten?«

»Sechs.«

»Wenn ich jetzt damit würfle: Welche Seite liegt oben?«

»Keine Ahnung.«

»Doch: genau eine dieser sechs.« Er warf den Zucker auf den Tisch. Der Würfel prallte gegen meine Untertasse und blieb dann liegen. »Sehen Sie, ich hatte recht.«

»Kunststück.«

Er zuckte die Achseln. »Wir nennen es Zufall. Reiner Zufall, welche Seite oben liegt. Als ob ein Gott seine Hand im Spiel hätte oder das Schicksal. Dabei folgt der Würfel nur physikalischen Gesetzen. Mit welchem Schwung ich ihn werfe, in welchem Winkel ich meine Hand halte, wie er auf den Tisch auftritt, welche Hindernisse wo platziert und wie beschaffen sind: All das beeinflusst ihn. Eine logische Prozesskette, an deren Ende ein logisches Ergebnis steht. Zufall, das ist bloß ein Hilfsbegriff für unsere Unfähigkeit, das Konglomerat von Einzelprozessen zu durchschauen.«

»Aber Sie durchschauen es?«

»Ich? Nö.« Seine Mundwinkel wanderten nach oben. »Das wäre ja auch langweilig. Genau, wie die reine Wahrscheinlichkeitslehre langweilig ist. Sie besagt, dass jede dieser Würfelseiten die gleiche Wahrscheinlichkeit hat, bei einem Wurf oben zu liegen. Das ist natürlich Quatsch. Denn um einen Wurf auszuführen, brauche ich einen Menschen, und schon ist meine ganze saubere Statistik für die Katz. Wenn ich würfle, sorge ich für ganz bestimmte physikalische Gegebenheiten, von der Handhaltung über den Schwung bis zum Arrangement der Gegenstände auf dem Tisch. Und dann liegt die eine Seite mit hundertprozentiger Wahrscheinlichkeit oben, die anderen fünf mit nullprozentiger.«

»Kapiere ich nicht.«

»Ich will nur sagen, dass es dort interessant wird, wo der Mensch eingreift. Dass er Resultate erzeugt, ohne es zu wollen. Keiner will den Stau, aber alle produzieren ihn. Keiner war scharf auf die Finanzkrise, aber alle haben daran mitgewirkt. So etwas finde ich spannend. Das Leben als Spiel.«

»Und was ist nun die Rolle Ihres Instituts?«

»Wir versuchen, solche komplexen«, er deutete Anführungszeichen an, »im Volksmund: zufallsgesteuerten Phänomene zu beschreiben, um besser mit ihnen umgehen zu können. Dazu brauchen Sie Kreativität. Was an den Börsen passiert, hat ja viel mit Psychologie zu tun. Es gibt eine Arbeitsgruppe bei uns, die Krankheitsverläufe bestimmten musikalischen Gebilden zuordnet. Dann rennen uns die großen Versicherer ständig die Türen ein und wollen wissen, wie man das Risiko einer Naturkatastrophe kalkuliert.« Er rollte mit den Augen. »Versicherungsmathematik – total ätzend! Nur was für Buchhalter.«

»Und was kommt für Sie in Betracht?«

Grinsend lehnte er sich zurück. »Eine Zeitlang habe ich versucht, Politik mit den Methoden der Spieltheorie nachzuvollziehen, aber Politik ist leider bierernst. Jetzt arbeite ich mal wieder mit Ökonomen zusammen, das macht wenigstens ab und zu Spaß.«

»Glücksspiele müssten Sie doch auch mögen, oder?«

»Logisch. Vor allem, wenn ich das Glück beeinflussen kann.«

»Können Sie?«

»Manchmal.« Er streckte sich, fuhr sich mit beiden Händen über die Augen und schüttelte den Kopf. Dann lachte er, als er meine Miene sah. »Schauen Sie doch nicht so bedröppelt! Sie dürfen Begriffe wie Zufall und Glück nicht so hoch hängen. Das lenkt nur ab. Ich gebe Ihnen ein Beispiel, damit Sie verstehen, was unter anwendungsoptimierter Stochastik zu verstehen ist, aber dann lassen Sie mich bitte weiterfliegen. Ich kann diesen Flughafen nicht ausstehen.« Er zog sein Handy aus der Tasche und warf einen kurzen Blick darauf. »Ich weiß nicht, ob Sie sich mit Sportwetten auskennen. Nein? Das Prinzip ist ja denkbar einfach. Sie setzen auf Sieg oder Niederlage, auf Team A oder Team B – und bekommen im Erfolgsfall ein Vielfaches Ihres Einsatzes. Wie viel genau?«

»Hängt von der Quote ab.«

»Korrekt. Und wer legt die fest? Ihr Buchmacher. Quoten verändern sich allerdings. Wenn Bayern München nächsten Monat gegen einen Drittligisten antritt, wird die Quote für einen Sieg der Bayern ziemlich mies sein. Für eine Niederlage aber verdammt gut. Sagen wir: drei zu eins. Bei einem Einsatz von 1000 Euro wären das 3000 Euro. So. Sie setzen die 1000 Euro. Dann grassiert ein schlimmer Virus im Trainingslager der Bayern, und plötzlich fallen sämtliche Topspieler aus. Für das Spiel gegen den Drittligaklub kommen halbkranke Ersatzspieler, Amateure und 16-Jährige zum Einsatz. Was heißt das für die Quote? Sie ändert sich radikal. Plötzlich lautet sie drei zu eins für einen Sieg der

Bayern! Weil mit ihm kaum noch zu rechnen ist. Und was machen Sie? Setzen 1000 Euro auf Sieg. Damit gewinnen Sie auf jeden Fall. Verstanden?«

Ich starrte ihn an. »Fast.«

Brose klatschte sich auf die Schenkel vor Vergnügen. »Ist doch klar! Ob Sieg oder Niederlage, Sie gewinnen mit einer Quote von drei zu eins. Für Ihre 1000 Euro Einsatz erhalten Sie 3000 zurück. Die anderen 1000 verlieren Sie zwar, unterm Strich aber bleibt ein Gewinn von 1000 Euro. Schick, was?«

»Und bei Unentschieden?«

»Es ist ein Pokalspiel. Sieg oder Niederlage, nichts dazwischen.«

»Okay, ich hab's kapiert. Aber das Ganze ist doch ein arg konstruierter Fall. Wann verkehrt sich schon mal eine Quote in ihr Gegenteil?«

»Stimmt«, nickte Brose, nun wieder ernst. »Der Fall ist hemmungslos überkonstruiert. Trotzdem gibt es die Möglichkeit, garantiert zu gewinnen. Ganz real und legal. Soll ich es Ihnen stecken? Es ist kein Geheimnis.«

»Bitte.«

»Auch wenn sich Quoten selten in ihr Gegenteil verkehren, so schwanken sie doch immer. Und weil es zu wichtigen Ereignissen Hunderte und Tausende Buchmacher weltweit gibt, schwanken sie auf vielfältige Weise. Bleiben wir beim Fußball. Wer wird Europameister? Die Spanier, die Deutschen, die Holländer? Die Quoten sind nicht nur unterschiedlich, sie ändern sich auch noch von Tag zu Tag. Manchmal stündlich. Und genau das ist Ihre Chance. Sie müssen die Szene beobachten. Sollte Buchmacher 1, aus welchen Gründen auch immer, die Quote für Team A senken, Buchmacher 2 aber nicht, haben Sie die Möglichkeit, aus dieser Diskrepanz einen Vorteil zu ziehen. Sie setzen bei Buchmacher 2 auf Team A, weil dort die Quote noch hoch ist, und bei Buchmacher 1 auf Team B, weil dessen Quote im Steigen ist. Natürlich nur, falls sich die Differenz finanziell lohnt. Aber genau dies lässt sich in einer ziemlich schlichten mathematischen Formel ausdrücken.« Er hob seine Tasse. »That's all. Sie gewinnen unter Garantie.«

»Echt?«, sagte ich automatisch.

Er nickte.

»Aber … Ist das nicht auch ein ziemlich unwahrscheinlicher Fall?«

»Ganz im Gegenteil. Dass Buchmacher unterschiedlich reagieren, ist sogar der Normalzustand. In der Regel fallen die Differenzen nicht sehr hoch aus. Aber sobald sie es tun, müssen Sie zuschlagen, und zwar sofort. Reaktionsschnelligkeit ist Ihr Kapital, und deshalb brauchen Sie die entsprechende Software. Programme, die den Markt beobachten und bei Erfüllung bestimmter Parameter in Aktion treten. Wenn die Programme gut sind, müssen Sie nur noch auf ein Computersignal hin Ihre Überweisungen tätigen.«

»Und solche Programme entwickeln Sie?«

Er grinste genießerisch.

»Aber was sagen die Buchmacher dazu? Die verlieren ja auf der ganzen Linie!«

»Nein, die nicht. Nicht die Buchmacher. Die anderen Spieler weltweit, die zahlen die Zeche. Aber das tun sie so oder so. Die Buchmacher haben natürlich ihrerseits Programme, die ihnen verraten, dass sie gefälligst ihre Quote angleichen sollen, weil es die Konkurrenz auch getan hat. Es ist ein Kampf der Systeme, wenn Sie so wollen. Auf welcher Seite Sie auch immer stehen, Sie müssen investieren. In Know-how. Manchmal auch in die Akteure. Aber es lohnt sich.«

»Verstehe«, murmelte ich. Wann hatte ich mich zuletzt

so erschlagen gefühlt? Es musste an der Uni gewesen sein, vor ewigen Zeiten.

»Schön«, sagte Brose fröhlich und stand auf. »Nehmen Sie einen Zuckerwürfel mit, dann behält es sich besser. Aber jetzt muss ich. Wenn Sie etwas über Tietje erfahren, lassen Sie es mich wissen, ja?«

Er zückte einen Geldschein, mit dem er Richtung Tresen winkte, bevor er ihn auf den Tisch segeln ließ. Dann verschwand er.

Ich dagegen blieb noch eine ganze Weile sitzen und würfelte Zucker.

37

Ich war eben auf dem Weg zum Parkhaus des Flughafens, als sich Katinka meldete. Ob ich sie abholen könne.

»Schon fertig mit der Untersuchung?«

»Sieht so aus«, antwortete sie kurz angebunden.

Ich brauchte eine gute Viertelstunde. Auf den Verkehr unterwegs achtete ich kaum. Meine Gedanken kreisten um Brose, den Mathematiker, der aussah wie ein Discjockey. Den Sporthasser, der professionell mit Sportwetten zu tun hatte. Den Vielflieger, der dreimal frischer wirkte als ich. Was war das bloß für ein verrückter Typ?

Vor der Sportklinik der nächste Parksilo. Schummrig und unheimlich wie eh und je, auch wenn sich diesmal keine Graffitisprayer darin herumtrieben. Ich zögerte einen Moment, als ich den Smart zurückließ. Er war so klein. So verletzlich.

Angenommen, ein gedopter Gewichtheber würde mit

ihm würfeln: Auf welcher Seite käme das Autochen dann zu liegen?

Eine Frage, die ich Brose nächstes Mal unbedingt stellen musste. Aber jetzt zu Katinka. Sie saß in Dr. Karsts Wartezimmer und blätterte in einer Laufzeitschrift. Ihrem Blick nach zu urteilen, war sie mit der verkürzten Sprechstunde überhaupt nicht einverstanden.

»Was ist los?«, fragte ich. »Musste der Doc zum Arzt?«

»Ein Notfall, sagt er.« Sie warf die Zeitschrift auf den Stapel zurück und stand auf. »Gehen wir?«

»Tut mir sehr leid, Frau Glück«, meldete sich Karsts Mitarbeiterin, die am Empfang saß, zu Wort. »Es ist sonst nicht Dr. Karsts Art, aber er sah ziemlich besorgt aus. Ich glaube, es ging um seine Tochter.«

»Um Alice?«

Die Sprechstundenhilfe nickte.

»Na dann.« Katinka wandte sich zum Gehen. Als sie sah, dass ich mich nicht rührte, versetzte sie mir einen Stoß. »Was gibt's, Max? Willst du hier Wurzeln schlagen?«

Ich kratzte mich am Kopf. »Karsts Tochter heißt Alice?«

»Die ältere, ja.«

»Bist du sicher?«

Sie rollte mit den Augen. »Alles klar mit dir? Rede ich Chinesisch, oder was?«

Ich ging ins Wartezimmer zurück und wies auf das Urlaubsfoto, das Dr. Karst im Kreise seiner Familie zeigte. »Das größere der beiden Mädchen hier heißt Alice?«

Katinka und die Sprechstundenhilfe nickten synchron. Ich spürte ihre auffordernden Blicke, doch mir fiel keine Erklärung ein. Karsts älteste Tochter und Tietjes Badezimmerspiegel. Zweimal Alice. War das Zufall? So häufig gab es den Namen nicht. Berlin und Frankfurt, der Privatermittler und der Sportarzt. Wie passte das zusammen?

Und was hatte Brose noch mal über den Zufall gesagt? Alles Quatsch, Herr Koller! Das Resultat physikalischer Prozesse, absolut logisch und folgerichtig.

»Was ist nun, Max?« Katinka wurde ungeduldig. »Können wir?«

»Moment. Wie war das eben mit Karsts Notfall? Erklär es mir, und zwar genau.«

Sie seufzte. »Warum das denn? Ich saß vielleicht eine halbe Stunde bei ihm, als er einen Anruf bekam. Erst wollte er ihn wegdrücken, nahm ihn dann aber doch an.«

»Wer war das?«

»Keine Ahnung. Er ging ins Nebenzimmer, um zu telefonieren. Ich habe kein Wort verstanden. Dann kam er zurück und meinte, er müsse sofort los. Erklärungen später. Ich war ziemlich sauer.«

»Und er? Wie wirkte er?«

Katinka wechselte einen Blick mit der Sprechstundenhilfe. »Bisschen durch den Wind, würde ich sagen. Fahrig. Er verabschiedete sich nicht einmal von mir.«

Die andere Frau nickte. »Das stimmt. Deshalb denke ich auch, dass es sich um eine private Angelegenheit handelte. Abgesehen von der Tatsache, dass Dr. Karst überhaupt keinen Notdienst hat.«

»Verstehe.« Ich überlegte. Karsts Tochter war vielleicht neun Jahre alt und ein hübsches Mädchen. Kein Wunder, bei den Eltern. Und Tietje, der einsame Berliner Wolf, hatte ein Herz hinter den Namen auf dem Spiegel gemalt. Verdammt, verdammt, mir kamen da ein paar Gedanken, die mir überhaupt nicht gefielen …

»Na gut«, sagte ich mit forcierter Fröhlichkeit. »Es wird sich alles klären. Kommen wir halt nächstes Mal wieder.«

»Schönes Wochenende«, gab uns die Sprechstundenhilfe mit auf den Weg. »Und entschuldigen Sie noch mal, Frau Glück.«

Im Aufzug schwieg ich. Dritter Stock, zweiter Stock, erster. Katinka warf mir misstrauische Blicke zu.

»Es wird sich alles klären?«, sagte sie schließlich. »Komisch, dein Gesicht sagt das Gegenteil. Was ist los?«

»Weißt du, wo die Karsts wohnen?«

»Ja, im Westend.«

Die Aufzugtüren öffneten sich. »Und hast du seine Handynummer? Gut. Dann ruf ihn jetzt an und frag ihn, wohin er fährt. Versuche es herauszufinden, auch wenn er es dir nicht sagen will oder dir ausweicht.«

»Aber warum?«

»Erkläre ich dir gleich.«

Achselzuckend zog sie ihr Handy und ging die gespeicherten Nummern durch. Wir hatten eben das Parkhaus erreicht, als sie das Telefon wieder wegsteckte. »Er nimmt das Gespräch nicht an.«

»Dachte ich mir fast. Wir fahren zu Karst nach Hause.«

»Warum das?«

»Um mit ihm über Alice zu sprechen. Kannst du mich lotsen?«

Während Katinka mir den Weg wies, erzählte ich ihr von meiner Entdeckung in Tietjes Bad. Im Nachhinein ärgerte ich mich, sie nicht früher auf den mit Lippenstift geschriebenen Namen angesprochen zu haben. Aber wie hätte ich auch ahnen können, dass es einen Zusammenhang zwischen ihrem Arzt und dem Berliner Privatdetektiv gab?

»Und da stand wirklich Alice?«, fragte sie verstört. »Mit einem Herz dahinter?«

»Ja. Ich habe kein Foto davon gemacht, aber du kannst

es mir glauben. Ist dir klar, was das heißt? Oder heißen kann?«

Sie schluckte. Vor einer roten Ampel legte ich eine Vollbremsung hin. Auch wenn ich das Bedürfnis hatte, so schnell wie möglich das Westend zu erreichen, war das noch lange kein Grund, den Führerschein zu riskieren. Auf den Straßen rund um den Hauptbahnhof herrschte dichter Feierabendverkehr.

»Verstehst du, ich habe keinen einzigen Beweis«, fuhr ich fort. »Bisher gab es auch keinen konkreten Anhaltspunkt, dass ein Kind in die Sache verwickelt sein könnte. Ich dachte immer, es ginge um Sport. Um Doping, Korruption oder was weiß ich. Aber jetzt … Je mehr ich darüber nachdenke, desto klarer wird mir die Sache. Als ich den Leuchtturm-Wirt auf Tietjes Frauenbekanntschaften ansprach, winkte der nur ab. Gab ja auch niemanden. Keine Freundin, keine Affäre, nichts. Nur ein neunjähriges Mädchen. Wahrscheinlich sind in Tietjes Schrebergartenhütte auch alle Hinweise auf seine pädophilen Neigungen verbrannt.«

»Da vorn rechts«, murmelte Katinka.

»Deshalb kam Tietje nach Kienbaum. Nicht um dich zu beobachten, sondern Karst. Er war ja auch in Frankfurt, du hattest recht.«

»Aber warum? Was wollte er von Andreas, wenn es eigentlich um die Tochter ging?«

»Das soll uns Karst selbst erklären. Und«, ich machte eine Pause, »er soll uns sagen, was er mit Tietjes Tod zu tun hat.«

Katinka schwieg. Wir erreichten eine ruhige Villengegend mit viel Frühlingsgrün in den Vorgärten. Auf einem Spielplatz lärmten Kinder, hinter gekippten Fenstern wurde das Abendessen bereitet. Auf Katinkas Geheiß bog ich links ab in eine Kopfsteinpflasterstraße.

»Aber was hat das Ganze mit mir zu tun?«, fragte sie. »Warum soll ich nicht in London starten? Und warum entführt man meinen Sohn?«

»Ich weiß es nicht.« Und als ich den Blick sah, den sie mir zuwarf, wiederholte ich meinen Satz: »Ich weiß es wirklich nicht, Katinka. Hoffen wir, dass dein Andreas uns weiterhelfen kann.«

»Hier.« Sie zeigte auf ein alleinstehendes Gebäude jüngeren Datums, das zwischen all den Gründerzeitvillen der Straße wie ein trotziges Ausrufezeichen wirkte. »Nummer 41.«

Ich parkte direkt vor dem Haus. In der Garageneinfahrt stand ein dunkelblauer Mercedes mit Hamburger Kennzeichen. Beim Aussteigen erkannte ich den Aufkleber einer Mietwagenfirma. »Karsts Auto?«, fragte ich Katinka.

»Nein, er fährt einen alten BMW.«

Und der stand vermutlich in der Garage. Ich drückte mich an dem Mercedes vorbei, um meine Hand auf die Kühlerhaube zu legen, als mein Blick ins Wageninnere fiel. Auf dem Beifahrersitz lag Broses Rucksack. Derselbe, den er bei seiner Ankunft in Frankfurt so lässig mit zwei Fingern über der Schulter getragen hatte. Wollte der Kerl nicht heute noch weiterfliegen?

»Soll ich klingeln?«, fragte Katinka.

»Warte. Karst hat Besuch. Gibt es eine Möglichkeit, heimlich ins Haus zu kommen? Vielleicht von hinten?« Ich wies auf den Durchgang zwischen Gebäudewand und Grundstücksgrenze.

Sie schüttelte den Kopf. »Da geht es zur Terrasse. Aber von dort kommst du auch nicht rein, wenn die Tür nicht offen steht.«

»Versuchen wir's.«

Achselzuckend folgte sie mir. Wir schlichen seitlich an

der Villa vorbei, bis zur rückwärtigen Ecke des Gebäudes. Den Mittelpunkt des Karst'schen Gartens bildete ein überdachter Swimmingpool, dahinter umhüllte üppige Blumenpracht ein Fertigholzhäuschen. An einem Mast flatterte eine Deutschlandfahne im Wind.

Als ich um die Ecke lugte, hörte ich eine Stimme. Sie klang laut und erregt und drang trotz geschlossener Fenster und Türen zu uns nach draußen.

»Niemals!«, rief ein Mann im Inneren des Hauses. »Es reicht, verstehst du? Es reicht.«

»Andreas«, flüsterte Katinka in meinem Rücken. Ich nickte.

Vorsichtig betraten wir die Terrasse. Zum Garten hin hatte die Villa eine breite Glasfront, hinter der ein großer, kahler Raum sichtbar wurde. Zwei Männer standen in dem Raum, gestikulierten und stritten sich lauthals: Karst und Brose. Offensichtlich kannte man sich.

Aber das war nicht das Einzige, was mir auffiel.

»Was ist denn hier los?«, zischte Katinka. »Will der ausziehen?«

Eine berechtigte Frage. Wenn ich den Raum eben als kahl bezeichnet hatte, so war das nicht ganz korrekt. Bei »kahl« könnte es sich theoretisch um ein Einrichtungsmotto handeln, vorzugsweise in modernen Architektenhäusern. Ein Bistrotisch, ein Bild, zwei Sessel – fertig ist das Wohnzimmer in all seiner Apartheit. Nicht so hier. Der Raum vor uns wirkte regelrecht geplündert. Es gab nur zwei Stühle, eine Stehlampe und eine Kommode; statt eines Tischs stand eine große Holzkiste mitten im Raum. An der Wand hinter Brose zeigte eine helle Fläche an, wo einmal ein Bild gehangen hatte. Von der Decke baumelte eine Glühbirne.

»Komische Art, sich einzurichten«, sagte ich leise.

»Ich verstehe das nicht. Und wo sind Miriam und die Kinder?«

Während wir uns nach Kräften wunderten, beendete Brose einen längeren Monolog. Er sprach weniger laut als Karst, um dafür auf und ab zu gehen und heftig mit den Händen zu fuchteln. Auch wenn er angespannt wirkte, war er immer noch der flippige, jugendliche Freak von vorhin.

»Das ist doch der Typ von deinem Foto«, flüsterte Katinka. Ich nickte nur, denn nun ging es drin wieder los.

»Wer sind diese Leute?«, brüllte Karst. »Und was haben sie mit Tietje angestellt? Ben, du hast ihn nicht gesehen, wie er da lag! Nachts wache ich mit Schüttelfrost auf, sein Bild vor meinen Augen. Ich fühle mich schuldig, kapierst du das?«

Brose hob abwehrend die Hände. Man konnte nicht hören, was er sprach, aber ohne sein bewährtes »Hey, hey« dürfte er kaum ausgekommen sein. Beruhigung war angesagt. Reg dich nicht auf, Andreas, alles wird gut.

Bei Karst stieß er jedoch auf Granit. »Das genügt mir nicht«, schrie der Arzt. Von seiner Strahlemannattitüde war nichts, aber auch gar nichts geblieben. Das Haar klebte ihm in der Stirn, seine Augen flackerten. Hinten hing ihm das Hemd aus der Hose. »Ich habe Alpträume, Ben! So viele Tabletten, wie ich brauche, kann man gar nicht schlucken. Mit welchen Leuten hast du dich da eingelassen?«

Kopfschütteln bei Brose. Er legte Karst beide Hände auf die Schultern und versuchte, ihn auf den Stuhl zu drücken. Keine Chance. Mit energischer Handbewegung befreite sich der Arzt.

»Wo ist bloß Miriam?«, murmelte Katinka. »Und der Hund?«

»Ich gehe zur Polizei«, drang es nach draußen. Das war natürlich Karst. Brose fing an zu lachen. Karst starrte ihn an. Zitternd. Brose lachte nur noch stärker.

»Mach dich locker, Andreas«, hörten wir ihn johlen. »Du und zur Polizei?«

Gleich darauf lachte er nicht mehr. Karst hatte eine Schublade der Kommode aufgerissen und ihr einen Revolver entnommen. Den richtete er gegen die Stirn seines Besuchers. Brose glotzte belämmert. Vorsichtshalber wich er ein paar Zentimeter zurück.

»Andreas!« Katinka schrie auf. »Mach keinen Scheiß!«

Im nächsten Moment war sie an der Terrassentür und begann, mit beiden Fäusten gegen die Scheibe zu trommeln.

38

»Hey, hey«, machte Brose. »Wenn das so weiter geht, können wir eine Party feiern. Kommen da noch mehr?«

Er war es, der uns die Terrassentür öffnete. Karst stand nach wie vor mitten im Raum und starrte uns an, als seien wir Wesen aus einer anderen Welt. Seine Stirn glänzte schweißnass. Die Hand, die den Revolver hielt, sank in Zeitlupe nach unten, bis sie senkrecht gen Boden zeigte.

»Verdammt, Andreas, was machst du für einen Mist?«, schrie Katinka, griff ihn bei den Oberarmen und schüttelte ihn durch.

Keine Antwort. Karst ließ sich schütteln wie ein Milchshake. Seine Augen waren blutunterlaufen.

»Die ist nicht geladen«, meinte Brose mit Blick auf die

Waffe. »Keine Angst, Leute. Andreas würde so ein Ding niemals anfassen, wenn es geladen wäre.«

»Lass ihn, Katinka.« Ich trat neben sie und streckte die Hand aus. »Geben Sie mir die Waffe, Herr Karst. Bevor noch etwas passiert.«

Er reagierte nicht.

»Nun sag doch was, Andreas!« Katinkas Worte hallten von den kahlen Wänden wider.

Endlich, endlich kam Leben in den Arzt. »Ich wollte das nicht, Katinka«, stammelte er. »Bitte ... glaub mir, ich wollte das nicht.«

»Was?«

»Alles.« Seine Hand – die mit dem Revolver – beschrieb einen Kreis in der Luft, bevor sie wieder bodenwärts sank.

»Wo ist deine Frau? Und deine Kinder? Warum sieht es hier so aus?«

»Weg.« Er versuchte sich an einem Achselzucken, aber selbst das misslang. »Weg sind sie, fort, abgehauen. Miriam hat mitgenommen, was sie ... Sogar den Teppich.« Er lachte hysterisch. »Stell dir das vor, Katinka: sogar den Teppich! Ihr Bruder kam mit einem Anhänger und lud alles ein. Weg war's! Dabei hasst sie ihren Bruder.«

»Sie ist weg? Seit wann?«

»Sommer. Ende der Ferien.«

»Wie bitte?« Katinka warf mir einen hilfesuchenden Blick zu. »Seit einem Dreivierteljahr bist du allein in der Wohnung? Seit einem Dreivierteljahr spielst du aller Welt etwas vor, Andreas? Das kapiere ich nicht!«

»Sie waren auch nicht an der Ostsee«, sagte ich. »Richtig?«

Karst schüttelte den Kopf.

»Hat Ihre Familie Sie verlassen, weil Sie so viel gearbeitet haben? Oder arbeiten Sie so viel, weil Sie verlassen wurden?«

Müde sah er mich an. »Spielt das noch eine Rolle?«

Ich schwieg.

Mit einem Seufzer ließ sich Brose auf der Holzkiste nieder, die als Tisch diente. Er zückte sein Handy und begann, darauf herumzuspielen. Durch Karsts Revolverhand lief ein Zittern.

»Woher kennen Sie sich eigentlich?«, wollte ich wissen.

»Vom Studium«, antwortete Brose, ohne aufzusehen. »Wir hatten eine nette kleine WG in Köln. Und hätten wir nicht in die Welt hinaus gemusst, um Geld zu verdienen, lebten wir jetzt immer noch zusammen. Stimmt's, Andreas?«

»Nie im Leben!«, keuchte Karst. »Du bist doch an allem schuld!«

»Woran?«, fragte ich. »Erklären Sie es uns, Herr Karst.«

»Geht es um Alice?«, rief Katinka.

Brose hob den Kopf. Karst wurde noch blasser, als er ohnehin schon war. Seine Lippen bewegten sich, ohne eine Silbe zu formen.

»Hey, hey«, sagte Brose und steckte das Handy wieder ein. »Alice ... Jetzt bin ich aber geplättet. Ehrlich wahr.«

Nach diesen Worten herrschte Stille. Eine seltsame Stille. Karst sah aus, als würde er gleich zusammenbrechen, in Broses Blick lag Anerkennung. Reaktionen, die zeigten, dass wir auf der richtigen Spur gewesen waren. Es ging um Alice.

Und doch konnte ich nicht verhindern, dass mich ein unangenehmes Gefühl beschlich ... eine dieser Ahnungen, wie man sie hat, wenn man eine Wegkreuzung nicht einsehen kann. Irgendetwas stimmte hier nicht.

»Was ist mit Alice?«, flüsterte Katinka. »Andreas, sprich mit uns! Sag uns, was passiert ist.«

Karst holte tief Luft. Dann strich er sich eine Strähne aus der Stirn, machte auf dem Absatz kehrt und stürmte aus dem Zimmer. Wir blieben verblüfft zurück.

»Oje«, murmelte Brose mit fatalistischem Grinsen. »Wenn das mal nicht bös ausgeht. Jetzt kommt bestimmt eine Dummheit, wetten? Rien ne va plus!«

»Ich dachte, Sie wollten heute noch nach Berlin«, sagte ich.

»Ja, heute. Oder morgen. Immer flexibel bleiben.«

»Was ist das für ein Schwätzer?«, flüsterte mir Katinka zu. »Und was will er hier?«

Ich zuckte die Achseln. »Das wird er uns hoffentlich gleich verraten.«

Eine Grimasse schneidend, fuhr sich Brose durchs Haar.

Katinka trat vor ihn hin. »Wenn seiner Tochter etwas zugestoßen ist«, sagte sie leise, aber bestimmt, »dann gnade Ihnen Gott!«

»Echt? Wessen Tochter denn?«

»Andreas' Tochter natürlich. Alice.«

Brose schaute sie verblüfft an. Wieder fuhr er sich durch die Locken, diesmal allerdings langsam und nachdenklich. Dann sprang er auf und eilte zur Tür. Ich hinterher.

»Komm zurück, Andreas!«, brüllte er durch den Flur. »Sie wissen nichts von Alice. Nichts, hörst du?«

Ich riss ihn von der Tür weg. »Verdammt, erzählen Sie uns endlich, was hier gespielt wird!«

»Gespielt«, lachte er. »Sehr richtig! Das Leben ist ein Spiel. Sie haben es erkannt, Herr Koller. Aber nun gehen Sie bitte, bevor wir die Nummer mit dem Hausfriedensbruch durchziehen müssen. Ciao, ihr beiden Süßen!«

Karsts Rückkehr enthob mich einer Antwort. Abgehetzt kam er aus irgendeinem Winkel des Hauses, drückte sich an uns vorbei und ging auf Katinka zu. Er roch nach Schweiß. »Hier«, sagte er und reichte ihr einen Pappkarton. »Das ist alles. Mehr habe ich nicht.«

Zögernd öffnete Katinka den Karton. Er enthielt eine Reihe von Ampullen mit einer durchsichtigen Flüssigkeit. Sie nahm eine in die Hand und las die Aufschrift.

»Wirklich, Andreas«, brummte Brose, »du enttäuschst mich.«

»Mach damit, was du magst«, sagte Karst heiser. »Schmeiß das Zeug weg, bring es zur Polizei, egal. Und noch mal: Es tut mir leid.«

»Ich kapiere gar nichts«, entgegnete Katinka. »Was ist das hier?«

»Die zwei haben keine Ahnung, Andreas«, sagte Brose. »Null! Wenn du dich nicht so anstellen würdest …«

»Du hältst dein Maul!«, schrie Karst und riss den Revolver, den er immer noch in der Rechten trug, in die Höhe. Wieder zeigte der Lauf der Waffe genau auf Broses Stirn. Der verdrehte gelangweilt die Augen – aber nur kurz. Denn plötzlich holte Karst aus und schlug ihm mit dem Revolver gegen die Schläfe. Brose stürzte zu Boden. Ich griff nach Karsts rechtem Arm, bekam die Waffe aber nicht zu packen. Im nächsten Moment blickte ich selbst in die kleine runde Öffnung des Laufs.

»Finger weg!«, herrschte mich der Arzt mit heiserer Stimme an. »Ich habe nichts zu verlieren. Mach das nicht noch einmal!«

»Ganz ruhig«, sagte ich. »Ganz ruhig, Herr Karst. Kein Grund zur Aufregung.«

»Mann, Andreas«, kam es stöhnend von unten. Brose saß auf den Steinfliesen und betastete seinen Kopf. Ein kleines

Rinnsal Blut kroch unter seinen Locken hervor. »Warum tust du das? Mann, Mann, Mann … Was da kaputt gehen kann!«

»Er hat mich gezwungen, euch das Zeug zu geben«, keuchte Karst, den Arm senkend. Die Worte sprudelten jetzt regelrecht aus seinem Mund hervor. Als habe der Schlag gegen Broses Schläfe eine Blockade gelöst. »Er ist an allem schuld, Katinka. Ich weiß, dass ich Scheiße gebaut habe, und ihr Frauen seid die Leidtragenden. Aber dass deine Familie bedroht wird und dass jemand sterben muss, das habe ich nicht gewollt. Bitte glaub mir das!«

Verwirrt legte Katinka die Ampulle in den Karton zurück. »Was ist nun mit deiner Tochter? Was haben sie mit Alice angestellt?«

Brose ließ ein meckerndes Lachen hören. Karst schüttelte verständnislos den Kopf. »Nichts ist mit ihr. Wie kommst du darauf?«

»Siehst du?«, rief sein Kompagnon und leckte sich das Blut von den Fingern. »Geballtes Nichtwissen! Keinen Schimmer von irgendwas.«

»Dann helfen Sie uns auf die Sprünge«, sagte ich. »Bitte, Herr Karst, geben Sie mir endlich die Waffe und packen Sie aus. Sie wollen doch reinen Tisch machen, stimmt's?«

Karst wich einen Schritt zurück. Dabei stieß er gegen einen der beiden Stühle, die sich in dem Raum befanden. Er packte sie nacheinander mit der Linken und schob sie uns zu. »Hinsetzen!«, befahl er. »Setzt euch, dann erzähle ich euch alles.«

Wir taten ihm den Gefallen. Brose seufzte und grinste abwechselnd, während er zu der Holzkiste robbte, um sich dagegen zu lehnen. Mit einem Taschentuch versuchte er, den Blutfluss zu stoppen.

»Ben und ich hatten über Jahre nur losen Kontakt«,

begann Karst. Er ging zur Kommode hinüber und stützte sich auf sie. »Letzten Sommer aber rief er plötzlich an. Mehrmals. Wir trafen uns, dabei erzählte er mir von seiner Arbeit. Von der Sportwettensoftware, die er entwickelt hatte und die er immer weiter perfektionierte. Er fragte mich, ob ich sie nicht einmal testen wolle, das System sei bombensicher. Und als ich es tat, funktionierte es wirklich reibungslos.«

»Wohl wahr«, ließ sich Brose hören. »Ich kann jeden nur einladen, es auszuprobieren. Gewinn garantiert!«

»Weil ich klamm war«, fuhr Karst fort, »ließ ich mich auf die Sache ein. Erst setzte ich kleinere Beträge, dann immer größere. Für das Haus hatte ich mich über beide Ohren verschuldet, und Miriams Auszug bedeutete den Offenbarungseid für mich. Ich musste etwas tun, und Ben wusste das.«

»Aber woher?«, fragte ich. »Zumindest Ihre privaten Probleme haben Sie ja erfolgreich verheimlicht.«

»Ich denke, das hat dieser Privatdetektiv herausbekommen. Wahrscheinlich hat er ganz gezielt nach einer Schwachstelle in meinem Leben gesucht. Bens Sportwetten waren die Rettung für mich – dachte ich.« Mit dem Handrücken fuhr er sich über die Augen. »Das Problem bei der Software ist, dass man sehr schnell reagieren muss. Die Zeitfenster, innerhalb derer sich ein Einsatz lohnt, sind eng. Und prompt ging es schief, als es nicht schief gehen durfte. Als ich mit geliehenem Geld spielte.«

»Von wem geliehen?«

»Von Ben natürlich. Beziehungsweise irgendwelchen Organisationen, mit denen er in Verbindung steht.« Er sah zu seinem Studienkollegen hinüber, der es sich neben der Holzkiste so bequem wie möglich machte. »Es hieß, ich hätte fünf Minuten zu spät auf den Knopf gedrückt. Aber ich bin sicher, dass ich gelinkt wurde. Denn von nun an hatten sie mich in der Hand. Ich schuldete ihnen einen Haufen Geld, das ich unmöglich zurückzahlen konnte.«

»Aber wer sind *sie*?«, fragte Katinka. Sie sprach leise, weil auch Dr. Karst plötzlich viel ruhiger geworden war.

»Das müsst ihr Ben fragen. Sein Institut arbeitet mit Investoren auf der ganzen Welt zusammen. Verhandelt habe ich immer nur mit ihm.«

»Es sind Spieler«, erklärte Brose. »Professionelle Spieler. Leute, die gern wetten und das nötige Kleingeld haben. Asiaten, Amis, Russen. Araber nicht, denen steht die Religion quer. Am schärfsten sind die Mexikaner. Und alle arbeiten sie mit unseren Programmen. Aber wenn der Erfolg garantiert ist, wird es irgendwann langweilig, ich versteh das. Dann braucht man neue Projektfelder, neue Ideen.«

»Und die wären?«, fragte ich.

Brose grinste. Karst zeigte auf den Karton, den Katinka noch immer in der Hand hielt, und sagte: »Das da. Alice.«

Stumm wechselten Katinka und ich Blicke. Dass Gedanken aber auch so zäh sein konnten! Geradezu klebrig. Endlich fragte ich zögernd: »Sie nennen dieses Zeug Alice?«

Karst nickte.

»Nach Ihrer ältesten Tochter? Warum?«

»Sollen wir es beim Herstellernamen nennen?«, lachte Brose. »Den merkt sich doch keiner!«

Katinka zog erneut eine Ampulle ans Tageslicht, um die Aufschrift zu lesen. Brose hatte recht, für Laien wie mich war der Name kaum zu behalten. Irgendwas mit -oxy und -gen und einigen Zahlen.

»Und was ist das?«, fragte Katinka.

»Eine Substanz, die deine Genstruktur verändert«, antwortete Karst. »Sie bewirkt, dass dein Körper unter Belastung zusätzliches Epo produziert. Die Leistungssteigerung soll mehr als fünf Prozent betragen.«

»Zehn Prozent«, rief Brose. »Mindestens!«

»Das Zeug hier?«, flüsterte Katinka und hielt die Ampulle in die Höhe.

Der Arzt nickte. Es entstand eine Pause, in der Katinka die Ampulle langsam in den Karton zurücklegte, ohne Karst aus den Augen zu lassen. Der wurde unter ihren Blicken immer kleiner, er schrumpfte regelrecht, wie er da neben der Kommode stand, ein schwitzendes, farbloses Nichts.

»Das glaube ich nicht«, sagte sie schließlich leise. »Das will und kann ich nicht glauben.«

Karst stöhnte auf. »Was sollte ich machen? Sie hatten mich in der Hand. Wenn ich es nicht getan hätte, hätten sie einen anderen gefunden. So konnte ich wenigstens gewährleisten, dass alles medizinisch korrekt abläuft.«

»Medizinisch korrekt?«, schrie Katinka auf. »Das nennst du korrekt?« Sie sprang auf, bebend, der Karton entfiel ihrer Hand.

»Hör zu, Katinka«, rief Karst panisch, »du hast Alice nicht bekommen. Ich schwöre es dir! Du bist ja immer so misstrauisch, bei dir ging es nicht. Als ich dir letztes Mal eine Vitaminspritze vorschlug, hast du abgelehnt, erinnerst du dich?«

»Du Schwein!«, brüllte sie. Ich sah, wie ihr die Tränen über die Backen liefen.

»Und genau das war das Problem«, mischte sich Brose ein. Es war nicht zu glauben: Der Kerl klang noch immer so unbeschwert, als sprächen wir gerade über das Wetter oder die Farbe von Maiglöckchen. »Misstrauische Athleten können wir uns nicht leisten.«

Katinka schluckte. »Deshalb also sollte ich nicht nach London fahren. Weil ich mich nicht so einfach manipulieren ließ.«

»Du hast keinen einzigen Tropfen von dem Zeug in dir«, sagte Karst heiser. »Glaub mir. Du bist …«

»Halt's Maul!«, schrie ihn Katinka an und presste beide Hände gegen die Ohren. In dieser Haltung stürzte sie zur Terrassentür, stieß sie mit der Schulter auf und rannte davon.

»Noch Fragen?«, murmelte Brose, ihr nachblickend.

Ich beugte mich vor und hob den Karton vom Boden auf.

»Vor diesem Moment habe ich mich gefürchtet«, hörte ich Karsts heisere Stimme. »Dass es Katinka erfährt. Sie hat mir immer vertraut.«

»Hat sie nicht«, widersprach Brose. »Sonst hätte sie nicht dauernd wissen wollen, was du ihr spritzt.«

»Bitte«, wandte sich Karst beschwörend an mich, »Sie müssen ihr sagen, dass sie den Stoff nicht in sich hat. Sie ist clean, sie kann weitermachen wie bisher.«

»Ich muss gar nichts. Was ist mit den übrigen Läuferinnen? Mit Romy Feierabend, Birthe Möller und den jungen?«

Er zuckte mit den Achseln. »Athleten sind grundverschieden. Es gibt welche wie Katinka, die fragen bei jeder einzelnen Spritze nach, was drin ist, wollen sehen, wie man die Originalverpackung öffnet – und es gibt solche, die sind nachlässiger. Die glauben mir, wenn ich ihnen sage, dass es sich um ein pflanzliches Produkt handelt. Dann hau es halt rein, Doc! So auf die Tour.«

»Sind die Frauen nun gedopt oder nicht?«

»Hey, hey, was heißt hier gedopt?« Brose setzte sich aufrecht hin. »Leistungssteigernde Mittel nehmen sie alle, auch Ihre tolle Frau Glück. Gedopt ist nur, wer auffällt. Und mit Alice fällst du nicht auf. Das Zeug ist nicht nachweisbar.«

»Wer's glaubt!«

»Ehrlich, das Zeug ist der Hammer. Einer unserer Kunden, der viel mit Laboren zusammenarbeitet, hat es angeschleppt. Andreas, sag ihm, dass es nicht nachweisbar ist.«

»Ruhe!«, sagte Karst.

»Was ist mit Tietje?«, rief ich. »Ich weiß, dass Sie Kontakt mit ihm hatten. Vor einigen Wochen muss er Sie in Ihrer Praxis aufgesucht haben. Hier in Frankfurt!«

»Ja, er war da. Er suchte so etwas wie einen Kronzeugen für den Fall. Damals fischte er noch ziemlich im Trüben. Von mir bekam er jedenfalls keine Informationen. Aber kurz vor Ostern meldete er sich noch einmal telefonisch, und da schien er deutlich mehr zu wissen. Auch die Sache mit Alice.«

»Und dann?«

»Wollte er sich mit mir in Kienbaum treffen. Am Ostersamstag. Ich hatte den ganzen Tag in Berlin zu tun, und als ich abends im Trainingszentrum ankam …« Wieder zuckte er die Achseln. »Den Rest kennen Sie.«

»Tietje wusste zu viel, was?«, wandte ich mich an Brose. »Deshalb musste er sterben.«

Der Lockenkopf hob abwehrend die Hände. »Damit habe ich nichts zu tun. Ich verabscheue Gewalt. Total, echt. Wenn Tietje sich an die Spielregeln gehalten hätte, wären seine Mitspieler nicht so sauer geworden. Ich meine, warum fährt der Mister auch so einen Egotrip?«

»Weil Sie ihn nicht korrekt entlohnen wollten, nehme ich an. Haben Sie mir selbst am Flughafen erzählt.«

Grinsend schüttelte er den Kopf. »Andere Baustelle, Herr Koller. Absolut anders.«

»Schluss jetzt!«, rief Karst. »Wo ist Katinka hin?«

»Die Polizei holen, nehme ich an. Was sonst?«

Der Arzt starrte mich an. Wusste er nicht, was die Polizei war? Oder glaubte er, er käme ungeschoren davon? Plötzlich wurde er hektisch. Er fuchtelte wie vorhin mit dem Revolver herum und befahl uns aufzustehen.

»Nun mal langsam«, sagte ich.

»Ich bin schwer verletzt«, kam es von Brose. »Ich kann nicht aufstehen.«

»Hoch mit euch!«, brüllte Karst. »Aber dalli!« Zum x-ten Mal richtete er die Waffe auf eine Stirn. In diesem Fall traf es wieder Brose.

»Überleg doch mal, Andreas. Erstens ist die Waffe nicht geladen, und zweitens ...«

»Maul!« Karst zielte in eine Ecke und drückte ab.

Klick, machte es.

»Und zweitens«, grinste Brose, »kannst du mit dem Ding überhaupt nicht umgehen.«

Dann schrie er auf, denn der Arzt hatte noch einmal abgedrückt. Und dieses Mal hallte der Raum von einem dröhnenden Schuss wider. Von der Decke rieselte der Putz.

»Los jetzt!«, schrie Karst. »Runter mit euch in den Keller. Und keine Spielchen, verstanden?«

»Das bringt doch nichts«, wandte ich ein und durfte zur Strafe in den Revolverlauf blinzeln.

»Ab jetzt will ich kein Wort mehr hören! Ist das klar?«

Wir nickten brav.

39

In Dr. Karsts Vorratskeller reichten die Lebensmittel für höchstens zwei Tage. Das stellte ich als Erstes fest, nachdem sich die Tür hinter uns geschlossen hatte. In den Regalen ein alter Blumenkohl, Olivenöl, drei Marmeladengläser und eine Handvoll Konserven, am Boden angebrochene Getränkekästen, ein Sack keimender Kartoffeln und eine Fünfliterdose Bier. Auch hier schien Miriam Karst sämtliche Habseligkeiten mitgenommen zu haben, während ihr Mann vermutlich von Fertigpizza und Vorwürfen lebte.

»Mann, Mann, Mann«, murmelte Brose vorwurfsvoll.

Die Tür öffnete sich noch einmal. »Die Handys«, befahl Karst. »Los, her damit! Alle beide.«

Was sollten wir tun? Mit einem Revolver in der Hand war der Kerl völlig unberechenbar. Er nahm unsere Telefone in Empfang und ließ uns allein. Wir hörten, wie sich der Schlüssel im Schloss drehte.

Während Brose die Aufschrift auf den Konserven entzifferte, überprüfte ich das Kellerfenster. Es war bloß ein flacher, vergitterter Schlitz unter der Decke. Vielleicht in acht Wochen, wenn wir nur noch Haut und Knochen waren …

Und die Tür? Aus massivem Holz, ziemlich neu und ohne jeden Spalt, an dem man einen Hebel hätte ansetzen können.

Das sah nicht gut aus.

»Ich liebe Thunfisch«, hörte ich Brose schwärmen. »Sie auch? Und haben Sie vielleicht einen Dosenöffner dabei?«

»So ein Depp!«, schimpfte ich. »Was hat der vor? He, Brose, sagen Sie es mir: Was hat Karst vor?«

»Wie soll ich das wissen? Abhauen, würde ich mal sagen. Andreas war schon immer ein schlechter Verlierer.«

»Für Sie ist wohl alles ein Spiel?«

»Genau.« Grinsend ließ er sich auf einem Sprudelkasten nieder. »Das Leben ist ein Spiel. La vida es juego. Sind Sie dabei?«

Schweigend hob ich das kleine Bierfass vom Boden auf,

wog es kurz in den Händen und stellte es dann wieder ab. Nachdem ich den Staub entfernt hatte, nahm ich darauf Platz, Brose direkt gegenüber.

»Sie haben einen Menschen auf dem Gewissen«, sagte ich und sah ihm ins Gesicht. »Ralf Tietje hat Ihr Spiel mit dem Leben bezahlt. Ist Ihnen das überhaupt klar, Herr Brose?«

»Tietje.« Er schnitt eine Grimasse. »Ey, dieser Typ … Der war doch nicht ganz sauber. Wir hatten eine Abmachung, er und ich. Er sollte herausfinden, an welcher Stelle Andreas zu packen war. Das bekam er auch professionell hin, der Tietje, kein Thema. Wusste ja nicht, worum es eigentlich ging. Später sollte er sich ein bisschen um die Glück kümmern, weil die in Sachen medizinischer Versorgung ihren eigenen Kopf hatte, noch später um die Glück und Sie. Und da dachte sich der Tietje wohl, jetzt spiele ich mal nach meinen Regeln.« Achselzucken. »So was kann nicht gut gehen, Herr Koller. Kann nicht!«

»Wer hat ihn ermordet?«

Große Geste des Nichtwissens: »Wollen Sie Namen hören? Ich kenne keine. Keine Gesichter, keine Nationalität, nicht mal das Geschlecht der Leute. Der Tietje wurde natürlich überwacht, und als er sich mit Andreas in Kienbaum treffen wollte, hatte er den Bogen überspannt. Der wollte ihn sich kaufen, stellen Sie sich das mal vor! Und dann: Polizei oder Presse, lauter dummes Zeug. Okay, wenn es nach mir gegangen wäre, hätte man mit dem Tietje noch mal geredet, aber so ist das halt, wenn man zu mehreren spielt.«

»Die anderen also. Und wenn Sie ihn persönlich niedergeschlagen und in der Kältekammer verfrachtet haben?«

»Von Hongkong aus?«, lachte er. »Da war ich nämlich über Ostern. Nein, ich kann Ihnen nicht mal sagen, von welcher Gruppe Tietje erledigt wurde. Ob von den Mexikanern oder den Asiaten. Letztlich spielt es auch keine Rolle.« Er gähnte. »Was kümmert es die Eiche, wenn sich die Wildsau an ihr reibt?«

»Die Wildsau?« Ich lachte leise. »Das hätten Sie jetzt nicht sagen dürfen, Herr Brose.«

Verwundert sah er zu, wie ich aufstand und das Bierfass packte.

»Was soll das? Kommen Sie mir jetzt auch mit Gewalt?«

Wortlos ging ich zur Tür. Dort holte ich aus, zielte und schmetterte das Fässchen mit voller Wucht gegen das Schloss. Der Schlag dröhnte durch das ganze Haus.

»Nicht!«, rief Brose. »Das hört er doch, und dann wird er wieder sauer.«

»Wollen Sie hier Wurzeln schlagen? Ach so, Sie sind ja eine Eiche.« Nächster Versuch. Die Tür zitterte in den Angeln, rund um das Schloss gab es die ersten Macken. Am meisten aber zerbeulte das Fässchen. Noch ein Schlag. Und noch einer. Ich begann zu keuchen. Verdammt, das war ja Krafttraining pur! Mit jedem Versuch verabschiedete sich das Fass ein weiteres Stück von seiner Zylinderform. Ich drehte es um und schlug mit dem Boden zu. Dann musste ich eine Pause einlegen.

»Warum probiert Ihre Katinka Alice nicht einfach aus?«, rief Brose. »Nur so zum Spaß. Ich habe es auch gemacht, und hey, das Resultat war irre!«

»Was?«, keuchte ich. »Sie haben sich das Zeug gespritzt?«

»Na klar. Letzten Sommer. Man muss es mehrmals nehmen, damit es die volle Wirkung entfaltet. Ich habe Ihnen doch erzählt, dass ich ab und zu jogge. Letztes Jahr habe ich alle Bekannten in Grund und Boden gerannt. Fünf Prozent Leistungszuwachs? Bei mir waren es 20.«

»Sie sind verrückt, Brose.«

»Ich bin Spieler. Das ist ein Unterschied.« Er nahm eine Flasche aus dem Sprudelkasten und öffnete sie. »Ehrlich«, sagte er zwischen zwei Schlucken, »das Zeug ist harmlos. Und es wirkt. Eine deutsche Olympiasiegerin werden wir so zwar nicht produzieren, das würde auch auffallen. Aber ein fantastisches Teamergebnis. Mit dem niemand gerechnet hat.«

»Außer Ihren Partnern.«

»Das System ist total ausgeklügelt. Ich würde es Ihnen ja auseinander dröseln, wenn wir die Zeit hätten. Um so richtig Kohle zu machen, muss man den Einsatz auf die ganze Welt verteilen. Da setzt man in einer Hinterhofklitsche in Kuala Lumpur halt mal nur 1000 Dollar auf die Mädels. Große Summen machen eh nur misstrauisch. Die Quote bringt's. Und weil irgendwelche Idioten gerade wie wild auf das englische Team setzen, steigt unsere.« Noch ein Schluck Wasser. »Wobei ein Teil der Idioten allerdings gekauft ist. Das Spiel muss ja in Gang kommen.«

»Haben die Engländer kein Alice?«, fragte ich und packte das Fässchen wieder beidhändig.

»Unwahrscheinlich. Aber nicht auszuschließen. Hey, das bringt doch nichts!«

Zack! Das Türholz splitterte. Irgendwann musste die Fassung des Schlosses aus dem Holz brechen. Aber ob mein Rammbock so lange hielt?

Ein weiterer Schlag. Vor lauter Beulen und Dellen wusste ich kaum noch, wo ich das Fässchen halten sollte. Zack! Jetzt begann es schon an einer Stelle zu brodeln. Am Fass natürlich, nicht an der Tür! Meine Finger wurden klebrig. Den nächsten Schlag führte ich vorsichtiger aus und versuchte umso genauer zu zielen. Das Brodeln wurde stärker. Ratlos hielt ich inne. Von draußen kam kein Geräusch.

»Wenn Sie das Fass aufkriegen, haben wir wenigstens was zu trinken«, sagte Brose.

Ich trat gegen die Tür. Nichts. Ich warf mich dagegen. Nichts. Also musste das Fass wieder dran glauben. Ich holte aus, schlug zu – und bekam eine Ladung Bier ins Gesicht. Beim Auftreffen des Metalls auf dem Holz musste die Hülle gerissen sein. Brose johlte vor Vergnügen.

»Scheiße!«, schrie ich und warf das Fass von mir. Zischend und brodelnd drang sein Inhalt ins Freie. Brose schnappte sich das völlig deformierte Ding und gönnte sich eine Bierdusche. Hielt es senkrecht über sich, dass die Flüssigkeit über Gesicht, Haare und in den Mund strömte. An seiner Schläfe vermischte sie sich mit dem angetrockneten Blut.

»Geil!«, rief er. »Superaffengeil!«

Seine Lippen schlossen sich um den Riss, damit nur ja kein Tropfen verloren ginge. Doch es gab weitere Bruchstellen, aus denen das Bier drang. Schließlich setzte er das Fass ab.

»Sie haben's echt drauf«, keuchte er. »Echt wahr. Mit einem Bierfass eine Tür aufmachen, darauf muss man erst einmal kommen.«

Ich nahm Anlauf und rammte meine Schulter gegen die Tür. Sie wackelte und ächzte, gab aber nicht nach. Nur meine Schulter schmerzte. Noch ein Versuch, dann gab ich es auf. Verdammt, viel hätte nicht gefehlt!

»Zu zweit schaffen wir's«, sagte ich. »Wie wäre es, wenn Sie auch mal was täten?«

Brose rülpste. »Wozu?«, entgegnete er. »Am Ende reizen wir ihn nur. Er hat eine Waffe, da halte ich mich lieber zurück. Peace, my people.«

Ich lauschte. Immer noch kein Geräusch draußen. Wahrscheinlich hatte Karst die Flucht ergriffen, schweißüberströmt, mit irrem Blick. Aber wohin wollte er? Zu seiner

Familie? Ich konnte nur hoffen, dass Katinka den Mut hatte zurückzukehren und uns irgendwann fand.

»Scheiße!«, rief ich noch einmal und trat gegen den Kartoffelsack. Dann nahm ich Brose das Fässchen weg.

»Gut, was?«, sagte er zufrieden, als er sah, dass ich ebenfalls meinen Durst löschte. Dabei war es gar kein Durst. Es war die Enttäuschung, der pure Frust, der sich in dem Wunsch entlud, etwas Superdämliches zu tun. Wenn man schon eingesperrt war, konnte man sich auch gleich besaufen. Ich trank und trank, bekleckerte mich dabei von oben bis unten. Und wie das Zeug schmeckte, verrate ich lieber nicht.

»Hey, hey«, meldete sich Brose. »Sie lassen mir aber schon noch was drin, ja?«

Ich setzte das Fass ab, wischte mir über den Mund und rülpste ebenfalls. Anschließend ließ ich mich auf einen freien Getränkekasten plumpsen.

»Die Sache ist nämlich wirklich kompliziert«, fuhr er fort. »Die Sache mit den Sportwetten, meine ich. Als Otto Normalverbraucher können Sie nicht einfach eine Million auf irgendein Ereignis setzen. Erstens nimmt das kein Buchmacher an, und zweitens steht dann sofort Interpol auf Ihrer Fußmatte. Sie brauchen ein Netzwerk, und das haben meine Kooperationspartner. Vor allem die Asiaten. So eine richtige Pyramide aus Helfern haben die über die Jahre aufgebaut, mit Informanten, Zuträgern, Geldeintreibern. Und natürlich Agents, das sind die Leute mit einer Wettlizenz. Ohne die geht gar nichts. Agents und Super Agents, die das alles koordinieren.«

»Und Sie meinen, die Geldeintreiber könnten sich Tietje zur Brust genommen haben?«

»Wer sonst? Das sind die Jungs fürs Grobe.«

Ich wartete, bis er sich den nächsten Schluck Bier zu

Gemüte geführt hatte, dann fragte ich: »Wie war das noch mal mit Alice? Sie haben einen Tipp bekommen, sagten Sie?«

Er nickte. »Einer meiner Partner hatte davon gehört. Das Zeug ist in Thailand entwickelt worden, für Dialysepatienten, soviel ich weiß, aber ob es jemals die Zulassung bekommt, steht in den Sternen. Die Europäer sind da ja ziemlich pingelig. Und als wir gemeinsam ein Brainstorming machten, wo und wie es einsetzbar wäre, fiel mir mein alter Kumpel Karst ein, der gerade seinen Posten als DLV-Arzt angetreten hatte. Dass der sich mit all dem Epo-Kram auskannte, verstand sich von selbst. Ist ja gewissermaßen sein Beruf.«

»Wenn Sie das sagen … Her mit dem Fässchen!«

Er reichte es mir. »Blieb die Frage, ob er mitmachen würde. Aber das konnte Tietje ja rasch klären.«

»Und dann kamen Sie auf diese bescheuerte Idee mit dem Team-Ergebnis beim Marathon.«

»Bescheuert?« Ehrlich bestürzt schaute er mich an. »Ganz im Gegenteil. Wenn Sie nicht auffallen wollen, dürfen Sie nicht auf die Riesenereignisse setzen. Champions League-Finale, Wembley oder so was. Sondern auf die Anzahl der Einwürfe in der zweiten kroatischen Liga. Wann der nächste Strafstoß in Belgien gepfiffen wird. Das sind die Wetten, die sich lohnen. Auch wenn die mehr Mühe machen.«

Ich nahm einen langen Schluck Bier. Sollte uns Katinka tatsächlich aufspüren, würde sie uns gleich wieder einsperren, weil wir stanken wie Stadtstreicher. »Wissen Sie, was ich von Ihrer Wettscheiße halte, Herr Brose?«, sagte ich. »Diese ganze …«

»Nee«, unterbrach er mich mit demselben enttäuschten Blick, den er vorhin in Karsts Wohnzimmer aufgesetzt hatte. »Nee, nee, nee. Also wirklich, Herr Koller. Das hätte ich von Ihnen jetzt nicht erwartet. Sie finden Wetten unethisch? Amoralisch? Heucheln Sie doch nicht so rum! Hier in Frankfurt, nur ein paar Kilometer entfernt, werden gerade Milliarden darauf gesetzt, dass der Reispreis fällt, dass ganz Griechenland den Bach runtergeht, dass der Euro an Wert verliert. Es wird gewettet und gezockt, was das Zeug hält, und wenn in Athen 10.000 Rentner betteln gehen müssen, lassen sie an der Börse die Champagnerkorken knallen. Auf Haiti hungern die Kinder, weil das Mehl zu teuer ist? Super, wir haben wieder unseren Schnitt gemacht! Das ist unser Wirtschaftssystem, Herr Koller, und Sie profitieren davon.«

»Es ist ein spezieller Teil unseres Systems.«

»Träumen Sie weiter«, grinste Brose und riss mir das Fässchen aus der Hand. »Träumen Sie weiter bis zum nächsten Crash. Wodurch wurde die Finanzkrise 2008 denn ausgelöst? Durch Zocker. Aber nicht durch eine Handvoll krimineller Wall-Street-Junkies, sondern durch Banken weltweit, von New York bis Sachsenhausen. Durch Angestellte der Deutschen Bank zum Beispiel, die gegen ihre eigenen Geschäfte gewettet haben. Diese Schlipsträger wussten genau, dass sich ihr Arbeitgeber mit ein paar Übernahmen verhoben hatte – und genau dagegen wetteten sie. Mit Billigung des Vorstands, stellen Sie sich vor! Unsere gute alte Deutsche Bank. Und da erzählen Sie mir, es beträfe nur einen Teil des Systems. Märchen aus Tausendundeiner Nacht, Herr Koller! Haben Sie ein Girokonto bei der Deutschen? Danke für die Unterstützung der Zockerwelt!« Lachend legte er den Kopf in den Nacken, um Bier in seinen weit offenen Mund laufen zu lassen. »Wetten soll unethisch sein!«, kicherte er gegen den goldgelben Strom an. »Unethisch …!«

Ich dachte an den Farbbeutel, der auf Eichelscheids Jackett gelandet war, und schwieg.

Brose setzte das Fass wieder ab. »Echt, dass die Leute immer mit ihrer Moral kommen müssen«, sagte er kopfschüttelnd. »Doping soll ja auch so unmoralisch sein. Nicht wahr, Herr Koller, das plappern Sie gern nach. Aber warum eigentlich? Was ist so verwerflich daran, sich gegenüber der Konkurrenz einen Vorteil verschaffen zu wollen? Glauben Sie, alle Sportler dieser Erde hätten dieselben Startbedingungen? Sind Sie wirklich so naiv? Wer in großer Höhe lebt, hat nun mal mehr rote Blutkörperchen als Sie. Finden Sie das gerecht? Nein, sagen Sie, und fliegen zum Training nach St. Moritz oder in die USA. Der DLV zahlt ja. Das Lauftalent aus Bangladesch würde vielleicht auch gern in der Höhe trainieren, wird den Aufenthalt aber nie finanziert bekommen. Ist das gerecht?« Er lachte. »Fair Play hat vielleicht vor 100 Jahren an den englischen Colleges funktioniert. Jetzt ist es nur noch ein Mittel, um die Überlegenheit der Ersten Welt gegenüber der Dritten zu zementieren. Und nicht mal das klappt, wie man im Marathon sieht. So, und jetzt muss ich pinkeln.«

Mir lag ein Kommentar auf der Zunge, doch im selben Moment ließ mich ein Geräusch aus der Ferne zusammenzucken.

Jemand schrie. Grell und durchdringend.

Ich sprang auf. Katinka! Das war ihre Stimme, und sie klang, als sei sie in höchster Todesangst.

»Raus!«, brüllte ich und stürzte zur Tür. »Wir müssen ihr helfen!«

Brose erhob sich langsam. Mit aller Kraft warf ich mich gegen die Tür. Keine Chance. Es war, als habe sie sich in den Kopf gesetzt, mich zu piesacken. Verzweifelt versetzte ich ihr einen Tritt nach dem anderen. Dazwischen gellten immer wieder Katinkas Schreie durch das Haus.

Ich brach mir fast den Fuß, doch es half nichts. Die Tür hielt.

»Das hört sich aber nicht gut an«, meinte Brose hinter mir.

Kochend vor Wut drehte ich mich zu ihm um. »Verdammt, nun helfen Sie mir! Zeigen Sie wenigstens einmal, dass Sie ein Mensch sind.«

»Jaja«, murmelte er. »Schon gut.«

Er nahm noch einen Schluck Bier, dann trat er neben mich. Ich zählte bis drei, dann rannten wir gemeinsam gegen das verdammte Hindernis. Es krachte gewaltig, durch meine Schulter fuhr ein glühender Schmerz, dann prallte ich draußen an die gegenüberliegende Kellerflurwand. Die Tür hatte nachgegeben!

Neben mir rappelte sich Brose auf.

Ich quetschte mich an ihm vorbei und rannte die Treppe nach oben. Wieder ein Schrei aus Katinkas Mund, ein gellendes, alles durchdringendes Geheul. Es kam nicht aus dem Wohnzimmer. Da, ein Gang, der vom Flur aus nach links führte. Nichts wie hinein! In einiger Entfernung hörte ich einen Motor sanft grollen.

Dann roch ich es: Autoabgase.

Der Gang führte um eine Ecke und endete vor einer offenstehenden Tür: dem Zugang zur Garage. Bläulicher Qualm schlug mir entgegen. Es roch widerlich, ich hielt den Atem an. Aber wo war Katinka?

Mit beiden Händen versuchte ich, die Abgaswolken vor mir zu vertreiben. Karsts BMW-Oldie stand da, die Beifahrertür offen. Alles war voller Qualm. Und dann sah ich Katinka. Wimmernd kam sie um das Heck des Wagens, mit dem Rücken voran, einen leblosen Körper hinter sich her ziehend.

»Katinka!«, rief ich und stürzte auf sie zu. Aber das war wohl die falsche Reaktion, denn kaum sah sie mich, als sie wieder in panisches Geschrei ausbrach. Ich griff nach ihr, versuchte, sie zu umarmen, und als ich sie endlich gepackt hatte, drückte ich sie fest an mich wie eine Mutter ihr Kind.

»Alles gut«, keuchte ich, während mir der Gestank in der Garage schier den Atem verschlug. »Alles gut, Katinka. Ich bin da.«

Schluchzend krallte sie ihre Hände in meinen Rücken.

Hinter mir hörte ich Brose husten. »Bringen Sie ihn raus«, rief ich ihm zu und nickte mit dem Kopf Richtung Boden. Dort lag Karst, ohne jedes Lebenszeichen und bar jeglicher Gesichtsfarbe. In einer Mischung aus Tragen und Zerren beförderte ich Katinka aus der Garage. Als wir den Flur des Hauses erreicht hatten, ließ ich sie vorsichtig auf den Boden nieder. Bis ich ihre Finger aus meinen Kleidern gelöst hatte!

»Simon«, weinte sie. »Simon … Genau wie damals.«

»Ich weiß. Du hast ihn gerettet.«

»Nein!«, schrie sie auf. »Habe ich nicht!«

»Andreas meine ich. Lass mich kurz Brose helfen.« Ich eilte in die Garage zurück, wo sich der Lockenkopf mit Karsts Körper abmühte. Zu zweit zogen wir ihn aus der Gifthölle bis in den Hausflur. Aufstöhnend ließ sich Brose neben seinem Kumpel nieder. Ich dagegen begab mich ein drittes Mal in die Garage, um den Motor des BMW auszustellen und das Tor zu öffnen. Draußen stand noch immer Broses Leihwagen. Ein Passant kam mit Hund vorbeigestrolcht und linste neugierig in die Garage.

»Rufen Sie bitte einen Notarzt«, rief ich ihm zu. »Selbstmordversuch mit Abgasen!«

Der Mann nickte.

Katinka saß wie ein Häuflein Elend im Flur, Rotz und Wasser heulend. Ich setzte mich neben sie, legte den Arm um ihre Schulter und schwieg. Was hätte ich auch sagen sollen? Karst lag regungslos vor uns. Sein Mund stand offen, die Augen waren geschlossen. Ich bezweifelte, dass der Notarzt hier noch etwas ausrichten konnte.

»Warum machen die alle so einen Scheiß?«, murmelte Brose vor sich hin. »Echt, die spinnen doch. Alle!«

Nach diesen Worten herrschte Stille. Katinka schluchzte und wimmerte, aber niemand sprach. Bis ich die Kraft aufbrachte, mich zu räuspern.

»Noch ein Wort«, sagte ich drohend. »Noch ein Wort, Brose, und ich werde zur Wildsau. Verstehen Sie? Zum unkastrierten Keiler. Eine Gefängniszelle ist noch viel zu gut für Sie.«

»Gefängnis?«, lamentierte er. »Was soll das nun schon wieder? Echt, warum soll ich für den ganzen Mist hier büßen? Ich habe Tietje kein Haar gekrümmt, kein einziges. Dass Andreas so durchknallt, kann doch keiner ahnen. Ich meine, wer hat wem denn den Kopf blutig geschlagen? Und dafür soll ich in den Knast, Leute? Ey!«

Ich rappelte mich auf. Keine Ahnung, was ich mit ihm anstellen würde, aber irgendeiner musste diesem Idioten das Maul stopfen!

»Hey, hey, nicht so fix«, stotterte er und erhob sich ebenfalls. Seine Hand fuhr suchend zur Gesäßtasche. »Gewalt ist doch kein Mittel, Herr Koller …«

Ich holte aus. Mir egal, ob er schon blutete. Einfach rein in diese stinkende, blubbernde Fratze!

»Stopp!«, rief er und brachte die Hand nach vorn. Verdammt, er hatte Karsts Waffe! »Ich tu's nicht gern, aber wenn man mich zwingt … Nicht bewegen, Herr Koller!«

Ich sah ihn an. Der Scheißkerl musste den Revolver in der Garage an sich genommen haben. Als er Karst hinausschleppte. Okay, gab es halt keine Schlägerei im Hausflur. Seiner Strafe würde er nicht entrinnen.

»Halten Sie wenigstens Ihr Maul«, sagte ich und ließ mich wieder neben Katinka nieder.

Aber genauso gut hätte ich die Erde bitten können, sich andersrum zu drehen.

»Mann, Mann, Mann, ich verstehe das nicht«, brabbelte Brose weiter, die Waffe auf uns gerichtet. »Es hätte so einfach sein können! Alice ist ungefährlich, nicht nachweisbar, und es funktioniert perfekt. Als Sportler hätte ich gejubelt über so ein Mittel. Aber nein, Madame Glück spielt die Puritanerin und stellt sich stur. Nur deshalb haben wir Tietje weiterbeschäftigen müssen, nur deshalb meinte er plötzlich, sein eigenes Ding zu drehen, und nur deshalb kamen Sie mir und Andreas auf die Spur. Wenn Sie Alice nicht nehmen, können Sie London vergessen, Frau Glück! So oder so. Und irgendwann werden Sie es bereuen, glauben Sie mir.«

Katinka hörte auf zu schluchzen und starrte ihn an. Ihre Augen waren rot und geschwollen, vom Weinen ebenso wie vom Qualm in der Garage.

»Sie meinen, wir sollten einfach weitermachen?«, fragte ich. »Ein Mord, ein Selbstmordversuch – aber Schwamm drüber? Sie sind wirklich nicht von dieser Welt, Brose!«

»Probieren Sie es wenigstens aus, Frau Glück! Ein paar Ampullen liegen drüben im Wohnzimmer. Das reicht dicke für einen Test. Haben Sie nicht am Sonntag diesen Halbmarathon bei sich in Heidelberg? Sie werden sehen, Alice wirkt wie der Teufel.«

»Wenn Sie mal sterben, brauchen Sie einen schalldichten Sarg«, murmelte ich und schloss die Augen. In Katinka kam Bewegung. Ich spürte, wie sich ihre Muskeln spannten.

»Ich lasse Ihnen die Ampullen da«, hörte ich Brose sagen. »Aber nur, wenn Sie mir versprechen …«

Katinka stand auf. »Bevor ich mich mit dem Zeug vergifte«, zischte sie, »bringe ich dich eigenhändig um!«

»Okay«, lachte Brose. »Sie haben Angst. Das verstehe ich. Aber sehen Sie mich an. Ich habe mir Alice gespritzt und bin munter wie ein Fisch im Wasser. Fitter als je zuvor. Passen Sie auf, wir machen es anders: *Ich* nehme Alice, und dann treten wir zwei in Heidelberg gegeneinander an. Einverstanden? Ich bin noch nie 21 Kilometer unter 90 Minuten gelaufen, aber mit Alice werde ich sogar eine Olympiateilnehmerin schlagen. Wie wär's?«

»Sie sind verrückt«, sagte Katinka.

»Allerdings«, brummte ich und schlug die Augen wieder auf. Katinka stand vor Brose, der sich mit seiner Waffe schützte, und funkelte ihn an.

»Na los, seien Sie kein Frosch«, feixte er. »Ist doch ein faires Angebot. Fehlt nur noch der Einsatz. Wenn Sie verlieren, lassen Sie sich Alice spritzen und werden in London Bestzeit laufen. Sollten Sie mich aber schlagen, gehe ich zur Polizei und erzähle alles, was Sie hören wollen.«

Katinka schwieg. Und die Art, wie sie schwieg, wie sie mit ihrem harten, ausgezehrten Gesicht dastand und Brose mit Blicken vernichtete, gefiel mir gar nicht.

»Die Polizei wird ohnehin gleich hier sein«, sagte ich. »Hörst du, Katinka?«

»Was ist?«, grinste Brose. »Ja oder nein? Das Leben ist ein Spiel. Und nichts für Feiglinge.«

»Abgemacht«, sagte Katinka.

»Nein!«, rief ich. »Spinnst du?«

»Doch«, presste sie hervor. »Das bin ich Andreas schuldig. Das Arschloch hier wird verlieren und gestehen.«

Brose hielt ihr die Hand hin. »Wir sehen uns, Katinka.« Sie schlug ein. »Bis Sonntag! Und Sie sind Zeuge, Herr Koller.«

Fort war er, der Idiot.

40

An Walpurgis waren die Hexen los.

Vor allem, wenn der 30. April auf einen Freitag oder Samstag fiel. Dann konnten sich schon mal 10.000 Heidnische auf der Heidelberger Thingstätte versammeln, um zu kuscheln und in den Mond zu starren. Dieses Jahr freilich fiel Walpurgis auf einen Montag, was die Feierlust der Kurpfälzer Hexen dämpfte. Insofern hatten die Occupisten recht daran getan, ihren Aktionstag nach vorn zu verlegen, auf den 29. April. Banken gab es am Sonntag zwar keine zu besetzen, aber man konnte den ganzen Tag durch die Hauptstraße ziehen und demonstrieren, ohne dass Arbeitgeber oder Klassenlehrer gleich ein Attest einforderten.

Fragte sich nur, wer die rot-weißen Markierungsbänder durch die Heidelberger Hauptstraße gespannt hatte. Wer die vielen Absperrgitter aufgestellt hatte und das Kilometerschild mit der großen 2.

Nun, ich wette, Occupy wusste ganz genau, was Bänder, Gitter und Schild zu bedeuten hatten. Denn wann ergab sich schon einmal die Gelegenheit, sein politisches Engagement vor Tausenden von Menschen in der Heidelberger Altstadt zu zeigen?

Vor den Teilnehmern und Zuschauern des Halbmarathons nämlich.

Schon am Bismarckplatz gab es heftige Diskussionen. Ein Streckenordner in gelber Jacke versuchte, ein Grüppchen Demonstranten zu vertreiben.

»Verschwindet von der Strecke! Das ist eine angemeldete Veranstaltung.«

»Wir sind auch eine Veranstaltung. Eine unangemeldete.«

»Also fort mit euch! In einer halben Stunde muss hier alles frei sein.«

Winkend verzogen sich die Aktivisten in die Hauptstraße. Ich folgte ihnen per Rad, konnte sie wegen der vielen Absperrungen aber erst nach einer Weile überholen. Der Ordner hatte übertrieben: Es blieb noch fast eine Stunde bis zum Start des Halbmarathons. Kurz vor halb neun und schon so viele Menschen auf den Beinen. Man musste verdammt hart gegen sich selbst sein, wenn man Läufer oder Weltretter war.

In der Altstadt hatten eindeutig die Läufer die Oberhand. Je weiter man Richtung Uniplatz vordrang, desto dichter wurde ihr Spalier. Lauter Bewegungsfanatiker mit Startnummer vor dem Bauchnabel: dünne Waden, Ansätze von Angstschweiß, gefasster Blick. Und erste Wehwehchen: das Dehnen der Oberschenkel, der schmerverzerrte Griff zur Hüfte, Unpässlichkeiten hier, Altlasten dort. Alles strebte dem Veranstaltungszentrum zu. Vor dem Uniplatz verkeilte sich die Masse. Ich stieg ab und zwängte mich samt Rad durch die Menschen. Ein Teil des Platzes war für den Zieleinlauf abgesperrt, dahinter reihte sich Zelt an Zelt.

Endlich, nach vielen Knüffen, Püffen und Flüchen über den Fitnesswahn der Menschheit, erreichte ich mein Ziel: die Neue Uni. Auch dort war es ein Spießrutenlauf durch die spitzen Ellbogen der Langstreckenläufer, bis ich das Wettkampfbüro gefunden hatte. In dem kleinen Seminarraum traf ich Katinka und ihren Trainer Grothe zusammen mit ein paar Vertretern des Veranstalters. Dr. Eichelscheid saß auf einem Stuhl und ließ sich von einem Sanitäter den Blutdruck messen.

»Machen Sie ein paar Schritte an der frischen Luft«, riet der Mann vom Roten Kreuz, während er die Manschette löste. »Das wird schon wieder.«

Eichelscheid schüttelte den Kopf. »Ich bleibe hier«, flüsterte er. »Diese Leute verfolgen mich. Ich gehe erst wieder raus, wenn die Altstadt maskenfrei ist.«

Unwillkürlich ließ ich meine Blicke über seinen Anzug gleiten. Er trug natürlich einen neuen.

Katinka stellte mich dem Veranstaltungsleiter vor. »Herr Koller wird mich begleiten. Zusammen mit meinem Trainer.«

»Gut.« Der Halbmarathon-Mensch reichte mir die Hand. »Einer von Ihnen beiden bekommt ein offizielles Fahrradbegleiterschild. Der andere fährt so mit. Brauchen Sie sonst noch was, Frau Glück?«

»Danke. Ich gehe mich ein bisschen einlaufen.«

»Wir haben zu danken«, rief er ihr hinterher. »Viel Spaß unterwegs!«

Als Nächstes stand Grothe neben mir und knurrte: »Haben Sie ihr in den Kopf gesetzt, hier mitzulaufen?«

»Ganz gewiss nicht.«

»Und wer hat sie dann auf diese hirnrissige Idee gebracht? Keiner will es gewesen sein.«

Der Veranstaltungsleiter legte ihm eine Hand auf die Schulter. »Nun akzeptieren Sie doch, dass auch Sportler hin und wieder zu eigenen Entscheidungen fähig sind, Herr Grothe.«

»Einen Halbmarathon? Auf dieser Strecke? Das ist Wahnsinn! Macht unsere komplette Vorbereitung kaputt.«

»Uns freut's«, grinste der andere.

»Den Oberbürgermeister auch«, rief einer aus dem Hintergrund. »Jetzt darf er den Startschuss doch geben.«

Wutschnaubend verließ der Trainer den Raum. Eichelscheid, der noch immer wie ein lauwarmer Schluck Wasser auf seinem Stuhl hing, winkte mich zu sich und stellte mir die gleiche Frage wie Grothe: ob ich wüsste, warum sich

Katinka zur Teilnahme in Heidelberg entschlossen habe. Und das keine zwei Wochen nach ihrem Radiointerview!

»Ich glaube, es hat was mit den Spielen in Berlin zu tun«, sagte ich.

»In Berlin?«

»1936. Ist aber nur so eine Vermutung von mir.«

Er blickte mich ratlos an. Seit dem Attentat in der Bahnstadt war er nicht mehr derselbe, der gute Dr. Eichelscheid. Bevor ich Mitleid mit ihm bekam, wandte ich mich ab.

Jemand drückte mir ein Plastikschild mit Kabelbindern in die Hand. »1. Frau«, stand darauf.

»Für Ihr Fahrrad«, erklärte er.

Der Veranstaltungsleiter klatschte in die Hände. »Es geht los, Leute! Wir haben prächtiges Wetter, volles Haus und eine Olympiateilnehmerin am Start. Was soll da noch schiefgehen?«

»Viel«, kam es von der Tür.

Dort stand Kommissar Fischer. Aber wie sah er aus! In der einen Woche seit der Filialeröffnung schien er um Jahre gealtert. Abgenommen hatte er auch. Hätte er nicht diese besorgniserregende Hautfarbe, die an ausgebleichten Waschbeton erinnerte, hätte man ihm glatt einen Start beim Halbmarathon zutrauen können.

Alles blickte ihn fragend an.

»Diese Occupy-Leute«, sagte er, schlurfte herein und ließ sich auf einen Stuhl fallen, »haben etwas vor. Wir wissen nicht, was. Aber Sie sollten auf Störungen gefasst sein. Wir tun, was wir können.«

Wohl gesprochen, Herr Kommissar. Geradezu kämpferisch. Leider wirkte er in diesem Moment nicht, als könne er überhaupt irgendetwas tun. Bis zur Konfirmation vor Ostern war seine kleine heile Familienwelt in Ordnung gewesen. Und jetzt? Chaos und Rebellion.

»Das kriegen wir schon hin«, meinte der Veranstaltungsleiter. »Zur Not setzen wir einen Sonderpreis aus: für die drei Schnellsten mit Maske.«

»Lobenswert«, murmelte Fischer.

Die vom Halbmarathon trollten sich, bis auf einen, der am Computer sitzen blieb. Eichelscheid lümmelte in der einen Ecke herum, der Kommissar in der anderen. Als ich ebenfalls verschwinden wollte, hielt Fischer mich am Ärmel fest.

»Was wird das für ein Spiel, Herr Koller?«, sagte er mit geschlossenen Augen

»Kein Spiel. Ein Halbmarathon. 21.098 Meter rund um Heidelberg.«

»Warum läuft Frau Glück?«

»Weil sie Lust dazu hat.«

»Früher hatte sie nie Lust. Die Strecke ist zu schwer.«

»Nur für eine, die in London an den Start gehen will. Und danach sieht es momentan nicht aus.«

»Kennen Sie einen Benjamin Brose?«

»Nein«, sagte ich nach einer Schrecksekunde. Er hielt mich noch immer am Ärmel gepackt!

»Doch.« Und als ich zögerte, klappte er die Augen auf. »Doch, Herr Koller!«, stieß er hervor, aber seine Stimme klang eher erschöpft als wütend. »Sie haben sich nach ihm erkundigt. In seinem Institut.«

»Ach, der!«, rief ich und machte mich los. »Ben Brose, ja! Sie nannten ihn Benjamin, das hat mich völlig aufs falsche Gleis … Stimmt, mit dem wollte ich sprechen. Aber er ist unterwegs, auf Geschäftsreise, irgendwo in Dingens oder so.«

»Ist er nicht mehr.«

»Nein?«

»Nein. Und mein Kollege in Berlin fahndet nach ihm.«

»Wie sind Sie denn auf Brose gekommen?«

»De Weert ist aufgewacht.«

»De Weert?« Ich schaute zu Eichelscheid hinüber, doch der hatte sein Handy gezückt, um sich telefonisch Beistand oder Börseninformationen zu holen. »De Weert … Von dem es hieß, die Ärzte hätten den Daumen gesenkt.«

»Er hat uns erzählt, in welcher Sportbar er seinen Auftrag erhielt. Die beiden Männer, die ihn ansprachen, sind identifiziert, aber untergetaucht. Über sie kam man diesem Brose auf die Spur. Der sich allerdings auch aus dem Staub gemacht hat. Und weil Sie nach ihm gefragt hatten …«

Er vollendete den Satz nicht.

»Tja, der Brose!«, sagte ich leichthin. »Irgendwie nicht zu fassen, der Typ. Wenn er sich bei mir meldet, gebe ich Ihnen Bescheid. Aber jetzt muss ich los. Viel Spaß beim Zuschauen!«

»Stopp!«, rief er, schnellte nach vorn und krallte erneut seine Finger in meinen Arm. Erschreckt sah ich in sein aschfahles Gesicht. Auch Dr. Eichelscheid und der Mann am Computer schauten kurz zu uns herüber. Doch Fischers plötzlicher Energieschub war schon wieder vorbei. Er stöhnte. Fasste sich an die linke Brust.

»Alles klar, Herr Fischer?«, fragte ich besorgt.

»Ich bin zu alt für diesen Job«, klagte er. »Zu alt für diese Welt! Vor allem, wenn die Welt aus Kanaillen wie Ihnen besteht.«

»Aus verwurmten Marionetten, so sagten Sie mal.«

»Setzen Sie sich, Herr Koller. Und hören Sie bitte genau zu.« Er wartete, bis ich Platz genommen hatte, dann fuhr er mit leiser Stimme fort. »In Berlin herrscht höchste Alarmstufe. In den vergangenen Tagen fiel mehrmals das Stichwort Gendoping. Kann sein, dass dieser Brose in irgendeiner Form damit zu tun hat. Oder Tietje oder sonst wer.

Falls Sie etwas wissen, Herr Koller, müssen Sie die Karten auf den Tisch legen. Vollständig, hören Sie! Das Thema ist brisant.«

»Sicher.«

Er schüttelte den Kopf. »Brisanter, als Sie denken. Es gibt neue Untersuchungen, die davor warnen, dass diese Genscheiße auf andere Menschen übertragbar ist. Verstehen Sie, Gendoper sind potenzielle Ansteckungsherde!«

»Bitte?«, grinste ich. »Jetzt kommen Sie mir aber mit Märchen aus Tausendundeiner Polizistennacht!«

»Nein, verdammt!«, schimpfte er und bekam einen Hustenanfall. Krächzend fuhr er fort: »Ich bin kein Mediziner, aber so viel habe ich verstanden: Um manipulierte Erbinformationen in Ihren Körper zu schleusen, brauchen Sie Viren. Das ist die effektivste Methode, die einfachste und billigste. So. Und Viren sind nun einmal prinzipiell übertragbar. Wenn Sie Pech haben, niest am Start neben Ihnen ein Gendoper, und dann haben Sie das Zeug auch. Tröpfcheninfektion, schon mal gehört? Sie stecken Ihre Frau an, Ihre Kinder – am Ende hat's die ganze Welt!«

»Sie meinen, wie eine Grippe?«

»Exakt. Die Gefahr mag gering sein, aber sie ist größer als Null. Sagen die Experten. Wenn also irgendein durchgeknallter Sportler – ich spreche jetzt nicht von Frau Glück – seine Genstruktur mit Hilfe von Viren verändern lässt, ist er ein wandelndes Infektionsrisiko. Für uns alle. Der Mensch als Epidemie! Verstehen Sie jetzt?«

Ich schwieg. In Biologie war ich schon immer schlecht gewesen. Mehr als die Semidingsda von Membranen war nicht hängen geblieben. Und das mit dem Genkram hatte es zu meiner Schulzeit noch nicht gegeben. Insofern konnte mir Kommissar Fischer alles erzählen.

»Schon 19 Grad auf dem Uniplatz«, warf der Mensch

am Computer ein. »Das wird eine schnuckelige Angelegenheit heute!«

Unwillkürlich wanderte mein Blick zum Fenster. Draußen auf dem Platz wuselten die Massen durcheinander. Ein buntes, changierendes Bild. Von Berlin 1936 existierten bloß Schwarz-Weiß-Aufnahmen. Aber auch dort hatte es Farben gegeben, Lichtbrechungen, das Kaleidoskop des Lebens. *Olympische Jugend, Fest der Völker*. Und noch während die Wettkämpfe liefen, führten die Nazis Menschenversuche durch. Der Olympiaarzt vorneweg.

Aber das gehörte nicht hierher.

Kommissar Fischer wartete schwer atmend auf eine Antwort. Ich kratzte mich am Kopf. Dann sagte ich: »Okay. Es kann sein, dass Brose heute am Lauf teilnimmt. Ebenso kann es sein, dass er gedopt ist. Er hat uns gegenüber mit einem Selbstversuch geprahlt.«

»Uns?«

»Mir und Katinka Glück gegenüber.«

»Und weiter?«

»Nichts weiter. Wegen Brose läuft Frau Glück den Halbmarathon. Sie will ihm beweisen, dass sie keine Hilfsmittel braucht.«

Fischer nickte. »Aber Sie wissen nicht, ob er wirklich kommt?«

»Wenn ich ihn sehe, sage ich Ihnen Bescheid.«

»Gut.« Der Kommissar schlug sich mit beiden Händen auf die Schenkel und stand auf. Seine Müdigkeit, seine ganze Weltuntergangsstimmung: wie weggeblasen! Selbst seine Gesichtshaut straffte sich. »Sie da!«, rief er dem Typen am PC zu. »Können Sie mir sagen, ob ein gewisser Brose für den Halbmarathon gemeldet ist?«

»Einen Moment.«

Ich starrte Fischer sprachlos an. Hatte mir der alte Fuchs

etwas vorgespielt? Den Lebensüberdrüssigen gemimt, um mich weichzukriegen?

»Herr Fischer …!«, begann ich. Er winkte ab.

»Tut mir leid«, kam es vom Computer. »Ein Brose ist nicht registriert. Für keinen der Läufe. Wobei wir noch nicht alle Ummeldungen erfasst haben.«

»Danke.«

»Herr Fischer«, wiederholte ich, »wenn Sie mir in Sachen Gendoping etwas vorgeflunkert haben sollten …«

»Was dann?«, gab er kühl zurück. »Erklären Sie mir lieber, warum Sie der Polizei verschweigen, dass Sie Kontakt zu dem Verdächtigen hatten.«

»Dafür gibt es einen Grund. Die Pflicht gegenüber der Heimat!«

»Wie bitte?«, lachte er.

»Katinka Glück hat mich gebeten, Ihnen erst nach dem Lauf von Brose zu erzählen. Nur dann ist sie bereit, in London zu starten.«

»Die Glück. Für Deutschland.«

»Für Deutschland.« Bedauernd hob ich beide Arme. »Was sollte ich da tun, Herr Fischer?«

Er nickte finster. Seine Kiefer mahlten. Dann rieb er sich mit Daumen und Zeigefinger über den Nasenrücken und sagte: »Das mit dem Gendoping war nicht geflunkert. Es besteht eine Gefahr für die Bevölkerung. Wir müssen Brose kriegen. So oder so.«

Ich wagte nicht nachzufragen, was »so oder so« hieß. Tot oder lebendig?

41

»Und nun alle recht freundlich, meine Damen und Herren! Bitte lächeln, Mister Fawkes macht es Ihnen vor. Ja, die ungeteilte Aufmerksamkeit der Presse ist Ihnen sicher. Wer interessiert sich schon für die paar Läufer am Start? Sehr schön. So – könnten Sie jetzt den Programmpunkt Bankbesetzung einläuten? Unten an der Peterskirche gibt es jede Menge Bänke, die nur darauf warten, besetzt zu werden.«

Tosender Beifall folgte den Worten des Veranstaltungsleiters. Trotz der Störung des Halbmarathons durch die Occupy-Aktivisten bemühte er sich, seinen Humor nicht zu verlieren. Auf seiner Stirn glänzte der Schweiß. 50 Meter vor der Startlinie und den Zeitnahmematten lagerte eine Gruppe junger Leute, genoss den Sonnenschein, war bester Stimmung. Man trug, was in diesem Fall immer getragen wurde: Maske, Stirnband, 99%-Backenaufdruck, Halskette mit Peace-Zeichen. Die eine oder andere Parole wurde auch skandiert, doch das geschah nebenbei und ohne Nachdruck.

Dr. Eichelscheid drüben im Wettkampfbüro bekam mit Sicherheit nichts davon mit.

Umso besorgter schaute der Oberbürgermeister, der die Startpistole schon in der Hand hielt. Seine mahnenden Worte kurz zuvor hatten wenig Eindruck gemacht. Vielleicht lag es daran, dass er neben einem großen Werbeplakat der Sparkasse stand.

Noch zehn Minuten bis zum Start. Die Halbmarathonläufer unter dem Startbogen scharrten mit den Füßen. Einige wurden ungehalten, aus dem Publikum kamen erste Beleidigungen.

»Nur ruhig«, dröhnte die Stimme des Veranstaltungsleiters durch die Lautsprecher. »Wir freuen uns, dass unser Lauf auch von der jungen Generation so angenommen wird, möchten aber darauf hinweisen, dass das längere Sitzen auf dem nach wie vor nachtkalten Asphalt aus medizinischer Sicht nicht zu empfehlen ist.«

Wieder hatte er die Lacher auf seiner Seite. Auch den Aktivisten machten seine Kommentare sichtlich Spaß. Und als er den wartenden Läufern empfahl, die Sitzblockade als spezielle Form der Gymnastik in ihr Aufwärmprogramm aufzunehmen, setzten sich tatsächlich einige auf den Hosenboden. Demonstrativ sozusagen.

Trotzdem stieg die Nervosität. Noch sieben Minuten. Zusammen mit den anderen Fahrradbegleitern wartete ich im Rücken der Aktivisten auf meinen Einsatz. Wenn die Blockade andauerte, würde der gesamte Ablaufplan der Veranstaltung aus den Fugen geraten. Die Strecken mussten länger gesperrt, die Zufahrten zur Altstadt länger abgeriegelt werden. Danach sah es allerdings nicht aus. Der junge Kerl, der mir vor der Bahnstadt-Filiale einen Flyer in die Hand gedrückt hatte, hielt sich ganz in der Nähe des Veranstaltungsleiters auf und schaute dabei alle naslang zur Uhr. Um zehn nach neun, exakt fünf Minuten vor dem Startschuss, gab er seiner Gruppe ein Zeichen – und hastdunichtgesehen erhoben sich die Aktivisten und gaben das Feld frei.

Alles atmete auf. Der Halbmarathon war gerettet.

»Dankeschön!«, rief der Veranstaltungsleiter, dem der Schweiß mittlerweile unter den Achseln stand. Unvoreingenommene konnten glauben, er habe die Strecke soeben persönlich bewältigt. »Vielen Dank an alle Beteiligten! Nehmen wir diese Aktion als Gegenbeweis zu der Behauptung, unsere Jugend sei unpolitisch. Aber nun zum Sport!«

»Na, endlich«, atmete der Mann neben mir auf. Er trug Helm und Fahrradklamotten wie ich und sah verdammt fit aus. Am Berg bestimmt ein Großer. Dafür stand auf seinem Begleitschild bloß »3. Frau«.

Ich beugte mich über den Lenker, um zu kontrollieren, ob mein Schild richtig hing. Da, ein Stäubchen über der 1. Schnell wegpusten!

Und prompt fiel Katinkas Name. Der Veranstaltungsleiter bat die prominenteste Teilnehmerin des Laufs um ein paar Begrüßungsworte – »aber wirklich nur ganz kurz, liebe Katinka, damit wir nicht in zeitlichen Verzug kommen«. Ich richtete mich auf. Unter dem Jubel des Publikums wünschte Katinka allen einen guten Lauf und die Erfüllung der persönlichen Ziele.

»Nur bitte«, fügte sie an, »übertreibt es nicht mit dem Ehrgeiz. Es ist warm heute, und dieser Lauf soll vor allem eins: Spaß machen. Bis nachher!«

Wieder Beifall. Die Ungewissheit über Katinkas Olympiastart schien ihre Beliebtheit nicht geschmälert zu haben.

»Recht hat sie«, nickte der andere Fahrradbegleiter. »Zuletzt ist doch wieder einer mit Herzkasper beim Halbmarathon umgekippt. Irgendwo im Osten war das.«

»Er hat's überlebt«, belehrte ich ihn. »Leider!«

Und dann ging es los. Mit dem Startschuss durch das Stadtoberhaupt setzte sich nicht nur das Läuferfeld, sondern die gesamte Fahrradstaffel, sieben Mann, in Bewegung. Vorn wurde gestrampelt, dahinter getrampelt. Ich sah über die Schulter. Die reinste Büffelherde! Sprinter auf den ersten Metern. Wir traten in die Pedale, was das Zeug hielt, um erst einmal einen beruhigenden Abstand zwischen uns und die Meute zu bringen. Zunächst ging es leicht bergab, später dann, nach einer 90-Grad-Wende, flach durch die

Hauptstraße und zurück zum Uniplatz. Hier hatte sich das Feld bereits entzerrt; Zeit für alle, ihre Positionen einzunehmen. Die beiden Radler mit den Schildern für die zweite und dritte Frau ließen sich zurückfallen. Grothe und ich schauten nach Katinka. Noch hielt sie sich hinter den Gesamtführenden. Acht, neun Männer waren das, ausgezehrte Jungs, die Triathleten unter ihnen breitschultrig. Eine Traube von Ehrgeizlingen hängte sich an Katinkas Fersen, die nächste Frau war bereits deutlich zurück.

Und Brose?

Nichts von ihm zu sehen.

Ich tastete nach dem Handy in meiner Hüfttasche. Was, wenn er nicht kam? Er würde sich dieses Spiel doch nicht entgehen lassen! Wie auch immer, nach dem Zieleinlauf war Schluss. Kommissar Fischer würde ihn einbuchten, ob mit Geständnis oder ohne. Und dann war der Brose-Spuk vorbei, ein für alle Mal.

Wetten?

Als sich die Hauptstraße zum Marktplatz hin öffnete, hatten wir Gelegenheit, uns hinter die Führungsgruppe zurückfallen zu lassen. Stieren Blicks rauschte die Elite vorbei. Dann Katinka. Wie locker sie aussah! Bestimmt hätte sie sich jederzeit an die Spitze setzen können. Eine 1:12 auf flacher Halbmarathonstrecke – viel mehr hatten die Jungs da vorn auch nicht zu bieten.

Im Pulk ging es durch die Steingasse, zur Alten Brücke und dort mit Schwung hinüber. Grothe und ich schalteten in den kleinsten Gang. Ein paar schnelle Schritte, schon war Katinka ihrer Gruppe ein Stück enteilt, wurde aber jenseits des Scheitelpunkts wieder eingeholt. Von einer Frau wollte sich keiner der Helden abhängen lassen. Und wenn sie sich dreimal für Olympia qualifiziert hatte.

Auf der Nordseite des Neckars war der Abstand zu den

Führenden auf 50 Meter angewachsen. Rund um Katinka schnaufte es. Da blies doch einer sein Nasenloch direkt auf ihre Waden aus! Der Blick, mit dem ich ihn bedachte, sollte ihn eigentlich von der Straße fegen, doch er nahm mich nicht einmal wahr. Hinter uns, auf der Alten Brücke, leuchteten die Trikots der Verfolger in allen Farben. Die Sonnenstrahlen spielten auf dem Fluss, der Schlosshang färbte sich hellgrün. Ein Tag zum Schwachwerden.

»Und? Wie fühlst du dich?«, fragte ich Katinka.

»Ist er da?«

Ich schüttelte den Kopf. Grothe sah von seiner Uhr auf und runzelte die Stirn.

Dichte Zuschauerspaliere an der Theodor-Heuss-Brücke. Rechts ging es hoch zum Philosophenweg, zuvor allerdings hatten wir noch eine Schleife durch Neuenheim zu drehen. Katinkas Gruppe veränderte unablässig ihre Zusammensetzung. Während der eine zurückfiel, kämpfte sich ein anderer wieder heran, dafür holten wir zwei der Führenden ein. Bei Kilometer 5, an der Getränkestelle, lag eine Zeitnahmematte. Es piepste, als wir sie passierten.

Katinka griff nach einem Becher Wasser und nahm zwei Schlucke. »Wo bleibt der Kerl?«, zischte sie. »Wehe, wenn du der Polizei was gesteckt hast!«

Ich schwieg.

Nach sieben Kilometern kehrten wir zum Neckar zurück. Unten in der Uferstraße kam uns das große Teilnehmerfeld entgegen. Von den Läufern gab es Beifall und Aufmunterungen für Katinka. Einer aus unserer Gruppe legte einen Zwischensprint ein, um sich an die Spitze zu setzen. Seht ihr das?, rief er aller Welt mit seiner Aktion zu. Wenn ich will, habe ich die Glück locker im Griff. Gebe ihr sogar Windschatten!

Dann führte die Strecke nach links, und vorbei war es mit solchen Spielchen.

»Es geht los«, meinte einer.

Der Anstieg zum Philosophenweg begann. Fast 100 Höhenmeter auf einem einzigen Kilometer. Erst steil, zwischendurch flach, dann extrem steil. In der letzten Kurve hatte ich das Gefühl stehen zu bleiben. Auch Grothe kämpfte. Katinkas Gruppe fiel sofort auseinander. Fast eine halbe Stunde lang hatten die Jungs an ihr geklebt wie Pattex, und nun genügten ein paar zügige Schritte, um sie abzuschütteln. Nur ein alter Knochen mit einer Art Säbelbeinlauftechnik hielt mit.

»Dass ich das noch erleben darf«, keuchte er oben. »Fahrradbegleiter für mich, und dann gleich zwei!«

Weiter. Rechter Hand das berühmte Heidelberg-Panorama. Fluss, Brücke, Altstadt, Schloss und darüber der mächtige Buckel des Königstuhls. Ich würde es mir später zu Gemüte führen, per Bildband am besten, denn jetzt war ich mit anderen Dingen beschäftigt. Mit Schwitzen zum Beispiel. Die Sonne brannte. Noch immer ging es leicht bergauf. Die nächste Getränkestelle, bitter nötig. Auf den Asphalt hatten Zuschauer mit Kreide oder weißer Farbe die Namen ihrer Helden geschrieben. »Hopp, Arthur, hopp!« – »Quäl dich, Dicker!«

Wie bei der Tour de France.

Und dann las ich Folgendes: »Klasse, Katinka! BB«.

Katinka zuckte zusammen. Sie machte ein paar Trippelschritte, wich unwillkürlich zur Seite aus und sprang schließlich über die Schrift, ohne einen Buchstaben zu berühren. Wir wechselten Blicke.

»Was ist los, Katinka?«, rief Grothe. »Irgendein Problem?«

Sie schüttelte den Kopf und nahm wieder Fahrt auf. Sah stur geradeaus. Tatsächlich, sie wurde schneller.

»Piano«, mahnte ihr Trainer. »Da kommt noch was.« Der Läufer mit den Säbelbeinen stöhnte auf.

Endlich tauchten wir in den Wald ein. In den knospenden, atmenden, sich belebenden Frühlingswald. Unter unseren Reifen knirschten Steine. Ein weiteres Mitglied der Spitzengruppe kam in Sicht. Ganz vorn war höchstens noch eine Handvoll Läufer unterwegs. Katinka sah zur Uhr. Blickte über die Schulter, musterte den Alten neben ihr eingehend. Auch ihre Atmung schien von Unruhe ergriffen.

»Bleib locker!«, rief Grothe. »Nimm die Arme mit, Katinka!«

Nach einer 90-Grad-Kurve stieg der Weg wieder an. Weniger steil als zuvor in der Stadt, dafür länger. Eine Biegung folgte der anderen. Den Läufer vor uns hatten wir fast eingeholt. Ich ging aus dem Sattel, setzte mich wieder, griff nach meiner Trinkflasche, nahm einen Schluck.

Und in diesem Moment hörte ich Schritte.

Ich schaute zurück. Da kam einer die Steigung hochgeflitzt – oder besser: hochgeschlichen, denn er hatte nicht Katinkas dynamischen, vorwärtsstrebenden Laufstil, sondern blieb mit den Füßen immer nahe am Boden. Sein Oberkörper war leicht nach vorn gekippt, die Arme bewegten sich kaum. Eine Schleichkatze, aber eine verdammt schnelle.

»Hey, hey«, sagte er und grinste.

Sofort schnellte Katinkas Kopf herum. Der Mann hatte raspelkurze schwarze Haare, außerdem war ein großer Teil seines Gesichts durch eine verspiegelte Triathlonbrille verdeckt. Er trug eine Startnummer mit dem Namen Julian. Der Name war allerdings durchgestrichen, und darüber stand mit Filzschreiber: Alice.

Er war also doch gekommen.

42

In den Sekunden nach der Ankunft Broses passierte einiges. Allerdings fiel kein einziges Wort, die Szene lief komplett stumm ab. Zunächst beschleunigte Katinka. Am Berg! Grothe machte große Augen. Der Säbelbeinige seufzte noch einmal auf, dann blieb er zurück. Ich stiefelte Katinka hinterher, um gemeinsam mit ihr den Läufer aus der Spitzengruppe einzusammeln. Aus den Augenwinkeln sah ich sein fassungsloses Gesicht. Gleich darauf wurde er auch von Brose überholt.

Zu dritt erreichten wir die Karlshütte, den höchsten Punkt der Strecke.

Auf der Abfahrt schloss Grothe wieder auf. »Spinnst du?«, herrschte er seinen Schützling an. »Wir haben gerade mal Halbzeit! Was sollen diese Spielchen?«

Brose lachte.

»Privatduell«, gab Katinka zur Antwort. »Er oder ich. Geht keinen etwas an. Und du, Max: Wenn du willst, dass ich in London antrete, dann lass gefälligst die Finger vom Handy. Hast du verstanden? Keine Polizei, klar?«

»Klar«, sagte ich.

»Das ist Sportsgeist«, grinste Brose. Ja, wir hatten eben Kilometer 11 passiert, und der Kerl lachte sich eins, wo andere aufgaben oder in die Büsche reiherten. Dabei war ihm die Anstrengung durchaus anzumerken. Sein Atem ging schnell, der Schweiß lief ihm in Strömen über das Gesicht. Sonst aber war er obenauf.

»Das ist zu schnell!«, brüllte Grothe. »Verdammt, Katinka, du machst dich kaputt!«

Der Arme. Er kapierte gar nichts. Wie die Derwische fegten wir zu viert den Hang hinunter. Der Untergrund war ruppig, einmal geriet ich ins Trudeln und wäre fast im Unterholz gelandet. Katinka warf ihre Beine nach vorn, Brose hatte die höhere Schrittfrequenz.

Endlich ließen wir den Wald hinter uns, erreichten eine Straße und mit ihr die nächste Steigung. Sie war nur 400 Meter lang, aber unbarmherzig steil; schaute man nach oben, schien die Straße direkt in den Himmel zu führen. Dort begann Ziegelhausen, der Stadtteil, in dem die Glücks wohnten.

Jetzt hätte man Studien von unseren Gesichtern machen müssen! Einen Schönheitspreis hatte keines verdient. Ich biss die Zähne zusammen und wackelte mit dem Kopf, um an Katinka und Brose dranzubleiben. Beide hatten den Mund weit aufgerissen. Die Sonne brannte auf uns herab. Während Katinka nach oben starrte, klebte Broses Blick an ihren Fersen. Ein gutes Stück vor uns quälten sich zwei weitere Spitzenläufer den Berg hoch, und am Ende der Steigung tummelte sich eine Menschenmenge in Erwartung großer Emotionen.

Ich musste abreißen lassen. Mit einem Rückstand von 20 Metern auf die beiden überquerte ich die Kuppe. Kinder bliesen in irgendwelche Tröten, es wurde getrommelt, geschrien und gejubelt. »Erste Frau?«, rief einer, auf mein Schild zeigend. »Die ist schon durch!« Schallendes Gelächter.

Ich lachte nicht, sondern trat in die Pedale. Ein Serpentinenweg führte in die Tiefe, bis ins Zentrum von Ziegelhausen. Katinka jagte den Berg hinunter, Brose wich ihr nicht von der Seite. Grothe kam fluchend hinterher.

Unten im Ort hatten wir wieder Ausgangsniveau erreicht. Von rechts grüßte der Neckar. Die Durchgangsstraße war gesperrt, und vor der Absperrung standen zwei Polizisten, die mir bekannt vorkamen. Die beiden vom Spielplatz! An dem Tag, als Moritz entführt worden war. Ich suchte Blickkontakt; vielleicht konnte ich ihnen ja Zeichen geben, dass sie Kommissar Fischer informieren sollten. Doch da war nichts. Sie schauten nur auf Katinka. Stießen sich gegenseitig in die Rippen, nach dem Motto: Wenn wir nicht gewesen wären, würde die hier nicht laufen.

Dann die Fußgängerzone, praktisch menschenleer. In einiger Entfernung hörten wir Beifall, Rufe und sogar Musik von der Neckarbrücke, einem weiteren Zuschauermagnet. Anscheinend kamen dort gerade die Führenden durch.

»Na?«, schnaufte Brose. »Was sagen Sie, Frau Glück? Hätten Sie nicht geglaubt, oder?«

Katinka schwieg.

»Was ist das für ein Kasper?«, fragte mich Grothe. »Muss ich den kennen?«

»Er nennt sich Alice. So steht es auf seiner Nummer.«

Brose kicherte. »Kleine Vorsichtsmaßnahme. Verletzt, der arme Julian. Jetzt hat er wenigstens sein Meldegeld wieder.«

Vom Ende der Fußgängerzone winkte uns jemand zu. Es war Heiner Glück, eine Hand am Kinderwagen seines Sohnes, Fiona auf der Schulter. Katinka winkte zurück.

»Mama!«, schrie Fiona und schwenkte ein Fähnchen. Heiner warf eine Kusshand.

Gut, dass ich in diesem Moment knapp hinter Katinka fuhr. Ich fuchtelte beidhändig, zeigte auf Brose und formte mit den Lippen das Wort »Polizei«. Außerdem spreizte ich Daumen und kleinen Finger der rechten Hand ab und legte sie wie einen Telefonhörer an mein Ohr.

Heiner starrte mir noch lange nach. Erkannte er Brose? Das Letzte, was ich von ihm sah, war eine Geste, wie man sie macht, wenn man in seinen Taschen nach dem Handy sucht.

Katinka hatte nichts davon mitbekommen. Sie bog nach rechts ab, auf die Brücke, die Ziegelhausen mit Schlierbach verbindet. Rechts und links standen die Zuschauer und riefen ihren Namen. Natürlich, hier kannte man sie. Vor dem Bahnhofsgebäude auf der anderen Neckarseite blies uns eine Gruppe Guggenmusiker den Marsch.

»Toller Lauf!«, rief Brose. »Wirklich cool hier bei euch.«

Katinka warf ihm einen Seitenblick zu. »Am Dienstag ist Karsts Beerdigung«, sagte sie.

»Ja, Mann!« Brose verzog das Gesicht. »Ich meine, warum macht der auch so einen Mist? In der Garage, das ist doch unappetitlich!«

»Weißt du, was unappetitlich ist?«, fauchte sie.

»Also, Alice jedenfalls nicht. Sauber und effektiv. Wegen mir können wir ruhig etwas schneller laufen.«

Katinkas Blick wurde starr. Reflexartig erhöhte sie das Tempo, aber Brose hielt wie zuvor problemlos mit.

»Verdammt, Katinka, mir reicht's jetzt«, rief Grothe. »Du reißt dich jetzt …«

»Halt du dich raus!«, brüllte sie ihn an, und die Lautstärke, zu der sie nach über 15 Kilometern noch fähig war, beeindruckte alle. Leise vor sich hin fluchend, verzog sich Grothe ans Ende unseres Grüppchens.

Mittlerweile hatten wir den Rückweg in die Stadt angetreten. Die Strecke verlief im Tal, parallel zum Neckar. Aber noch wartete der Scharfrichter auf uns: die lange Schlusssteigung hoch zum Schlosswolfsbrunnenweg. Hier entschied sich, wer mit seinen Kräften pfleglich umgegangen war und wer sie verschleudert hatte. Eine letzte Getränkestation, der letzte Schluck Wasser für beide. Dann ging es nach links in den Jägerpfad. Mittlere Steigungswerte, dafür Kopfsteinpflaster. Scharfe Rechtskurve, noch schärfere Linkskurve, und wir standen vor einer Wand. Der Asphalt glühte. Seitlich Schlierbachs kleine Bergkirche, weiter oben wieder die Gaffer und Sensationstouristen, die Anfeuerer und Gutmeiner. Ich wollte nicht angefeuert werden, ich wollte allein sein! Allein mit den Anstrengungen, mit dem Stechen in der Lunge, den brüllenden Oberschenkeln. Katinka zog davon, ihr Oberkörper knickte nun ebenfalls in der Hüfte ab. Brose schien zu schwächeln, pendelte im Laufen hin und her. Dann waren sie vorbei an der Kirche, ich ebenfalls, doch es ging immer noch hoch. Wieder eine Kurve. Brose war plötzlich dran an Katinka, ich beobachtete es von hinten, vielleicht konnte sie nicht mehr. Er überholte sie! Als sie sich ihm zuwandte, sah ich für einen kurzen Augenblick ihr Gesicht, sah die Verzweiflung darin, ihre Hoffnungslosigkeit. In diesem Moment wurde mir klar, dass Katinka eine noch viel größere Romantikerin war als ich, eine Romantikerin des Sports, die niemals etwas Verbotenes tun oder nehmen würde, um sich einen Vorteil zu verschaffen. Da mochte ihr Medikamentenschrank noch so vollgestopft sein.

Und deshalb verlor sie jetzt.

Brose, weit nach vorn gelehnt, die Schultern zusammengezogen, schlich ihr davon, erst waren es fünf Meter, dann zehn, dann 20. Das steilste Stück lag hinter ihnen, jetzt begann die am meisten unterschätzte Passage des ganzen Laufs: der zwei Kilometer lange Schlosswolfsbrunnenweg, der sanft, aber unerbittlich anstieg. Eine Tortur für alle, ob sie Sieger oder Letzter des Halbmarathons waren. Erst bei Kilometer 20, am Schloss, hatte sie ein Ende.

Fast 50 Meter hatte ich auf Katinka verloren. Im flacheren Teil kämpfte ich mich wieder an sie heran. Ihr Gesicht war knallrot, die Augen lagen tief in den Höhlen, ihr Mund stand offen. Und da waren Tränen, die über ihre Wangen liefen.

»Ich rufe die Polizei«, keuchte ich.

»Nein«, stieß sie schrill hervor. »Wehe!«

Also tat ich nichts. Vorn schlich Brose unerbittlich seiner Wege. Wenn er so weitermachte, würde er sogar noch einen Podiumsplatz erreichen. Keine 100 Meter trennten ihn von einem Läufer im roten Trikot. Und der wurde von einem aus der Fahrradstaffel begleitet.

»Wie geht's dir?«, fragte ich Katinka immer wieder. »Was kann ich tun? Soll ich ihn umfahren?«

Sie schüttelte den Kopf.

Der Weg wand sich, beschrieb Kurven, dann wieder konnte man eine längere Strecke überblicken. Auf ein kurzes Gefälle folgte ein weiterer Anstieg. Kilometer 19 kam in Sicht. Der Abstand zwischen Brose und Katinka blieb konstant.

»Ich fahre jetzt vor zu ihm«, kündigte ich an. »Will nur wissen, was er für ein Gesicht macht!«

Katinka keuchte, schwieg aber. Ich beschleunigte, nahm während der Fahrt einen Schluck aus der Pulle und erreichte Brose kurz darauf. Unsere Blicke trafen sich.

»Na?«, brachte er heraus. »Überzeugt?«

Um ehrlich zu sein, sah er kein Deut besser aus als Katinka. Eher schlechter. Hielt sich krumm und pumpte heftig. Aber seine Beine liefen immer noch flüssig, von einem drohenden Einbruch keine Spur.

»Ich muss doch bei der ersten Frau bleiben«, sagte ich. »Nicht wahr, Alice?«

Er ließ ein amüsiertes Krächzen hören.

»Katinka«, fuhr ich fort, »wird in London starten. Ohne auch nur ein Molekül Giftstoff in ihrem Körper. Dafür werde ich sorgen. Und Ihren ganzen Wettscheiß können Sie sich sonst wohin stopfen.«

Wieder lachte er. Das Lachen des Siegers. Auf dem Bürgersteig stand ein Mann, der uns zuwinkte und rief: »Ab jetzt geht es nur noch bergab!«

Brose streckte ihm den hochgereckten Daumen hin.

Da vorn, die letzte Kurve vor dem Schloss. Den Läufer in Rot hatten wir fast eingeholt. Ich schaute zurück. Katinka war nicht weiter zurückgefallen, aber auch nicht nähergekommen. Bergab hatte sie keine Chance, Brose noch zu stellen. Ich wollte nicht wissen, was sie bei einer Niederlage tat.

Und wenn ich ihn doch von der Strecke schubste? So wie de Weert in Leipzig? Es war ein günstiger Moment. Wenn ich ihn richtig erwischte, purzelte er über die Böschung den Schlosshang hinunter. Bis in den Neckar! Er würde abgetrieben bis in die Nordsee, und irgendwann würden wir gedopten Kabeljau auf dem Teller haben.

Sollte ich?

Im nächsten Moment zögerte Brose. Auch wenn ich es nicht sehen konnte, spürte ich doch, wie seine Augen hinter den Brillengläsern hin und her jagten. Ausgangs der Kurve vor der Schlossanlage parkte ein Wagen, dem vier Uniformierte entstiegen. Dahinter hielt eben das nächste Auto mit quietschenden Reifen. Die Typen sahen uns … stutzten … um dann in Deckung zu springen und ihre Waffen anzulegen.

»Stehenbleiben!«, rief einer.

Verdammt, alle vier trugen Mundschutz!

»Bleiben Sie stehen! Sofort!«

Brose dachte nicht daran, dem Befehl Folge zu leisten. Er sprintete ein paar Meter geradeaus und sprang mit einem gewaltigen Satz über den Zaun, der Straße und Bürgersteig von der Schlossanlage trennte. Dahinter fiel das Gelände steil ab zur Scheffelterrasse.

»Brose!«, brüllte ich und hielt an.

Die Polizisten rührten sich nicht. Ihre Kollegen waren ebenfalls ausgestiegen und hatten angelegt.

»Nicht schießen!«, rief einer.

Ich schaute zurück, konnte Katinka aber nicht erkennen. Rasch zum Zaun hinüber! Brose fiel mehr, als dass er lief, durch das Unterholz und erreichte eben die Gartenanlage. Den weltberühmten Hortus Palatinus, eines der Weltwunder der Renaissance. Der übrigens nie fertiggestellt worden war.

Hinter mir arbeitete sich die Ordnungsmacht, Gewehre im Anschlag, langsam zum Zaun vor. Mit ihren weißen Schutzmasken sahen sie gespenstisch aus.

»Er ist unbewaffnet!«, rief ich. »Trägt nur seine Laufsachen. Außerdem hat er 20 Kilometer in den Beinen!«

Sie steckten ihre Waffen weg. Bis auf zwei machten sich alle auf die Verfolgung Broses. Ich sah ihn unten durch die Bäume flitzen, an zwei verdutzten Japanern vorbei. Als kurz danach die Polizisten angerannt kamen, hatten die Besucher aus Fernost den Fotoapparat gezückt und knipsten begeistert.

»Was ist los?«, hörte ich Katinkas Stimme hinter mir.

»Nichts. Lauf weiter! Lass es rollen, Katinka! Ich komme nach.«

Sie war viel zu erschöpft, um sich zu wundern oder Fragen zu stellen. Grothe folgte ihr finsteren Blickes.

Und ich?

Ich blieb mit den Augen bei Brose, der in unglaublicher Geschwindigkeit über die Scheffelterrasse rannte, an der jenseitigen Begrenzung entlang. Ging es dahinter nicht senkrecht in die Tiefe? Natürlich ging es! Oder doch nicht?

Keine Ahnung, ob sich Brose ebenfalls diese Fragen stellte. Jedenfalls hüpfte er über die Begrenzung und war verschwunden. Die Uniformierten verteilten sich fächerförmig über die Terrassenanlage.

Ohne mir über mein Tun Rechenschaft abzulegen, schwang ich mich wieder aufs Rad und fuhr los. Obwohl es bergab ging, trat ich wie wild in die Pedale. Fegte an der Schlossruine vorbei, überholte erst Grothe und Katinka, dann den Drittplatzierten und seinen Begleiter, polterte über Kopfsteinpflaster, legte vor einer Rechtskurve eine Vollbremsung hin. Einzelne Zuschauer klatschten Beifall.

Was, wenn Brose seinen Verfolgern entkam?

Die Halbmarathonstrecke führte in Serpentinen nach unten. Burschenschafterhäuser, alte Villen, Trutzburgen hinter Sandsteinmauern. Da, der Zweitplatzierte samt Begleiter. Wie sie glotzten! Im Fahren versuchte ich, das Schild »1. Frau« nach hinten zu klappen, doch ich war zu schnell unterwegs. Himmel, ich wusste nicht, wie viele Kurven die Neue Schlossstraße hatte! Durch Lücken in der Bebauung konnte ich schon das bunte Treiben auf der Hauptstraße erahnen, die vielen Zuschauer in der Fußgängerzone, die auf den Sieger des Rennens warteten. Aber noch war ich nicht unten.

Plötzlich sah ich den Führenden vor mir, einen Triathleten mit kräftigen Oberschenkeln. Und ein Stück vor diesem wiederum einen aus der Fahrradstaffel, der den Triumphator per Trillerpfeife ankündigte. Die letzte steile Kurve.

In diesem Moment kam etwas aus einer Seitenstraße angeschossen und bog ein paar Schritte vor dem Triathleten auf die Straße. Der stieß einen Schrei der Verblüffung aus.

Es war Brose. Schnell wie nie.

»Ey, der betrügt!«, rief der Triathlet. »Der kürzt ab!«

Brose rannte vor ihm her. Es ging in die Kurve, die durch eine Baustelle verengt war. Brose warf einen Blick zurück.

Er sah seinen Verfolger, der wütend die Faust schüttelte – und er sah mich, auf dem Fahrrad, in rasender Fahrt.

Was er nicht sah, war die Katze, die in derselben Sekunde über die Straße flitzte.

Als Brose wieder nach vorn blickte, war es zu spät. Er trat auf die Katze, kam ins Stolpern, konnte sich nicht halten und stürzte Kopf voran durch die Absperrung in die Baugrube.

Nicht einmal seine Beine schauten noch heraus.

»Verdammte Scheiße!«, schrie der Führende – der er jetzt ja wieder war.

Gemeinsam mit ihm erreichte ich die Baugrube. Zwei Meter unter uns lag Brose. Keine Ahnung, wie seine Glieder es geschafft hatten, diese Art von Stellung einzunehmen. Das bekam nicht mal eine Marionette hin.

Und kein Arzt der Welt würde Ben Brose jemals wieder hinbekommen.

»Ich glaub's nicht«, stöhnte der Triathlet. »Was macht der für einen Scheiß?«

Hinter uns Schritte. Der Zweitplatzierte näherte sich mit seinem Radbegleiter. Aus dem Augenwinkel sah ich die Katze um eine Häuserecke humpeln. Ihr Fell hatte eine braune Färbung.

Genau wie das Nanuschkas.

»Warum guckt der nicht nach vorn?«, zeterte der Halbmarathon-Sieger schweißnass. »Ich hab dem nur kurz was zugerufen. Wirklich, nur kurz!«

»Du kannst nichts dafür«, sagte ich. »Er hat die Katze in dem Spiel nicht mit einberechnet. Das war sein Fehler. Der Zufall hat eben mehr als sechs Seiten.«

Das verstanden sie natürlich nicht, die Sportskanonen, aber es war auch egal.

»Lauft zusammen ins Ziel«, schlug ich ihnen vor. »Die

Platzierungen standen ja fest. Nehmt den Dritten noch mit und verzichtet auf Jubelorgien. Wäre meine Empfehlung. Aber ihr könnt es auch ganz anders handhaben.«

Der Triathlet starrte mich mit leerem Blick an. Sein Konkurrent gab ihm einen Schulterklaps und drängte ihn auf die Strecke zurück. Von der Hauptstraße schwappte eine Jubelwelle zu uns herüber. Da musste der Führungsradler mit der Pfeife eben die Zuschauermassen erreicht haben. Schweigend tappten die Läufer davon, der Radfahrer folgte ihnen. Gleich darauf kam der im roten Trikot angeschlappt und schloss sich ihnen an.

Dann erschien Katinka.

Ich tat, als hätte ich ohne speziellen Grund auf sie gewartet, schwang mich auf mein Rad und wollte losfahren. Aber sie sah natürlich die durchbrochene Absperrung, und wahrscheinlich sah sie in meinen Augen, was ich gesehen hatte.

Sogar Grothe schwieg, als wir gemeinsam in die Baugrube blickten. Katinkas Brustkorb hob und senkte sich heftig, Hals und Nacken glänzten feucht. An den Rändern ihres Gesichts hatten sich Salzkrusten gebildet. Mit einer Hand wischte sie sich etwas aus dem Auge. Grothe kratzte sich am Kopf.

Ein Geräusch über uns ließ mich aufsehen. Aus einem offenen Fenster glotzte jemand auf uns herab. Eine Gruppe von Touristen kam schnatternd um die Ecke, Zuschauer machten sich neugierig auf den Weg zu uns.

Wieder die Jubelwelle aus der Hauptstraße. Auf dem Uniplatz wartete der Veranstaltungsleiter gespannt darauf, wessen Namen er als Erstes ausrufen durfte.

Katinka aber begann, die Sicherheitsnadeln ihrer Startnummer zu öffnen. Als sie fertig war, knüllte sie die Nummer zusammen und warf sie in die Baugrube.

42,195

»Stark, die Mädels«, sagte ich. »Zumindest Kim und Birthe.«

Christine nickte.

»Sehr stark«, sagte Katinka. »Bei den Bedingungen, überlegt mal!«

»Wie wär's mit einem Whisky?«, fragte ihr Mann. »Damit wir auf unser Olympiateam anstoßen können.«

Allgemeiner Protest erhob sich. Um diese Uhrzeit! Whisky! Außerdem, sooo stark waren die Leistungen der Deutschen auch wieder nicht.

»Einen Schluck würde ich nehmen«, sagte ich. »Ein Schlückchen.«

Heiner griff nach der Bunnahabhain-Flasche. »Schade, dass die Kleine aus Leverkusen aufgegeben hat.«

»Nächstes Mal hält sie durch«, meinte Katinka. »Sie ist noch jung. Aber Kim – das war wirklich überzeugend.«

»Dass man so lange Beine haben kann«, murmelte Christine versonnen, und ich schämte mich ein bisschen für die sportfernen Kommentare meiner Ex.

»Von Birthe hätte ich ehrlich gesagt mehr erwartet«, fuhr Katinka fort. »Ihre Zeit ist nicht schlecht, aber dass sie von der Britin noch abgefangen wurde, war überflüssig.«

Ich meldete mich. »Apropos: Die Engländerinnen waren auch stark.«

»Sehr stark«, nickte Katinka.

»Verdächtig stark?«

Sie schüttelte den Kopf. »Alles im Rahmen. Aber hättet ihr gedacht, dass die Läuferinnen aus [redacted]* derart auftrumpfen?«

Wir verneinten synchron. Ausgerechnet die! Mit denen konnte keiner rechnen. Es sei denn, man war Mitglied eines international operierenden Wettsyndikats, dann vielleicht … Vielleicht!

»Sämtliche Dopingproben im olympischen Marathonwettbewerb der Frauen fielen übrigens negativ aus«, erklärte Katinka und erntete erstaunte Blicke.

»Fielen?« Heiner zeigte zum Fernseher. »Er läuft doch noch.«

Sie lächelte mild. »Ich kenne die Pressemeldung schon.«

»Ach so.«

Katinka stützte sich mit dem Ellbogen auf die Sessellehne. »Habe ich dir erzählt, Max, dass ich wieder mit dem Studium anfange? Medizin, ab Oktober.«

»Hier in Heidelberg?«

»Ja.«

»Na, Glückwunsch! Dann können wir ja wieder ab und zu eine Ausfahrt unternehmen. Wobei die heutigen Studenten kaum noch Freizeit haben, heißt es. Immer Klausuren und Referate und Praktika …«

»Praktika«, nickte Heiner Glück. »In Fionas Kindergarten gibt es eine Praktikantin – die ist noch zu jung zum Studieren, und ein Praktikum macht sie auch nicht, sondern wurde vom Gericht dazu verdonnert, Sozialarbeit zu leisten. Jedenfalls liebt Fiona sie heiß und innig.«

Ich horchte auf. »Kennst du den Namen des Mädchens?«

»Sie heißt Fischer«, sagte Katinka, »und ihr Onkel soll ein hohes Tier bei der Heidelberger Polizei sein.«

---

* Der Name der betreffenden Nation musste auf Intervention ihres Botschafters geschwärzt werden.

»So? Na dann. Nettes Mädchen übrigens, eure Fiona.«

Christine lachte.

»Was ist?«, fuhr ich sie an. »Hab ich was Falsches gesagt?«

Sie schüttelte den Kopf. »Ganz im Gegenteil.«

Katinka beschied uns ruhig zu sein. Ich streckte meiner Exfrau die Zunge raus, dann schaute ich zum Fernseher hinüber. Ein Kommentator sprach von einer ordentlichen Leistung des deutschen Marathonteams, vor allem wenn man berücksichtigte, dass zwei der stärksten Deutschen, Romy Feierabend und Katinka Glück, nicht am Start hätten sein können. Aus den unterschiedlichsten Gründen. Anschließend ließ sich ein Experte darüber aus, was hätte geschehen können, wenn und falls. »Aber es ist nun mal so«, schloss er fröhlich. »Jammern hilft nichts.«

Katinka drehte den Ton leiser. »Habe ich euch erzählt, warum Romy auf London verzichtet hat? Nein? Ganz einfach: Letzte Woche lief sie einen Marathon in Südafrika. In einer Bombenzeit übrigens. Ich habe mit ihr telefoniert. Das Angebot war so lukrativ, sagt sie, das konnte sie einfach nicht ausschlagen.«

»Und deshalb schwänzt sie Olympia?«, rief ich. »Nicht zu fassen! Also, diese Frau ist für mich gestorben.«

»Soll sie vielleicht auf das Geld verzichten? Sie ist Mitte 30 und will endlich Kinder, sagt sie. Da kann sie die Kohle gut gebrauchen.« Katinka griff zu Heiners Whiskyglas. »Meinen Segen hat sie.«

Mechanisch prostete ich ihr zu. Die Marathonübertragung aus London neigte sich ihrem Ende zu. Ein Sponsor nach dem anderen wurde eingeblendet. Auf das Logo der Deutschen Bank wartete ich vergebens. Der Smart stand noch vorm Haus der Glücks. Aber nicht mehr lange. Und bei Dr. Eichelscheid konnte Katinka auch keinen neuen erbetteln, denn Dr. Eichelscheid war nicht mehr bei der Bank beschäftigt. Sie hatten ihm fristlos gekündigt, weil irgendwelche Zahlen nicht stimmten. Sein Nachfolger, ein Inder, sollte ein ganz harter Hund sein. Wenigstens die in Bangalore oder Kalkutta konnten sich jetzt freuen.

Eine Katze kam ins Wohnzimmer geschlichen und schmiegte sich an Christines Bein.

»Neu?«, fragte meine Exfrau.

Katinka nickte. »So anhänglich wie Nanuschka ist sie noch nicht, aber die Kinder sind ganz selig.«

»Und das ist das Wichtigste«, gähnte Heiner.

Ich hielt ihm mein leeres Whiskyglas hin. Als es sich füllte, kam mir der alte Song von Arlo Guthrie wieder in den Sinn:

You can get anything you want
at Alice's restaurant …
Excepting Alice!

ENDE

Unsere Lesermagazine

2 x jährlich das Neueste aus der Gmeiner-Bibliothek

24 x 35 cm, 32 S., farbig; inkl. Büchermagazin »nicht nur« für Frauen

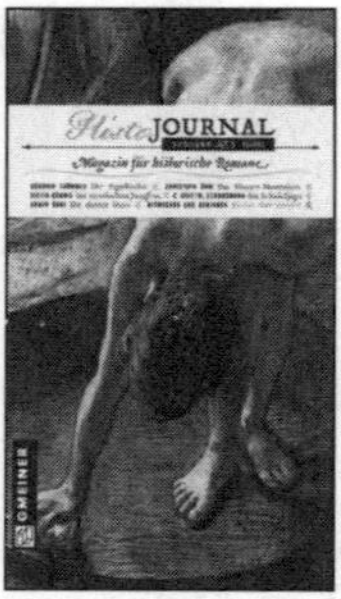

10 x 18 cm, 16 S., farbig

Alle Lesermagazine erhalten Sie in Ihrer Buchhandlung oder unter www.gmeiner-verlag.de.

GmeinerNewsletter

Neues aus der Welt der Gmeiner-Romane

Haben Sie schon unsere GmeinerNewsletter abonniert?

Monatlich erhalten Sie per E-Mail aktuelle Informationen aus der Welt der Krimis, der historischen Romane und der Frauenromane: Buchtipps, Berichte über Autoren und ihre Arbeit, Veranstaltungshinweise, neue Literaturseiten im Internet und interessante Neuigkeiten.

Die Anmeldung zu den GmeinerNewslettern ist ganz einfach. Direkt auf der Homepage des Gmeiner-Verlags (www.gmeiner-verlag.de) finden Sie das entsprechende Anmeldeformular.

Ihre Meinung ist gefragt!

Mitmachen und gewinnen

Wir möchten Ihnen mit unseren Romanen immer beste Unterhaltung bieten. Sie können uns dabei unterstützen, indem Sie uns Ihre Meinung zu den Gmeiner-Romanen sagen! Senden Sie eine E-Mail an gewinnspiel@gmeiner-verlag.de und teilen Sie uns mit, welches Buch Sie gelesen haben und wie es Ihnen gefallen hat. Alle Einsendungen nehmen automatisch am großen Jahresgewinnspiel mit attraktiven Buchpreisen teil.

GMEINER

Wir machen's spannend